1629 begibt sich die neunjährige Mayken auf eine abenteuerliche Reise. Auf dem berühmtesten Schiff der holländisch-indischen Kompanie, der Batavia, will sie nach Java zu ihrem Vater, an den sie sich kaum erinnert. Fasziniert vom Leben an Bord, erobert sie mit ihrer Neugier das riesige Schiff und gewinnt Freunde, wahre und falsche. Freunde, die ihr helfen zu überleben, als das Schiff auf ein Riff aufläuft und Chaos und Terror ausbrechen.

1989 ist der neunjährige Gil fasziniert von dem Schiffswrack der Batavia, das vor der Küste einer kleinen Fischerinsel liegt. Seit dem Tod seiner Mutter lebt der Junge bei seinem wortkargen Großvater. Das Leben mit dem alten Mann verstärkt in dem schüchternen Jungen das Gefühl der Einsamkeit. Doch vor allem bedrückt ihn, dass er nicht über die Geschehnisse nach dem Tod seiner Mutter reden kann.

Vergangenheit und Gegenwart, die Geheimnisse von Erwachsenen und die Unschuld von Kindern: Jess Kidd erzählt die Geschichte zweier junger Menschen, die mit beeindruckendem Mut und großer Fantasie versuchen, sich eine ungerechte Welt zu erklären.

*Jess Kidd*, 1973 in London geboren, hat einen Großteil ihrer Kindheit an der irischen Westküste verbracht. Sie hat Literatur an der St. Mary's University in Twickenham studiert. Bei DuMont erschienen 2017 ihr Debütroman ›Der Freund der Toten‹, der auf der Krimibestenliste stand, sowie 2018 und 2019 die Romane ›Heilige und andere Tote‹ und ›Die Ewigkeit in einem Glas‹. Die Autorin lebt mit ihrer Tochter in West London.

*Werner Löcher-Lawrence*, geboren 1956, ist als literarischer Agent und Übersetzer tätig. Zu den von ihm übersetzten Autor*innen zählen u. a. John Boyne, Meg Wolitzer, Patricia Duncker, Hisham Matar, Nathan Englander, Nathan Hill und Hilary Mantel.

# JESS KIDD

# Die Insel der Unschuldigen

Roman

Aus dem Englischen von
Werner Löcher-Lawrence

**DUMONT**

*Für Alice Wain*

# KAPITEL 1

## 1628

Das Kind fährt mit einem Boot bis ans Ende der Zuidersee. Vorbei an Werften und Lagerhäusern, neuen steinernen Gebäuden und dem einen oder anderen Kirchturm. Es ist ein trüber Tag, es nieselt unablässig, und die Kälte kriecht einem in die Knochen. Das Kind ist in mehrere Schichten gehüllt, eine untere, eine mittlere und eine obere. Mayken besteht aus bleicher Haut, winzigen weißen Zähnen, feinem, hellem Haar, Leinen, Spitze, Wolle und Leder. In die Säume ihrer Kleider sind Schätze eingenäht, klein und kostbar wie sie selbst.

Mayken hat einen Vater, den sie nie gesehen hat. Ein Handelsmann, der in einem fernen Land lebt, in dem die Mittagssonne heiß genug ist, ein holländisches Kind schmelzen zu lassen.

Maykens Vater lebt in einer marmornen Villa, hat man ihr erzählt. Er hat eine Unmenge Bedienstete und stapelweise goldene Teller, kastanienbraune Hengste und gescheckte Stuten. Rote und weiße Rosen ranken sich um seine Tür, Blut und Schnee. Am Tag heben die Rosen ihre Blüten zur Sonne, bei Nacht verströmen sie ihren Duft um sich herum. Schneide sie, und sie leben nur noch eine Stunde. Ihre Dornen sind gemein und können dich ein Auge kosten.

Maykens Vater hat Holland kurz vor ihrer Geburt verlassen, Maykens Mutter mit ihrem abwesenden Mann immer überall angegeben: So absolut entschlossen ist er, zu Wohlstand zu kommen, so unerschütterlich trotz aller fremdartigen Seuchen und Unruhen unter den Einheimischen. Dennoch hatte sie keinerlei Absicht, ihm zu folgen, war sie doch zu zart für eine solch gefahrvolle Reise. Mayken bezweifelte das. Ihre Mutter hatte kräftige Waden, einen gesunden Appetit und glänzende, volle Locken. Sie lachte gern laut und war so solide wie ein gut gebauter Schrank. Bis ein Baby in ihr stecken blieb.

Mayken darf das Baby nicht erwähnen, hätte es doch gar nicht dort sein sollen. Sie übt mit ihrer Kinderfrau.

»Deine Mutter ist tot?«

»Ja, sie hatte die Ruhr.«

»Woran ist deine Mutter gestorben, Mayken?«

»Meine Mutter ist an der Ruhr gestorben, Imke.«

»Sag mir, mein Kind, wie geht es deiner Mutter?«

»Sie ist, unglücklicherweise, an der Ruhr gestorben.«

*An der Ruhr*, sagt Mayken im Rhythmus der Ruder und dem Klatschen des Wassers gegen den Bug des Bootes, das sie zu ihrem Ostindienfahrer bringen wird. *An der Ruhr*, antwortet sie den Kühen, die hoch in die Luft gehievt werden und laut brüllen, als man sie ins Schiff hinabsenkt. *An der Ruhr*, sagt sie auch zu den Leuten, die über die Decks schwärmen. Den Seeleuten und noblen Kaufmännern, den Soldaten mit ihren Federmützen und den konfusen Passagieren. *An der Ruhr*, antwortet sie dem *Pipp-Pipp-Pipp-Tuut* der Trompeter, die ihre Kommandos weitergeben. Das Schiff liegt ruhig da, während ein wildes Durcheinander an Menschen und Gütern von einer wahren Flottille kleiner und größerer Boote und Kähne zugeladen wird, die wie Fliegen um eine geduldige Mähre schwirren.

*Verdammte Ruhr, ist das ein großes Schiff!*

Und es ist schön. Grün und gelb ragt es aus dem Wasser, und vorn am Bug – oh, das Beste überhaupt – hockt ein geschnitzter roter Löwe! Seine goldene Mähne ist gelockt, seine Krallen graben sich in den Bugspriet, und er faucht aufs Wasser hinab.

Maykens Boot schaukelt um den ausladenden Schiffsbauch. Hoch über ihr leuchtet das Schiff mit dem hellen Schandeck, der schön geschwungenen Reling und den in den Himmel wachsenden Achterdecks. Darunter ist es eine Festung, der Rumpf ist mit eng gesetzten quadratischen Nagelköpfen gepanzert, an denen bereits der Rost nagt.

Mayken ruft laut: »Das Schiff blutet!«

Ein Passagier, der ihr gegenübersitzt, lacht.

»Die Eisennägel halten die Würmer aus dem Rumpf. Die lieben frisches, saftiges Holz.« Der Mann beugt sich vor und macht es Mayken mit dem Finger auf ihrer Wange vor. »Sie wühlen und winden sich und fressen kleine Löcher hinein.«

Zum Glück hat auch Mayken Zähne.

Der Mann fährt zurück. »Sie hat mich gebissen!«

»Sie haben ihr in die Wange gestochen.« Die Kinderfrau sieht Mayken an. »Was bist du? Ein Frettchen? Eine Ratte? Ein Welpe? Man beißt niemanden.«

Der Mann hebt gutmütig seine Hand, er hat Handschuhe an. »Nichts passiert.«

Er trägt das schwarze Gewand eines Priesters, er ist ein *Prädikant*. Es gibt auch eine Frau Prädikant mit einem Kleid aus dem gleichen Stoff. Zwischen ihnen sitzen ihre Kinder wie die Orgelpfeifen und in die gleiche dunkle Wolle gekleidet wie ihre Eltern. Alle mit sauberen weißen Kragen. Ein Geistlicher mit seiner Familie, herausgeputzt wie für ein Porträtfoto, heringseng aneinandergedrückt, Knie an Knie mit den anderen Passagieren. Das älteste Mädchen hält ein sorgfältig eingewickeltes, bibelförmiges Päckchen im Arm. Der kleinste Junge, ein Engelchen mit Ringellocken, bohrt sich in der Nase und wischt den Finger am Bein seiner Schwester ab. Er erwidert Maykens Lächeln mit einem ausdruckslosen, blauäugigen Blick.

Mayken wendet sich höflich an den Vater. »Erzählen Sie mehr von den Schiffswürmern, bitte.«

»Die Löcher, die sie bohren, sind winzig«, sagt der Prädikant. »Aber wenn es zu viele werden ...«

Er lässt ein glucksendes Geräusch hören und vollführt eine Bewegung mit der Hand: ein sinkendes Schiff. Das Engelchen macht einen Schmollmund, seine Schwester verdreht die Augen.

Rundum in der Bordwand des Schiffes sehen sie rot gestrichene Geschützklappen. Der Prädikant zeigt sie dem Engelchen.

»Die sind für die mächtigen Kanonen, Roelant. Gegen Räuber«, fügt er finster hinzu.

Das Heck des Schiffes ist mit einer Reihe großer hölzerner Männer geschmückt. Groß heißt fast lebensgroß, und alle haben einen Vollbart. Groß auch, weil sie lange Gewänder tragen.

»Die sollen die Piraten abschrecken.«

Mayken blickt den Prädikant mit gerunzelter Stirn an. Das bezweifelt sie. Einer der geschnitzten Männer sieht aus wie ein Schweinemetzger vom Haarlemer Markt, nur dass er ein Schwert und keine Haxe in der Hand hält. Die drei anderen gucken einfach nur verdrossen drein.

Sie wirft einen Blick zu ihrer Kinderfrau. Imke ist ganz verzückt, sie glaubt allen Unsinn: Aale sind aus nassen Pferdehaaren gemacht. Zu heftig die Nase zu putzen, kann den Tod bedeuten. Statuen und Schnitzarbeiten erwachen gelegentlich zum Leben, weil ein mit Liebe hergestelltes Objekt nicht anders kann, als eine Seele zu haben.

Sie haben es mit einem Kuchen probiert. Mayken hat ihn mit Teigschlangen dekoriert. Ungeheuer liebevoll hat sie die Schlangen gerollt, hat ihnen Augen eingeritzt und sie geküsst. Aber als der Kuchen fertig war, waren die Schlangen immer noch aus Teig, nur golden jetzt, haben sich nicht gewunden oder gezischt. Mayken hat sie angeekelt gegessen. Sie schmeckten nicht mal wie Schlangen. Imke meinte, sie wären nur schläfrig nach der Wärme des Ofens.

Bei einer anderen Gelegenheit hat Imke Mayken mit in die Kirche des heiligen Bavo genommen, das Juwel Haarlems. Die alte Kinderfrau meinte, alles, was sie tun müsse, sei, die Augen offen halten und aufpassen. Trotzdem verpasste Mayken, wie ein steinerner Wasserspeier das Gesicht verzog und ihr eine hölzerne Kröte vom Chorgestühl zuzwinkerte.

Und jetzt schmerzt ihr das Herz, wenn sie an Haarlem und all die Dinge denkt, die sie zurücklassen, das große, saubere Haus, die Marktjungen, die Küchenkatze, Mama und das geheime, stecken gebliebene Baby. Es war ein Bruder, da ist sich Mayken sicher. Sie hat sich immer nur einen Bruder gewünscht.

Das dickbauchige Schiff reckt sich über ihr empor! Ein, zwei, drei Masten wachsen durch das Netz der Takelage in die Höhe. Die dreieckigen Wimpel knattern vor dem düsteren Himmel im Wind.

Imke meldet sich: »Wenn sie die Segel hissen, wird es sein, als hätte die Welt Waschtag.«

Möwen laufen über die Rahen und wirken verglichen mit den Seeleuten unbeholfen, die überall in der Takelage herumsteigen, in die Höhe klettern, an den Armen hängen, sich drehen, winden, lose Enden festzurren und laut rufen und fluchen.

Mayken liebt die Seemänner auf der Stelle. Was die sich trauen, wie sie über die Taue rennen und wie hoch sie klettern! Der Prädikant zeigt auf die Kadetten und Offiziellen der Niederländischen Ostindien-Kompanie, die sich auf dem Heckkastell versammeln. Seht, da ist der Oberkaufmann im roten Mantel, der mit dem gefiederten Hut. Daneben, das ist der Unterkaufmann, auch mit einem großen Hut, und noch eins weiter der stabile, alte Skipper, der aber ohne Hut. Den drei Männern ist eine Fracht anvertraut, die wertvoller ist als der Staatsschatz so manchen Königreichs, dazu kommen die Leben vieler Hundert unschuldiger Seelen und dieses wundervolle, neu gebaute Schiff. Es ist seine Jungfernfahrt! Imke nickt, als wäre sie interessiert. Frau

Prädikant starrt mit hängenden Mundwinkeln forellengleich vor sich hin und harrt der Dinge, die da kommen. Maykens Boot ist in Warteposition, erst wird noch ein anderes, bereits längsseits liegendes Boot entladen. Etlichen Passagieren scheint übel zu sein, während sie mit verkniffenen Gesichtern darauf warten, an Bord zu kommen. Eine feine Dame wird auf einem hölzernen Sitz an der Bordwand emporgehievt. Von Entsetzen gepackt sieht sie sich um und klammert sich an die Seile. Über ihr das Chaos schreiender Seemänner, unter ihr die schmutzigen Oktoberwellen.

Maykens Kinderfrau Imke verfolgt das alles mit Befriedigung. Sie genießt die Prüfung der anderen mit reiner, schamloser Freude.

»Wie heißt das Schiff, Imke?«

Natürlich weiß Mayken es, aber sie mag die Art, wie Imke den Namen ausspricht.

»*Batavia*.«

»Ist das ein Zauberwort?«

Imke antwortet nicht.

Imke spricht es aus wie ein Zauberwort, vorsichtig, mit der Achtung der einfachen Frau vor der versteckten Natur der Dinge. Ein achtlos dahingesagtes Zauberwort verdirbt alles Glück.

Das Schiff ist nach seinem Ziel benannt. Das muss reichlich Glück bringen, ein Schiff, das nach vorn schaut auf ein neues Leben an einem heißen, fremden Ort.

»*Batavia*«, singt Mayken ungebärdig. »*Batavia. Baah-taah-wie-aah!*« Sie wartet auf eine Katastrophe.

Ein Tau, das reißt, ein Fass, das herabstürzt, ein Seemann, der in der Takelage stolpert.

Imke ist beunruhigt. Selbst für eine einfache Frau vom Land ist sie ungewöhnlich abergläubisch. »Sei still.«

Mayken gehorcht. Mit Imke legt man sich besser nicht an.

Ihre Kinderfrau hat ausladende Hüften und breite Schultern,

kurze Beine und große Füße. Sie ist fast so breit wie groß und wird in jedem Sturm fest auf den Beinen stehen. Sie hat acht Zähne, auf die sie stolz ist. Lächelt sie mit geschürzten Lippen (was sie unter Fremden tut), könnte man denken, sie hat noch ein volles Gebiss. Imke ist nicht mehr jung. Das Haar unter ihrer Haube ist weiß und fein wie Hühnerdaunen. Das liegt an den Sorgen, die Mayken ihr macht. Imke hat blassblaue Augen, wässrig wie eingelegte Eier. Ist sie wütend, treten sie hervor, ist sie sanft und liebevoll, scheinen sie so weich, dass man sie essen könnte.

Das Beste an Imke jedoch sind ihre zwei fehlenden Fingerspitzen. Mayken durchfährt ein Kitzel, wenn sie die nur ansieht. Am Zeige- und Mittelfinger der rechten Hand, verstümmelte Gelenke, glatt und rund, wo Nägel sein sollten. Imke will ihr nicht erzählen, wie sie die Spitzen verloren hat, und Mayken wird nicht müde, Vermutungen anzustellen.

Mayken ist eine Dame, weshalb sie einen Windensitz bekommt, das ist ein Brett mit einem Strick an jeder Ecke. Ein alter Seemann mit einem Tuch der Kompanie um den Kopf hilft ihr hinauf.

Ihre Knie zittern. Imke schaut ernst und geduldig.

Der Seemann lächelt Mayken zu. »Bist du bereit, kleine Großmutter?«

Mayken nickt.

»Sei tapfer.« Er legt seine großen auf ihre kleinen Hände. Seine alten, vernarbten Knöchel sind knorrig wie knotiges Holz.

»*Vasthouden*«, sagt der Seemann. »Immer gut festhalten!«

Mayken beißt nicht, als er sie anfasst, weil ihre Zähne klappern. Der Sitz schlingert himmelwärts. Das Boot unter ihr wird kleiner und damit auch Imke. Mayken fährt am breiten Bauch des Schiffes in die Höhe, die Hände fest an den Stricken, die Beine baumeln in der Luft. Oben stottert die Winde, und ihr

13

Herz setzt kurz aus, doch schon wird sie an Bord gehievt und auf die Beine gestellt. Ein Schiffsjunge bringt sie dahin, wo sie warten muss, bis auch die übrigen Passagiere da sind. Wie die anderen Seeleute trägt auch er eine weite Hose, keine Schuhe und ein Tuch um den Kopf.

»Rühr dich nicht von der Stelle«, sagt er. »Es ist hier überall gefährlich, verstehst du?«

Er fährt mit der Hand durch die Luft, die Takelage hoch. Männer schleppen schwere Güter übers Deck, offene Luken warten auf sie, dunkle Öffnungen, die in den Bauch des Schiffes führen.

Mayken zweifelt nicht an den Worten des Schiffsjungen.

Unbedeutende Passagiere müssen über eine Strickleiter an Bord klettern. Imke kommt über die Reling, atemlos. Sie zeigt Mayken ihre von den Stricken wundgeriebenen Hände. Der Prädikant und seine Familie mühen sich hinter ihr her. Frau Prädikant taumelt, ihre Röcke flattern im Wind, mit rotem Gesicht zählt sie ihre Kinder und hebt Roelant vom Rücken eines Seemannes. Das Kind klammert sich an ihm fest, und seine kleinen Finger müssen einzeln gelöst werden.

Jetzt kommen Soldaten an Bord, einer nach dem anderen, verschlossen und grimmig dreinblickend. Mayken studiert sie interessiert, ihre verschiedenen Mützen, die Kniehosen, nicht alle sind Holländer. Sie tragen ihre wenigen Besitztümer in Leinensäcken mit sich und bewegen sich ungelenk. Das hier ist nicht ihre Welt. Einige von ihnen sind sehr jung, aber alle scheinen kampfgezeichnet. Mayken würde mit keinem von ihnen einen Streit anfangen wollen.

Eine beeindruckende Gestalt drängt das Deck herunter. Ein Riese von furchterregenden Ausmaßen mit einem dichten, blonden Bart und kahl geschorenem Kopf. Er trägt einen ledernen Uniformrock ohne ein Hemd darunter. Lederbänder liegen um seine nackten, muskulösen Arme.

Mayken fragt den Schiffsjungen: »Wer ist das?«

»Der Steinmetz.«

Mayken sieht fasziniert zu, wie der Steinmetz einem seiner Soldaten mit der unbefangenen Grausamkeit eines Bären ins Gesicht schlägt. Als er an den Männern vorbeigeht, zucken etliche vor ihm zurück. Keiner sieht ihm in die Augen.

»Er war tatsächlich mal Steinmetz«, sagt der Schiffsjunge. »Er kann Felsen zerschlagen und Schädel mit einer Hand zerdrücken.«

Mayken würde gern sehen, ob der Steinmetz einem der Soldaten den Schädel zerdrückt, aber jetzt müssen die Passagiere dem Schiffsjungen folgen.

»Sie wohnen hinter dem Mast«, sagt er und deutet auf den riesigen Hauptmast. »Sie dürfen niemals in den Bereich davor.«

Mayken zieht die Stirn kraus. »Was passiert, wenn ich's doch tu?«

»Dann zerquetscht dir der Steinmetz den Schädel.«

Die Kabine ist so groß wie ein Wäscheschrank.

Mayken sieht den Schrecken in Imkes Gesicht, bevor die Kinderfrau sich wieder fassen kann. Es gibt zwei Regalbretter an der Wand, eines über dem anderen. Da werden sie schlafen, eingeräumt wie Teller in einen Schrank. Mayken klettert in die obere Koje und lässt den Blick über ihr Reich schweifen.

So winzig es ist, es gibt eine Laterne, ein Lattenfenster, einen schmalen Tisch und einen Hocker. Ihre Truhen warten bereits in der Ecke. Imkes enthält drei Käseräder, einen Ersatzrock und eine Schachtel mit Nähzeug. In Maykens ist hauptsächlich Silbergeschirr.

»Dein Vater hat ein Haus aus Marmor«, versichert Imke.

»Rote und weiße Rosen und gescheckte Stuten.«

Imke nickt. »Goldene Teller und einen schattigen Hof.«

Weil Imke aussieht, als könnte sie zu weinen anfangen, und

Mayken sie liebt, streckt das Mädchen die Hand aus und streichelt die verstümmelten Finger der alten Frau.

»Lass meine verflixten Finger in Ruhe.«

»Erzähl mir, wie du sie verloren hast«, versucht Mayken sie zu überreden. »Nur dieses eine Mal.«

»Rate richtig, und ich tu's.«

Mayken überlegt einen Moment. »Du hast die Schweine gefüttert, und sie waren sehr, sehr hungrig …«

»Nicht mal nah dran.«

Es ist sehr früh. Mayken und Imke schlummern noch. Die Kinderfrau ist nicht fürs Meer gemacht, sie hält einen Eimer im Arm, und ihr alter Kopf wippt hin und her. Ihr Mündel in der oberen Koje klammert sich schläfrig vom Auf und Ab des Schiffes an die Wand und atmet den Geruch des frischen Holzes ein. Sie haben die erste Nacht vor Anker im Windschatten von Texel verbracht. Das Wetter wird nicht besser. Es nieselt, die Luft ist regenschwer.

*Batavia*, die Schöne, ist so gut wie zur Abreise bereit. Auf dem Achterdeck steht der Oberkaufmann Francisco Pelsaert, ein hagerer Mann in einem prächtigen roten Mantel. Der rattengesichtige Unterkaufmann Jeronimus Cornelisz ist an seiner Seite, lacht und zeigt auf etwas. Pelsaert neigt den Kopf und lächelt höflich. Ariaen Jacobsz, der Skipper, steht hinter den beiden Kaufmännern. Er ist trist gekleidet, sein Schädel kahl rasiert. Seine fleischigen Beine stehen fest auf den Planken, und sein Blick ist überall. Die Besatzung hält den Blick allein auf ihn gerichtet.

Die Anker werden gelichtet. Die *Batavia* trägt sie eng vorn am Bug, auf den Kopf gedreht hängen sie beidseitig da. Die Geschützklappen sind geschlossen. Ein Riss in der Wolkendecke, die Sonne verfängt sich auf dem nassen Deck, in den sich entfaltenden Segeln und der blank polierten Hecklaterne. Die Laterne wird den anderen Schiffen des Verbands den Weg leuchten. Die

Schwesterschiffe der *Batavia* haben bereits einen Tag Vorsprung. Die *Dordrecht*, die *Galiasse* (die arme *Gravenhage* ist bereits mit einem Sturmschaden auf dem Weg zurück in den Hafen), die *Assendelft* und die *Sardam*. Dazu kommen das Botenschiff *Kleine David* und ein robustes Kriegsschiff, die *Buren*. Die *Batavia* wird nicht allein sein auf den weiten Meeren.

Auf die Verdrossenheit des Wartens folgt die Erregung des Aufbruchs, jetzt, wo auch der letzte Schatz an Bord ist. Zwölf Kisten mit Münzen von beträchtlichem Gewicht und einem irrsinnigen Wert sind unter Bewachung zum Schiff gerudert, an Bord gehievt und von jeweils sechs Männern in die Große Kabine im Heck gebracht worden, wo sie rund um die Uhr bewacht werden.

Was sonst hat die *Batavia* geladen?

Güter, deklariert und undeklariert. Metall, Samt, Brokat, Juwelen, eine römische Kamee von der Größe einer Suppenschüssel, silberne Bettpfosten sowie eine hässliche, ungeheuer wertvolle Achatvase. Die Mannschaft, deklariert und undeklariert. Die Passagiere dito.

Was sonst hat die *Batavia* geladen?

Dreißig Kanonen aus Eisen und Bronze, die kleineren im Bug, ansonsten große, mächtige Geschütze, einige neu gegossen, andere Überbleibsel früherer Unternehmungen. Von den Kanonieren innig geliebt, steht jedes einzelne Geschütz mit blockierten Rädern festgezurrt an seinem Platz. Die Kanonen sind so massig wie launisch, und es lässt sich nicht sagen, ob sie beim Abfeuern bocken, hochspringen oder explodieren und den Männern, die sie bedienen, Gehör oder Augenlicht nehmen oder sie einfach zerfetzen.

Was sonst hat die *Batavia* geladen?

Gepökeltes Fleisch in dicken Fässern, Buchweizen und Erbsen, dreitausend Pfund Käse, Schiffszwieback (Wurmfestungen und Zahnbrecher), dazu tonnenweise eingelegte Heringe.

Und entlang der Seiten des Laderaums einen steinernen Bogen für die Burg in Batavia.

Alles ist sicher verstaut, das Schiff segelt los.

Die *Batavia* sticht in See!

Aus der Ferne betrachtet gleitet sie königlich dahin, an Bord jedoch herrscht hektische Anstrengung aller verfügbaren Kräfte. Ein Brüllen und Fluchen, Trompetenrufe. Es gilt, das neue Schiff erst einmal kennenzulernen und ein Gefühl dafür zu entwickeln. Eine Woche auf See, und Schiff und Mannschaft werden eins sein.

Die *Batavia* fährt mit ihrer Fracht aus Kostbarkeiten, Wanderratten und Menschenseelen hinaus auf die stürmische Nordsee.

Mayken wird durch die veränderten Bewegungen des Schiffes geweckt und klettert aus ihrer Koje. Die alte Frau schläft weiter, mit offenem Mund, ihr Atem stinkt, die Haube sitzt schief.

Der Gang vor der Kabine ist leer. Mayken hat einige Mühe, die schwere Tür zum Deck zu öffnen, aber sie kämpft sich nach draußen. Das Achterdeck ist übervoll mit Männern der Kompanie, mit Kadetten und Passagieren der ersten Klasse. Auf dem Hauptdeck unten ist es noch schlimmer: Seemänner und Vor-dem-Mast-Passagiere drängen sich zwischen Schweinepferch, Ziegenpferch und zwei umgedreht festgezurrten Booten.

Die *Batavia* nimmt mit einer plötzlichen südwestlichen Brise Fahrt auf, die Segel blähen sich, aus den Wanten erschallen laut die Rufe der Seemänner, und das Deck neigt sich zur Seite. Mayken greift nach der Brüstung, in die ein hölzerner Kopf mit Bart und hervortretenden Augen geschnitzt ist.

»Oh, ja«, sagt sie zu dem Kopf. »Halt dich nur gut fest.«

Der Prädikant begrüßt Mayken wie ein Lieblingsmitglied seiner Gemeinde.

Frau Prädikant fügt säuerlich hinzu: »Wo ist denn deine Kinderfrau, Mayken van der Heuvel?«

»In der Kabine, Mevrouw.«

Der Fischmund zuckt. Die kalten Augen leuchten auf. »Geht es ihr nicht gut?«

»Oh, gar nicht gut. Sie hat einen ganzen Eimer vollgespuckt.«

Die große Tochter lauscht und verbirgt ein Lächeln.

»Dein Vater wird überglücklich sein, dass du nach Batavia kommst.«

»Das weiß ich nicht.«

»Deine verstorbene Mutter ...«

»Die verdammte Ruhr«, sagt Mayken und sieht mit einem Auge zum Skipper hinüber, der eine saftige Ladung über Bord spuckt.

Mayken würde unheimlich gerne auch so spucken können.

Jemand fasst sie beim Arm. Die große Tochter sagt etwas Ernstes über Mütter und Engel.

Mayken ist mit ihren Gedanken anderswo. Ganz bei der Salve exquisiter Flüche, die aus dem Skipper hervorbricht.


Später klopft es an der Kabinentür. Ein großer Junge steht davor.

»Ich bin der persönliche Steward des Oberkaufmanns.«

»Schön für dich«, sagt Imke.

»Sie sind krank. Darf ich hereinkommen?«

Er ist bereits durch die Tür.

Mayken sitzt auf ihrer Koje und mustert den Steward interessiert. Er ist kahl rasiert, hat ein schmales Gesicht, einen breiten Mund und hervorstehende, schmutzig grüne Augen. Der Junge ist barfuß. Ein schnelles, wölfisches Lächeln huscht über sein Gesicht, als er zu ihr aufsieht.

Dann ist er überall gleichzeitig, kaum aufzuhalten, bringt den Eimer hinaus und sauber mit Meerwasser ausgespült wieder zurück. Er wischt den Boden, bringt Imke einen heißen Ingwertee, kniet sich neben sie und hält ihre Hand, während sie an der Tasse nippt.

»Bist ein guter Junge«, sagt die alte Frau. »Wie heißt du?«

»Jan Pelgrom.«

»Und der Oberkaufmann hat dich geschickt?«

»Es wurde berichtet, dass eine begüterte Passagierin ohne ihre Kinderfrau über die Decks gelaufen ist.«

Mayken beugt sich über den Rand der Koje, um zu sehen, wie Imke reagiert, aber die alte Frau ist eingeschlafen. Pelgrom zieht seine Hand zurück und wischt sie an der Decke ab. Er sieht zu Mayken hinauf. »Was?«

»Warst du schon mal in der Großen Kabine?«

»Natürlich.«

»Hast du die Schatztruhen gesehen?«

»Reingeguckt habe ich.« Pelgrom schnieft. »Der Oberkaufmann hat sie aufgemacht, um zu sehen, ob tatsächlich Münzen und keine Rüben drin sind.«

»Du hast das Silber gesehen?«

»Das Glitzern von tausend herabgefallenen Sternen. Und es gibt noch mehr Schätze. Bessere Schätze.«

»Was für bessere Schätze?«

»Die Juwelen des Oberkaufmanns. Saphire und Rubine so groß wie Enteneier und eine goldene Krone. Er setzt sie auf, einfach so.« Pelgrom zeigt mit ernster Miene, wie er es macht. »Er schläft nachts mit ihr.«

Mayken lächelt. »Tut er nicht!«

»Die Schlüssel zu den Schatztruhen bewahrt er in seiner Arschritze auf. Piraten würden im Traum nicht daran denken, da zu suchen.«

Mayken lacht laut heraus, und Imke regt sich in ihrer Koje.

Mayken flüstert: »Ich will nicht an Piraten denken.«

»Verständlich. Wenn Piraten angreifen, ist es für Kinder am schlimmsten.«

»Warum?«

»Piraten lieben kleine Zehen und Finger. Wenn sie das Schiff einnehmen, schneiden sie sie dir ab und essen sie. Dann hängen sie dich an die Rahen, häuten dich, werfen dich in den Kochtopf wie einen Hasen, und der Rest geht über Bord. Dein Gesicht tragen sie als Hut.«

Mayken ist so hingerissen wie entsetzt. »Ich habe keine Angst vor Piraten.«

»Nein? Ich schon.«

»Wo sonst noch warst du auf dem Schiff, Jan Pelgrom?«

»Wo war ich nicht, Lady Mayken?«

»Unten?« Sie deutet auf den Boden. »Im Bauch des Schiffes?«

Pelgrom sieht sie verschlagen an. »In der Unterwelt?«

»Was ist da?«

»Erst kommt das Kanonendeck. Wo sich die Seemänner in den Haaren liegen, fluchen, essen und schlafen und der Schiffsbarbier Beine abhackt. Wo die Kombüse des Kochs heißer als die Hölle ist und die Ratten, die den Katzen entwischen, groß genug werden, um Babys zu stehlen.« Er sieht sie an. »Das Orlopdeck darunter ist für die Kühe und die Soldaten. Und da drunter kommt der Laderaum.«

Sie sitzen da und lauschen dem keuchenden Auf und Ab der schlafenden Imke.

»Da will ich hin«, sagt Mayken leise, »in die Unterwelt.«

»Das geht nicht. Du gehörst hierher, in die Oberwelt.«

Mayken läuft rot an. »Ich kann gehen, wohin immer ich will. Genau wie du.«

»Nein, kannst du nicht. Dann bringen sie dich zurück und binden dich wie einen ungezogenen Hund in deine Koje.«

»Da müssen sie mich erst mal kriegen.«

Pelgrom sieht sie amüsiert an. »Denkst du, du kannst unbemerkt auf diesem Schiff voller Leute umherwandern?«

»Ja.«

»Und was ist mit den tausend Missgeschicken, die einer feinen Dame zustoßen können …?«

»Ich liebe Missgeschicke.« Mayken sammelt Spucke im Mund, denkt aber noch mal nach und schluckt sie herunter. »Und ich bin keine feine Dame.«

Pelgrom sieht Mayken mit vorgeschobenen Lippen und verengten Augen an. Genauso, wie Imke es bei einem Lachs tut, den ein Haarlemer Fischhändler in die Höhe hält. Mayken versucht wie ein möglichst frischer Lachs auszusehen.

»Es gibt einen Weg, über den du an jeden Ort auf diesem Schiff kommst«, sagt er. »Selbst in die Unterwelt.«

»Sag schon!«

Pelgrom lächelt.

## KAPITEL 2

# 1989

Das Kind fährt mit dem Versorgungsschiff nach Beacon Island. Das Schiff hat Geraldton mit dem ersten Licht verlassen. Jetzt, am späten Vormittag, nähern sie sich ihrem Ziel, und Himmel und Meer sind von einem überwältigenden Blau. Gil hat bleiche Haut, rote Haare und trägt Secondhand-Klamotten. Seine Schuhsohlen sind außen abgelaufen und geben seinem Gang etwas unbeholfen Breitbeiniges. Alte Ladys mögen ihn, weil sie ihn für altmodisch halten. Fernfahrer mögen ihn, weil er sich für ihre Zugmaschinen interessiert. Alle anderen finden ihn eigenartig.

Mum hat gesagt, Leute kennenzulernen, ist etwas, das Übung braucht. Sieh den Menschen in die Augen, wenn du mit ihnen sprichst. Nicht *ständig*. Sieh manchmal auch woandershin.

Gil kann die Augen des Kapitäns nicht sehen, weil sie von einer Baseballkappe verschattet werden. Was das Reden angeht, so schreit der Kapitän immer wieder über den Maschinenlärm hinweg. Antworten scheint er nicht haben zu wollen. Gil sitzt oben bei ihm, weil das der von den stinkenden Ködersäcken im Heck am weitesten entfernte Platz ist. Die Lieblingsspeise von Krebsen und Langusten sind Rückgrat, Füße und Köpfe von Schafen. Gil würde sich die Köder gerne mal ansehen, aus Neugierde, mag sie aber nicht aus der Nähe riechen müssen. Bilder sind das eine, Gerüche das andere. Gerüche dringen auf andere

Weise in den Menschen ein, und den übelsten Geruch schmeckst du auch.

Der Kapitän sagt Gil, er solle keine zu großen Erwartungen haben. Beacon Island ist kaum eine Insel, eher ein Haufen Korallenschutt, dessen Rand man in zwanzig Minuten ablaufen kann. Wenn er zu einer der anderen Inseln führe, Pigeon zum Beispiel, gäbe es einen Basketballplatz, eine Clubhalle und ein verdammtes bisschen Leben. Auf Beacon Island aber gibt es rein gar nichts, nicht mal eine Schule.

»Ich kannte deine Mum«, schreit der Kapitän. Der Schirm seiner Mütze zeigt in Gils Richtung.

Gil sieht aufs Meer hinaus. Wartet.

Keine weiteren Fragen.

Gil ist vorbereitet. Er hat das mit seiner und Mums früherer Nachbarin durchgesprochen.

»Deine Mutter ist tot?«

»Ja, es war ein Unfall.«

»Wie ist deine Mutter gestorben, Gil?«

»Es war ein Unfall, Mrs Baxter.«

»Sag mir, Junge, wie geht es deiner Mutter?«

»Sie ist tot, unglücklicherweise. Es war ein Unfall.«

Mrs Baxter meinte, alle, die wüssten, was mit Gils Mutter geschehen sei, würden nicht fragen. Im Übrigen schulde er niemandem eine Antwort, aber unhöflich zu sein, helfe auch nichts.

Ein Unfall. Das Wort greift zu kurz.

Gil wirft dem Kapitän einen heimlichen Blick zu. Der Mann hebt den Kopf. Sein Mund bewegt sich, er arbeitet an einem Satz, sammelt einzelne Wörter, wie er es mit Speichel tun würde, um ihn rauszuhusten.

Aber er bleibt stumm.


Voraus ein heller Punkt im Gleißen. Der Punkt wird größer. Selbst an diesem strahlenden Sonnentag mit glitzernden Wellen wirkt die Insel trostlos. Eine Ansammlung grob zusammengezimmerter Hütten, Plumpsklos und Wassertanks inmitten von niedrigem Gebüsch und Steinen.

Der Kapitän erklärt Gil, dass sie am nordöstlichen Ende der Insel anlegen werden. Die Wissenschaftler haben da einen Steg in die Fahrrinne gebaut, damit auch größere Schiffe entladen werden können. Sie sind mittlerweile gut ausgestattet auf Beacon Island, haben eine Hütte mit sechs Schlafplätzen, eine Werkstatt, einen Lagerschuppen, eine Dunkelkammer und Wasserauffang-Tanks für die Regenzeit. Wobei sie wie die Inselbewohner von den Lieferungen des Versorgungsschiffs abhängen. Es gibt auf der Insel vier Fischerfamilien, die Walkers, die Villantes, die Nords und die Zanettis. Die Zanettis waren die Ersten und stehen am ordentlichsten da. Sie haben zwei Boote, Vater und Sohn fahren damit hinaus.

»Und dann ist da noch dein Großvater. Joss Hurley.«

Der Kapitän spricht den Namen aus, als sagte er *Hämorrhoiden* oder *Verkehrsunfall*. Als wäre Joss Hurley einer, dem man besser aus dem Weg geht.

Das Schiff nähert sich dem Anleger, auf dem eine Handvoll Leute warten. Alte Männer und eine junge Frau in einem Männerunterhemd mit streitlustigem Blick und vor der Brust verschränkten Armen.

Daneben eine zweite Gruppe in Badehosen und aufgeknöpften Hemden. Zwei junge Männer und eine ältere Frau. Die Frau trägt ihr dunkles Haar offen. Einer der Männer macht einen Witz, und alle lachen. Der andere Mann hat eine Kamera um den Hals hängen. Er hebt sie vors Gesicht, betrachtet die Szenerie vor sich durch den Sucher und lässt sie wieder sinken.

»Die Wissenschaftler«, sagt der Kapitän. »Sie sind hier, um nach dem Wrack zu tauchen.

Er deutet auf ein breites *Reef Boat* mit einer beachtlichen Winde, das einzige andere am Anleger vertäute Schiff. »Die holen alles Mögliche vom Meeresboden hoch. Kanonen ...« Er wirft einen Blick zum Jungen hinüber. »Hörst du? Kanonen!«

Gil reagiert nicht.

Der Kapitän stellt den Motor ab und zieht sich seine Kappe tiefer ins Gesicht. Der Maat kommt in Bewegung und hängt die Fender vor die Bordwand.

»Bis dann«, sagt der Kapitän zu Gil.

Der Junge geht von Bord. Seine Tasche folgt ihm. Die Inselbewohner kommen den Anleger herunter. Sie haben keine Eile, aber die Waren werden schnell ausgeladen, die schwersten Kisten und Behälter mit Karren über die verwitterten Planken gefahren.

Gils Großvater macht sich bekannt, indem er die Tasche des Jungen nimmt.

Joss Hurley ist klein, nicht viel größer als sein Enkel. Er trägt keine Kappe, ist teerölbraun, und sein kahler Schädel ist mit krebsartig aussehenden Leberflecken überzogen. Unter den buschigen Brauen lugen dunkle Augen hervor. Sein Bart ist borstig wie die Halskrause eines Katers und grau durchwirkt. Wie alle anderen trägt er die Inseluniform aus Unterhemd, Shorts und Badelatschen. Die Beine bilden ein leichtes O, und auch der Bauch wölbt sich. Er ächzt und wirft Gil einen Sack mit Konserven zu, den er tragen soll.

Gil eilt hinter seinem Großvater her. Der alte Mann ist mit seiner Schubkarre voller Vorräte flott unterwegs. Gils Tasche wackelt obenauf hin und her.

Ein paar alte Männer nicken Gil zu, als er an ihnen vorbeikommt. Die junge Frau im Unterhemd lächelt schnell und wölfisch. Sie schleppt mehr, als sie müsste, mehr als die Männer, ohne dass ihr die Anstrengung anzusehen wäre.

Die Inselbewohner weichen vor Gils Großvater zurück. Es gibt kein Lächeln oder Nicken in seine Richtung, nur feindselige Blicke. Joss sieht keinen von ihnen speziell an, aber er guckt auch nicht weg. Gil folgt ihm. Schlittert über die Korallenkiesel. Der Sack ist schwer, es fühlt sich an, als wollte sein Großvater ihn testen.

»Da draußen liegt ein Wrack?«, fragt er ihn. »Mit Kanonen?«

Der Abstand wird größer. Gil müht sich, den Anschluss nicht zu verlieren, und lauscht auf eine Antwort.

Aber er hört nur die Vögel, das leise Rauschen des Meeres und das Dröhnen des ablegenden Versorgungsschiffs.

Ihre Hütte ist die, die am weitesten vom Steg entfernt liegt. Sie steht im Süden der Insel hinter dichtem Gestrüpp, als wollte sie keine Gesellschaft. Als würde sie sich lieber ins Meer stürzen, als mit ihren Nachbarinnen zu reden.

Die Hütte besteht aus Korallenplatten und hat ein Wellblechdach. Die Fenster sind klein, und die vorne haben sturmsichere Fensterläden. Es gibt ein paar verdorrte Pflanzen in Eimern, vielleicht waren es mal Tomaten. Eine Mauer aus dekorativen Ziegeln schützt den Eingang, die Dachtraufe wurde ein Stück vorgezogen und darunter eine Veranda angelegt. Dazu gibt es noch ein Klohäuschen und einen Generatorschuppen. Das Grundstück fällt zum Kiesufer hin ab. Das Wasser ist etwa sechs Meter von der einzigen Tür entfernt.

Gil folgt seinem Großvater durch diese Tür in einen kleinen Vorraum und weiter in eine schmale Küche, die nach Mäusen riecht. Trotz ihrer bescheidenen Größe gibt es eine Anrichte, einen Tisch, vier Stühle, einen Kühlschrank und einen Kerosinkocher, wodurch sie sich übervoll anfühlt. Eine Durchreiche geht unerklärlicherweise zum Flur hinaus.

Gils Zimmer liegt am Ende des Flurs. Es ist dunkel und winzig, und man guckt auf die Mauer des Generatorschuppens. Es gibt ein Campingbett, einen Haken in der Wand, ohne Bild, und eine umgedrehte Holzkiste mit einer Taschenlampe darauf.

Der alte Mann räuspert sich, was, wie es scheint, als Ersatz für den Namen seines Enkels dient. »In der Küche gibt's Essen.«

Er stellt Gils Tasche in die Ecke, und dann ist Joss auch schon wieder draußen, geht den Flur hinunter, durch die mäusemuffige Küche, und die Fliegentür schlägt hinter ihm zu.

Als sein Großvater weg ist, sieht sich Gil erst einmal richtig um. Die Zimmer der Hütte sind alle beengend, aber es ist mehr Platz da als in den Wohnanhängern und Motels, in denen er mit seiner Mutter gewohnt hat. Die Asbestplattenwände sind in verwaschenen Farben gestrichen, einem rußigen Dunkelrot, einem schmutzigen Grün und einem gräulichen Gelb. Gil fängt vorne an. In dem kleinen Vorraum gibt es ein Regal mit Lampen und Wandhaken mit Bootsausrüstung. Es riecht nach Diesel und Salzlake. In der Küche scheint alles klebrig und fettig, schläfrige Fliegen ziehen tiefe Kreise durch den Raum. Gil linst in den Tiefkühler im Flur, ein wildes Durcheinander von vereisten Plastikbeuteln mit Fleischstücken. Er knallt den Deckel wieder zu. Am Ende des Flurs ist ein Wohnzimmer. Ein Sofa mit Schonbezug und ein Schrank voller verstaubter kleiner Figuren. Tänzerinnen.

Joss' Schlafzimmer liegt gegenüber von Gils. Drinnen steht ein Doppelbett, das in der Mitte leicht durchhängt, links und rechts davon ein Nachttisch, auf beiden stehen Aschenbecher, einer voll, einer leer. Dazu kommt ein nierenförmiger Frisiertisch mit Spiegel, den man verschieben kann, und ein Hocker mit Rüschen. Gil wird überrascht bewusst, dass er diesen Tisch kennt.

Er erinnert sich an eine Frau, die da gesessen hat. Nicht an ihr Gesicht, aber wie sich ihre Hände bewegt haben. Sie hat sich frisiert, den Kamm dazu in eine Tasse Wasser getaucht, alles sehr schnell. Helle Spritzer, eine ordentliche Reihe Lockenwickler, stramm aufgedrehte Strähnen, dazwischen die weißrosa Kopfhaut.

Es ist seine eigene Erinnerung, keine, die er von Mum hat. Wäre es Mums Erinnerung, wäre etwas Dramatisches damit verbunden, ein in der Tasse lauernder Aal oder dass der Teufel plötzlich im Spiegel erscheint.

Schon drängen die Erinnerungen heran. Gil zieht die Stirn kraus. Lass eine von ihnen Fuß fassen, und alle wollen einfallen.

Er geht durch die Hütte, jetzt wachsam.

Er erinnert sich an den Plüschsessel im Wohnzimmer und das Fenster hinaus ins Blaue. Die Scheiben klirren im Wind, und das Blechdach murmelt in der Sonne. In der Küche weiß Gil, dass die Tür links in eine Vorratskammer führt, und er weiß auch, wonach es darin riecht, nach Ameisenpulver und verschüttetem Essig. Er geht nach draußen und erinnert sich an die sonnenbeschienenen Eimer und wie sich die Pflanzen in ihnen bewegten. Hier auf der Veranda, auf der Hollywoodschaukel, hat er auf Mums Schoß gesessen. Das Dach der Schaukel ist verschwunden, der Rahmen verrostet und verbogen. Mit den Händen unter seinen Achseln hat Mum ihn in den Sonnenuntergang gehalten, der die ganze Welt erfüllte. Seine Babyaugen waren weit offen gewesen.

Falls Gil irgendwelche Erinnerungen an seinen Großvater hat, kann er sie im Moment nicht wecken. Aber Mums Vater war auch mehr eine Randfigur. Nie nannte sie ihn »Dad«, er war immer nur Joss Hurley, ein Statist, der am Anfang oder Ende von etwas stand.

*Als Joss Hurley das Lager an dem Morgen verließ, fingen die Kinder an …*

*… und dann mussten sie aufhören, weil Joss Hurley zurückkam.*

Gil sitzt auf der Veranda und wartet, doch der alte Mann kommt nicht nach Hause. Als er Hunger kriegt, geht er zurück nach drinnen. Er ist es gewohnt, selbst für sein Essen zu sorgen, und der Vorratsraum ist so gut bestückt, dass es für eine Belagerung reichen würde. Gil öffnet eine Dose Pfirsiche und isst die Hälften direkt mit dem Löffel aus der Dose. Er trinkt den süßen, lauwarmen Sirup und verschüttet dabei etwas, weil er sich nicht am scharfen Rand verletzen will.

Ein Geräusch aus dem Vorraum. Gil schreckt zusammen, dreht den Kopf und schneidet sich in die Lippe.

Eine junge Frau kommt herein, nimmt ein Geschirrtuch und drückt es ihm auf die blutende Stelle. Die andere Hand legt sie ihm in den Nacken, aber sehr sanft, das ist okay.

»Das sieht schlimmer aus, als es ist«, sagt sie. »Eine kaputte Lippe macht immer was her, heilt aber auch schnell wieder.«

Gil kennt die Frau vom Anleger, es ist die mit dem Männerunterhemd und dem grimmigen Gesichtsausdruck. Braun gebrannt verströmt sie Nachmittagshitze. Sie hat markante braune Augen und eine Stupsnase. Ihr Gesicht ist rund, und sie ist nicht groß, aber stämmig. Die Zehen in ihren Latschen ragen weit auseinander.

Sie legt Gils Hand auf das Geschirrtuch, genau da, wo er drücken soll.

»Blute hier nicht auf den Boden.« Sie wischt schnell auf, was herabgetropft ist. »Nicht mal einen Tropfen. Diese Insel hat genug Blut getrunken.«

Gil drückt das Geschirrtuch fest auf die Wunde. Die Frau nimmt ihre Kappe ab. Ihr Haar klebt verschwitzt auf ihrem Kopf. Es ist schlecht blondiert, frostig weiß an den Enden und schwarz an den Wurzeln. Die Frau hat ein gutherziges Gesicht, auch wenn in ihrem Lächeln etwas Verdorbenes liegt. Sie ist ungefähr in Mums Alter, und die war fünfundzwanzig.

»Du bist der Enkel, stimmt's?«

Gil versucht zu antworten.

»Sag nichts. Fang das Blut auf.«

Gil sieht zu, wie sie durch die Küche läuft. Sie heißt Silvia Zanetti, und sie hat die Zeitschriften mitgebracht, die Ropers Kinder bei ihrem letzten Besuch dagelassen haben.

»Roper ist mein Stiefsohn. Drück weiter.«

Gil presst das Tuch auf den Schnitt.

»Der Sohn meines Mannes ist älter als ich. Kannst du dir vorstellen, die Mutter von jemandem zu sein, der älter ist als du?«

Die Zeitschriften sind langweilig, für jüngere Kinder. Gil blättert sie durch, und Silvia redet immer weiter. Sie zieht den ganzen Tag auf der Insel herum, jeden Tag, aber sie stammt aus einer Fischerfamilie, und deshalb versteht sie dieses Leben. Frank, ihr Mann, ist der tonangebende Fischer hier und hoch angesehen.

Sein Sohn Roper ist nicht so hoch angesehen, weil er ein Arschloch ist.

»Er hat eine Metallplatte im Kopf, und die hat sich in sein Gehirn gefressen.«

Gil interessiert das, sie kann es sehen.

»Er bürstet sich die Haare drüber.« Silvia setzt die Kappe wieder auf. »Soll ich dich mal rumführen?«

»Okay.«

Silvia sieht sich seine Lippe an. »Es hat aufgehört.« Sie legt das Geschirrtuch zusammen, und Gil soll es einstecken. »Du sollst wirklich nicht auf die Insel bluten.«

Sie laufen herum, es ist heiß, und es gibt nichts zu sehen.

»Doch, da ist immer was«, sagt Silvia.

Der Himmel, das Meer, das steinige Ufer, die holprigen Wege, die Wolken, wenn denn welche da sind – das alles verändert sich von einem Moment auf den anderen. Gil ist nicht überzeugt. Er hört ihr zu, weil er ihren Akzent mag.

»Jeder Spaziergang führt über eine andere Insel.«

»Was hast du für einen Akzent?«

Silvia lächelt. »Italienisch. Ich komm von Pigeon Island, bin jetzt aber hier.«

»Okay. Erzähl weiter.« Und dann, weil es vielleicht von ihm erwartet wird, erwidert Gil ihr Lächeln, aber da platzt seine Lippe wieder auf.

»Wisch das Blut weg! Lächle nicht mit dem Mund. Lächle mit den Augen.« Um ihre herum bilden sich Fältchen. »Verstehst du?«

Gil versteht nicht, blinzelt aber ähnlich wie sie.

Sie gehen weiter, und Silvia erklärt ihm, dass das hier die Abrolhos-Inseln sind, und das Wort Abrolhos kommt aus dem Portugiesischen, und es bedeutet: *Mach die Augen auf. Pass auf,* oder vielleicht auch: *Schlaf nicht ein, verdammt,* oder alles zusammen.

»Warum?«

»Es gibt hier überall Riffe, toll zum Schiffeversenken.«

Sie bleiben bei einem Korallenhaufen mit einem *Beacon* stehen, einem zweieinhalb Meter hohen Leuchtfeuer.

»Danach ist die Insel benannt«, sagt Silvia. »Die alten Schnapper-Fischer früher wollten ihre Insel von den anderen unterscheiden können. Frank sagt, dass sie von einem Leichtflugzeug aus alle gleich aussehen, wie verschorfte Knie.«

Gil versucht es sich vorzustellen, eine Ansammlung ekliger, flacher Inseln.

»Das Meer ist heute dunkel«, sagt Silvia, »was heißt, dass es Übles im Sinn hat. Man kann nie sagen, was es als Nächstes tut, es ist unberechenbar.«

Gil sieht hinaus aufs unberechenbare Meer.

»Weißt du, wie Roper an seine Metallplatte gekommen ist? Das Meer hat ihm ein Stück aus der Schädeldecke gerissen.«

Gil sieht mit größerem Respekt aufs Wasser hinaus.

»Er war auf dem Riff fischen, und eine Welle hat das Boot umgeworfen und ihn ins Wasser geschleudert, wo ihn die Schraube böse erwischt hat.« Sie wirkt befriedigt. »Er ist dann durch die Brandung zurückgeschwommen, den Kopf offen wie ein Ei. Ein Stück Schädel war weg, aber die Ärzte haben ihm ein neues reingeschweißt.«

»Sagst du die Wahrheit?«

Silvia lächelt ihr wölfisches Lächeln. So stehen sie eine Weile da und sehen auf das Meer hinaus, das Ropers Kopf wie ein Ei aufgeschlagen hat.

»Das Meer hat keine Schuld«, sagt Gil. »Es war die Schraube, die ihn verletzt hat.«

»Das ist Haarspalterei. Wenn du zum Fischen hinausfährst, musst du das Meer respektieren.«

»Ich will nicht fischen.«

»Aber darum geht's. Joss wird dich als Deckie anlernen.«

»Ich will aber nicht auf einem Boot arbeiten.«

»Es wird Zeit, dass dein Opa Hilfe bekommt. Vierzig Reusen, das ist selbst für einen jüngeren Mann eine Menge. Und Joss macht das alleine.«

Gil zuckt mit den Schultern. Es scheint ihm die beste Antwort.

»Was bleibt ihm sonst?« Silvia beißt an einem Fingernagel herum und wirft Gil einen lauernden Blick zu. »Keiner will mit ihm rausfahren.«

Die Umkreisung der Insel wird von drei selbst gedrehten Zigaretten unterbrochen, stumm und im Stehen geraucht. Silvia holt sie vorsichtig aus einer alten Drum-Tabakdose hervor. Sie benutzt ein Sturmfeuerzeug mit wilder Flamme und macht eine große Sache daraus. Silvia raucht mit dem Rücken zum Wind. Die Augen zu schmalen Schlitzen verengt hält sie die Zigarette durch ständiges Paffen am Brennen.

Gil fragt, ob er auch eine bekommt. Silvia sieht ihn streng an. »Wie alt bist du?«

»Neun.« Gil zögert und sagt dann: »Mum hat mich auch gelassen.«

»Mag ja so sein.«

Gil steht neben ihr und atmet den Tabakrauch und die mineralische Luft ein. Ihre dritte Zigarette raucht Silvia mit Blick auf ein Gebüsch. Ein Strauch ist größer und knorriger als die anderen und steht ein wenig abseits. An seinen Zweigen hängen Bänder und Perlen, und um ihn herum liegen Kinderspielzeuge, einige noch ganz neu: ein gelbes Plastik-Jo-Jo, ein kleiner roter Bus. Andere sind alt und verwittert: gesichtslose Puppen, verblichene Teddys.

»Das ist der Lumpenbaum. Jetzt hast du alles Wichtige gesehen, nur Bill Nords neues Klo noch nicht.«

Gil sieht zu, wie die Bänder im Wind flattern. »Wofür ist das alles?«

»Für das tote Mädchen, das auf der Insel herumgeistert. Die meiste Zeit hängt sie hier rum.«

Gil schnappt nach Luft und denkt an seine Mutter. Als sie jung war, hat sie hier auf der Insel gelebt. »Welches tote Mädchen?«

»Ist lange her, sie ist ein alter Geist. Von einem Schiffbruch.«

Gil spürt, wie er sich beruhigt. »Es gibt keine Geister.« Er tritt ein Stück vor, berührt die Bänder und stellt ein umgefallenes Spielzeug am Fuß des Strauches wieder auf.

»Weißt du von dem Schiffbruch?« Silvia nimmt ein paar tiefe, nachdenkliche Züge. »Es ist lange, lange her. Es waren Holländer. Die eine Hälfte der Gestrandeten hat die andere umgebracht. Das Schiff hieß *Batavia*.«

Gil fällt auf, wie Silvia *Batavia* sagt. Leise und vorsichtig. Er wiederholt das Wort in seinem Kopf und verspürt einen Kitzel – *Batavia. Batavia. Batavia*.

Nichts geschieht.

Aber es auszusprechen, setzt etwas in Gang, das weiß Gil.

Es gab Worte, die auch Mum leise und vorsichtig ausgesprochen hat, weil sie gefährlich waren: *Teufel. Henker. Tutanchamun. Krebs.*

»Sie waren von Beginn an dem Tod geweiht, weil sie mit einem Irren an Bord losgefahren sind. Dann sank das Schiff, und sie wurden hier angeschwemmt. Stell dir vor, ein Irrer ist auf dieser Insel hinter dir her. Dann bist du verratzt.«

»Ja.«

»Wo würdest du dich verstecken?« Silvia macht eine ausladende Geste über die flache Insel und das glitzernde Meer.

»Man kann sich hier nicht verstecken.«

Die Bänder flattern im Wind, über ihnen kreisen ein paar Vögel und schreien. Gil wird von der Einsamkeit der Insel erfasst.

»Sie könnte eine kleine Freundin für dich sein.« Silvias Ton ist spöttisch. »Das tote Mädchen. Wo du sonst das einzige Kind auf der Insel bist.«

Gil wirft ihr einen Blick zu. Silvia unterdrückt ein Lächeln. Sie zwickt die Glut von ihrer Zigarette und steckt den Rest ein. »Komm. Ich zeige dir die Wissenschaftler.«

Die Wissenschaftler sind vor ihrer Hütte beim Anleger. Sie sitzen vor Eimern, in denen sie kleine Dinge waschen. Das machen sie, wenn Wetter und Meer sie nicht tauchen lassen, sagt Silvia. Sie rät Gil, ihnen nicht zu nahe zu kommen.

Einer der Männer hebt den Blick und winkt.

»Wink nicht zurück«, sagt Silvia. »Und rede nicht mit ihnen.«

Der Mann sieht Silvia an und wendet sich wieder seinem Eimer zu.

Sie steckt sich ihren Zigarettenstummel an, zieht heftig daran und sieht zum Himmel hinauf. »Sie stören die Toten.«

Gil denkt an die Kanonen und die Silbermünzen, die unten auf dem Meeresboden funkeln. »Suchen sie nach Schätzen?«

»Wenn du Knochen, Zähne und rostige Nägel Schätze nennen willst«, murmelt Silvia durch ihre Zigarette.

»Gibt es da keine Münzen?«

»Die haben sie schon vor Jahren heraufgeholt.«

Die einzige Wissenschaftlerin sieht zu ihnen her und steht auf, als wollte sie herüberkommen. Silvia macht ein finsteres Gesicht. »Gehen wir weiter.«

»Du rauchst«, sagt Gil.

»Ich kann auch im Gehen rauchen, wenn es sein muss.«

Sie steigen den Pfad wieder hinauf.

»Was sie machen, ist ekelhaft.« Silvia wirft ihre Zigarette weg und tritt sie aus. »Verdammte Geister wecken.«

Gil schnappt sich den Stummel und steckt ihn in die Tasche seiner Shorts.

Sie kommen zu Silvias Camp. Die Hütte der Zanettis ist größer und in besserem Zustand als die seines Großvaters. Sie hat ein neu aussehendes Metalldach, und an den Fenstern sind Rollos heruntergelassen.

»Weiter kannst du nicht mit. Frank will dich nicht drinnen haben: wegen dem, was du getan hast, und wegen deinem Großvater.« Silvia schenkt ihm ihr wölfisches Grinsen. »Ich kann dich nur treffen, wenn die Boote draußen sind.«

Gil spürt, wie er rot wird, dreht sich um und geht den Pfad zurück.

Silvia ruft ihm hinterher: »Es war Pop Marten, der damit angefangen hat. Er hat die Wissenschaftler hergebracht. Pop Marten hat den ersten Schädel gefunden.«

Gil geht weiter.

»Unter seiner verdammten Wäscheleine.«

Ein Vogel stößt im Sturzflug herab. Das Gestrüpp erzittert im Wind, der vom Meer kommt.

Joss kocht, und Gil sitzt am Tisch und zeichnet mit seiner Gabel Irrgärten und Labyrinthe in die Wachstuchtischdecke. Er kennt den Unterschied.

»Morgen kommst du mit zum Fischen«, sagt der alte Mann, den Blick auf den Kochtopf gerichtet.

»Wann kann ich zurück?«

Joss legt seine Zigarette auf dem Rand der Arbeitsplatte ab und krümelt irgendein Zeug in die Masse auf dem Herd.

»Ich könnte zu Mrs Baxter. Sie hat gesagt, das würde gehen.«

Joss scheint verärgert, mit wütenden Bewegungen rührt er im Topf herum.

»Was gibt es?«

»Eintopf.«

»Du könntest mir zeigen, wie der geht. Dann kann ich ihn fertig haben, wenn du vom Fischen zurückkommst«, versucht Gil es.

»Du wirfst alles zusammen und kochst die Scheiße. Was gibt's da zu lernen?«

Gil sieht auf seine Gabel und drückt die Zinken ins Wachstuch. Joss schaltet den Brenner aus und stellt den Topf und zwei Teller auf den Tisch. Auf einem weiteren Teller liegen zwei Scheiben Brot, gebuttert und zusammengeklappt. Joss zeigt darauf, und Gil nimmt sich eine.

Der alte Mann setzt sich hin und macht dabei ein Geräusch, als wäre Sich-Hinsetzen sehr anstrengend.

Gil hält den Blick gesenkt. Wann immer er sich umsieht, springen ihm eklige Dinge ins Auge. Der Schmier am Hals der Soßenflasche, die vollen Fliegenfänger an der Decke, das offene Hemd des alten Mannes mit dem angegrauten Brusthaargestrüpp.

Joss zieht eine Tasse durch den Topf und füllt die beiden Teller. Zwei Portionen. Ein fettiger Film überzieht das Essen. Genau wie alles andere in dieser Küche.

Joss reicht ihm einen der Teller. In seine Hand haben sich Schmutz und Öl eingefressen, und Gil sieht, dass sein Großvater zwei verstümmelte Finger hat. Am Zeige- und Mittelfinger fehlen die vorderen Glieder. Wo Nägel sein sollten, sind weiche runde Stummel. Gil erschrickt. Er fragt sich, wie er die Finger verloren hat.

»Nimm schon«, sagt Joss. »Was ist los mit dir?«

Gil nimmt seinen Teller. Joss isst hastig und gereizt, als wollte er es möglichst schnell hinter sich bringen. Gil sieht zu, wie sein Eintopf abkühlt, fest wird und sich eine Haut auf ihm bildet. Er versucht, etwas zu finden, das er sagen könnte. Über die Insel, die Hütten, die Vögel und das Meer, die Wissenschaftler und die Knochen. Über das Wrack. Über Mum, und wie es war. Und warum er getan hat, was er getan hat.

»Pop Marten hat einen Schädel gefunden, oder?«

Sein Großvater hebt den Blick. »Hast du mit Silvia Zanetti geredet?«

Gil nickt.

»Tu das nicht. Silvia erzählt nur Müll. Morgen geht es früh los.«

## KAPITEL 3

# 1628

Die *Batavia* ist eine ganze Welt, und diese Welt ist ständig in Bewegung. Mayken hat neu laufen gelernt. Sie hat zugesehen, wie der Skipper das Rollen und Stampfen des Schiffs mit weichen Knien und einem wiegenden Gang auszugleichen weiß. Ein Seemann kämpft nicht darum, aufrecht zu stehen, denn es gibt kein »aufrecht«, er lässt das Schiff seine Füße führen. Und wie ein guter Kapitän führt auch Mayken ein Logbuch.

*Habe einen Schiffszwieback gegessen, und jetzt wackelt ein Zahn. Imke sagt, ich muss auf meine Zähne aufpassen, weil ich neun bin und keine neuen mehr nachwachsen. Ich musste mit den Damen an Deck nähen, mit Frau Prädikant und ihrer großen Tochter Judick. Dem kleinen Roelant habe ich ein Klatschspiel beigebracht. Judick hat dazu wie eine warme Sonne gelächelt, Frau Prädikant düster wie eine Regenwolke zugesehen. Dann kam der Skipper ohne Jacke auf Deck, und wir mussten wieder nach drinnen. Heute sind die Wellen hoch, und das Schiff springt in sie hinein. Der Löwe vorne taucht seine großen Pranken tief ins Wasser. Ich übe spucken und fluchen, wenn Imke schläft. Ich spucke schon ziemlich weit. Ich wäre ein toller Seemann. Wir sind jetzt seit elf Tagen auf See.*

Mayken überlegt, ob sie, was Jan Pelgrom gesagt hat, mit in ihr Logbuch schreiben soll. Dass das Schiff aus dem englischen Kanal hinaus ist und in Richtung Biskaya fährt. Und dass der Skipper wütend ist, weil er im Verband bleiben muss. Er könnte auch schneller fahren und zwei Monate früher in *Batavia* sein.

Pelgrom sammelt Neuigkeiten, wenn er in der Großen Kabine Wein einschenkt und Fischgräten vom Boden aufliest. Es gibt da einen großen, runden Tisch, an dem Skipper Jacobsz und Oberkaufmann Pelsaert abwechselnd ihr Abendessen einnehmen. Die beiden weigern sich, zusammen am selben Tisch zu sitzen, wie groß und wie rund er auch sein mag. Sie haben eine gemeinsame Geschichte und hassen einander aus tiefstem Herzen. Pelgrom mag die Abende des Skippers lieber, weil sich alle betrinken und Spaß haben. Die Rumrennerei mit dem Krug macht ihn fertig, aber er kann essen und trinken, ohne dass es jemand merkt. An den Abenden des Oberkaufmanns schläft er im Stehen ein, weil sich alle ganz leise unterhalten und ewig nichts nachgeschenkt haben wollen.

Mayken liest ihren Logbucheintrag noch einmal durch und beschließt, dass für heute genug drinsteht. Sie legt ihr Schreibzeug weg. Es ist Zeit für ihren Rundgang. Ihr erlaubter Bereich ist strikt auf den Teil hinter dem Hauptmast beschränkt und umfasst ihre eigene Kabine sowie das Poop- und das Achterdeck.

Wenn sie die Grenze überschreitet, wird sie einem schrecklichen Unglück zum Opfer fallen. Da sind Taue, die um sich schlagen, sich verdrehende Winden, dahinschwenkende Segel und ein Meer, in das man gespült werden kann. Und das Schiff dreht für niemanden um.

An ruhigeren Tagen kommt Imke mit Mayken an Deck. Die alte Kinderfrau sucht sich eine geschützte Ecke, während Mayken den Seemännern zuzwinkert. Imke hält Vorträge über maritime Vorzeichen (Wolken, Wellenformationen und Seevögel, die in merkwürdigen Anordnungen vorüberfliegen), und wohlhabende Passagiere und Kadetten stehen Schlange, um an ihrem Wissen teilzuhaben. Botschaften werden von unter Deck heraufgesandt, und so wächst Imkes Ruf.

Das ist nichts Neues. Imke war schon in Haarlem für ihre Fähigkeit bekannt, Liebesverbindungen und Geschäfte vorauszusagen, und das allein mit ein paar Truthahninnereien und einer Tüte getrockneter Erbsen.

Wenn Imke ihre Zuhörerschaft leid wird, winkt sie Mayken herbei, und auf dem Weg zurück in ihre Kabine streicht sie ganz sicher über den Bart eines hölzernen Seemannskopfes, bringt das doch Glück.

Pelgrom sagt, das werden sie brauchen.

Er erzählt Mayken, was ihnen alles bevorsteht. Extreme Hitze und Kälte werden das Holz der *Batavia* schrumpfen und anschwellen lassen. Die Kalfaterer und Schreiner werden rund um die Uhr damit beschäftigt sein, Lecks abzudichten. Seepocken werden sich an den Bauch des Schiffes heften, Algen und Tang sich darauf ausbreiten und die Fahrt der *Batavia* verlangsamen. Taue werden schwächer, Segel sich versteifen. Der Anstrich des Schiffes wird verblassen, die Decks werden an Farbe verlieren. Salz, Wind, die Gischt und Hunderte Füße werden ihre hölzerne Burg auf dem Meer auslaugen und zermürben. Das Schiff wird verrotten, genau wie seine Vorräte. Das Trinkwasser ist bereits voller Würmer, und wenn sie erst den Äquator erreichen, werden die Fässer mehr Gewürm als Wasser enthalten. Auch die Menschen wird es ereilen. Sie werden krank werden.

Mayken erfährt von Pelgrom vom Sechs-Monats-Skorbut. Der schrecklichen Schwächung der Muskeln, dem Anschwellen des Zahnfleisches, den Flecken auf den Beinen und dem Blut, das sich aus jeder Körperöffnung ergießt. Dann wirst du in einen Leinensack genäht, der letzte Stich geht durch die Nase, und ab geht's, *hau ruck!*, über die Reling. Mayken sucht bei Imke nachts nach Anzeichen für Skorbut. Sie schiebt die Lippe der alten Frau hoch und fährt mit dem Finger über ihr Zahnfleisch. Anschließend hebt sie Imkes Nachthemd an und untersucht ihre dicken, blauadrigen Beine.

Mayken fragt sich, ob sie an Langeweile sterben wird, bevor der Skorbut sie holt. Sie wünscht sich einen Sturm. Nicht gleich einen monumentalen, eher so einen wie den, der sie einen Tag vor dem Hafen hat festliegen lassen. Einfach etwas interessantes Wetter.

Es gibt einen Sturm.

Sie donnern und taumeln durch biblische Wellen. Passagiere schreien, die Besatzung brüllt sich Kommandos zu, Wasser peitscht über die Decks, der Wind heult, und die Segel sind eingeholt und fest verzurrt. Die Wellen reichen bis zu den Hühnern in ihren Poopdeck-Nestern. Wenn das Schiff untergeht, ist es Maykens Schuld.

Sie schließt einen Handel mit Gott: Geht das Schiff nicht unter, wird sie nur noch gute Dinge denken, mit dem Fluchen aufhören und auf Imke aufpassen.

Das Wetter bessert sich.


Imke will ihr nicht beibringen, wie man Vorzeichen liest. Das ist nichts für eine Dame.

Bei Imkes nächster Sitzung meldet sich Mayken zu Wort und hält einem ihr fasziniert lauschenden Seemann einen Vortrag darüber, warum seine Vergangenheit, Gegenwart und Zukunft vom Himmel abzulesen sind! Dem Flattern der Segel! Der Farbe des Meeres! Der Mann staunt – das Kind hat das zweite Gesicht. Mayken grinst Imke zu. Imke erwidert ihren Blick mit schmalen Lippen.


Wahrscheinlich haben Imkes Fähigkeiten auf Mayken abgefärbt. Die alte Frau gelobt, umsichtiger mit ihren Visionen umzugehen.

Die Kabine wird kleiner. Mayken hat sie vermessen. Fünf Schritte von einem Ende zum anderen. Am ersten Tag waren es noch neun. Sie selbst ist nicht gewachsen, und Imke ist vor lauter Seekrankheit noch geschrumpft, was bedeutet, dass sie eigentlich mehr Platz haben sollten. Der Inhalt der Kabine hat sich nicht verändert: zwei Truhen, zwei Schlafplätze, ihre Decken, ein Eimer, ein Tisch und ein Hocker.

Der Hocker, auf dem Mayken gerade balanciert.

»Und?«, flüstert Imke.

Mayken drückt ihr Ohr an das Loch in der Ecke unter der Decke. So kann sie lauschen, was in der Nachbarkabine gesprochen wird. Mayken gibt sich alle Mühe, doch es regt sich nichts.

»Na?« Imke stützt sich auf einen Ellbogen und sieht sie erwartungsvoll an.

»Die Dame schimpft ihr Mädchen aus«, berichtet Mayken.

»Nenn sie bei ihren Namen!«

Mayken verdreht die Augen. »*Lucretia Jansdochter* schilt *Zwaantie Hendricx*, weil das Mädchen alte wie junge Seemänner ermutigt.«

Imke nickt wissend. »Hat Zwaantie diesmal etwas darauf geantwortet?«

Mayken schüttelt den Kopf. »Nein, aber ich kann in ihrem Schweigen wütenden Groll hören.«

»Das würdest du.«

»Zwaantie soll ihre Brüste nicht so zeigen.«

»Ein weiser Rat.«

Mayken macht Anstalten, vom Hocker zu steigen.

»Hör weiter zu, Kind!«

»Sie sind weg.«

»Wohin?«

»Zum Weintrinken mit dem Oberkaufmann, in der Großen Kabine.«

»Er hat ein Auge auf Mevrouw Jansdochter.« Imke zieht die

Brauen zusammen. »Zwaantie geht auch mit? Ein Dienstmädchen darf in die Große Kabine?«

Mayken überlegt schnell. »Nein, sie muss draußen warten, falls ihre Herrin etwas braucht, einen Kamm oder ihre Perlen. Sie darf bei der Wache sitzen, solange sie ihre Brüste bei sich behält.«

Befriedigt sinkt Imke zurück. »Komm jetzt herunter.«

Mayken ist erleichtert. Sie hat Besseres zu tun, als den ganzen Tag belauschte Gespräche zu erfinden. Im Übrigen ist es, so wie das Schiff schaukelt, nicht einfach, auf einem dreibeinigen Hocker das Gleichgewicht zu bewahren. Sie kann die Faszination für Lucretia Jansdochter, oder Creesje, wie ihre Freundinnen sie nennen, nicht verstehen. Selbst Imke, die für gewöhnlich nicht viel auf Wohlstand, Abstammung oder Schönheit gibt, ist fasziniert von den Geheimnissen um ihre Nachbarin, von denen das größte darin besteht, warum eine wohlhabende, schöne Frau aus guter Familie solch eine lange und gefährliche Seereise unternimmt. Es heißt, sie will zu ihrem Mann, einem der Oberen der Kompanie.

Mayken hat den Ausdruck des Schreckens nicht vergessen, den Creesje auf dem Gesicht trug, als sie die feine Dame zum ersten Mal gesehen hat – da wurde sie auf einem Mehlsack sitzend die Bordwand emporgehievt! Der Schrecken hat mittlerweile ständiger Verzweiflung Platz gemacht. Wie Imke es ausdrückt, hat sich Creesje vorher wahrscheinlich nie mit ihrer eigenen Pisse waschen müssen.

Ein elaboriertes Klopfen ist von der Tür zu hören, und es ist Jan Pelgrom.

»Wie geht's den Nachbarn?«

Imke schnieft. »Die Dame geht zum Weintrinken mit dem Oberkaufmann in die Große Kabine, und das Mädchen soll ihre vorwitzigen Brüste bei sich halten.«

Pelgrom ist für die Zerstreuung durch das Lauschloch zu danken. Ihm und seinem ausgeliehenen Schreinerwerkzeug. Pelgrom, dem Schiffswurm.

Mayken nutzt Imkes gute Laune. »Darf ich hinaus? Es wird genäht.«

Imke zögert. Seit Maykens Ausflug in die Wahrsagerei ist sie vorsichtiger.

»Frau Prädikant bringt den jungen Damen auf Deck das Sticken bei«, fügt Pelgrom an. Imke nickt. Er holt ein Stückchen Ingwer aus der Tasche. »Für Ihren Magen, Mevrouw Imke.«

»Danke.«

»Und das zur geistigen Anregung.« Er kniet sich hin, um ihr etwas ins Ohr zu flüstern.

Mayken sieht zu, wie sich Entzücken auf dem Gesicht ihrer Kinderfrau ausbreitet, während ihr Pelgrom so leise wie schnell irgendeine Geschichte erzählt. Er hebt seine schlanken Hände und vollführt noch eine unergründliche Geste, dann lässt er sich zurück auf die Fersen sinken und wartet.

Aus Imke bricht ein sattes, fettes Glucksen, das zu einem prächtigen Lachen wird, in das Pelgrom von Herzen einstimmt. Am Ende tupft sich Imke Tränen aus den Augen und sieht ihn dankbar an.

Wie es scheint, besitzt Pelgrom das Talent, genau zu wissen, was jemand braucht, um es ihm oder ihr dann zu geben.

Bei Imke sind es Ingwertee und Freudentränen.

Bei Mayken ist es der Schlüssel zu den unteren Decks.

Pelgrom wühlt in der Ecke der düsteren Kabine herum. Er teilt sie sich mit fünf Schreibern, und sie ist halb so groß wie die von Mayken. Die Schreiber haben gerade in der Großen Kabine zu tun und verfassen Listen für den Unterkaufmann.

»Dein Schlüssel zu den unteren Decks«, sagt Pelgrom mit großer Geste und zieht ein säuerlich riechendes Bündel hervor. »Eine Verkleidung. In deinem feinen Kleid mit Spitzenkragen kannst du da nicht herumgeistern. Dann sehen sie gleich, dass du da nicht hingehörst.«

»Muss die Verkleidung stinken?«

»Sie ist von einem Jungen da unten.«

»Er stinkt.«

»Du auch.«

»Aber nicht so wie er.«

»Schnell, ich helfe dir.« Pelgroms Hände sind nicht sanft. Er rupft an der Schleife ihrer Haube.

»Ich kann das selbst.«

Sie steigt in eine leinene Kniehose, die starrt vor Schmutz. Pelgrom fügt einen kratzigen Kittel und einen dicken Ledergürtel hinzu. Plötzlich bekommt Mayken Angst. Fühlt sich klein und verloren in den Kleidern eines anderen.

»Ich will zurück in meine Kabine.«

»Und die Möglichkeit eines Abenteuers verpassen?«

Mayken zögert.

»Geh schon, geh zurück in deine Kabine! Zu dem alten Mädchen, das seine Innereien herauswürgt.«

»Dafür kann Imke nichts.« Mayken holt tief Luft und spürt, wie ihre Angst und ihre Neugier einen Streit in ihr austragen. »Ich gehe.«

»Natürlich tust du das.« Pelgrom setzt ihr eine Mütze auf den Kopf und betrachtet sie zufrieden. »Himmel, du bist ein echter Schiffsjunge! Jetzt brauchst du nur noch einen Namen.«

Mayken überlegt. »Obbe. Wie unsere Katze in Haarlem.«

»Freut mich, dich kennenzulernen, Obbe.«

Mayken macht ein paar kleine Schritte, kratzt sich am Hintern und versucht zu spucken.

Pelgrom lacht. »Wenn Imke stirbt, kannst du so bleiben. Wir rasieren dir den Kopf, und du kriegst deine Ration Bier.«

Mayken spürt unversehens Wut in sich aufflammen. »Sag so was nicht über Imke. Sie stirbt nicht.«

Pelgrom zuckt mit den Schultern. Mayken versucht sich unter der Mütze zu kratzen, aber ihre Ärmel sind zu lang. Pelgrom krempelt sie ihr hoch. Sein Lächeln ist bestrickend.

»Was willst du?«, fragt Mayken.

»Kann ich deine alten Sachen verkaufen, Obbe? Dein feines Wollkleid mit all den verborgenen Juwelen?«

»Nein. Ich muss immer noch Mayken sein. Und verborgene Juwelen gibt es nicht.«

Pelgrom befühlt den Saum ihres Kleides, hält inne, hebt eine Braue und beißt in die Naht. Mayken greift danach, aber er hält es in die Höhe.

»Ich verstecke das Kleid hinter dem Schweinepferch. Dann kannst du durch ein loses Brett kriechen und wieder du selbst werden.«

»Da sieht man mich!«

»Wird man nicht, und wenn, was ist besser: Als Mayken auf dem Hauptdeck erwischt oder als Obbe an einer Rahe aufgehängt zu werden, weil du in eine Damenkabine eingedrungen bist.«

»Ich werde stinken.«

»Das wirst du.«

Mayken guckt finster, nickt aber.

»Sei vorsichtig«, warnt Pelgrom sie. »Hinter dem Mast bist du geschützt, doch auf dem Rest des Schiffs gelten andere Regeln. Erwarte nicht, dass die Leute dich nett behandeln. Da bist du keine feine Dame mehr.«

Mayken spuckt auf den Boden, den Speichel hat sie von tief unten heraufgeholt.

Pelgrom macht ein ernstes Gesicht. »Meide die Offiziere, besonders den, den sie den Steinmetz nennen.«

»Den Riesen, der Schädel zerquetscht?«

»Genau den. Er hat es sich zur Aufgabe gemacht, auch noch die letzte Seele an Bord zu kennen. Der Steinmetz zählt sogar die verdammten Ratten. Er sieht sofort, dass du eine Hochstaplerin bist. Und wenn du erwischt wirst …«

»Hast du nichts damit zu tun.«

»Vergiss das nicht.«

Mayken bewegt sich, so schnell sie kann, durch das Gewimmel auf dem Hauptdeck. Sie hält den Blick auf Pelgrom gerichtet, der mittschiffs langsamer wird. Er sieht sich zu ihr um und duckt sich hinter den Schweinepferch. Mayken folgt ihm. Er deutet auf ein loses Brett und schiebt das Bündel ihrer guten Sachen dahinter.

Pelgrom richtet sich auf und sieht sich wachsam um. Mayken behält ihn im Blick. Sie muss auf sein Signal warten, bevor sie zum letzten gefährlichen Spurt zu den Stufen hinunter aufs Kanonendeck ansetzt. Er wendet den Kopf in alle Richtungen. Wer könnte sie hinunterschlüpfen sehen? Wer sieht her? Wen könnte es interessieren?

Hoch oben vom Poopdeck ertönen plötzlich lautstark Signale des fetten Trompeters. Er übersetzt die Befehle des Bootsmanns, eines mächtigen, vernarbten Raufbolds mit platter Nase, der hinauf in die Segel und zum Himmel sieht. Seemänner klettern in die Wanten, Leinen spannen sich, Segel schwellen. Die *Batavia* duckt sich, schneidet in die Wellen, und die Schiffsglocke verkündet die nächste halbe Stunde.

Pelgrom hebt die Hand. *Fertig …*

Mayken wartet. Ihr altes Leben hinter sich, das neue vor sich, wartet sie auf das Zeichen.

Er senkt die Hand. *Los!*

## KAPITEL 4

# 1989

Der Geruch sagt ihm, dass er so ist, wie Mum ihn gekocht hat. Sie hatte einen Trick, mit Kaffeepulver, Dosenmilch und aufgeschlagenem Schaum obendrauf. Magisch. Gil hält die Augen geschlossen. Er und Mum sind in einem Wohnwagen, einem Motel, einem geliehenen Haus. Mum raucht aus dem Fenster, dreht sich die Haare auf oder leert ihre Handtasche überm Bett.

Gil entscheidet, sie sind in einem Haus, da, wo sie zuletzt gewohnt haben.

*Was ist mit den Fliegen, rammen die sich die Köpfe ein, um aus dem Fenster zu kommen?*

Gil holt Luft. Noch mal von vorne: ihr Haus.

Es war nicht wirklich ihres. Es gehörte dem Besitzer der Tankstelle, in der Mum gearbeitet hat. Es war mit Abstand das Beste, wo sie je gewohnt hatten, wenn auch nichts funktionierte und alles voller Kakerlaken war. Wenn du länger an einem Ort bleibst, musst du Sachen in Ordnung bringen und regelmäßig sauber machen. Du kannst nicht einfach weiterziehen, und alles ist frisch wie bei Motels und Trailerparks. Manchmal hat Mum das sauer gemacht.

Das Haus lag am Rand der Stadt, am Ende einer langen Zufahrt, was bedeutete, dass nicht mal zufällig jemand vorbeikam. Früher hatte es der Tante des Tankstellenbesitzers gehört. Sie war dort gestorben. Mum stellte Vermutungen an, wo Tantchen denn wohl verblichen war, und beschloss, es sei im alten Sessel im Hinterzimmer passiert. Dann lachte sie.

Gil hasste es, wenn seine Mum so redete.

Mum sagte, er habe ein Gespür für andere Welten, eine spezielle Gabe. Wenn er ihr sagte, sie solle eine Straße nicht hinunterfahren, tat sie es nicht. Keiner von beiden wusste wirklich, warum. Gil mochte nicht in dem alten Sessel sitzen. Er war ihm nicht geheuer. Mit Dellen im Polster von einem Geisterhintern. Die Federn ächzten, wenn Mum sich darin niederließ. Vielleicht gab es auch ihr ein ungutes Gefühl, sich in den Sessel der Toten zu setzen. Gewöhnlich nahm sie das Sofa.

*Wo er sie gefunden hat.*

Gil holt Luft.

Noch mal von vorne: ihr Haus.

Während der ersten paar Wochen hatten Gil und Mum hart daran gearbeitet, alles in Ordnung zu bringen, so wie sie es haben wollten. Sie warfen den Toilettenstuhl hinaus und schraubten den Badewannensitz ab. Sie schrubbten die Böden und Fenster und strichen die Möbel. Gil stellte Kerzen in Gläser, und Mum nähte Kissenbezüge. Sie hatten beide ihr eigenes Zimmer und schliefen zum ersten Mal getrennt.

Zum Haus gehörten Nager, eine Katze, um sie zu fangen, ein Hof mit einer Schaukel, eine schimmelnde Liebesromanbibliothek, ein launischer Teekessel und ein Mann namens Carlo.

Carlo besuchte Mum während der Arbeit an der Tanke. Carlo wusste, wie man Boiler reparierte, aber nicht gut genug, dass Mum ihn nicht jeden Freitagabend anrufen musste. Carlo kam dann mit seinem Werkzeug und Lebensmitteln für ein Essen. Er kochte, und Mum sah zu. Sie lächelte über die große Neuheit, dass sich ein Mann in der Küche nützlich machte. Gil nahm sein Essen mit nach draußen und warf es in die Büsche. Carlo und Mum tranken Bier und legten Musik auf.

Nach und nach fingen die Dinge an, sich zu ändern. Carlos

Auto stand draußen, Carlos Tasche im Flur. Carlo war überall. In jedem Teil des Hauses. Sein Aftershave erfüllte den Flur, wenn er aus dem Bad kam. Der Geruch brutzelnder Butter setzte sich in den Vorhängen fest, wenn er Pfannkuchen backte, im Bademantel, der sein Gehänge sehen ließ. Bald kochte Carlo den Kaffee, nicht mehr Mum. Carlo und sein Scheißkaffee waren der Anfang vom Ende. Ihrem Ende.

Gil öffnet die Augen und sieht zur Tasse auf der Kiste neben seinem Bett.

Joss sieht nicht vom Zeitungsdurcheinander vor sich auf dem Tisch auf.

Gil bringt seine Tasse zum Tisch. »Mum hat ihn so gekocht.«

Der alte Mann liest. Mit einem Auge bei seinem Großvater gibt Gil ein Stück Zucker in die Tasse, und noch eins, und noch eins, rührt den Kaffee mit einem kratzenden Geräusch um und klackert dabei von innen gegen die Tasse. Schließlich klopft er mit dem Löffel auf den Tassenrand. Erst leise, dann lauter.

Joss liest die Zeitung und trinkt seinen Kaffee aus. Mit dem Ende des Löffels drückt Gil ein Labyrinth in das Wachstuch. Joss legt die Zeitung zusammen, stellt seine Tasse in die Spüle und geht zur Hintertür. »Mach dich fertig, wir fahren los.«

Gil fährt mit der Zuckerdose über das Labyrinth, und es verschwindet.

Das Boot ist am Ende eines im Wasser staksenden, schmalen Stegs festgemacht, nur ein kurzes Stück von der Hütte. Der Steg scheint von Stricken zusammengehalten, und es fehlen einzelne Latten, sodass Gil über die Lücken springen muss. Joss macht einfach einen größeren Schritt. Die *Ramona* ist kleiner, als Gil es sich vorgestellt hat, nicht viel mehr als neun Meter lang. Vorne gibt es eine kleine Kabine, der Rumpf ist weiß mit einem blassblauen Streifen, hinten stehen Reusen und Ködereimer. Joss klettert ins Boot und lässt es schaukeln.

»Steig ein«, sagt Joss.

»Ich würde lieber im Camp bleiben.«

Der alte Mann wirft ihm einen finsteren Blick zu. Gil folgt ihm ins Boot. Es bewegt sich unter seinen Füßen. Er hält sich an der Bordwand fest.

»Sieh mir zu, Junge. Vielleicht lernst du was.«

Gil hat genug gelernt. Er kann eine Straßenkarte lesen, jemandem die Nägel auf französische Art maniküren und weiß, wie man eine erwachsene Frau in eine stabile Seitenlage bringt und im Supermarkt ein anständiges Essen mitgehen lässt. Mum nannte das Lebensfähigkeit. Wichtiger als das, was man in der Schule lernt. Wohlmeinenden Schnüffelnasen erklärte sie, dass Gil Hausunterricht bekäme. Gil verstand, dass zu dieser Art Unterricht das Auswendiglernen von Songtexten gehörte, das Füllen von Stickerheften und schnelles Kopfrechnen. Als Mum als Kellnerin arbeitete, rechnete er zusammen, was die Leute zu zahlen hatten. Als sie Platzanweiserin war, gab er kurze Inhaltsangaben der Filme. Gil wusste Unmengen von Dingen, die andere Kinder nicht wussten, und nichts von dem, was sie wussten. Mit anderen Kindern zu spielen, war der anstrengende Versuch, mit einer fremden Spezies zu kommunizieren. Deshalb war Gil lieber mit Erwachsenen zusammen.

Wenn sie länger als vier Wochen an einem Ort blieben, bestand, wie Gil wusste, die Gefahr, dass Mum den Konventionen nachgab und ihn in die örtliche Schule schickte. Das passte ihnen beiden nicht. Eine Präsentation heute, ein Projekttag morgen, die Versuche, nicht als der Neue aufzufallen. Versteck die blauen Flecken, versteck die Briefe an sie, oder Mum kommt fluchend in die Schule gelaufen, und die anderen Kinder sehen begeistert zu, wie sich eine Erwachsene selbst zerlegt.

Es waren diese Momente, in denen Gil seine Mum am meisten hasste. Er dachte: *Und wenn sie sterben würde?* Ein Überfall bei der Arbeit, ihr Auto um einen Baum am Straßenrand gewickelt.

Er würde hingehen. Blut auf dem Linoleum. Bremsspuren und abgebrochene Äste. Er könnte in ein Kinderheim kommen. Mit geregelten Schlafenszeiten, vielleicht fände er ein paar Freunde. Ohne Mum, nahm Gil an, könnte er wie alle sein. Mit ihr blieb er der Sonderling. Sie pflanzte es ihm ein, oder holte es aus ihm heraus.

*Lass sie nicht sterben. Lass sie nicht sterben. Lass sie nicht sterben.*

Dreimal. Immer in Dreiern. Außer dreimal drei wird neun. Dann neunmal.

Die *Ramona* lässt das verzweigte Riff hinter sich, ihr Motorgeräusch ist dunkel und kehlig, ein kleiner Hund mit einem tiefen Knurren. Joss ruft über den Wind und das Brummen hinweg. Er nennt die Namen der anderen Inseln im Archipel, einer langen und zwei höheren. Gil steht neben seinem Großvater und ist nicht groß genug, um durch die Windschutzscheibe zu sehen. Joss bindet das Ruder fest und holt Gil eine Kiste. Der Junge stellt sich drauf und kann jetzt das grell blitzende Wasser sehen. Das Boot schlingert heftig, taucht tief in die Wellen, und er empfindet nichts als Angst und konzentriert sich darauf, sich festzuhalten und nicht loszulassen.

Als sie weiter hinauskommen, wechselt das Meer die Farbe. Gil kriegt nichts davon mit. Jedes Mal wenn das Boot eine große Welle hinunterschießt und der Bug der *Ramona* ins anrollende Wasser der nächsten stößt, erfasst ihn neue Panik. Und er ist sicher, er wird von Deck geschwemmt werden und das Boot kentern. Gil wagt einen Blick auf den Großvater, der mit leicht zusammengekniffenen Augen aufs Meer hinausspäht, abschätzend, kalkulierend. Dabei wirkt der alte Mann entspannt, hat beide Beine fest auf den Planken und einen Arm auf dem Ruder liegen.

Joss stoppt den Motor und überlässt das Boot den Wellen an einer Stelle, die gefühlte Stunden von der Insel entfernt liegt. Hier gibt es keine Korallenbänke, höchstens vielleicht ein paar scharfe Riffzähne. Gil kann es nicht sagen, für ihn sieht das Wasser nur finster und seltsam getüpfelt aus. Joss' Bewegungen sind überlegt, wie die von Leuten, die gefährliche Arbeit gewohnt sind, und das hier fühlt sich für Gil gefährlich an. Er bleibt, wo er ist, und hält sich an der Bordwand fest. Gischt und Wellen jagen übers Deck, und der alte Mann ist nass und beugt sich vor, um die erste Reuse hochzuhieven. Mit einem Haken zieht Joss den Schwimmer heran, packt die Leine und holt sie ein. Breitbeinig steht er da, die Stiefel geben ihm Halt. Er bringt das Boot stärker zum Schaukeln und nutzt das Auf und Ab, um die Reuse in die Höhe zu ziehen, hält die Leine, wenn es sich hebt, und holt mehr von ihr ein, wenn es sich senkt.

Gil versucht zu beten. Er konzentriert sich auf: *Jesus Christus, bitte rette mich.*

Eine letzte Anstrengung von Joss bringt das Boot ins Schlingern, und die erste Reuse ist an Bord. In ihr krabbeln Untersee-Ungeheuer. Mit ruhiger Wut untersuchen sie die Grenzen ihres Gefängnisses, ihre Schwänze pulsieren. Glieder und Fühler strecken sich durch die Öffnungen. Joss macht die Leine los, leert die Reuse in eine auf Deck festgezurrte Wanne und holt geschickt auch die letzten, die sich im Netz verfangen haben, heraus. Einen Moment zappeln sie wie schreckliche Neugeborene in der Luft. Zwischendurch hält Joss inne, vermisst die Ungeheuer mit einem Metallstab und wirft die zu kleinen zurück ins Meer. Schließlich schüttet er neue stinkende Köder aus einem Eimer mit Deckel in die Reuse. Der Gestank ist überwältigend, trotz des frischen, mineralischen, salzgesättigten Atems des Ozeans. Joss lässt den Motor an, der spuckt und furzt und abstirbt. Joss zieht die Stirn kraus. Beim dritten Versuch erwacht der Motor endlich erneut zum Leben, und Gil atmet wieder.

An der fünften Reuse beginnt das Wetter umzuschlagen. Riesige Wellen türmen sich auf. Das Meer wird dunkler. Joss zieht den Schwimmer heran, packt die Leine und zieht. Der im Leerlauf dahintuckernde Motor stirbt.

Joss drängt an Gil vorbei, der jetzt im Weg ist, nutzlos wie ein Eimer. Joss arbeitet schnell, öffnet Deckel und Luken, überprüft Instrumente, und das Boot bockt und schlägt ins Wasser. Ohne das Geräusch des Motors scheint die Welt näher an Gil heranzurücken. Meer und Himmel. Wellen und Wind.

Es knallt, stinkt plötzlich nach Diesel und heißem Gummi, und der Motor springt an. Aber Joss bleibt auf den Knien und drückt den rechten Arm gegen den Körper, Blut rinnt ihm bis runter über die Finger. Er stillt die Blutung mit einem Werkzeuglappen. Der völlig verängstigte Gil kann nicht helfen.

Joss steuert durchs immer schlechter werdende Wetter. Die Gischt klatscht ihm die verbliebenen Haare an den Kopf, seine Kappe hat der Wind geholt. Gil lauscht dem Motor durch den heulenden Wind und ahnt jedes Stocken voraus. Der alte Mann hat eine Plastiktüte um seinen Verband gewickelt, die er mit einer Schnur zugebunden hat. Verknotet hat er sie mit den Zähnen. Im Plastik sammelt sich Blut.

Gil sieht die Insel erst, als sie fast da sind. Erleichterung erfüllt ihn, und gleichzeitig eine große Erschöpfung. Am Steg bedeutet ihm sein Großvater, auszusteigen und das Boot zu vertäuen, was ihm nur schlecht gelingt. Joss zieht einen der Knoten fester zu, kommt beim zweiten aber ins Wanken, richtet sich auf und wischt sich mit der unverletzten Hand über das Gesicht.

Seine Lippen sind vorgeschoben, die Augen trübe, als er Gil sagt, er soll den Eimer mit dem Drahtgriff nehmen.

Gil rutscht hinter Joss über den Korallenkies, und die paar Langusten, die er trägt, rutschen mit.

Der Sturm wird schlimmer, die Wellen zermahlen den Uferkies, und im Blechdach der Hütte pfeift der Wind. Als der Generator nicht mehr will, holt Joss Laternen. Er stellt eine ins Wohnzimmer, wo Gil so tut, als legte er eine Patience.

Joss hat den Verband an seiner Hand gewechselt. Sie ist jetzt dick umwickelt, aber sauber.

Gil zieht Karten und legt sie ab.

Joss hält ein Glas Brandy in der unverletzten Hand. Er lässt sich schwer in einen Sessel sinken, leert sein Glas und schließt die Augen.

Am Abend gibt es nichts Warmes, Joss schläft noch immer in seinem Sessel. Gil geht in die Küche. Auf dem Tisch flackert eine Laterne und wirft Muster auf die dunklen Wände.

Die Flasche Brandy steht auf der Anrichte. Gil schüttet etwas in eine Tasse und steckt die Zunge hinein. Das Zeug schmeckt süß, fies und brennt. Er nippt daran, bis ihm heiß wird und er sich vergiftet fühlt. Er öffnet eine Dose Schinken, dreht den Schlüssel und wickelt damit den Metallstreifen auf. Mit einem Messer puhlt er den Schinken auf die Arbeitsplatte und schneidet das Glibbrige ab. Die Scheiben, die brechen, isst er gleich so. Die guten kommen auf Cracker mit einem Klecks Tomatensoße obendrauf, das Ganze arrangiert er dann hübsch auf dem Tisch, weil die Augen mitessen.

Während er isst, wummert das Wetter gegen die Fenster und rüttelt an der Tür. Der Himmel ist finster, der Ozean aber noch finsterer. Irgendwo in sich spürt Gil immer noch das Auf und Ab des Bootes.

Joss hat sich nicht bewegt. Gil überlegt, ob er nach einem Spiegel suchen soll. Wenn das Glas beschlägt, lebt die Person noch. Bleibt er klar, hält sie entweder die Luft an oder atmet nicht mehr.

Die Augen des alten Mannes sind geschlossen, sein Mund steht offen, die Brust bewegt sich nicht. Tot sieht er aber nicht aus.

*Mum sah tot aus.*

Aufhören. Atme. Überlege, was du tun sollst.

*Lass ihn nicht tot sein. Lass ihn nicht tot sein. Lass ihn nicht tot sein.*

Gil geht ganz nahe an seinen Großvater heran, riecht den Schnaps und den Tabak, das geronnene Blut und den Diesel. Er lauscht angestrengt.

Nichts.

Der Sturm draußen hat nachgelassen. Die Wellen auf den Korallenkieseln haben sich beruhigt. Gil wartet. Plötzlich holt Joss tief Luft, so als wäre er gerade geboren worden. Und er beginnt schnarrend, aber regelmäßig zu schnarchen.

Gil geht ins Bett.

## KAPITEL 5

# 1628

Mayken überquert das Deck, steigt die Leiter hinunter und folgt Pelgrom in den Bauch des Schiffes. Je tiefer sie vordringt, desto wärmer wird es, und der Gestank wächst. Das Gewimmel der Leute hier unten verdunkelt alles, und plötzlich ist Pelgrom verschwunden. Mayken gerät kurz in Panik, geht ein Stück zurück, und da ist er und winkt ihr durch einen Spalt zwischen dem Rumpf und einer Kabine zu. Sie zwängt sich hindurch.

»Mein Büro in der Unterwelt«, sagt Pelgrom.

Er hat einen Hocker in die Höhlung gezerrt. Der Steward faltet sich in den schmalen Raum, die Knie an den Ohren. Mayken staunt. Löcher bohren, Bretter lösen, sich in winzige Räume zwängen. Dieses Schiff braucht weder Würmer noch Ratten, es hat Pelgrom.

Eine Glocke erklingt, und Unmengen von Leuten drängen draußen vorbei. Mayken kann Beine und dreckige nackte Füße sehen.

»Wir warten eine Weile.«

Mayken schnauft. »Warum ist es hier so heiß?«

Pelgrom klopft gegen die Wand. »Mit Blech ausgekleidete Ziegel. Dahinter brät sich der Koch jeden Tag selbst.« Er verzieht das Gesicht und lässt seine Stimme alt und brummig klingen: »Verdammte dreihundertvierzig Seelen bekochen.«

Sie wischt sich das Gesicht mit dem Ärmel ab. »Ich würde das nicht aushalten.«

»Du bist nicht in einer Hütte in Bommel großgezogen worden, auf Kieseln und mit Aalknochen. Jan Pelgrom wird es nie zu warm werden. Meine Wiege stand im Watt.«

Mayken erahnt eine Geschichte.

»Wir treffen uns hier beim Läuten zum nächsten Wachwechsel. Du weißt, wie die Glocke klingt?«

»Natürlich.«

»Verlass auf keinen Fall dieses Deck. Geh nicht zurück nach oben und nicht weiter nach unten.«

»Was ist hier drunter?«

»Nichts. Ich hab's dir gesagt: Soldaten und Kühe.« Pelgrom macht ein ernstes Gesicht. »Sprich mit niemandem. Und wenn du erwischt wirst …«

»Hast du nichts damit zu tun.«

Pelgrom nickt. Dann lächelt er. »Geh, Obbe. Du bist jetzt ein Schiffsjunge, und die Welt da oben ist für dich verloren. Du erkundest die Unterwelt.«

Die Unterwelt ist ein düsteres Reich. Das einzige Licht kommt von oben durch die Luken und die Geschützklappen, die bei dem guten Wetter heute geöffnet sind. Das Deck erstreckt sich über die gesamte Länge und Breite des Schiffs, unterteilt von den Kanonen, die in regelmäßigen Abständen entlang der Seiten stehen. Es gibt Kabinen für den Provost und die Wundärzte des Schiffes. Ganze Familien leben auf dem Kanonendeck. Stoffe sind aufgespannt, um ein bisschen Privatsphäre zu gewähren. Einige machen sich nicht die Mühe. Zwischen den Geschützen haben Seemänner ihre Lager, manche mit ihren Frauen. Sie versuchen trotz des Trubels zu schlafen. Mayken dreht eine komplette Runde und sieht sich alles an. Ihre Augen haben sich längst an die Dunkelheit gewöhnt. Am Ende kommt sie zurück zu Pelgroms Versteck, vorbei an der Kombüse. Die Tür zu ihr steht offen. Das Feuer ist aus. Es herrscht Ruhe zwischen den Mahlzeiten.

Der Küchenjunge, nackte Arme und Beine, der Kopf rasiert, schleppt einen Mehlsack und sieht hinaus. Er starrt Mayken an und kennt, was er da sieht. »Meine Hose. Du Mistkerl! Das ist meine Hose!«

Mayken rennt, stößt gegen Leute und stolpert über Füße. Vor ihr steht eine Schar Seemänner um einen Kameraden mit einem apfelgroßen, eiternden Geschwür am Hals. Sie berühren es nacheinander, das bringt Glück. Das Geschwür ist erstaunlich rot. Die Männer stellen Vermutungen an.

»Da ist was drin, das rauswill.«

»Ein Gesicht, guck mal.«

»Ein Babykopf.«

»Kein verdammtes Baby, das ich sehen möchte.«

Der Seemann ist geduldig. Mayken kann sehen, dass es ihm nicht gut geht, er ist bleich und schwitzt. Und er stinkt fürchterlich, etwas fischig Süßes mischt sich in die gewohnte Mischung aus Pisse und üblem Mundgeruch.

Der Seemann wird in die Kabine gerufen. Mayken drängt sich zwischen die Zuschauer an der Tür.

Die Kabine des Wundarztes ist vollgepackt bis zum Rand, der Boden mit Sägemehl bestreut. Zwei Eimer, einer voll und einer leer, sind an die Wand gebunden, die zu Maykens Schrecken voller Blut ist. Regale mit Sicherheitsleisten reichen vom Boden bis zur Decke und stehen voller Flaschen und Gläser. Auf einer langen, schmalen Bank liegen Werkzeuge ausgebreitet. Die Kabine ist gut beleuchtet. Drei Laternen schwingen hoch unter der Decke und können heruntergelassen werden. Sie werfen harte Schatten in die Kabine und auf den Wundarzt selbst, einen jungen Mann mit einer langen, von Blut und Eiter starrenden Schürze, die auch so, ohne ihn, stehen bleiben würde. Er hat die Ärmel aufgekrempelt und trägt eine eng anliegende, randlose Kappe, dazu den Ausdruck hoheitsvoller Geringschätzung auf dem Gesicht. Auf der Wange klebt etwas getrocknetes Blut. Er scheint halb Prinz, halb Metzger. Mayken starrt ihn staunend an.

Der Seemann mit dem Geschwür zieht sich bis auf die Hose aus und wird auf einen niedrigen Hocker gesetzt. Die Zuschauer drängen vor, Mayken mit ihnen. Der Metzger-Prinz zieht die an einer Kette hängenden Laternen tiefer. Im hellen Licht sehen der Seemann und sein Geschwür noch übler aus. Der Seemann ist wachsbleich, das Geschwür bleifarben.

Mayken sieht den Stuhl in der Ecke. Er ist an den Boden geschraubt, hat Ledermanschetten für Arme und Füße und einen breiten Riemen für die Brust. In einer Kiste an der Wand daneben liegen eine Säge, ein Meißel und ein Hammer.

Mayken ist überwältigt. »Schneiden Sie da Beine ab?«

Der Metzger-Prinz wirft einen düsteren Blick zu ihr herüber. Mayken erinnert sich daran, dass sie wie ein Schiffsjunge reden muss. »Schneiden Sie da *verdammte* Beine ab?«

»Und wer bist du?«

Mayken erinnert sich. »Obbe.«

»Obbe, *Sir.*«

»Obbe, *Sir.* Und Sie sind?«

Einige der umstehenden Seemänner lachen.

»Der zweite Barbier Aris Jansz.« Er bestreicht das Geschwür mit etwas Teerartigem aus einem Glas. »Fluchst du immer so, Obbe?«

Mayken nickt begeistert. »Ja, das tu ich, verdammt.«

»Hast du keine Angst vor einer Tracht Prügel wie die anderen Schiffsjungen?«

Mayken erschrickt. Auf dem Gesicht des Barbiers ist ein schwaches Lächeln zu erkennen.

»Dann bist du ein furchtloser Bursche.«

»Kommt drauf an.«

Aris stößt leicht auf das Geschwür. Der Seemann zuckt zusammen. »Das Ding ist groß genug für eine eigene Ration Bier.«

Alle lachen. Aris sieht Mayken an.

»Komm her, Junge. Ich brauche einen Assistenten.«

Die Leute machen Platz, und Mayken tritt in die Kabine.

»Eine erstaunliche Menge Eiter«, bemerkt Aris. »Was hältst du davon, Obbe?«

Mayken sieht den zweiten Barbier an. Er ist älter, als sie zunächst gedacht hat, vielleicht aber auch nur müde. Seine Augen sind blaugrau. Die Nase ist spitz, der Bart gepflegt.

»Ja, erstaunlich«, stimmt sie ihm zu. »Eiter.«

Aris gibt ihr einen Schwamm und eine Schüssel und beugt sich zu ihrem Ohr hin. »Seemänner zeigen keinen Schmerz, aber das jetzt tut weh. Eine kleine Vorstellung, um die Zuschauer ein bisschen abzulenken, wird ihm helfen. Verstehst du mich?«

Mayken nickt und nimmt den Schwamm.

»Steh das durch, dann kannst du zusehen, wie ich ein Bein absäge.« Aris drückt den Rücken durch. »Gut, ich schneide da jetzt rein. Obbe, bist du bereit, aufzufangen, was immer da rauskommt?«

Mayken hält Schwamm und Schüssel und tänzelt auf der Stelle hin und her. Die Zuschauer lachen.

»Fertig?« Aris nimmt ein Messer. »Man kann nie sagen, wohin es spritzt.«

Die Leute weichen zurück.


Der Seemann geht mit verbundenem Hals durch die Zuschauer, noch viel blasser als zuvor. Aris wirft seinen triefenden Lappen in einen Eimer und wischt sich mit dem Arm über die Stirn.

»Ich habe noch eine Aufgabe für dich, Obbe. Hast du gute Nerven?«

»Hängt davon ab.«

»Natürlich tut es das.«

Aris holt einen verzierten Kasten aus einem niedrigen Schrank, stellt ihn vorsichtig auf die Werkbank und schließt ihn auf. Drinnen liegen etliche Reihen kleiner verkorkter Fläschchen. Er wählt eines aus, wickelt es in einen sauberen Lappen und gibt es Mayken.

»Geh ein Deck tiefer zu den Soldaten und frage nach einem Engländer namens John Pinten.«

»John Pinten.« Der Klang des Namens fühlt sich ungewohnt an.

»Gib ihm das. Halte es versteckt. Lass es niemanden sehen. Verstanden?«

»Ja.«

»Und bring die Bezahlung direkt zu mir zurück.«

Mayken nickt.

»Gut. Dann kriegst du eine eigene Münze.«

»Ich würde lieber sehen, wie ein Bein abgeschnitten wird.«

»Würdest du?« Aris nimmt den Schiffsjungen etwas genauer in den Blick. »Nun, dann sorg dafür, dass du das hier überbringst.«

Mayken versteckt das Fläschchen in ihrer Hose. Damit beschäftigt, den Weg aufs untere Deck zu finden, bemerkt sie nicht, dass der Küchenjunge ihr auflauert.

Er stürzt sich auf sie. Mayken dreht sich und verpasst ihm einen eleganten Schlag auf die Nase. Blut und Tränen schießen hervor.

Sie sitzen hinter einer Kanone, ein Stück entfernt vom geschäftigen Hin und Her. Das Blut aus der Nase verrinnt, aber die Tränen fließen weiter.

»Hör mit der Heulerei auf«, sagt Mayken gutherzig, »oder du kriegst einen Tritt.«

Der Küchenjunge hört auf zu weinen.

Er heißt Smoert. Er ist klein und dünn und sieht wie versengt aus, hat rosa umrandete Augen wie ein Kaninchen und Brauen und Wimpern, die es in der Hitze der Kombüse offenbar hat wegschmelzen lassen. Sein Kopf ist kahl rasiert, Hände und Arme sind voller Narben und Krusten von Fettspritzern. Der Kerl sieht aus wie ein kleiner Wasserspeier mit den entsprechend verzerrten Gesichtszügen.

Smoert macht seinem Ärger Luft: Was Mayken trägt, gehört alles ihm. Die Hose hat er sich selbst genäht, der Gürtel ist ein Geschenk von seinem alten Meister, und den Kittel hat er beim Anbordkommen gekriegt. Vor zwei Tagen dann, beim Entlausen, musste er sich ausziehen, sie haben einen Eimer Meereswasser über ihn geschüttet, und als er sich umdrehte, war alles weg.

»Ich war das nicht«, sagt Mayken.

Smoert scheint nicht überzeugt.

»Weißt du, wo die Soldaten schlafen?«

Smoert nickt.

»Ich gebe dir deine Sachen zurück«, sagt sie. »Aber erst musst du mir helfen, einen Soldaten namens John Pinten zu finden.«

Smoert kratzt an dem Blut, das in seiner Nase trocknet.

»Und du kriegst eine Münze«, verspricht Mayken.

Smoert verengt seine Kaninchenaugen. »Zeig sie mir.«

»Wenn ich bezahlt werde. Du musst mir vertrauen.«

Smoert überlegt. Er nickt scheu.


»Warte«, flüstert Mayken in die dunkle Luke. »Was ist da unten?«

Smoert ist bereits ein paar Sprossen hinabgestiegen, bleibt stehen und sieht sich um, das Gesicht bleich in der Düsternis. »Soldaten und Kühe.«

»Ist das alles?«

»Was sonst sollte da sein?«

»Es stinkt wie die Hölle.«

»Woher weißt du, wie die Hölle stinkt?«

»Imke hat's mir gesagt: tote Seelen und gebackene Teufels-scheiße.«

»Wer ist Imke?«

»Meine Kinderfrau.«

»Kinderfrau?«

Mayken beißt sich auf die Lippe. »Oh, vergiss es. Geh schon, weiter!«

Mayken erreicht das Ende der Leiter. Die Hitze und der Gestank sind überwältigend. Kuhdung und dazu etwas Beißendes, Teeriges. Es legt sich wie eine heiße Hand über Nase und Mund. Mayken atmet, so gut sie kann, und versucht die Panik zu unterdrücken, die in ihr aufsteigt. Hier ist es sogar noch dunkler als auf dem Kanonendeck. Da es keine Geschützklappen gibt, kommt das einzige Licht von den Laternen, die die Dunkelheit durchbrechen und in großen Abständen von den Querbalken hängen. Die Flammen sind weit heruntergedreht. Die erstickende, ewige Nacht wird durch die niedrige Decke noch bedrückender, die schwer auf allem zu lasten scheint. Das Orlopdeck, oder Kuhdeck, hat die Höhe der bei der Luke eingepferchten Tiere. Kein Erwachsener kann sich hier aufrecht fortbewegen. Alle müssen sich ducken und aufpassen, dass sie sich nicht die Köpfe an den Balken aufschlagen.

Mayken ist klein genug, um stehen zu können. Hebt sie die Hand, kann sie die vom Atem der Kühe und Soldaten nass glänzende Decke berühren. Schnelle Bewegungen in den Schatten sagen ihr, dass dieses Deck voller Ungeziefer und Nagern ist. Sie huschen zwischen den Pfosten des Pferchs und den Beinen der Tiere herum, die tief im Dreck stehen.

Die Kühe zermahlen das gefressene Futter mit ihren Kiefern, die Augen groß in der Düsternis. Gegen die Bewegung des Schiffes ankämpfend, weiten sich ihre Nasen, zucken ihre Ohren. Sie tun Mayken leid, diese für Erde und frisches Gras geschaffenen Kreaturen, die sich selbst in ihren Kuhalbträumen niemals ein solches Leben hätten vorstellen können! Im nächsten Pferch schnaufen Ochsen dem Ende ihres Lebens entgegen, da sie für den Tisch in der Großen Kabine geschlachtet werden.

»Die Soldaten schlafen dahinten.« Smoert deutet in die Finsternis.

Er bleibt zurück, als Mayken den Plankensteg in der Mitte des Decks hinuntergeht.

»Warte hier, wenn du magst«, flüstert sie. Er wirkt erleichtert.

Mayken geht weiter. In den Lichtinseln der Laternen sieht sie die Soldaten dicht an dicht liegen und mit leeren Blicken an die Decke starren. Grausig wie Leichen sehen sie aus.

Mayken ruft leise: »John Pinten.«

Keine Antwort.

Sie versucht es etwas lauter: »John Pinten.«

»Weiter«, sagt ein Krächzen aus der Düsternis. »Ganz hinten.«

Hinter ihr das schwindende, Halt gebende Licht, vor ihr nichts als Schwärze.

Aber sie hat versprochen, das Fläschchen zu überbringen.

Als sie das Ende des Stegs erreicht, erkundet sie den Rand mit dem Fuß. Was kommt danach? Sie ringt nach Luft, die Hitze und die alles erstickende Finsternis sind zu viel.

»John Pinten«, keucht sie. »Zeig dich!«

Ein Geräusch. Ein Streichholz wird angerissen, eine Laterne flackert auf. Ein Gesicht!

Mayken schafft es nicht, davonzulaufen.

## KAPITEL 6

# 1989

Joss Hurley wurde gesehen, wie er am Morgen mit dem Versorgungsschiff zum Festland aufgebrochen ist. Es ging ihm nicht gut. Bill Nord hat ihn gedrängt zu fahren. Bill war Sanitäter in der Army und weiß, wovon er redet. Er meinte, die Docs müssten ihm die Hand amputieren, und wenn sich die Infektion weiter ausbreite, was wahrscheinlich sei, dann den ganzen Arm. Und wenn das keinen Erfolg habe, dann sei der alte Mann fürchterlich am Arsch.

Das ist es, was Silvia Zanetti an der Tür zu vermelden hat.

Gil weiß, dass sein Großvater aufs Festland gefahren ist. Er will Ersatzteile für den Motor der *Ramona* kaufen. Davon, dass ihm die Hand abgenommen wird, hat er nichts gesagt, nur dass er über Nacht in Geraldton bleibt.

Es ging ihm nicht gut. Das Gesicht grünlich, die Augen schlierig und feucht. Gil hat vor der Tür gewartet, seine Tasche für die Fahrt gepackt.

Aber Joss hatte kaum den Blick gehoben. »Du bleibst hier. Silvia kann nach dir sehen.«

Silvia macht Frühstück. Das schlecht blondierte Haar hat sie sich hochgesteckt, die Uniform aus Shorts und Unterhemd ist frisch. Gil trägt seine Schulshorts und das T-Shirt, das Mrs Baxter ihm gekauft hat. Es ist knallgelb und beißt sich mit seinen roten Haaren. Aber Mrs Baxter meint, es wirkt freundlich, und das sei die Hauptsache.

»Ich habe persönlich nichts gegen deinen Großvater, weißt du.« Silvia stellt eine Tasse auf den Tisch. »Aber Frank würde mich fertigmachen, wenn er wüsste, dass ich hier bin.«

Gil gibt drei Stück Zucker in seinen Kaffee, vier, und rührt langsam um.

»Trotzdem. Manche Leute wollen sich eben nicht helfen lassen …« Sie legt die Füße auf einen Stuhl und blättert durch eine Zeitschrift.

Gil und Silvia spielen Karten, um Streichhölzer. Er erwischt sie dabei, wie sie ihn ansieht, halb neugierig, halb mitleidig.

Gil guckt in seine Karten und wartet auf ihre Frage.

»Stimmt es, dass du sie im Haus behalten hast?«

Gil sieht nicht von den Karten auf.

»Die ganze Zeit?«

Gil sieht nicht von den Karten auf.

»Und du wusstest, dass sie …«

Die Karten verschwimmen vor Gils Augen.

Als sie Hunger bekommen, geht Gil in den Vorratsraum und holt Dosenschinken und Cracker.

»Ist das alles, was ihr habt?«

»Es ist noch Eintopf da.«

Silvia wirft einen Blick in den Topf und verzieht das Gesicht. Sie steckt den Kopf in den Vorratsraum. »Dein Großvater isst, als wäre es die Apokalypse. Nichts Frisches. Alle Fischer sind so.«

»Das macht mir nichts.«

Silvia setzt ihre Baseballkappe auf. »Wir gehen zu mir und essen was Richtiges.«

»Wird Frank nicht da sein? Und Roper?«

»Dann würde ich dich nicht mitnehmen.«

Das Meer und der Himmel sind sengend blau, der Wind ist frisch und mildert die Hitze. Eidechsen aalen sich in den geschützten Senken des Korallengesteins. Gils Arme und Beine röten sich. Seine Haut spürt das Brennen der Sonne, trotz des Windes.

Sie kommen bei Bill Nord vorbei, wo der Schädel gefunden wurde.

»Die Wissenschaftler wollen Gräben durch unser Camp ziehen«, sagt Silvia. »Frank lässt sie nicht. Er sagt, bei uns ist nichts zu holen.«

»Woher weiß er das?«

»Er weiß es nicht.« Sie sieht Gil an und senkt die Stimme. »Manchmal geh ich selbst mit einer kleinen Schaufel los. Ich hab schon Sachen gefunden.«

Gil tritt näher zu ihr hin. »Was für Sachen?«

»Das geht dich nichts an.«

Gil weiß, es bedeutet, dass sie nichts gefunden hat.

»Ich suche nach den Überbleibseln von jemandem.«

»Von wem?«

»Vom toten Mädchen vom Lumpenbaum. Die Fischer nennen sie Little May.«

Sie gehen weiter.

Silvia wirkt nachdenklich. »Wenn ich sie finden kann und sie anständig begrabe, wird sie aufhören, auf der Insel herumzuirren. Alle Toten wollen in Frieden ruhen.«

»Aber es gibt keine Geister«, zischt Gil und ist überrascht von seiner eigenen Wut. »Die Toten kommen nicht zurück!«

Silvia sieht ihn ungerührt an. »Nur, wenn ihre Gebeine mit Respekt behandelt wurden. Das solltest du wissen.«

Gil lässt sich verärgert zurückfallen. Er sieht Silvias hässliche Shorts, ihre plumpen Beine und das fiese Haar, das sie sich unter die Kappe geschoben hat, und er hasst sie.

Sie dreht sich zu ihm um. »Willst du jetzt ein Eis, oder was?«

Im Camp der Zanettis gibt es keine Durchreiche ins Nirgendwo, keinen nierenförmigen Frisiertisch, keine niedrig kreisenden Fliegen oder klebrige Oberflächen. Alles ist funktional, sauber und beige, cremefarben oder orange. Das Klo, direkt neben der großen Hütte, ist ein weiß schimmerndes Wunder aus Porzellan. Die Hütte selbst hat drei Schlafzimmer und eine große Veranda mit einem neuen, verzinkten Dach. Es gibt eine geräumige Küche und einen Vorratsraum, der nicht nach Mäusen riecht.

Die Hütte des Deckies nebenan ist ebenfalls gut ausgestattet, aber ein Chaos. Ein Surfboard lehnt an der Wand, und in der Ecke stapelt sich alles Mögliche an Ausrüstung. Es gibt ein Etagenbett, aber nur auf dem unteren liegt eine Matratze.

»Wir hatten immer zwei Deckies auf dem Boot, aber einer ist gegangen, weil Roper so ein Arschloch ist.«

Es gibt noch einen hinten an die große Hütte gebauten Schuppen mit einem Poolbillardtisch und einer Theke aus Paletten. Über der Theke hängen gerahmte Fotos von Booten, von Franks *Sherri Blue* und Ropers *Waygood*.

Ein weiteres Foto lehnt an einem Fass. »Das habe ich Frank zum Geburtstag geschenkt.«

Sie sehen es sich an: vier Männer auf einem Steg.

»Das ist mein Frank, der in der Mitte.«

Frank guckt mürrisch drein. Er ist in seinen Fünfzigern, das dunkle Haar wird grau.

»Er ist alt.«

Silvia lacht. »Die Alten sind dankbarer.« Sie zeigt auf den Mann neben Frank. »Das ist Roper.« Ende zwanzig, kurze Beine, fülliger Bauch, aufgepumpte Arme. Roper hält seine Kappe in der Hand, er ist rot im Gesicht, verschwitzt, hat eine Stirnglatze und schütteres, helles Haar. »Das hässliche Entlein.«

Sie deutet auf die beiden Männer neben Vater und Sohn: »Die beiden Deckies.« Der auf der einen Seite ist ein junger Typ, gut gebaut und sonnenverbrannt. »Cherry, der ist noch hier.« Der andere ist sehnig und älter. »Dutch hat das Weite gesucht.«

Gil fällt auf, dass Frank einen Arm um Dutch gelegt hat, nicht um Roper.

»War ein super Arbeiter, Dutch. Jahrelang bei uns. Familie. Bis Roper ihn zusammengetreten hat.« Silvia wirft einen lauernden Blick auf Gil. »Hat deine Mum je von Dutch erzählt?«

»Nein.«

»Weißt du, dass sie ein Paar waren?«

Gil kann es sich nicht vorstellen, Mum mit dem sehnigen alten Kerl. Er sagt nichts.

Silvia lächelt. »Magst du Auberginen?«

»Ich weiß nicht.«


Silvia läuft in der Küche herum. Ihre nackten Füße klatschen auf das Linoleum, während sie mit dem Radio mitsingt, auf Italienisch. Sie hält ein Gemüse in die Höhe. »Eine Aubergine.«

»Nein.«

»Du bist neun.« Sie sagt es wie eine Anklage. »Die Aubergine kommt mit auf die Pizza.«

Die Pizza ist gut. Gil nimmt die Auberginenscheiben herunter. Anschließend holt Silvia eine Packung Eiscreme hervor. Sie schneidet eine dicke Scheibe ab und gibt sie in ein Glas, dazu einen Löffelbiskuit. Das Glas schiebt sie zu Gil hin.

Sie leckt sich die Finger ab. »Danach zeige ich dir die Grotte.«

»Was ist eine Grotte?«

»Eine geschmückte Höhle, sehr spirituell.« Silvia nimmt einen Löffel und isst ihr Eis direkt aus der Packung. »Frank hat sie gebaut.«

Gil verrührt sein Eis zu einer schmelzenden Pampe.

»Die Grotte ist meine Zuflucht«, fährt sie fort. »Weißt du, was eine Zuflucht ist?«

Gil versucht sein Eis durch den Biskuit zu saugen.

Silvias Grotte geht aufs Meer hinaus. Vielleicht war es mal ein Klo. Jetzt ist es etwas ganz anderes. Eine hässliche Konstruktion aus gegossenem Beton mit Muscheln und Steinen in Wellenmustern.

Der Eingang ist niedrig und rund. So klein Silvia ist, sie muss sich hineinducken. Sie schiebt einen Vorhang zur Seite und könnte auch eine Wahrsagerin sein. »Tritt ein.«

Gils Augen gewöhnen sich an die Dunkelheit. In Wände und Decke sind Glas- und Keramikscherben eingesetzt. Es gibt Nischen mit Kerzen in Marmeladengläsern.

Eine kurze Bank reicht für sie beide, allerdings sitzen sie näher zusammen, als Gil lieb ist. Silvia riecht nach Rauch, Schweiß und Waschpulver. Gil hat keine Ahnung, wie er selbst riecht, wahrscheinlich nach feuchter Unterhose, Mäusen und Motoröl, so wie Joss' Hütte.

Sie blicken durch den niedrigen Bogen aufs Meer hinaus, das wie ein helles, gerahmtes Bild wirkt.

»Du solltest dir auch einen Ort suchen«, murmelt Silvia, »wo du wirklich allein sein kannst auf dieser Insel.«

»Ich bin allein, wenn er beim Fischen ist.«

»Da wäre ich nicht so sicher.«

Ihr Ton sagt Gil, dass da jetzt irgendein kranker Scheiß kommt.

»Einer der Fischer ist ihr mal gefolgt.«

Gil konzentriert sich auf das blaue Meer.

»Es war direkt nach Tagesanbruch, keine Menschenseele zu sehen, als Little May aus dem Lumpenbaum aufstieg und über dem Gestrüpp dahinschwebte.«

Eine Möwe fliegt durchs Bild.

»Er hatte eine Scheißangst, ist ihr aber trotzdem gefolgt.« Silvia sagt das mit einem verschmitzten Lächeln in der Stimme. »Aber du glaubst ja nicht an Geister und Untote, was ganz gut ist.«

»Warum?«

»Weißt du, wo sie hin ist?«

Gil hält den Blick aufs Meer gerichtet, aber er spürt, dass Silvia ihn ansieht.

»Sie ist direkt rüber zu deinem Granddaddy.«

## KAPITEL 7

# 1628

Es ist eine Laterne, und die beleuchtet ein Paar blutunterlaufene Augen mit riesigen Pupillen. Das Gesicht drumherum ist bleich, der Bart verfilzt.

»Du hast nach mir gerufen. Ich bin John Pinten.«

Er spricht Holländisch mit einem Akzent von anderswo. Er hat eine breite, vortretende Stirn und eine Nase, die schon mal gebrochen war. Er hat gekämpft. Die Narbe in seinem Gesicht zeugt davon. Sie läuft über die Wange, gräbt einen Kanal durch den Bart und zieht in einem Wisch quer über den dreckigen Hals.

Sein Anblick fasziniert und erschreckt Mayken zugleich.

»Komm her. Schnell, Junge.«

Mayken tritt so weit vor, wie sie sich traut, zieht das Fläschchen aus der Hose, stellt es auf den Boden neben den Soldaten und weicht wieder zurück. Pinten riecht sauer und das Stroh um ihn herum widerlich ranzig. Sonst ist niemand in der Nähe.

»Meine englische Burg.« Er deutet auf die Strohballen. »Die Franzosen lagern da drüben. Die Holländer sind bei der Luke.«

John Pinten setzt sich unter Mühen auf, nimmt das Fläschchen und flucht in einer Sprache, die Mayken nicht versteht, auch wenn sie weiß, dass er flucht, so wie er die Worte ausspuckt.

»Der Barbier schickt das?«

Mayken nickt.

»Er kommt nicht mehr persönlich zu seinen Patienten. Wie heißt du, Junge?«

»Obbe.«

»Setz dich, Obbe.«

Mayken zögert.

»Du wartest auf die Bezahlung, richtig?«

Mayken fühlt sich in der heißen, sauerstofflosen Finsternis wie ein an Land geworfener, ertrinkender Fisch. Sie setzt sich.

»Atme durch den Mund«, sagt der Soldat. »Langsam. Ohne Hast. So ist's recht.«

»Warum müsst ihr hier unten sein?«, fragt Mayken.

»Soldaten und Seemänner sind Feinde.«

»Seid ihr Gefangene?«

»Ganz und gar nicht. Unterwegs müssen die Seemänner das Sagen haben. Das Schiff ist ihre Welt, und sie feiern es, indem sie auf uns runterpinkeln. Durch die Luke kommt Luft, aber auch Wasser.«

Er beißt den Korken aus dem Fläschchen und hebt es an die Lippen. Er trinkt mit einem Auge auf Mayken.

»Jetzt sprich mit mir, bis der Trank des Barbiers zu wirken beginnt.«

»Was macht er?«

Aus den Strohballen kommt ein Quieken und Rascheln.

»Er lässt mich schlafen wie ein Stein«, antwortet der Soldat. »Dann können die Ratten in meinem Bart spielen.«

»Die Ratten sind für alle ein Problem«, sagt Mayken altklug.

»Sie kommen von unten und arbeiten sich nach oben. Bis wir Batavia erreicht haben, sitzen sie in der Großen Kabine und fressen von Silbertellern.«

Mayken lacht.

Der Soldat lächelt bitter. »Aber hier unter der Wasserlinie mögen sie es am liebsten.«

»Wir sind unter der Wasserlinie?«

»Komm.« John Pinten dreht sich und legt seine Hand auf den Rumpf. »Fühl mal.«

Mayken kriecht ein Stück vor und legt ihre Hand neben seiner flach auf die Planken. Sie sieht, wie viel kleiner und sauberer ihre Finger sind. Zu sauber für einen Schiffsjungen. John Pinten scheint es nicht aufzufallen.

»Das ist alles, was uns von den finsteren Tiefen des Meeres trennt.« John Pintens Stimme wird ruhig und ernst. »Spürst du, wie der Ozean an den Nagelköpfen zieht, gegen das Holz drückt, Werg und Pech herauszuspülen versucht? Das Wasser will hier rein.«

Trotz der Hitze wird Mayken plötzlich kalt. Sie zieht die Hand weg.

»Da draußen vor den Planken kann ein großes blaues Nichts sein. Oder Schwärme glitzernder Fische ziehen vorbei. Ein Wal, der größer ist als dein holländisches Dorf. Vielleicht aber auch ein Rücken zerklüfteter Felsen, der uns in Stücke reißen will.«

Mayken erschaudert. »Aufhören!«

Der Soldat lächelt. »Du lässt dir leicht Angst machen.«

»Ich habe keine Angst.«

John Pinten lässt sich zurücksinken, verschränkt die Arme hinter dem Kopf und schließt die Augen. »Es gibt schlimmere Arten zu sterben.«

Mayken sieht, wie sein Atem langsamer wird. Er versteinert.

»John Pinten, ich muss das Geld mitbringen.«

Er öffnet die Augen und deutet auf einen Strohballen. »Im Beutel dadrunter.«

»Die Ratten …«

»Hast du auch Angst vor Ratten?«

»Ich habe vor nichts Angst.« Mayken tastet unter dem Ballen herum. »Verpisst euch, Ratten.«

John Pinten lacht, als sie den Beutel findet und ihm gibt.

Mit Mühe zählt er einige Münzen ab und drückt sie ihr in die Hand. Mayken wendet sich zum Gehen.

»Warte, bleib. Bis ich eingeschlafen bin.«

Mayken setzt sich wieder. Er wendet ihr den Kopf zu, die Pupillen groß und schwarz im Licht der Laterne, und flüstert eindringlich: »Zwischen Schlafen und Wachen hör ich es. Wie es sich unten im Frachtraum bewegt.«

»Was bewegt sich?«

»Dein verfluchtes holländisches Ungeheuer.«

»Was für ein Ungeheuer?«

Aber der Soldat ist nur mehr ein Stein.


Smoert wartet oben an der Leiter auf Mayken. Sie sieht ihn ins Dunkel herunterspähen, als sie die Sprossen erklimmt. Die Luft auf dem Kanonendeck ist vergleichsweise süß und frisch.

»Du hättest mit zu dem Soldaten kommen können.«

»Ich habe dich aufs Orlopdeck gebracht, und du hast ihn gefunden, oder?«

»Und du kriegst deine Münze.«

Smoert wischt sich über die Nase. »Danke.«


Mayken drängt sich durch die Schlange vor der offenen Kabine des Schiffsbarbiers. Smoert bleibt zurück. Der Küchenjunge hegt keinerlei Sympathien für den Barbier, dessen Salben weher tun als jede Verbrennung.

Aris Jansz hebelt etwas aus dem Mund eines Seemannes. Er sieht zu Mayken hinüber und streckt die Hand aus. Sie lässt die Münzen hineinfallen. Aris schüttet sie in einen Beutel an seiner Taille und zieht eine kleinere heraus. Sie ist blutverschmiert. Mayken nimmt sie trotzdem.

»Komm wieder.« Er senkt seine Stimme. »Und erzähl niemandem, was du getan hast.«

Mayken hält Wort, sie gibt dem Küchenjungen die Münze.

»Meine Sachen«, sagt er. »Bitte.«

Sie gehen hinter eine Kanone. Smoert zieht sich um, den Kopf gesenkt und das Gesicht hochrot, er weiß kaum, wohin mit sich. Er sieht besser aus in der Hose, auch wenn er den Gürtel dreimal um sich wickeln muss.

Mayken zupft den Mehlsack so gut zurecht, wie sie kann. Er hängt ihr bis auf die Füße und ist weit kratziger, als er sein sollte. »Hast du Läuse?«

»Bist du ein Mädchen?«

Sie sehen sich im Zwielicht an.

Smoert reibt sich die Nase am Ärmel ab. »Ist mir egal, wenn du ein Mädchen bist.«

»Ist mir egal, wenn du Läuse hast.«

Und dann lärmt die Schiffsglocke.


Pelgrom wartet in seinem Versteck hinter der Kombüse auf Mayken.

»Wo sind deine Kleider?«

»Hab sie zurückgegeben.«

Pelgrom sieht sie unwirsch an. »Du hast mich warten lassen. Ich werde in der Großen Kabine gebraucht.«

»Tut mir leid.«

»Du warst auf dem Orlopdeck.«

»War ich nicht.«

»Ich kann den Kuhdung riechen.«

Mayken folgt Pelgrom über das Kanonendeck. Sie bleibt an ihm dran, auch wenn er es ihr nicht leicht macht.

»Du kennst alle Teile des Schiffes, oder, Jan Pelgrom?«, schmeichelt sie ihm. »Besser als jeder andere.«

Ihr Ton lässt ihn langsamer werden. »Und?«

»Was ist im Laderaum?«

»Bier, Korn, Ziegel …«

»Das ist alles? Nichts, was sich bewegt?«

Pelgrom sieht sie an. »Was denn, Ratten?«

Mayken zögert. »Keine Ratten ... etwas anderes.«

Pelgrom wird rot. »Du solltest mit niemandem reden! Du solltest auf dem Kanonendeck bleiben! Ich bring dich nicht wieder her.«

»Bitte!«

»Ich soll riskieren, dass sie mir eine Schlinge um den Hals legen, damit du Schiffsjunge spielen und mit weiß Gott wem schwatzen kannst? Verabschiede dich von der Unterwelt, Jongedame.«

## KAPITEL 8

# 1989

Auf dem Weg zum Camp seines Großvaters stellt sich Gil vor, er höre die Stimme des toten holländischen Mädchens im Wind. Das Knirschen ihrer Schritte hinter sich. Obwohl Geister wahrscheinlich nicht gehen müssen, sie schweben. Und es hat keinen Sinn, nach ihr zu rufen, weil er kein Holländisch kann. Ein- oder zweimal hat er das Gefühl, jemand folge ihm, und er dreht sich blitzschnell um, damit sie keine Zeit hat, zu verschwinden. Aber da weht nur der Wind durchs Gesträuch, und die Wellen wischen über den Kies.

Gil beschließt, nicht mehr so leichtgläubig zu sein und auf kein verdammtes Wort mehr zu hören, das von Silvia Zanetti kommt. Sie hat versprochen, später mit einem Abendessen nach ihm zu sehen. Nun, er kann die Ohren auf Durchzug stellen, während er isst. Mrs Baxter fütterte ihn auch immer gerne. Vielleicht, weil er Waise ist.

Gil ist sich allerdings nicht sicher, ob er das tatsächlich ist. Dazu müsste auch sein Dad tot sein, und da hat seine Mutter nie was preisgegeben, und er hat nie danach gefragt. Sein Dad war wahrscheinlich irgendein Loser. Wäre er eine große Nummer gewesen, hätte Mum ihm sicher wegen Geld im Nacken gesessen. Mrs Baxter meinte, was immer Mum auch gewesen sein möge, scheu, ihre Ansprüche anzumelden, wäre sie nicht gewesen.

Als er ins Camp kommt, steht die Fliegentür auf, sie schlägt im Wind hin und her. Er erschrickt und geht durch alle Zimmer. Keine Menschenseele.

Gil kennt sich aus mit Spukgeschichten. Ist das Gespenst ein Kind, kriegst du kalte Knie. Ist es eine Frau, läuft alles Silber schwarz an. Fliegen Möbel durch die Gegend, ist es ein Mann.

Gils Knie sind in Ordnung, danke sehr.

Er mischt sich einen Saft mit Eis, mit genauso viel, wie er mag, und trägt sein Glas nach hinten ins Wohnzimmer. Er zerbeißt das Eis und betrachtet die Tänzerinnen im Schrank, nimmt eine heraus, um sich ihr Kleid, ihr Gesicht und ihre winzigen Füße in den Ballettschuhen anzusehen, und stellt sie schließlich vorsichtig zurück auf die saubere Stelle im dicken Staub. Als er die Tür wieder schließen will, klemmt der Verschluss. Ein Schatten fällt auf den Boden, als sähe jemand von draußen durchs Fenster. Eine Wolke an einem wolkenlosen Tag.

Er versucht die Tür ein weiteres Mal zu schließen, mit etwas mehr Schwung. Ein Rutschgeräusch. Etwas gleitet hinter dem Schrank hervor. Es ist ein altes Bilderbuch.

Auf dem Umschlag vorn ist der große Schatten eines Ungeheuers zu sehen, und ein Mädchen sieht mit großen Augen zu ihm empor. Zwischen den beiden liegt ein dunkles, unheimlich aussehendes Wasserloch, und der Titel des Buches, *Wie ist mein Name?*, blubbert in sich kräuselnden Buchstaben auf der Oberfläche des Wassers.

Gil öffnet das Buch. In der Geschichte verlässt ein Mädchen auf dem Weg nach Hause den rechten Pfad und vergnügt sich damit, Steine in ein Wasserloch zu werfen.

*Eine Stimme tönt aus dem Wasser, und das Mädchen erschrickt. Aber es ist eine lieb klingende Stimme. Das Mädchen lauscht und wird schläfrig. Da wächst der Schatten eines Ungeheuers vor ihm empor, riesig und mit einem zackigen Rücken und Fischaugen. Das Mädchen erinnert sich, dass die Mutter ihm erklärt hat, wie man mit großen, fremden Schattenungeheuern redet.*

*»Ich bin kein Fremder!«, ruft das Schattenungeheuer. »Sag nicht, dass du meinen Namen vergessen hast!«*

*Da es mit einem Trick rechnet, geht das Mädchen weiter.*

*Aber das Schattenungeheuer folgt ihm.*

Gil blättert um, und da steht das Ungeheuer vor dem Eingang von einer Höhle, schleicht in Büschen herum, drückt sich hinter einen Felsen, und die Fischaugen linsen oben drüber.

*Das Mädchen bleibt stehen. »Was willst du?«*

*»Ich bin dir gefolgt, und jetzt habe ich mich verlaufen!«, jammert das Schattenungeheuer. »Bring mich zurück zu meinem Wasserloch!«*

*»Dann komme ich zu spät zum Tee!«, sagt das Mädchen.*

*»Das hat dir noch nie Sorgen bereitet«, antwortet das Schattenungeheuer.*

*Das Mädchen geht zurück zum Wasserloch. Das Schattenungeheuer folgt ihm. Da ist es hinter dem Felsen, in den Büschen, der Höhle.*

*Als sie am Wasserloch ankommen, hat das Schattenungeheuer noch einen Wunsch.*

*»Mach mich zu einem wirklichen Ungeheuer. Dazu musst du nur meinen Namen sagen. Nur Dinge, die ihr Menschen benennt, werden wirklich.«*

*»Was passiert, wenn du wirklich wirst?«*

*»Dann werde ich lieb am Wasserloch warten, und du kannst kommen und mich besuchen. Ich könnte deine Feinde auffressen, wenn du magst?«*

*Die Miene des Mädchens hellt sich auf. »Du würdest meine Feinde auffressen?«*

*»Ja. Wie ist mein Name?«, fragt das Schattenungeheuer. »Komm schon, sag ihn!«*

*»Ich weiß ihn wirklich nicht.«*

*Das Schattenungeheuer flüstert dem Mädchen seinen Namen ins Ohr.*

*»Bunyip«, wiederholt das Mädchen.*

*»Lauter!«, sagt das Schattenungeheuer.*

*»Bunyip!«*

*»LAUTER!«*

*»BUNYIP!«*

*Da verdunkelt sich das Schattenungeheuer und bekommt einen festen Körper. Es ist schrecklich. Schleim rinnt und tropft über uralte pockenbesetzte Schuppen. Die Augen leuchten und treten vor, Kiemen rasseln giftig.*

*Es ist ein großer, eiternder Aal-König.*

*Das Mädchen erkennt seinen Fehler zu spät.*

*Bunyip wickelt seinen Schwanz um die Kleine und drückt fest zu – »Jetzt gehörst du mir, Dummkopf!« –, und er zieht das Mädchen mit sich ins Wasserloch.*

Das letzte Bild zeigt das Wasserloch. Und auf der Oberfläche schwimmt Bunyips Grinsen, dünn und breit, mit seinen hämisch leuchtenden Augen.

Gil zieht die Stirn kraus. Die Geschichte ist verstörend. Er schließt das Buch und sieht einen Namen in Kinderschrift im Umschlag stehen.

DAWN HURLEY

Er berührt den Namen.

Einst, als sie noch kleiner war als er heute, ist Mums Hand über diese Seite gefahren und hat ihren Namen buchstabiert. Vielleicht hat sie in diesem Zimmer gesessen. Das Meereslicht an der Zimmerdecke gespielt. Dazu das Geräusch von Wellen und Möwen.

Dann sieht Gil noch einen Namen, unter dem Bild des Mädchens, das mit fliegenden Zöpfen glücklich auf das Wasserloch zuläuft.

## LITTLE MAY

Gil schiebt das Buch zurück hinter den Schrank. Bunyips Grinsen hat etwas an sich, von dem er wünschte, er könnte es ungesehen machen. Vielleicht hat Mum das Buch deshalb da versteckt. Trotz der Nachmittagswärme im Zimmer erschaudert er und verspürt das Verlangen, woanders zu sein.

Er nimmt den unwegsamen Pfad über die Mitte der Insel. Der Himmel ist weiß-blau, und das Licht wird von den Korallensplittern zurückgeworfen. Gil will keine Gesellschaft, hätte aber nichts dagegen, zu wissen, dass lebende, atmende Menschen in der Nähe sind. Er wird den Wissenschaftlern zusehen gehen.

Sie graben auf Bill Nords Grund. Ein Teil ist mit einem Absperrband umgrenzt, für das sie Stangen in den Boden getrieben haben. Es ist kein Band wie von der Polizei, sondern einfach nur weißes Plastik, das im Wind flattert.

Die Wissenschaftler hocken auf der Erde. Sie tragen Hemden und Khakihosen, Stiefel und Hüte. Das dunkle Haar der Frau ist zu einem langen Zopf geflochten, der ihr über den Rücken hängt. Ein dünner Mann mit einem schütteren Bart lächelt Gil zu. Sein Kollege ist muskulös und schabt grimmig mit einem Spachtel in der Erde, als hinge sein Leben davon ab.

Die Frau steht auf, klopft sich die Knie ab und kommt zu Gil herüber. »Ich habe dich mit Silvia Zanetti gesehen. Hat sie dich nicht vor uns gewarnt?«

Gil fühlt sich komisch. »Nein.«

Sie lächelt, und ihr Lächeln sagt ihm, dass sie ihm nicht glaubt.

Sie heißt Birgit, der Mann mit dem schütteren Bart ist Sam und der Griesgram mit den breiten Schultern Mick.

Als sie seinen Namen hört, nickt Birgit, als würde sie ihn längst kennen. »Komm und sieh mal, Gil.«

Er folgt ihr zu einer mit Markierungen versehenen Grube. Auf einer aufgebockten Platte hinter einem Windschutz liegen Werkzeuge, Schalen und Plastiktüten.

»In diesem Graben haben wir Knochen, wohl von einem geschlachteten Tier, gefunden, dazu Teile eines eisernen Rings und Keramikscherben.«

»Alles in dem Dreck?«

»Alles in dem Humus, dem verfestigten Sand und dem Korallenbruch.«

Gil mag es, wie Birgit mit ihm redet, ganz normal und nicht so übertrieben, wie es manche Erwachsene bei Kindern tun.

»Das ist hier eine schwierige Ausgrabungsstelle«, sagt sie. »Die nistenden Vögel wühlen alles auf.«

»Sie müssen irgendwo leben. Es gibt keine Bäume.«

»Da hast du recht.« Birgit holt einen Plastikbecher aus einer nahen Kiste und hält ihn Gil hin. »Was denkst du, ist das?«

Gil sieht in den Becher. Es ist ein kleiner unförmiger Ball auf einem Wattebett. »Ein Gallenstein?«

»Scheiße.« Birgit lacht. »Sehen die so aus?«

Das gefällt Gil. »Der von Mrs Baxter schon. Sie hat auf mich aufgepasst, als Mama krank war«, fügt er hinzu, ohne zu wissen, warum, und dann würde er sich am liebsten ins Knie beißen, weil er das von sich preisgegeben hat.

Aber Birgit ist mit ihrer Aufmerksamkeit ganz bei dem Plastikbecher. Sie stößt mit der Fingerspitze gegen die Watte. »Es ist eine Musketenkugel. Eine Muskete ist ein altes Gewehr, das von vorne geladen wird.«

»Ist damit jemand erschossen worden?«

»Eher nicht.« Sie sieht ihn an. »Komm bei Gelegenheit mal

in unsere Hütte, dann zeige ich dir, was wir sonst noch gefunden haben.«

»Ich möchte aber nicht nur Schädel sehen, wissen Sie?«

»Dich interessieren auch Gallensteine.«

»Silvia sucht nach Knochen.« Gil zwingt sich zu einem Lachen. »Von einem toten Mädchen, damit es aufhört, hier herumzugeistern.«

Birgit nickt und wirkt dabei überraschend ernst. »Little May, oder?«

»Es gibt keine Geister.«

Birgits Augen leuchten. »Aber wäre das hier nicht genau der Ort für sie? Diese einsame Insel?«

Sie holt eine Flasche aus dem Schatten unter dem Tisch und schenkt zwei Becher Saft ein. Sie trinken und sehen in die Grube.

»Weißt du was, Gil? Ich schlafe hier schlecht. Ich fühle mich beobachtet.«

Gil zögert keine Sekunde. »Das ist wahrscheinlich Silvia Zanetti.«

Birgit lächelt, und es ist ein echtes Lächeln, weil sich die Augen an den Seiten kräuseln.

Es ist nicht so, als wäre Gil es nicht gewohnt, allein zu sein. Mum hat manchmal nachts gearbeitet, und es konnten Tage vergehen, bis sie nach Hause kam. Manchmal hatte sie dann eingekauft und putzte erst mal das Haus. Meist jedoch kam sie, zog die Vorhänge zu und sagte Gil, er solle leise sein und sie verfickt noch mal in Ruhe lassen.

Gil sitzt auf Joss Hurleys Veranda. Meer und Himmel sind immer noch sengend blau. Wenn er die Augen schließt, wird das Meer lauter. Die Vögel sind es sowieso. Manchmal vergisst man, dass es sie gibt, die Vögel und das Meer, dann wieder kannst du nur noch sie hören. Sie sind wie dein Atem und dein Herzschlag. Sie sind immer da, ob nun bemerkt oder unbemerkt.

Gil zupft eine Weile an der sonnenverbrannten Haut auf seinen Schultern, steht schließlich auf und geht rein, um auf die Uhr zu sehen. Die Zeiger haben sich kaum voranbewegt. Er setzt den Kerosinkocher in Gang, lauscht auf das Ploppen der Flamme und setzt Wasser auf. Er holt Silvias zerdrückte Selbstgedrehte heraus, die er aufgesammelt hat, und steckt sie an. Inhaliert und würgt über der Spüle. Es ist, als hätte er Katzenscheiße auf der Zunge. Er hält den Mund weit offen unter den Wasserhahn, das Wasser gluckert schnell und laut in den Abfluss.

*Ein dünnes, breites Grinsen. Wie ist mein Name?*

Verpiss dich, Bunyip.

Er wischt sich über den Mund und sieht zum Kessel. Aber dann erinnert er sich, dass das Wasser nicht kochen wird, wenn er hinsieht, und macht die Augen zu, bis die Pfeife losschrillt. Sein Kaffee ist längst nicht so gut wie Mums. Gil schüttet ihn weg und macht einen neuen. Der ist immer noch nicht richtig, aber er trinkt ihn trotzdem. Er nimmt die Tasse mit ins Zimmer von Joss und stellt sie auf den Nachttisch.

*Opas Boudoir.*

*Boudoir* war Mums Lieblingswort, zusammen mit *fabelhaft* und *funkeln*. *Zwickel* mochte sie gar nicht, oder *Drüsen*. Gil mag *Mond*, aber *Läuse* nicht. Ansonsten ist er ziemlich locker mit Wörtern.

Das krumm durchhängende Bett von Joss. Der nierenförmige Frisiertisch. Gil nähert sich ihm vorsichtig. Ein unberechenbareres Möbelstück könntest du dir nicht vorstellen. Untenrum hat er eine malvenfarbene Stoffkrause. Gil stellt sich vor, wie der Tisch die Röcke rafft und davonstürmt. Er öffnet eine Schublade und riecht muffigen Talkumpuder und Staub. Ein Duft so schwach wie seine Erinnerung an Granny Iris. In der Schublade ist ein Keramikteller mit Haarnadeln, daneben liegt ein Kamm mit ein paar feinen grauen Haaren. Gil hält ihn in die Höhe: Das ist alles, was von Granny Iris übrig ist.

Ganz hinten in der Schublade liegen versteinerte Reste Make-up. Klumpige Wimperntusche und uraltes Rouge. Gil dreht befriedigt einen Lippenstift auf. Rot wächst aus einer goldglänzenden Hülle. Er dreht ihn um, aber drunter steht nur eine Nummer. Mum mochte die Namen der Farben. Er überlegt.

*Jamboree Lips*

*Scarlet Floozy*

*Crimson Hussy*

Gil reibt den Lippenstift vorsichtig seitlich über seinen Finger und entfernt die Schicht, die früher einmal Grannys alte Lippen berührt hat. Er sieht in den verstaubten Spiegel und malt sich einen Filmstar-Mund. Größer, besser, röter als den eigenen.

Der Wind frischt auf, als Silvia mit Cannelloni kommt.

»Ist das Lippenstift, Gil?«

»Nein.«

»Steht dir. Was hast du heute Nachmittag gemacht?«

»Nichts.«

Silvia sieht ihn genauer an. Gil guckt weg.

»Birgit hat mir eine Musketenkugel gezeigt«, gibt er zu.

»Du hast mit den Wissenschaftlern geredet?«

Gil zögert. »Nicht viel. Eigentlich gar nicht.«

»Die Schlampe denkt, ihr gehört die Insel.« Silvia verschwindet in der Vorratskammer. »Aber stell dir vor, die Insel will sie nicht.«

Geräume, Glasklirren.

»Bingo.« Silvia kommt mit einer Flasche Sherry heraus.

Silvia holt zwei verstaubte Gläser aus dem Wohnzimmerschrank. Sie schenkt sich selbst ein großes Glas ein, Gil kriegt einen winzigen Schluck. Er legt den Kopf in den Nacken, um ihn ganz aus dem Glas zu bekommen, sieht anschließend die roten Halbmonde oben am Rand und mag sie. Nuttig.

»Sie werden den Stumpf gut vernähen, und Bill Nord kann ein Auge darauf haben.«

Gil erschaudert. Er hört wieder das Ächzen des alten Mannes, als er sich verletzt hat. Sieht das Blut aufs Deck tropfen und in der Plastiktüte schmatzen.

»Dein Opa braucht jetzt Hilfe auf dem Boot. Er kriegt die Reusen nicht mit einer Hand eingeholt.« Sie sieht Gil herausfordernd an. »Du musst da mit ran.«

Gil sagt nichts dazu.

»Eines Tages wirst du bei ihm einsteigen.«

»Nein. Werde ich nicht. Ich will kein Fischer werden.«

»Was denn?«

»Weiß nicht, aber kein Fischer.«

»Was hat deine Mum gemacht?« Silvia tut so, als läse sie Zeitung.

»Frisörin«, lügt Gil.

Silvia blättert um und lässt ihren Blick über die Schlagzeilen wandern. »Sie scheint ein reizender Mensch gewesen zu sein.«

Gil denkt nach. »Sie mochte Sonnenuntergänge.«

Silvia lächelt. »Natürlich mochte sie die.«

»Und Singen und Tanzen. Und Verkleiden.«

»Fantastisch! Ich wette, das habt ihr zusammen gemacht, Mutter und Sohn?«, sagt Silvia sanft.

Gil sieht sie an und wartet auf eine Stichelei. Aber sie liest jetzt wirklich, die Augen bewegen sich über die Zeilen. Gil atmet aus.

»Es ist tragisch, wenn sich jemand, der so voller Leben ist, genau das nimmt«, fügt sie hinzu.


Gil sitzt auf dem Klo. Er lauscht der aufs Ufer schlagenden Brandung und den Möwen, die sich gegenseitig umbringen. Nach einer Weile wischt er sich über die Augen.

Silvia wärmt das Essen auf, und Gil mag die kräftige Soße, isst eine Menge Weißbrotdreiecke und genießt es. Silvia steckt sich eine Zigarette an, sieht ihm zu und spielt mit den splissigen Enden ihrer Haare.

Es ist dunkel, so lange haben sie am Tisch gesessen. Wie sie es in Italien tun, sagt Silvia. Essen, reden, nur dass sie die Einzige ist, die etwas sagt. Gil kratzt am verbrannten Käse an der Cannelloni-Form. Silvia tut sich am Sherry gütlich. Sie wankt, als sie aufsteht, um mehr Brot zu buttern.

»Ich bleibe heute Abend hier, um Frank zu ärgern.« Sie steckt sich mit großer Geste eine weitere Zigarette an. »Dein Granddaddy ist sein Feind, wegen der Fehde.«

»Was für eine Fehde?«

»Darüber kann ich nichts sagen. Inselgeschichten.«

Gil nimmt eine Gabel und drückt ein Labyrinth ins Tischtuch. Ein kompliziertes.

»Weißt du, was eine Fehde ist?«

Gil zieht Linien. »Ja.«

Silvia schenkt sich noch einen Sherry ein. Sie läuft sich warm für die Geschichte.

Ein Schlag ans Küchenfenster. Die beiden zucken zusammen.

Ein dunkler Schatten draußen.

*Wie ist mein Name?*

Der Schatten flucht und tut herum. Der Mann hat getrunken.

»Schnell, mach das Licht aus«, sagt Silvia. »Das ist Roper.«

Gil läuft zu den Schaltern für die Veranda und die Küche. Alles wird dunkel. Draußen ist es heller. Roper vorm Fenster.

Ein weiterer Schlag gegen die Scheibe. »Dad sagt, du sollst kommen.«

»Verpiss dich«, flüstert Silvia.

»Hörst du? Komm da raus.« Roper schlägt fester, und der Fensterrahmen klappert.

Silvia ruft: »Ich komme später.«

»Du kommst jetzt«, schreit Roper, geht vom Fenster weg und tritt mit jedem herausgeschrienen Wort gegen die Fliegentür: »Oder ich zerr dich verdammt noch mal da raus.«

»Nein.« Silvia steht auf und geht zur Tür. »Das tust du verdammt noch mal nicht.«

Gil steht in der dunklen Küche und sieht aus dem Fenster. Er macht es einen Spalt auf, um zuhören zu können.

Silvia steht auf der Schwelle und redet schnell und leise. Sie hält die Tür, bereit, sie Roper ins Gesicht zu knallen. Das Licht vorne ist wieder an, um ihn im Blick zu haben. Roper steht mit geballten Fäusten da und schwankt. Er ist mittelgroß, aber seine Schultern sind breit und muskulös, und er hat einen ziemlichen Bauch. Seine Shorts sind zu lang, die Hände zu groß, und als er seine Kappe abnimmt, sieht man die Fusseln auf seinem fast kahlen Kopf kleben. Eine lange Narbe wie ein Komma und eine Delle links im Schädel. Silvia hat nicht gelogen.

»Dad schlägt dich grün und blau. Den alten Kerl zu knallen. Dirty Hurley.«

»Joss ist gar nicht hier. Ich knall niemanden.«

»Was ist das mit dir und den alten Kerlen?« Er rudert in seiner Shorts herum. »Du solltest mal 'n jungen probieren.«

Silvia sagt etwas, das Gil nicht mitbekommt. Roper dreht durch, stürzt mit ausgestreckter Hand vor und packt sie an den Haaren.

Gil spürt, wie ihm das Blut in den Adern gerinnt.

Silvia macht sich los, schlägt die Tür zu und schiebt den Riegel vor. Dann ihre Stimme, nervös und schrill: »Geh nach Hause, Roper, hör einfach auf, verdammt.«

Roper hebt einen Finger. Stolpert zurück auf die Veranda und fährt mit der Schulter an der Mauer entlang zum Küchenfenster. Gil duckt sich weg. Roper beugt sich vor, findet das offene Fenster, löst den Schließhaken und zieht es ganz auf. Gil weicht zurück.

Roper starrt herein, formt mit der Hand eine Pistole, zielt und schießt.

## KAPITEL 9

# 1628

Mayken und Imke liegen in ihren Kójen. Mayken oben, Imke unten. Das Schiff hebt und senkt sich. Die an der Decke hängende Laterne pendelt hin und her. Sie leuchtet für Imke, die im Dunkeln nicht schlafen kann.

Mayken sieht über den Rand ihrer Koje. »Du bist traurig, Imke.«

»Ja, Mayken, und du auch.«

»Nur ein bisschen. Warum bist du traurig?«

»Weil ich eine kranke, alte Frau bin. Warum bist du traurig?«

Mayken überlegt. Weil sie gerne zurück in die Unterwelt gehen und Smoert, den Küchenjungen, und den Metzger-Prinzen Aris wiedersehen würde. John Pinten würde sie auch wieder besuchen und ihn fragen, was sich im Laderaum herumbewegt. Obwohl eine Hälfte von ihr es gar nicht wissen will.

»Weil ich Haarlem vermisse.«

»Wer würde das nicht?«

»Spielen wir *Wie du deine Finger verloren hast?*«, fragt Mayken.

»Müssen wir?«

»Du hast im Wald gespielt und bist einem hungrigen Holzfäller mit einer scharfen Axt begegnet.«

Imke lacht. »Nein, nicht mal nah dran – und es wäre wohl auch kein Festmahl gewesen!«

Mayken lächelt vergnügt. »Aber ein Bein hätte er genommen!«

Imke streckt ein Bein über den Kojenrand und lässt es wabbeln. »Da wäre schon mehr dran gewesen.«

»Spielen wir ein anderes Spiel: *Was wird das Beste daran sein, in Batavia zu leben?*«

»Dass ich von diesem verflixten Schiff runterkomme.«

»Denk nach, Imke. Batavia.«

Imke denkt nach. »Ich kann auf meinem Hintern in der Sonne sitzen und Feigen essen.«

»Die Sonne lässt kleine holländische Kinder schmelzen.«

»Du bist ein Grauen. Jetzt lass mich schlafen!«

Mayken streckt sich auf ihrer Koje aus und denkt über ihren nächsten Logbucheintrag nach.

*Zwanzig Tage auf See. Ich weiß nicht, wo wir sind. Ich nähe zusammen mit Frau Prädikant und Judick Hosen für arme Schiffsjungen. Die Damen sind entsetzt, dass junge Mannschaftsmitglieder in Lumpen gekleidet sind. Aber die Hose, die ich nähe, ist für mich. Ich habe mir auch einen Kittel gemacht. Wenn ich noch mal zurück in die Unterwelt gehe, werde ich keinen Mehlsack tragen.*

Mayken lauscht den nächtlichen Geräuschen des Schiffes. Am nächsten: die schnarchende Imke. Weiter weg: ein Festmahl in der Großen Kabine, gedämpftes Grölen und Schreien. Es ist der Skipper-Abend. Dazu das rhythmische Knarzen des Schiffes. Es ist eine klare, leicht zu durchsegelnde Nacht. Das Schiff wiegt alle in seinem runden, hölzernen Bauch.

Ein leises Klopfen an der Kabinentür.

Mayken gleitet aus ihrer Koje, Imke schläft weiter.

Aus dem dunklen Gang tönt Pelgroms Stimme mit einem unterdrückten Kichern. »Etwas Luft schnappen mit mir, Jongedame?«

Sie sitzen in einer dunklen Ecke des Achterdecks unter einer Plane, die die begüterten Passagiere tagsüber vor der Sonne schützt. Mayken wünschte, sie säßen unter offenem Himmel, wo sie die Sterne sehen könnte. Die große Hecklaterne leuchtet und wirft einen schimmernden Weg über das frisch geschrubbte Deck.

Pelgrom stupst sie an und hält ihr einen Krug hin. Sie kann in der Düsternis sein Gesicht nicht erkennen, aber sein Atem sagt ihr, dass er betrunken ist.

Er flüstert: »Wein, vom Tisch des Skippers.«

Sie hebt den schweren Krug an die Lippen. Das Zeug schmeckt ekelhaft.

Pelgrom nimmt den Krug zurück. »Willst du wissen, was sie heute Abend in der Großen Kabine gegessen haben?«

Das will Mayken immer.

»Drei Ferkel. Schöne Möhren. Gefüllte Fische. Marmorierte Hühnereier.«

»Wie viele sind betrunken umgefallen?«

»Ein Nachwuchs-Kadett, mit dem Gesicht in die Suppe. Aber der Abend ist noch jung.«

Pelgrom hebt den Krug. Mayken erkennt die Bewegung im Dunkeln.

»Wo sind wir jetzt auf dem Meer?«

»Willst du mir sagen, das weißt du nicht?«

Mayken kann das Lächeln in seiner Stimme hören.

»Wir sind sieben Monate von Batavia entfernt, Jongedame, und in sieben Monaten kann viel passieren. Menschen können geboren werden, Menschen können sterben. Wir werden alle verrückt werden, und uns fallen die Zähne aus.«

Mayken zieht die Lippen über die Zähne, versteckt sie im Dunkeln.

Pelgrom hebt erneut den Krug. »Du wolltest was über den Laderaum wissen, weißt du noch?«

Mayken denkt an John Pintens Worte. Sie stellen ihr immer noch die Haare im Nacken auf und fahren ihr in den Magen.

»Was bewegt sich im Laderaum?«

»Ich bin hier, um dir die Antwort zu geben ...«

Mayken wartet.

»Zwiebackkäfer, Wasserfasswürmer und Tausende Ratten. Die wachen im Laderaum.«

»Wenn du es nicht sagen willst ...«

»Also gut!« Pelgrom senkt die Stimme. »Aus glaubwürdiger Quelle weiß ich, dass wir einen blinden Passagier an Bord haben. Einen *unnatürlichen* blinden Passagier.«

Maykens Augen werden groß.

»Ein Ungeheuer, das der Länge nach auf dem Kiel liegt, die Feuchtigkeit dort auffleckt und die dicke, schwarze Luft atmet.«

»Hast du es gesehen?« Ihre Frage ist ein Flüstern.

»Der Laderaum ist tief, und ich würde niemals da unten herumstöbern, auch für viel Geld nicht.«

Mayken überlegt einen Moment. »Wer hat dir von dem blinden Passagier erzählt?«

Pelgrom nimmt einen Schluck Wein, mit einem leisen Schlürfen. »Ein Seemann, ehrlich und wahrhaftig.«

»Wie heißt er?«

»Du würdest ihm nur auf die Pelle rücken.«

Mayken beißt sich auf die Lippe.

»Ich erzähle dir, was er mir erzählt hat. Aber ich warne dich«, sagt Pelgrom. »Das ist nichts für Kinder.«

»Trotzdem will ich es hören.«

»Das denke ich mir.«


*Da war einmal dieses Dorf, ein holländisches Dorf wie jedes andere, nur mit weniger Glück. Das Gemüse gedieh nicht, die Tiere kränkelten, und die Leute waren hässlich. Dazu kamen ein schrecklicher Sommer und ein noch schlimmerer Herbst, nass und stürmisch, mit Über-*

*schwemmungen und einer verdorbenen Ernte. Die Dorfbewohner*
*mussten das Land trocknen, waren aber sehr arm. Ihnen fehlte das*
*Geld für Windmühlen oder das nötige Holz, um die Ufer zu sichern.*
*Sie hatten auch keine Schafe zum Grasen, die die Erde mit ihren*
*goldenen Füßen festtraten und mit ihrem Dung versetzten, damit das*
*Gras gedieh und das Land festigte und nicht alles im Schlamm ver-*
*sinken ließ.*

*Und es regnete und regnete, das Wasser stieg immer weiter, und*
*die Angst der Dorfbewohner wuchs.*

*Dann kam ein Fremder ins Dorf.*

»Wie sah er aus?«

»Ein sehr alter Mann mit einem Bündel auf dem Rücken.
Gebeugt ging er, wie ein Baum im Sturm.«

»Was war in dem Bündel?«

»Hab Geduld, ja?«

*Die Dorfbewohner versammelten sich um den Fremden, kamen doch*
*nur selten Besucher.*

*»Wir haben kein Essen für dich, alter Vater«, riefen sie. »Das Land*
*ertrinkt, und unsere Ernte ist verloren. Unsere Babys sind hungrig,*
*und wir müssen unsere Tiere schlachten, selbst Katzen und Hunde …«*

»Genau wie in Haarlem während einer Belagerung vor langer
Zeit! Auf dem Schild in der Kirche steht: ›Hunde und Katzen
wurden zu gejagtem Wild …‹«

»Soll ich die Geschichte nun erzählen?«

*»Ihr steckt in der Scheiße«, sagte der alte Mann. »Zum Glück kann ich*
*den Regen aufwärts fallen lassen.«*

*»Dann helfe uns, gütiger Fremder!«*

*Er überlegte. »Ich werde eure Ernte und euer Land retten, aber*
*dafür will ich etwas.«*

*Den Dorfbewohnern blieb kaum eine Wahl. »Was?«*

*»Das nächste im Dorf geborene Kind gehört mir. Ich bin zu alt, um ewig weiter durch die Welt zu wandern. Ich brauche einen Lehrling.«*

*Die Dorfbewohner stimmten dem bereitwillig zu. »Lijsbets Baby muss jeden Tag kommen. Das kannst du haben.«*

*Lijsbet wusste nichts davon. Sie war zu Hause und hatte die Füße hochgelegt.*

*Der alte Mann öffnete sein Bündel. »Drei Nächte wird es dauern, euer Land zu trocknen. Bei Einbruch der Dunkelheit müsst ihr alle in eure Häuser gehen, an allen drei Abenden, müsst eure Türen und Fensterläden verschließen. Ihr dürft nicht hinaussehen, auch nicht kurz mal durch einen Spalt oder ein Schlüsselloch. Bis zum Morgen.«*

*Die Dorfbewohner willigten ein.*

*Als der erste Abend kam, gingen alle nach Hause, verschlossen Türen und Fenster und sahen nicht hinaus, auch nicht mal kurz durch einen Spalt oder ein Schüsselloch. Bis zum Morgen.*

*Dann stellten sie zwei Dinge fest: Das Land war trockener, und Lijsbets Baby war geboren.*

*Auch am zweiten Abend taten sie beim Dunkelwerden, wie ihnen geheißen. Tags darauf war das Land noch trockener. Alle waren begeistert, nur Lijsbet nicht, als ihr gesagt wurde, ihr Baby sei der Preis für die Hilfe des alten Mannes.*

*Auch am dritten Abend gingen die Dorfbewohner bei Einbruch der Dunkelheit in ihre Häuser und verschlossen Türen und Fenster. Alle bis auf Lijsbet, die entschlossen war zu sehen, was für ein alter Mann das war, der einer Mutter ihr Kind nehmen wollte.*

*Sie versteckte sich in einem Apfelfass, aus dem sie einen guten Blick hatte. Schon kam der alte Mann mit einem Glas, einer Laterne und einem robusten Stock. Er entzündete die Laterne und stellt sie neben dem verkorkten Glas auf die Erde. Er öffnete das Glas und klopfte mit dem Stock dagegen.*

*Heraus schnellte ein fürchterliches Wesen. Mit gezacktem Rücken und gleißenden Augen. Es krümmte sich auf der Erde und zischte.*

*Es sah aus wie ein Aal, nur siebenmal länger und fünfmal dicker. Der alte Mann schlug das Wesen mit dem Stock, und es erschauderte. Der alte Mann schlug es noch einmal, und das Wesen bohrte seinen Kopf in die Erde. Als der Mann es ein weiteres Mal schlug, war ein Schlürfen zu hören.*

*Das Wesen wurde größer und größer, saugte alles Wasser aus dem durchtränkten Land und war am Ende groß wie ein Berg. Da fuhr der alte Mann mit seinem Stock durch die Luft und rief: »Spuck es aus!«*

*Das riesige, aufgedunsene Wesen bäumte sich auf und zischte.*

*Der alte Mann schwang wütend den Stock und rief: »Spuck es aus, habe ich gesagt!«*

*Da öffnete das Wesen sein Maul, und das ganze Wasser, das es aus dem Land gesaugt hatte, strömte hoch in den Himmel, höher als die Wolken, höher noch als der Mond. Und plötzlich war das Wesen wieder klein wie ein Aal, aber siebenmal länger und fünfmal dicker.*

*Lijsbet sprang aus ihrem Apfelfass, nahm den Stock des alten Mannes, der auf der Erde lag, und schlug ihn damit zur Strafe für seine dunkle Magie und die Misshandlung unschuldiger Aalkreaturen.*

*»Lass mich!«, rief er. »Lass die Bestie nicht entkommen!«*

*Aber es war zu spät. Das Wesen war bereits verschwunden.*

*»Du Närrin!«, sagte der alte Mann zu Lijsbet. »Du hast ein fürchterliches Ungeheuer in die Welt gehetzt.«*

*Lijsbet drohte dem alten Mann mit dem Stock. »Verschwinde aus dem Dorf, oder ich ramme dir diesen Stock in dein Loch.«*

*Der alte Mann hüpfte davon. »Mit Freuden. Das Ungeheuer ist noch ein Baby, und ich würde nicht hier sein wollen, wenn es ausgewachsen ist und zurückgeschlängelt kommt.«*

Mayken blickt ernst in die Dunkelheit. »Lijsbet hätte dieses Aal-Viech mit dem Stock verfolgen sollen.«

»Nun, das hat sie nicht.«

»Schon gut. Erzähl weiter.«

*Als die Dorfbewohner am Morgen aus ihren Häusern kamen, war das Land ganz trocken. Der alte Mann war weg, und Lijsbet hatte ihr Baby noch. Sie erzählte niemandem davon, was sie gesehen und dass der alte Mann sie gewarnt hatte. Aber in den nachfolgenden Tagen wuchs ein Schatten, wo immer Wasser zu finden war ...«*

»In einem Krug, einer Pfütze, einer Träne«, sagte Mayken, weil sie nicht anders konnte.

»Soll ich weitererzählen?«

*Einer nach dem anderen fanden die jüngsten Dorfbewohner ihr Ende. Erst die Babys. Sie wurden leblos in ihren Wiegen gefunden, nur mehr winzige vertrocknete Häute, als wäre alle Feuchtigkeit aus ihnen herausgesaugt worden.*

*Dann die Kinder, die auf verschiedene tragische Weisen ertranken ...«*

»Ich will die verschiedenen Weisen!«

»Also gut.«

*Ein kleines Mädchen wurde kopfüber in einem Eimer gefunden, den Bauch voller Wasser und die Augen aus den Höhlen gesaugt. Ein kleiner Junge lag ertrunken in einer Pfütze, er war voller Fischschleim, und das Gesicht war ihm weggefressen worden. Einige andere wurden erwürgt bei einem Pferdetrog gefunden, den Mund voller Fischläuse. Und immer hat man eine aalartige Kreatur davongleiten sehen.*

*Lijsbet erzählte den Dorfältesten, was sie wusste.*

*Die Ältesten sagten, sie würden mit den weisen Ältesten von anderswo darüber reden.*

*Es kam eine Antwort.*

*Das Aalwesen war ein uraltes Ungeheuer und der Feind aller Menschen. Es hieß Bullebak.*

»Es hieß *Bullebak*? Wie *der* Bullebak, der Kinderschreck, der allen Angst und Ärger macht?«

»Genau so.«

»Nun, warum auch nicht«, sagt Mayken. »Erzähl weiter.«

*Bullebak war eine schlaue Kreatur. Er hatte die Form eines Aals, konnte seine Gestalt aber verändern, wie das Wasser, in dem er lebte. Kinder ertränkte und fraß er gerne, Erwachsenen verpasste er tödliche Bisse oder spielte ihnen böse Streiche und nahm ihnen den Verstand. Durch die Nasenlöcher oder die Ohren bohrte er sich in sie hinein und drehte sich in ihrem Schädel, bis ihre Gehirne Matsch waren. Natürlich war der Mensch dann nicht mehr er selbst, und aus seinen Augen sah Bullebak hinaus. Aber bevor er gefangen werden konnte, war er wieder verschwunden und lauerte in seinem Versteck auf das nächste Opfer.*

*Lijsbet gelobte, ihr Leben der Jagd auf Bullebak zu widmen. Und als ihr Junge größer wurde, half er ihr. Mutter und Sohn verfolgten Bullebak unermüdlich durch Kanäle, Flüsse und ...*

»Aber sie haben ihn nicht erwischt?«

»Nein. Eines Tages fand man Lijsbet tot in einem Sessel beim Feuer, und das Hirn troff ihr aus den Ohren.«

»Bullebak hat sie am Ende doch gekriegt!«

»Ihr Sohn hat geschworen, den Tod seiner Mutter zu rächen und das Ungeheuer über alle Meere in allen Ländern dieser Welt zu jagen.«

»Hat Bullebak ihn auch gekriegt?«

»Nein, er jagt ihn immer noch.«

»Gut für ihn.«

»Und so liegt Bullebak«, sagt Pelgrom, »bis zum heutigen Tag auf der Lauer nach den Unachtsamen.«

Er kneift Mayken ins Bein. Sie schreit auf. Lachend legt er ihr die Hand auf den Mund. Sie beißt ihm in die Finger. Pelgrom lässt sie los.

Wie ein Gewitter braut sich eine Frage in Mayken zusammen. »Du sagst also, dass es Bullebak ist, der unten im Lagerraum umgeht?«

»Mehr oder weniger.«

»Das glaube ich dir nicht. Du hast die Geschichte erfunden und von keinem Seemann gehört. Den fremden Alten hat es nie gegeben, und auch Lijsbet nicht.«

Pelgroms Stimme ist ernst. »Glaube, was du willst, Jongedame. Ich schwöre bei Gott, es ist die Wahrheit, wie ich sie gehört habe.«

Mayken flüstert: »Warum ist Bullebak als blinder Passagier auf dieses Schiff gekommen?«

»Es ist das beste Schiff, das jemals gebaut wurde! Mit der saftigsten Ladung, zahllosen Leuten, an denen er sich gütlich tun kann – und es bringt ihn zügig in ein neues Land.«

»Wie ist er überhaupt an Bord gelangt?«

»In einem Krug, einer Pfütze, einer Träne.«

## KAPITEL 10

# 1989

Sie sitzen am Küchentisch, Silvia hält eine Zigarette in der zitternden Hand, und ihr Blick huscht zwischen der verschlossenen Tür und dem ebenfalls wieder geschlossenen Fenster hin und her. Roper ist, wie es scheint, nicht mehr da.

»Als ich hier angekommen bin«, sagt sie, »nachdem Frank und ich geheiratet hatten, habe ich mir vorgenommen, sobald ich zurück aufs Festland komme, die Einnahmen der Saison zu stehlen und zu verschwinden.«

»Und hast du's gemacht?«

»Natürlich nicht. Ich hatte nicht den Mut.«

Gil denkt nach. »Wenn du doch noch wegläufst, nimmst du mich dann mit?«

»Abgemacht.« Silvia zieht heftig an ihrer Zigarette und scheint sich zu beruhigen.

»Bleibst du heute hier?«, fragt Gil.

Silvia drückt seinen Arm. »Wenn das okay ist?«

Gil nickt.

Silvia drückt ihre Zigarette aus. »Was hältst du von einem Puzzle?«

Kanäle, Canyons, Osterhasen, eine Raumstation. Jede einzelne Schachtel enthält lauter modrige, angefressen aussehende Teile und offensichtlich etliche, die nicht dazugehören.

»Wir könnten uns verkleiden«, sagt Gil ganz wie nebenhin.

»Als was?«

»Als Models.«

Silvia zeigt auf ihren Aufzug. Eins von Franks alten Unterhemden, wie es aussieht.

»Es hängen reichlich Sachen im Schrank von Granny Iris.«

»Himmel, Gil«, gackert Silvia. »Du willst, dass ich mich als deine Granny verkleide?«

Gil lächelt.

Links im Schrank liegen die wenigen Sachen von Joss Hurley. Ein paar Hemden, Shorts. Rechts sind die von seiner toten Frau.

»Denkst du, deine Granny hätte was dagegen?« Silvias Stimme ist respektvoll leise.

Gil hat keine Ahnung.

Iris Hurley hatte feste Locken und blaue Augen, eine zu ihren weißen Lackledersandalen passende weiße Lacklederhandtasche und matt pfirsichfarbene Lippen, die mit ihren matt pfirsichfarbenen Nägeln harmonierten. Sie zu treffen, bedeutete einen ganzen Tag Fahrt zu irgendeinem Café irgendwo auf halber Strecke –, nur dass Mum bald schon grummelte, dass sie es weiter hätten und ihr Treffpunkt ganz und gar nicht auf halber Strecke liege.

Gil bekam einen Eisbecher, der so groß war, dass er sich auf den Stuhl stellen musste, um an die letzten Reste heranzukommen.

Granny Iris meinte, lass das Kind haben, was immer es will.

Mum und Granny Iris zischten sich über ihre Kaffeetassen hinweg an, und schließlich presste Granny Iris die Lippen aufeinander, öffnete ihre Handtasche, zog einen dicken Umschlag heraus und schob ihn über den Tisch. Mum steckte den Umschlag ein, ohne ihre Mutter anzusehen.

Auf der Fahrt nach Hause heulte Mum, und Gil übergab sich.

»Hat deine Granny diese Sachen wirklich hier auf der Insel getragen?«

Silvia ist ganz hingerissen. Zuerst ordnen sie die Kleider der toten Frau nach Farben: Weiß, Gelb, Rosa, Pfirsich, Aprikose, Orange, Rot, Braun, Beige, Taupe, Sand, Grün, Türkis, Blau und Schwarz. Gil hat seine Lieblingsstücke bereits gefunden: eine Jacke aus einem wunderbar steifen smaragdgrünen Brokat und eine himbeerfarbene Seidenbluse, kühl und glatt. Unten im Schrank wartet ein Chor aus Schuhen, in denen die Geister von Grannys Zehen zu erkennen sind.

»Ich frage mich, warum er das alles aufbewahrt?« Silvia sieht traurig aus. »Er muss sie vermissen.«

»Möchtest du einen Tages- oder Abend-Look?«

»Sag du.«

Silvia sitzt vor dem dreiteiligen Spiegel auf Grannys Frisiertisch. Gil hat zwei Lampen aufgestellt, damit sie das harsche Licht der Neonröhre an der Decke nicht brauchen. Es ist nicht direkt ein Hollywood-Spiegel, aber es sollte gehen. Er hat Silvias Haar ausgebürstet und festgesteckt, sodass es weich und schmeichelhaft um ihr rundes Gesicht liegt. An der verkorksten Blondierung kann er nichts ändern. Ein kräftiger Streifen Rouge schafft Wangenknochen, und der dramatisch aufgetragene Lidschatten macht etwas aus Silvias Augen. Sie trägt ein rotes Trägerkleid aus Satin und dazu Kroko-Riemchenpumps, aus denen ihre verschwielten Fersen herausragen.

Sie lächelt verschlagen und sieht absolut umwerfend aus.

»Jetzt kommst du«, sagt sie.

Gil trägt die smaragdgrüne Jacke. Silvia legt einen Gürtel darum und krempelt die Ärmel auf. Sie sind sich einig, dass es so besser aussieht, moderner.

»Der David-Bowie-Look«, sagt sie.

Sie steckt ihm eine Brosche an, wühlt durch Omas Schmuckkasten und fischt zwei Perlenohrringe mit Clips heraus.

Gil nickt und hält still.

Sie sehen beide in den Spiegel.

Der grüne Brokat lässt Gil noch blasser und sein Haar noch röter aussehen. Seine Lippe heilt mittlerweile, tritt aber ebenfalls stärker hervor.

»Deine Augen, Gil!«

Ein Blick in den Spiegel zeigt ihm, was Silvia meint. Seine goldbraunen Augen leuchten bernsteinfarben. Es ist ein Spiel des Lichts mit dem Brokat. Es ist ein Traum, er sieht aus wie ein Gemälde. Er sieht aus wie ein Prinz.

Es gefällt Gil.


Beide suchen sich eine Handtasche aus und gehen hinaus bis zur Küche. Gil hat kein Problem mit den zu großen Pumps. Er wandelt gekonnt über den Laufsteg, macht am Ende des Flurs kehrt, dreht den Kopf, streckt ein Bein zur Seite und geht in Position. Silvia klatscht wie wild. Mit jeder neuen Drehung wird Gil besser, aber dann knickt er um. Silvia ist hinüber, sie kann vor Lachen nicht laufen, was Gil ebenfalls lachen lässt. Sie verschränkt die Arme vor der Brust, macht einen Buckel und stolpert komisch dahin. Die Supermodels haben Feierabend.

»Wir machen Musik.« Silvia wischt den Staub vom Kassettenrekorder über der Spüle, schaltet ihn ein, und er funktioniert. »Das ist so was wie Ella Fitzgerald.«

Silvia tanzt und singt ihren eigenen Text dazu, was für Ärsche Frank und Roper doch sind und dass sie ihnen bald schon ihr Geld klaut. Gil klatscht mit und steuert den Backgroundgesang bei.

Dann ist plötzlich der Strom weg, und alle Lichter gehen aus. Silvias Lachen verstummt, weil der Stromausfall vielleicht gar kein Stromausfall ist. Vielleicht ist es der Geist von Granny

Iris, die sauer ist, dass sie über ihren Kleiderschrank hergefallen sind. Gil sagt, er denkt nicht, dass Granny Iris sie wegen der paar Outfits heimsucht. Wahrscheinlich ist sie glücklich, dass ihre Sachen mal gelüftet werden.

Silvia wagt sich nicht an den Generator ran. Er wird nur explodieren und sie zum Krüppel machen, oder sie ruiniert ihn, und Joss dreht durch, und sie findet sich bei den toten Holländern unterm Camp wieder. Sie stecken Laternen an und nehmen sie mit ins Wohnzimmer, das im flackernden Licht ganz gemütlich wirkt.

Gil findet eine Schachtel Dominosteine, aber Silvia kann sich nicht darauf konzentrieren. Sie liegt der Länge nach auf dem Sofa und klatscht sich, *klatsch, klatsch*, Granny Iris' Riemchenpumps an die schmuddeligen Fußsohlen, seidige Verführung.

Gil studiert die Streifen auf Silvias Schultern, die Geisterspuren eines Unterhemds. Er überlegt, wie alles, was weg ist, Spuren hinterlässt. Unterhemden, Mums …

»Wir fahren nach Perth«, sagt Silvia. »Kaufen einen Van und einen Hund und färben uns die Haare, du weißt schon, als Verkleidung.«

»Kann ich eine perlblonde Pixie-Frisur kriegen?«

Silvia lacht und schläft dann mit dem Kopf unter einem Kissen ein.

Gil ist nicht müde. Er geht ins Zimmer seines Großvaters, um Grannys Blusen und Kleider zurück in den Schrank zu hängen und das uralte Make-up wegzuräumen. Er hockt sich auf den Boden und reiht die Schuhe unten im Schrank wieder ordentlich auf, schön ein Paar neben das andere.

Ganz hinten im Schrank entdeckt er eine Schachtel, wie eine, in der man Geld aufbewahrt. Es ist aber keins drin, da sind nur allerlei Zettel und zwei Tabakdosen. Gil lässt die Zettel und öffnet eine der Dosen, in der er eine gelbliche Scherbe und ein Stück Papier findet:

*Batavia-Fundstück*
*Elfenbein-Bobine*

Was immer eine Bobine sein mag. Er macht auch die zweite Dose auf. Ein trockenes Stück Knorpel. Auf dem Papier daneben steht:

*Batavia-Fundstück*
*Kinderfinger*

Er lässt den Finger angeekelt aufs Bett fallen, sieht ihn sich dann aber fasziniert an und vergleicht ihn mit seinen eigenen. Am Ende legt er ihn vorsichtig zurück in die Dose und wischt seine Hand auf dem Bett ab. Oma Iris muss die Sachen gefunden haben, in ihren Lackledersandalen und mit ihrer Lackledertasche hat sie im Humus, im festen Sand und Korallengestein herumgegraben. Er steckt die Dose mit der Bobine ein und stellt die Geldschachtel zurück in ihre Ecke.

Gil überprüft die Tür. Dreimal. Abgeschlossen. Abgeschlossen. Abgeschlossen. Dann die Fenster, jedes einzelne ebenfalls dreimal, wobei sich Roper mit seinem fetten Hintern sicher nicht die Mühe machen würde, durch eins reinzuklettern. Er würde einfach die Tür eintreten. Und dann bringt er sie beide mit einer Axt um, eine blutige, brutale Sache. Mit jedem Hieb schreit er, schreit sogar lauter als sie beide. Gil geht in seinen Shorts ins Bett, bereit, davonzulaufen.

Manchmal haben Mum und er in ihren Sachen geschlafen, damit sie sich gleich aus dem Staub machen konnten, wenn sie die Miete nicht bezahlt hatten. Als Gil noch klein war, wickelte Mum ihn nachts in eine Decke und trug ihn zum Auto. Er schlief noch eine Weile, und wenn er aufwachte, waren sie weit, weit weg, die Sonne ging auf, und Mum sah im Rückspiegel zu ihm hin. *Guten Morgen, Sonnenschein.*

Gil denkt über den Stromausfall nach. Er stellt sich vor, wie ein Granny-Geist mürrisch den Flur auf und ab läuft, die Geister-Handtasche voller dicker Geister-Umschläge. Oder waren es die Holländer aus den alten Zeiten, die das Licht ausgemacht haben? Vom Lachen und der Ella-Fitzgerald-Musik gestört. All die ermordeten Leute, die sich auf dem Flur drängen, die Köpfe schütteln und mit finsterer Miene durch die Durchreiche blicken.

Vielleicht war Little May bei ihnen. In einem altmodischen Kleid, mit einer Haube und einem traurigen Gesicht. Vielleicht ist das ihr Finger im Schrank? Vielleicht will sie ihn zurück?

Gil hat so ein Gefühl, als würde er beobachtet. Er versichert sich, dass sein Zimmer zu klein für Geister ist, egal, wie viele, es sei denn, sie können sich überlappen. Aber die Toten können dir sowieso nichts tun, es sind die Lebenden, vor denen du Angst haben solltest. Die Geister könnten sich nützlich machen, nach draußen auf die Veranda gehen und Roper zusetzen, falls er zurückkommt.

Gil döst wider Willen ein. Böse Träume kommen wie Käfer, drängen herbei, stoßen gegeneinander, werfen sich gegenseitig um und krabbeln überallhin.

Ein Haus an einer Straße ins Nirgendwo.

Mutter und Sohn sitzen um Garten auf der Schaukel und singen. Bei einem Gewitter taucht eine graue Katze auf und bekommt kleine Kätzchen. Sie trägt ihre Babys eins nach dem anderen miauend hinaus in den Regen. Am Morgen liegt da ein zusammengedrängtes Gewirr winziger nasser Felle.

Mutter kommt und öffnet die Vorhänge. Der Sohn spielt leise.

Fliegen am Fenster, sie rammen sich die Köpfe ein beim Versuch rauszukommen.

Gil schreckt in seinem Bett hoch. Er lauscht. Nichts. Im Camp ist es still. Er legt sich wieder hin. Die ganze Insel schläft, stell dir vor. Silvia liegt auf dem Sofa im Wohnzimmer. Fischer schnarchen unter Wellblechdächern, Wissenschaftler zwischen Schädelstücken und Musketenkugeln. Die Geisterkrabben träumen zusammengerollt unter den Klos. Sogar der Seeadler auf seinem Hort aus Angelschnurenden und Netzfetzen. Nur Little Mary ist wach, Geister schlafen nicht. Sie schwebt über die ruhigen Wege oder inspiziert ihre Geschenke beim Lumpenbaum.

Gil hält seine Gedanken auf dieser einsamen Insel und lässt sie nicht zurück übers Wasser, zurück an Land, wo die wahren Geister leben.

## KAPITEL 11

# 1628

*Sechs Wochen auf See. Pelgrom sagt, wir segeln südwärts entlang der spanischen Küste. Mit den Spuckübungen geht es gut voran. Das Ziel ist, es wie der Skipper einmal halb übers Achterdeck zu schaffen. An windigen Tagen ist es schwieriger. Ich habe meine Schiffsjungenhose fertig, fürchte aber, dass ich sie nie tragen werde. Ich stecke in der Oberwelt fest. Frau Prädikant hat ein Geschwür. Ich frage mich, ob sie die anderen Passagiere drüberreiben lässt, weil es Glück bringt?*

Mayken überlegt. Sie sollte auch über Smoert, den Küchenjungen, Aris, den Metzgerprinzen, und den steinernen Soldaten John Pinten schreiben. Aber ihre Reise in die Unterwelt scheint nur mehr ein Traum. Sie lebt in der Oberwelt, mit Imke.

Mayken liebt die alte Frau sehr. Wer würde das nicht? Imke vergießt Tränen, wenn sie lacht. Ihre Lieder sind ausgelassen und derb, und ihre überraschenden Umarmungen lassen Mayken vor Freude glucksen. Wenigstens war es immer so. Heute wächst die Traurigkeit in ihren Augen, und ihre Lieder sind voller verwelkter Rosen und hereinbrechender Nächte. Früher, in Haarlem, hat sich Mayken gerne vor ihrer Kinderfrau versteckt, heute folgt sie ihr auf Schritt und Tritt.

»Geh und nähe mit den Frauen. Schnapp frische Luft mit Creesje. Geh spucken üben, ja, man hat dich dabei gesehen.«

Mayken verzieht das Gesicht. »Ich möchte bei dir bleiben. Ich habe ein neues Spiel, das dir gefallen könnte.«

Imke sieht müde aus. »Dann mal los.«

»Es heißt *Der Skipper ist ein Wolf.* Du musst sagen, welchem Tier jemand am meisten gleicht.«

»Um dann wegen Meuterei über Bord geworfen zu werden!«

»Das ist keine Meuterei: Wölfe sind nett. Was ist mit dem Oberkaufmann?«

»Ich spiele nicht mit.«

»Komm schon, Imke.«

Die alte Frau denkt nach. »Pelsaert ist eine Elster. Elegantes Gefieder, gute Augen, ihm gefällt eine schillernde Münze.«

Beide lächeln. Sehr gut.

»Creesje Jansdochter?«

Imke braucht einen Moment. »Ein Schwan.«

Mayken verdreht die Augen. »Ich bin dran. Nimm einen schweren.«

»Jeronimus Cornelisz.«

Mayken grübelt. Sie ruft sich den Unterkaufmann vor Augen. Er ist der Dritte von oben. Erst kommt der Oberkaufmann, dann der Skipper, dann der Unterkaufmann. Mayken weiß von ihren Wettrennen mit den Marktjungen in Haarlem, dass der dritte Platz nichts wert ist. Jeronimus Cornelisz weiß das auch, daher die Bitternis um seinen Mund und die Verschlagenheit in seinem Blick. Ständig murmelt er den Leuten was in die Ohren, rückt nahe an sie heran und sieht doch an ihnen vorbei. Auf zum Nächsten. Zum nächsten Streich, zur nächsten Hinterlist. Er ist ein gescheiterter Apotheker aus ihrer eigenen Stadt. Imke sagt, es gab da einen Skandal, kann sich an die Einzelheiten aber nicht erinnern, was heißt, dass es nicht für Maykens Ohren geeignet ist.

»Er ist ein Wiesel«, sagt Mayken. »Mit einem Federhut.«

Imke johlt. »Genau richtig! Und der Steward?«

»Jan Pelgrom ist eine Schlange«, sagt Mayken, ohne nachzudenken.

Imke zieht die Brauen zusammen und sieht Mayken genauer an. »Was war zwischen euch beiden?«

Mayken studiert ihre Knie. »Er ist einfach eine, das ist alles.«

Imke möchte schlafen, auf den Topf oder einfach nur in Ruhe
nachdenken. Das alles kann sie aber nicht, wenn Mayken ihr
zusieht.

»Ist es nicht Zeit für deinen Rundgang, Mayken?«

»Aber geht's dir auch gut, liebe Imke?«

»Besser denn je.«

»Was, wenn du mich brauchst?«

»Dann schicke ich nach dir.«

»Was, wenn du fällst, dir schlecht wird oder …«

»Geh mir aus dem Blick, Kind!«

Und Mayken geht.

»Deine Kinderfrau verlassen die Kräfte«, bemerkt Frau Prädikant frostig. Sie schiebt die Lippen vor und stößt mit der Nadel
durch den straff gespannten Stoff. »Seit Beginn unserer Reise
ist sie um die Hälfte geschrumpft.«

Mayken ist so wütend, sie würde sie am liebsten anspucken.
Aus der Entfernung könnte sie Frau Prädikant leicht treffen.

»Mutter, nach Wochen mit Rüsselkäfern im Wasser und
Möhrenenden auf dem Speiseplan sind wir alle nur noch ein
müder Abglanz unserer selbst.« Judick sieht mit einem liebe-
vollen Blick zu Mayken hinüber.

Aber Mayken weiß, dass Frau Prädikant recht hat. Imke mag
sich ja von ihrer Seekrankheit erholt haben, aber sie ist längst
nicht mehr die Alte. Sie war nie so träge und langsam. Imke
schläft mitten in einer Geschichte ein, und ihre volle Brust ist
komplett eingefallen. Überall ragen Knochen aus ihr hervor. Im
Nachthemd sieht sie wie eine alte Milchkuh aus, wie ein Ge-
stell aus Hüftknochen, Schultern und Rippen.

Mayken legt ihre Näharbeit zur Seite und macht einen Spaziergang über Deck. Pelgrom kommt mit einem Krug und einer Schüssel vorbeigerannt. Mayken grüßt ihn.

»Ich brauche etwas.«

»Sag schon, schnell.«

Mayken senkt ihre Stimme. »Ein Elixier für Imke.«

»Weil sie immer schwächer wird?«

»Wird sie nicht!«, schimpft Mayken. »Sie sieht nur etwas dünn aus, das ist alles.«

»Vielleicht vergiftet sie dein alter Freund Bullebak? Sieh mal nach, ob sie Aalbisse hat.« Pelgrom guckt irgendwie schief und geht weiter.

»Red keinen Unsinn.« Mayken zögert, dann ruft sie ihm hinterher: »Wie sehen Aalbisse aus?«

Mayken muss warten, bis Imke tief und fest schläft, bevor sie anfangen kann. Die Untersuchung wird während ihres Nachmittagsschlafs stattfinden. Mayken wird ihre Kinderfrau auf Bullebak-Bisse und Skorbut untersuchen. Erst hebt sie Imkes Lippen an und prüft ihr Zahnfleisch. Dann sieht sie in ihre Ohren und Nasenlöcher. Als Nächstes lauscht sie ihrem Atem und riecht tapfer daran, drückt Imkes Finger, einen nach dem anderen, auch die verstümmelten.

Mayken hat gesehen, wie der Arzt es gemacht hat, als er ihre Mutter untersuchte. Er kam oft zu ihrer Mama. An einigen Tagen wartete sie auf ihn am Fenster, den runden Bauch in ein schönes Kleid gehüllt, das Gesicht und die Hände sauber und frisch. Dann wieder kroch sie wie eine Spinne über ihr Bett, mit schwerem Leib und dürren Armen und Beinen. Der Arzt ließ Tropfen da. Mayken mochte es, wie sie tintengleich im Wasser aufgingen. Mama trank sie immer aus demselben Glas, nur die Zusammensetzung änderte sich, und das Wasser wurde dunkler.

Als Nächstes muss Mayken Imkes Bauch inspizieren. Sie reibt sich die Hände, wie es auch der Arzt getan hat, legt sie auf Imkes Leib, hebt den Blick zur Decke und nickt. *Ja, genau wie erwartet.* Hin und wieder drückt sie etwas fester, was die alte Frau ein paarmal furzen lässt. Mayken sieht ihr ins Gesicht, ob sie vielleicht ein Lächeln erkennen lässt.

Heute ist alles, wie es sein sollte. Das Zahnfleisch ist in Ordnung, der Atem nicht zu sauer, die Nasenlöcher sind frei, ihre Knie beide …

»Imke!«

Imke wacht auf.

»Dein Zeh!« Mayken ist entsetzt.

Die vertrauten alten Füße haben die gewohnten verhornten Nägel, die rissige Haut und den leichten Geruch gewaschenen Käses. Aber der große Zeh am linken Fuß ist doppelt so dick wie der rechts. Und zornig rot. Abscheulich geschwollen. Unten am Ansatz sind Bissspuren. Der gelbliche Nagel löst sich ab wie eine Butterlocke.

Imke setzt sich in ihrer Koje auf und späht an sich hinunter. »Da hat mich letzte Nacht eine Ratte geärgert. Ich dachte, sie hätte nur meinen Strumpf gefressen.«

Pelgrom kommt, um sich Imkes Zeh anzusehen. Er hebt eine Braue, blickt zu Mayken hin, und sein Ausdruck ist eindeutig: *Was habe ich dir gesagt?*

»Mevrouw, wie es scheint, sind Sie gebissen worden. Erlauben Sie mir, den Barbier zu holen.«

»Den will ich nicht.«

»Vielleicht kann er die Schmerzen lindern.«

»Der schneidet mir das Bein ab!«

Pelgrom nimmt Mayken beiseite. »Das war eine Kreatur, die …«

»Sie sagt, es war eine Ratte.«

Pelgrom wendet sich wieder Imke zu, deren Gesicht voller Angst ist. Er zieht eine kleine Flasche aus der Tasche, so eine, wie sie Aris dem Soldaten geschickt hat.

»Nehmen Sie das vorm Schlafengehen.« Er gibt ihr das Fläschchen. »Und geben Sie der Kleinen auch ein Schlückchen. Ein schöner, tiefer Schlaf wird ihnen beiden guttun.«

Pelgrom gibt Mayken noch eine Salbe für den Zeh. Sie riecht verdächtig wie ranziges Gänsefett. Dann entschuldigt er sich, er muss in der Großen Kabine das Abendessen servieren.

Mayken schmiert das Gänsefett auf Imkes Zeh.

»Möchtest du etwas Wein, liebe Imke?«

»Nein, Mayken.«

»Ein winziges Schlückchen?«

»Nein. Ich mache jetzt mein Schläfchen.«

»Das wird dir guttun, liebe Imke.«

Imke schließt die Augen. »Ich hätte es lieber, wenn du mir nicht beim Schlafen zusiehst.«

»Tu ich nicht«, sagt Mayken, den Blick fest auf ihrer Kinderfrau.

Es wird Nacht. Imke schläft im Mief ihrer Kabine. Mayken döst mit dem Kopf auf dem Rand ihrer Koje, sodass sie, wenn sie die Augen aufmacht, die alte Hand der Kinderfrau sehen kann, die ausgestreckt mit angewinkelten Fingern in die Kabine ragt.

Sie haben Pelgroms Elixier getrunken. Imke hat darauf bestanden.

Die Laterne schwingt über ihnen unter der Decke und wirft Schattenmuster an die Wände. Die Flamme ist heruntergedreht, denn Imke hat zugegeben, Kopfschmerzen zu haben.

Mayken schläft ein.

Und träumt von Aalen.

Sie öffnet die Augen und sieht sie unter der Tür hervorquellen. Sie winden sich und schimmern im fahlen Licht. In der Kabine hängt ein nasskalter Kanalgeruch. Die Aale vermehren sich, der Boden ist voll mit ihnen. Die Laterne spuckt, ihre Flamme verbreitet ein blaues Licht.

Mayken sieht nach Imke. Sie schnarcht mit offenem Mund. Aale gleiten über den schlafenden Körper der Frau, schnüffeln an ihren Ohren und wickeln sich um ihren Hals. Mayken sieht starr vor Schreck zu, wie sich die Tür öffnet und ein Schatten hereinfällt.

Der Schatten beginnt sich zu heben, aufzurichten, wird klarer und formt sich zu einer Gestalt, die die halbe Decke einnimmt.

Ein Geruch wird stärker, Bilgengestank und Meeresgischt.

Der Schatten bewegt sich durch den Raum, die sich windenden Aale weichen zur Seite, er schwebt über Imkes Fuß und schnüffelt an ihrem geschwollenen Zeh, weicht zurück … und macht sich bereit, zuzubeißen!

Mayken versucht zu schreien, aus ihrer Koje zu springen, bringt aber keinen Ton heraus und vermag sich nicht zu bewegen. Imke regt sich, schnappt nach Luft, und der Schatten schießt kopfüber in ihren offenen Mund und verschwindet mit einem Schlag seines düsteren Schwanzes in ihr.

Mayken wacht schluchzend auf.

Der Boden ist leer und trocken, die Flamme der Laterne gelb.

Mayken rutscht aus ihrer Koje.

Imke schläft. Mayken blickt der alten Frau in den Mund. Er ist leer. Sie zieht die Decke zurück. Die Röte und die Schwellung haben Imkes ganzen Fuß erfasst. Der Zeh ist leberfarben und der Nagel nicht mehr da. Eine plötzliche Bewegung unter Imkes Nachthemd, Mayken zieht den Stoff zurück und schreit. An Imkes Hüfte geschmiegt, wie ein Köderwurm, ein winziger Aal.

Es ist nicht leicht, einen Aal zu töten. Sie sterben nie, nicht ganz. Nimm sie aus, koche sie, dreh dich weg, um nach einem Stück

Brot zu greifen – und dein Essen ist von deinem Teller verschwunden. Mayken erwartet einen Kampf, selbst mit diesem kleinen Aal. Sie treibt ihn unter den Tisch und zertritt seinen Kopf mit ihrem Holzschuh. Er bewegt sich halb durch die Kabine und zieht eine Spur aus Aalhirn hinter sich her, bleibt dann aber liegen und rührt sich nicht mehr.

Imke verschläft das ganze Gemetzel.

Mayken hebt den Aal in die Höhe und spürt neben ihrer Übelkeit auch den Triumph.

Aber diese arme zerquetschte Kreatur ist nicht Bullebak. Es ist einer seiner Untertanen und der Beweis, wenn es denn eines Beweises bedürfte, für den Besuch des Ungeheuers.

Mayken flüchtet sich hinaus auf Deck. Es geht eine frische Brise, der Morgen zieht rosarot herauf, und das Schiff bewegt sich gut durchs Wasser. Der holländische Löwe am Bugspriet leuchtet im frühen Licht.

Die Matrosen in der Takelage verschnaufen, stehen sicher da und blicken hinunter auf die sanften Wogen des Meeres. Sie warten auf die nächsten Befehle. Die Wache ist aufmerksam. Die Taue singen, das Schiff hebt und senkt sich, die Passagiere schlafen.

Alles ist, wie es sein sollte.

Sie weiß, dass Pelgroms Pflichten und Aufgaben in der Großen Kabine beginnen und enden, also geht Mayken dorthin, entschlossen, den toten Aal fest in der Hand.

Zwei Soldaten bewachen die Tür zur Großen Kabine. Sie sitzen auf einer in die Wand gebauten Bank mit Blick in den schmalen Gang und sonst nichts. Es sind Männer vom Orlopdeck. Der Jüngere hält ein Schwert und hat die Augen geschlossen. Der Ältere trägt einen Umhang und scheint zu beten, wenigstens bewegt er die Lippen so. Keiner von beiden ist John Pinten, aber sie sehen aus wie er, wettergegerbt, schicksalsergeben, nicht zu stören.

Mayken nickt dem Soldaten mit dem Umhang zu und sagt so hochmütig, wie sie kann: »Ich möchte den Steward Jan Pelgrom sprechen.«

Der Soldat im Umhang weckt den anderen mit dem Schwert.

»Warum denkst du, dass der Steward da drin ist?«, fragt Korporal Umhang.

»Er beginnt seine Arbeit in der Großen Kabine mit dem ersten Licht.«

Korporal Umhang überlegt. »Bist du hier, um das Silber zu stehlen?«

»Nein.«

»Was hast du da in der Hand?«, will Korporal Schwert wissen.

»Ihr Haustier!«, sagt Korporal Umhang gutmütig. Er beugt sich vor und zieht die Stirn kraus. »Ein Egel, Kleines?«

Mayken ist empört. »Das ist ein toter Aal.«

Korporal Schwert lacht. »Nenn deinen Namen.«

»Mayken van der Heuvel. Nennen Sie Ihre.«

»Korporal Hayes.« Er deutet auf Korporal Umhang. »Und ich bin Korporal Hardens.«

Mayken nickt den beiden ernst und förmlich zu.

»Gibst du mir dein Wort«, sagt Hayes, »dass du da drinnen nicht das Silber stiehlst?«

»Ja, ich gebe Ihnen mein Wort: kein Diebstahl.«

»Gut«, sagt Hayes. »Was ist mit dem Aal?«

»Das sage ich lieber nicht.«

»Na gut.« Hayes hat ein offenes, freundliches Gesicht und einen sandfarbenen Bart. »Aber verlass dich nicht drauf, dass er tot ist. Du weißt, was man über Aale sagt.«

Hardens lächelt Mayken zu. »Ich habe eine kleine Tochter in deinem Alter. Sie quält mich, weil sie immer neue Schleifen möchte.«

»Lebt sie im Dunkel bei den Kühen und John Pinten?« Mayken wünscht sich gleich, sie könnte die Worte wieder zurückholen.

Hayes sieht sie genauer an. »Du kennst John Pinten?«

Mayken schüttelt den Kopf und inspiziert ihren Aal.

»Wir sind auf dem Kanonendeck, nicht bei den Kühen«, fügt Hardens steif hinzu.

Hayes stößt ihn an. »Lass das Kind hinein.«

»Vorsicht mit diesem Pelgrom«, murmelt der Soldat, als er ihr die Tür aufmacht. »Der ist glitschiger als dein Aal.«

Die Große Kabine ist leer: Da ist kein Skipper, kein Ober- und auch kein Unterkaufmann. Da sind keine Schreiber, keine Kadetten oder wohlhabenden Passagiere. Morgenlicht fällt durch das eine verglaste Fenster des Schiffs, das gerade offen ist, wohl um den Geruch von Zwiebeln und Fürzen auszulüften. Der Tisch ist rund und sauber poliert, und der Steward liegt darunter und schläft.

Mayken stößt ihn an und hält den Aal in die Höhe. »Ich weiß jetzt, was Imke gebissen hat.«

Pelgrom öffnet die Augen, wirft einen Blick auf den Aal und sieht kein Stück überrascht aus.

Sie sitzen am Großen Tisch, und Mayken erzählt Pelgrom von ihrem Traum. Die Erinnerung daran macht ihr Angst, aber sie bleibt sachlich und genau. Pelgrom hört zu, fischt eine Möhre aus der Tasche und beißt knackend ein Stück ab. Die Möhre hat zwei Schwänze und ist vom Gärtner aussortiert worden, weil Teufelsgemüse keinen Platz auf dem Tisch des Skippers hat.

»Das war kein Traum«, sagt Pelgrom geradeheraus und mit vollem Mund. »Wie sonst hätte der Aal ins Bett der alten Frau kommen sollen?«

»Dann ist das Schattenwesen in sie gekrochen!«

»Oh, sicher, Bullebak kann das ohne Problem. Ob er in ihr drin bleibt, ist eine andere Frage. Imke ist keine zu aufregende Gastgeberin. Sie kommt kaum herum.«

»Und ihr Zeh? Und die Bissmale?«

»Hat keinen Sinn mehr, den abzuschneiden«, sagt der Steward munter. »Niemand überlebt Bullebaks Biss. Das ist ihr Ende.«

Mayken betrachtet den Aal auf dem Tisch. Er ist eindeutig tot, der Brei aus seinem zertretenen Kopf beginnt zu trocken. Ihre Tränen kommen still und schwer. Sie wischt sie mit dem Saum ihres Rockes weg.

Pelgrom kaut und sieht sie nachdenklich an. Er scheint eine Entscheidung zu treffen, eine schwierige Berechnung anzustellen.

»Es könnte eine Möglichkeit geben, deine Kinderfrau zu retten«, sagt er. »Aber es ist reine Spekulation.«

»Sag schon, ich mach's!«

»Du musst Bullebak fangen und ihm befehlen, sein Gift aus ihr herauszusaugen und ihr das Gute wieder einzuflößen, das er ihr genommen hat.« Der Steward schluckt auch den letzten Rest Möhre, mit Stumpf und Stiel. »Deine Kinderfrau ist geschrumpft, sie ist weniger geworden, stimmt's?«

»Ja.«

»Dann hat sich Bullebak regelmäßig an ihr gütlich getan.«

Mayken erschaudert. »Wie fangen wir ihn?«

Pelgrom nimmt einen Lappen und putzt lustlos über den Tisch. »Da gibt es kein *Wir*. Ich bin zu sehr mit Holen, Bringen und Putzen beschäftigt, mit Servieren und Bedienen …«

»Aber Imke ist krank!«

»Ich könnte dir sagen, wo du die Bestie findest, und dich in den Laderaum bringen. Das dunkle Verlies tief unten, wo es schläft.« Pelgrom hört auf zu putzen und sieht Mayken mit einem verschlagenen Lächeln an. »Aber ich muss dir sagen, Bullebak in die Enge zu treiben, ist nicht ungefährlich, und wahrscheinlich wirst du sein nächstes Opfer.«

»Das ist mir egal.«

»Dein Tod wäre schrecklich. Willst du hören, wie er es macht?«

»Nein.«

Pelgrom scheint ein Lächeln zu unterdrücken. »Nun, solltest du aber. Bullebak könnte in dich reinschlüpfen und dann so schnell wachsen, dass es dich in blutige Fetzen zerreißt. Oder er beißt dich tausendmal, sodass dein ganzer Körper rot anläuft und sich mit Eiter füllt. Oder ...«

»Das reicht. Sag mir einfach, wie ich Imke retten kann.«

»In Ordnung.« Pelgrom macht sich wieder ans Putzen. »Aber das kostet dich was. Wenn ich dabei erwischt werde, wie ich dir helfe, das Schiff zu durchstöbern, Mayken, hängen sie mich an den Rahen auf.«

»Du wirst nicht erwischt, und ich zahle.«

Mit zwei Spitzenkragen und einem silbernen Kamm erkauft sich Mayken eine weitere Reise in die Unterwelt, nur muss sie auf Pelgroms Startschuss warten. Bis dahin weicht sie kaum von Imkes Seite. Die Nächte sind fürchterlich. Sie passt auf, schläft ein und weckt sich wieder auf. Frau Prädikant kommentiert die dunklen Ringe unter ihren Augen.

Bullebak kommt nicht zurück.

Der tote Aal, den Mayken unter ihrer Schlafmatte versteckt hat – als Beweis, dass ihr Traum kein Traum war –, verschwindet plötzlich.

Der Steward entschuldigt sich nicht dafür, dass es so lange dauert. Imke mag ja verbleichen, er muss aber auf den richtigen Zeitpunkt warten. Die Sterne müssen sozusagen mitspielen, der Skipper übers Heck aufs Meer hinausblicken und sich den Hintern kratzen, der Oberkaufmann Creesje auf dem Achterdeck in die Augen sehen und die Seemänner alle mit Leinen-Festzurren, Am-Wind-Kreuzen oder Segeltrimmen beschäftigt sein. Zudem müssen der Steinmetz und jede Menge harte, sich nicht verarschen lassende Wachen mit ihrer Aufmerksamkeit anderswo sein.

Mayken verzieht das Gesicht, fängt aber lieber keinen Streit an. Sie verspürt keinerlei Verlangen danach, vom furchteinflößenden Steinmetz überrascht zu werden. Der würde ihren Schädel wie eine taube Nuss zerdrücken.

Es hilft nicht: Sie muss Pelgrom vertrauen.

Es klopft leise an der Kabinentür.

»Es ist so weit.«

Mayken zieht die Kabinentür hinter sich zu und wirft einen Blick auf die schlafende Imke. Das Gesicht der alten Frau hat einen Grünstich, und ihr Atem geht unregelmäßig.

Der Steward gibt Mayken Lederhandschuhe, die viel zu groß sind, ein Fischernetz und eine Tüte voller Essensreste.

»Wozu ist das?«

»Um Bullebak zu fangen.«

Mayken fühlt sich plötzlich von der Ungeheuerlichkeit ihrer Aufgabe überwältigt. »*Wie?*«

Pelgrom verdreht die Augen. »Verstreu die Reste, und wenn er kommt, um sie zu fressen, wirfst du das Netz über ihn. Falls er zu beißen versucht, hast du die Handschuhe.«

»Was, wenn er eine andere Gestalt annimmt?«

»Das Netz reicht für alle Größen, von Sprotten bis zu Haien.«

»Und was, wenn ich Bullebak diesmal nicht kriege?«

»Ein anderes Mal gibt es nicht.«

»Aber Imke …«

Pelgrom zuckt mit den Schultern. »Du hast nur eine weitere Reise gebucht.«

»Ich habe Schmuck …«

»Für den es lohnt, mich in den Wanten aufhängen zu lassen?«

»Ich habe Münzen …«

»Die nutzen einem Toten nichts. Genug. Komm mit.«

Mayken flitzt unbemerkt übers Deck und zieht sich im Schutz des Schweinepferchs schnell um. Sie klettert hinter Pelgrom aufs Kanonendeck hinunter. Er bewegt sich eilig voran, und sie hat Angst, ihn zu verlieren. Sie hat kaum Zeit, sich umzusehen, da sind wieder all die Leute, der Geruch und der Lärm. Dann steigen sie die Stufen zum Orlopdeck hinunter. Unten nimmt Pelgrom eine Laterne, duckt sich unter der niedrigen Decke durch und kriecht zu einer verschlossenen Luke. Er holt einen Schlüssel hervor und macht ein großes Gewese darum, sie aufzuschließen. Dann nimmt er die Laterne und klettert mit einem angespannten Blick auf Mayken hinunter. Sie folgt ihm.

Der Gestank und die Hitze sind überwältigend.

Unten angekommen, reckt Pelgrom die Laterne in die Höhe. Mayken kann sehen, dass sie auf allen Seiten von Kisten umgeben sind. Sie quetschen sich durch einen Gang, der so schmal ist, dass sich selbst der dünne Pelgrom seitwärts drehen und den Atem anhalten muss. Die Kisten reichen bis zur Decke, es gibt Fässer mit Essig und Wein und ordentlich in Regalen aufgeschichtete Kanonenkugeln. Holzbündel für den Herd des Kochs füllen noch die kleinste Lücke. Platz für Luft gibt es nicht.

Der Gang mündet in den Hauptgang, der so breit ist, dass Pelgrom mit zusammengezogenen Schultern hindurchpasst. Unter ihren Füßen liegt Ballast. Ziegel für Batavia.

Pelgrom bleibt stehen. »Knie dich hierhin, zieh die Handschuhe an und halte dein Netz bereit.«

Mayken tut, was ihr gesagt wird. Links und rechts wächst die Ladung empor, vor und hinter ihr verläuft der finstere, schmale Gang.

Pelgrom dreht die Laterne niedriger.

»Lass mich nicht allein!«, flüstert Mayken voller Entsetzen.

Pelgroms Augen glitzern im Halbdunkel, er scheint amüsiert. »Ich habe nicht vor, dem Viech zu begegnen, hinter dem du her bist. Verstreu die Köder und halte dein Netz bereit. Ich warte oben auf dich.«

Mayken sieht zu, wie der Steward davongeht und von der Finsternis verschluckt wird. Sie wirft einen Blick auf die Laterne, die Flamme ist so klein; falls sie zu flackern beginnt, wird Mayken vor Angst sterben! Sie wirft die Essensreste in die Lücken zwischen den Kisten.

Ein fernes Kratzen.

Mayken kniet sich hin und wartet.

Nasen tauchen auf, nur die Spitzen. Dann nach und nach auch Köpfe, Körper und wurmartige Schwänze. Die Schiffsratten sind lang und dünn und haben spitze Köpfe. Es dauert nur Momente, und sie werden kühner. Bald schon drängen sie an ihr vorbei und rennen ihr über die Zehen.

Mayken kniet immer noch und hält das Netz fest in der Hand.

Immer noch mehr Ratten schwärmen herbei.

Sie vervielfachen sich, und schon spürt Mayken die ersten Zähne und ein Knabbern an ihren Füßen. Sie kommt auf die Beine, und die Ratten folgen ihr, eine wachsende Flut vorhetzender Körper. Es sind keine Reste mehr da. Vielleicht merken die Ratten das, sie scheinen absolut rasend vor Hunger. Immer mehr kommen aus den Lücken hervorgerannt.

Eine Ratte hängt mit den Zähnen an ihrer Hose, eine an einem Ärmel.

Und da begreift Mayken, dass die Ratten sie mit großer Wahrscheinlichkeit töten werden. Sie werden ihr die Kleider vom Körper reißen, sich in ihren Bauch fressen und in sie hineinkriechen. Sie werden sich um ihre Eingeweide streiten und ihre Haare für ihre Nester verwenden. Ihr Fell wird nass verklebt von Maykens Blut sein, und Maykens Einzelteile werden bis in die letzten Ecken des Laderaums gezerrt werden.

Pelgrom hat sie hergebracht, damit sie stirbt!

Sie schreit, und noch mehr Ratten kommen und schwärmen an ihren Beinen herauf. Dann plötzlich ein Knall – ein dumpfer Knall, der die Luft verdrängt.

Die Ratten fallen von ihr ab, ein Huschen, ein Rascheln, und sie sind weg. Mayken steht im leeren Gang, und das Herz in ihrer Brust hört auf zu schlagen. Dann hört sie es – da kommt etwas auf sie zu.

*Platsch. Platsch. Platsch.*

Es ist ein saugendes, morastiges Geräusch, als ginge jemand in Stiefeln voller Matsch.

*Platsch. Platsch. Platsch.*

Mayken steht im Licht der Laterne, das Netz erhoben.

Das Blut pocht in ihren Ohren.

Imke sagt, lauf nie vor dem weg, was dir Angst macht. Es wird dich nur verfolgen. Du musst aufstehen und ihm ins Auge sehen.

Die Flamme flackert.

Mayken lässt das Netz fallen und rennt.

## KAPITEL 12

# 1989

Gil wacht spät am Morgen von einem Pfeifen auf. Mum hat immer gesagt, es gibt zwei Sorten von Pfeifern. Die einen pfeifen ein bekanntes Liedchen und sind Klempner, die anderen machen einfach nur ihrer Wut Luft, und Wut hat keine Melodie. Diese Leute sind Mörder.

Der Fremde in der Unterhose, der am Herd steht und Dosenschinken brät, pfeift ein Liedchen.

Als er Gil sieht, schiebt er die Pfanne zur Seite und streckt die Hand in seine Richtung. »Dutch.«

Gil sieht die Hand an und geht mit einem Auge auf diesen Dutch um den Tisch.

»Und du bist Gil.« Dutch wendet sich wieder der Pfanne zu.

Gil setzt sich neben seinen Großvater. Der alte Mann rührt das Frühstück vor sich nicht an. Seine rechte Hand ist frisch verbunden und mit Pflastern umwickelt. Er raucht mit der linken Hand, was ihm etwas Zögerndes verleiht.

»Hast du deine Hand noch?«, fragt Gil.

Joss nimmt einen tiefen Zug.

»Nun.« Dutch bringt den gebratenen Schinken und schiebt die Soßenflaschen auf dem Tisch hin und her, über seiner Schulter liegt ein Geschirrtuch. Er sieht Joss an. »Sie mögen Ihr Frühstück nicht?«

»Das Frühstück ist okay.« Joss steht auf, schiebt den Stuhl

kratzend über den Boden, geht nach draußen und knallt die Fliegentür hinter sich zu.

»Er kann die Hand nicht mehr gebrauchen«, sagt Dutch. »Sie wollten ihn operieren, aber er wollte nicht, nicht während der Saison.«

Dutch stellt auch für Gil und sich zwei gefüllte Teller auf den Tisch und deckt das Frühstück von Joss mit einem Deckel ab. Er setzt sich und lächelt Gil zu. Gil sieht weg.

Dutch haut rein. Gil wirft ihm einen Blick zu. Es ist der Deckarbeiter von Silvias Foto, nur älter und zerfurchter. Drahtig und dünn wie jemand, der nicht auf die lockere Art leben kann. Dutch ist tiefbraun, hat blaue Augen und ein Stoppelkinn, kurz geschorenes Haar, hellrotbraun mit ein paar grauen Flecken.

Gil sieht auf seinen Teller. Die gebratenen Sachen sind hübsch arrangiert, wie in einem Café. »Wo ist Silvia?«

»Sie ist zurück bei Papa Zanetti.«

»Wo du früher warst?«

»Jepp.« Dutch lächelt. »Aber jetzt bin ich hier.«

Gil isst sein Frühstück und sieht heimlich immer wieder zu Dutch hin. Ihm fällt die rot gefleckte Haut auf dessen Hals auf.

Dutch merkt es. »Man sagt, ein Muttermal ist der Todesstoß aus deinem letzten Leben.« Er mimt einen hektischen Stich in seinen Hals. Gil wendet sich wieder seinem Teller zu.

»Du bist also der große Gilgamesch?«

»Ich heiße Gil.«

»Hat dich deine Mutter nicht nach dem großen Krieger benannt?«

Gil bewegt eine Tomate an den Rand seines Tellers. »Bist du Ire?«

»Ja.«

»Warum heißt du dann Dutch?«

Dutch ist mit dem Frühstück fertig, schiebt seinen Teller von sich weg und dreht sich geschickt eine Zigarette. Er verteilt den

Tabak auf dem Papier, dreht einmal vor, einmal zurück, leckt über den Rand, zwickt die Enden ab, und schon brennt die Zigarette.

»Den Namen habe ich, weil ich unter den ersten Tauchern unten bei dem holländischen Wrack war. Weißt du von der *Batavia*.«

Gil nickt. »Hast du einen Schatz gefunden?«

»Habe ich. Silbermünzen. Ich zeige sie dir mal.«

»Auch Knochen?«

»Himmel, nein.« Dutch lacht. »Die liegen alle in Silvias verdammter Grotte.«

Gil lacht mit.

»Wie bekommt dir das Inselleben, Gil?«

»Ist schon in Ordnung.«

Dutch nickt zu einem Karton auf der Arbeitsplatte hin. »Vielleicht solltest du da mal hineinsehen. Dein Granddad hat gestern Abend was für dich gewonnen.«

Gil sieht, dass Löcher in die Seiten des Kartons gestanzt sind. »Was ist das?«

»Ein Kumpel für dich, mit dem du rumalbern kannst.«

Gil öffnet den Karton und sieht hinein. »Das ist ja eine verdammte Schildkröte.«

Dutch lacht. »Eine verdammte Schildkröte.«

Gil berührt den Panzer des Tieres sanft und vorsichtig. Die Schildkröte weicht zurück. Der Kopf wackelt und sieht irgendwie obszön aus. Der Panzer ist wie geschnitzt. Zwei heimtückische Augen.

Gil findet sie wunderbar.

»Hol sie nur heraus. Halt sie in der Mitte. Aber Vorsicht mit den weichen Stellen an den Achseln. Nimm sie ganz sanft, Gil.«

Die Schildkröte ist etwa so groß wie ein Essteller, und sie ist überraschend schwer. Dutch schafft Platz, und Gil trägt sie zum Tisch.

Gil streichelt die platte Nase der Schildkröte. Zwei winzige Luftlöcher. Er hält sie kurz zu. Die Schildkröte drückt mit den Füßen auf das Wachstuch.

»Sie heißt Frisbee.«

Die Schildkröte scheint sich langsam umdrehen zu wollen.

»Wer hat das gesagt?«

»Der Typ von der Tombola. Er hat so getan, als wollte er sie werfen.«

Gil zieht die Stirn kraus.

»Er war ein Idiot, Gil. Du musst sie nicht Frisbee nennen.«

Die Schildkröte hört auf, sich zu bewegen, und ruht sich aus.

»Wie soll ich sie denn nennen?«

Dutch denkt nach. »Enkidu. Das war Gilgameschs bester Freund.«

Enkidu. Gil wiederholt den Namen stumm für sich. *Enkidu. Enkidu.*

Gil weiß, es ist ein magisches Wort. Mehr noch, es ist genau der Name für die Schildkröte.

»Ich überlege es mir«, sagt er.


Sie packen das Frühstück des alten Mannes in Pergamentpapier. Sie werden es ihm bringen. Dutch findet eine alte Sporttasche, in der Enkidu mitkommen kann.

Joss wird auf dem Anleger sein, sagt Dutch, weil es da einen Elektroanschluss gibt. Er will unbedingt, dass die *Ramona* wieder in Ordnung kommt. Es ist Hochsaison, und jeden Tag, an dem er nicht hinausfährt, verliert er Geld. Und seine Reusen liegen draußen. Gil fragt sich, ob dort auch die Gedanken seines Großvaters liegen, im Riff verfangen.

Auf dem Weg hinunter bleibt Dutch stehen, um sich den Horst des Seeadlers anzusehen. Er holt ein Fernglas hervor, klein, faltbar, leistungsstark. Zufällig kommt der Adler gerade herangeflogen. Dutch gibt Gil das Fernglas und hilft ihm, es richtig einzustellen. Der Seeadler plustert die Brust. Es ist irrsinnig, Gil kann jede einzelne Feder erkennen.

»Das sind versierte Nestbauer.«

»Da hängt sogar Lametta drin. Es glitzert in der Sonne.« Dutch lacht, als hätte Gil ihm Weihnachten geschenkt.

Sie kommen an Bill Nords Camp vorbei, der Ausgrabungsstätte, aber Wissenschaftler sind keine zu sehen. Der Bereich ist immer noch abgesperrt, auf den Gräben liegen Planen.

»Birgit wird mit ihnen draußen am Wrack sein. Die Tauchbedingungen sind offenbar bestens«, sagt Dutch mit einem gewinnenden Lächeln.

»Du kennst sie?«

»Ja, und Sam und Mick auch.«

Gil erinnert sich, wie Dutch an seinen Namen gekommen ist. »Wie ist das so, zu einem Wrack runterzutauchen?«

»Als ich die Kanonen auf dem Meeresgrund entdeckt habe, sind mir die Tränen gekommen, wirklich, in meiner verdammten Maske, es war die reine Magie. Und die Silbermünzen, ganze Schwärme von ihnen, und wie die glitzerten. Als hätte sie gerade jemand auf dem Meeresgrund verstreut. Jahrelang haben sie nach der Batavia gesucht, die alten Aufzeichnungen gaben einfach nicht genug her, um sie zu finden.«

»Ich nehme an, hier gibt's jede Menge Meer.«

»Stimmt, und verlassene Inseln und tödliche Riffe.«

Gil gibt das Fernglas zurück.

»Du kannst es dir für eine Weile ausleihen, wenn du willst. Den Seeadler ein bisschen beobachten.«

Gil nickt dankend.

»Die Fischer haben die Batavia lange vor den Wissenschaftlern gefunden, es aber für sich behalten. Einer hatte eine Ahnung und ist an einem ruhigen Tag rausgefahren. Er hatte ein Glas dabei, um auf den Grund sehen zu können, und da lag eine Kanone. Klar zu erkennen.«

»Ist das Schiff immer noch da unten?«

»Sie haben Planken nach oben geholt, von den Seiten, dem Rumpf, was noch übrig war. Was das Meer über die Jahrhunderte nicht aufgefressen hat.«

Sie gehen stumm dahin, nur das Meer und die Möwen sind zu hören, dazu ihre Schritte im Korallenkies. Gil gefällt es, dass Dutch nicht jede freie Sekunde mit Gerede füllt. Und wenn er etwas sagt, ist seine Stimme weich und locker und angenehm in den Ohren.

»Du bist deiner Mum wie aus dem Gesicht geschnitten.«

Gil sieht ihn an. Dutch trägt ein Lächeln auf dem Gesicht.

Er guckt weg, findet aber, er muss ihn etwas fragen: »Bist du mit ihr ausgegangen?«

»Lass mich raten: Hat Silvia dir das erzählt?«

»Ja.«

»Silvia ist eine Schwatztante. Deine Mum und ich waren sehr jung.«

»Hast du meinen Dad gekannt?«

»Nein. Du?«

»Nein.«

Dutch zögert. »Weißt du seinen Namen, Gil?«

»Den hat Mum mir nie gesagt.«


Gil gibt Joss sein Frühstück. Sein Großvater deutet auf die Schildkröte in der Sporttasche.

»Lass die sich mal ein bisschen die Beine vertreten.«

»Sie heißt Enkidu«, sagt Gil.

Joss wirft Dutch einen Blick zu.

Dutch grinst. »Die beiden großen Krieger.«


Gil sitzt mit Enkidu auf dem Steg, während die beiden Männer am Boot arbeiten. Joss und Dutch reden sehr einsilbig miteinander. Die Motorabdeckung liegt an der Seite, und der Geruch von Öl und Diesel mischt sich in die salzige Luft. Enkidu scheint nicht sonderlich beeindruckt von dem, was um ihn herum vorgeht. Seine Mundwinkel weisen nach unten.

Gil geht mit der Schildkröte ein wenig im Wasser plantschen. Enkidu guckt mürrisch drein.

Gil setzt ihn auf den Uferkies, wo er herumkrabbeln kann. Enkidu guckt mürrisch drein.

Gil versucht Enkidu mit ein paar Blättern zu füttern. Enkidu hat nur einen genervten Blick für ihn übrig.

Also setzen sie sich wieder auf den Steg. Gil trinkt einen Saft aus der Kühlbox, die beiden Männer ein Bier. Dutch stellt der Schildkröte einen Teller Wasser hin, den sie ignoriert. Auch im Schlaf guckt Enkidu mürrisch drein.

Die anderen Fischer kommen zurück. Der Lärm der Motoren kündigt sie an, dann fahren sie rein. Die Deckies springen von Bord, um die Boote zu vertäuen. Sonnenverbrannte, schwitzende Männer. Sie schleppen Ausrüstung und Kisten mit Langusten über den Steg und rufen Dutch laute Grüße zu. Er kommt vom Boot, um ein paar von ihnen die Hand zu schütteln. Sie klopfen ihm auf die Schulter. Einige nicken Gil im Vorbeigehen zu. Sie zeigen auf Enkidu und heben den Daumen oder lächeln.

Joss Hurley könnte genauso gut nicht existieren. Er hält den Kopf unten, achtet nicht auf das, was vorgeht, und fummelt mit der falschen Hand am Motor herum.

Das Licht wird weniger.

»Bring den Jungen zurück«, sagt Joss. »Ich mach noch eine Weile weiter.«

Gil und Dutch gehen in Richtung Camp. Es ist ein schöner Spaziergang, die Luft ist noch warm.

»Lass uns mal bei Papa Zanetti vorbeigehen und sehen, was Silvia kocht.«

»Ich darf nicht zu ihnen.«

»Hat sie das gesagt?«

»Wegen Frank und Roper.«

Dutch mustert Gil einen Moment. »Vergiss es. Du kannst gehen, wohin du willst.«

»Ich mag Roper nicht.«

»Klar, den mag keiner. Er ist ein Arschloch. Mach dir wegen dem keine Sorgen.«

Gil zieht die Brauen zusammen. »Hat er dir nicht die Scheiße aus dem Leib geprügelt?«

»Wer hat das gesagt?«

»Silvia.«

»Also, um die Wahrheit zu sagen, wir beide, aber ich mehr aus ihm, weil da mehr drin ist.«

Gil lächelt.

»Gilgamesch, manchmal ist Gewalt ein notwendiges Übel.« Dutch grinst. »Und das war lange fällig.«

Silvia wirkt leicht benebelt, als sie die Fliegentür öffnet. »Du hast Nerven, Dutch.«

»Vermisst du mich, Silvia?«

»Immer.«

»Ist der große Meister da?«

»Im Wohnzimmer. Der andere Wichser ist weg.«

Dutch wirft Gil einen Blick zu, ein Lächeln um die Lippen. »Du errätst nie, was dieser Junge in seiner Sporttasche hat.«

»Kann ich es kochen?«

Dutch wendet sich an Gil. »Sieh mal, was Silvia für uns zusammenbrutzeln kann, während ich mit Papa Frank Frieden schließe.«

Silvia holt zwei Bier aus dem Kühlschrank und gibt sie Dutch. »Die wirst du brauchen.«

Dutch nickt. »Super. Ruft mich, wenn das Schildkrötenrisotto fertig ist.«

Gil öffnet langsam seine Sporttasche.

Silvia späht hinein und macht ein entsetztes Gesicht. »Wie mach ich die auf? Wie eine Dose?« Sie zwinkert Gil zu.

Gil zeigt ihr die Hauptmerkmale seiner Schildkröte: dass sie ständig verstimmt aussieht, im Kreis laufen kann und echt harte Kiefer hat. Sie kriechen mit Enkidu über den Boden. Silvia singt ein widerliches Lied über ein Schildkrötenrisotto, das Gil gleichzeitig schlecht werden lässt und ihn zum Lachen bringt.

Dann ist sie schon wieder auf den Beinen, holt Töpfe heraus, geht in die Vorratskammer, gibt Enkidu ein paar Salatblätter und schenkt Gil eine Limonade ein.

»Mach mein Kreuzworträtsel fertig, Gil. Erfinde ruhig Wörter, wenn du willst. Es kostet mich den letzten Nerv.«

Gil setzt sich an den Tisch und sieht es sich an. Mit Mrs Baxter hat er oft Kreuzworträtsel gelöst, er ist nicht schlecht darin. Seine Schrift ist nicht toll, aber immer noch besser als Silvias.

Ein Ruf von nebenan. Silvia verschwindet.

Sie ist gleich wieder da und scheint besorgt. »Frank will dich sehen.«

Frank Zanetti sitzt im grellen Neonlicht des Wohnzimmers. Sein Thron ist ein Lehnsessel, Teil einer dreiteiligen kaffeebraunen, plüschigen Couchgarnitur. Dutch sitzt ihm gegenüber. Zwischen den beiden steht ein Couchtisch aus Rauchglas. Das Zimmer wird beherrscht von einem fast wandgroßen hässlichen Gemälde eines Löwen. Fauchend, mit gelockter Mähne. Gil hat das Zimmer schon gesehen, als Silvia ihn herumgeführt hat, aber Frank hat es verändert. Jetzt wirkt es so glamourös wie bedrohlich, wie ein Casino.

Silvia bringt ein Tablett mit Getränken und nimmt die leeren Flaschen und Gläser mit. Frank sieht sie an und schüttelt die große goldene Uhr an seinem Handgelenk.

Silvia zuckt zusammen. »In einer halben Stunde.«

»Sagen wir zwanzig Minuten.« Er wendet sich an Dutch. »Isst du mit uns?«

»Wenn du mich dahaben willst.«

»Ich habe nichts gegen dich. Ich mag nur die Leute nicht, mit denen du dich abgibst.« Frank wendet sich Gil zu. »Du bist Hurleys Enkel?«

Gil nickt.

Frank sieht ihn sich genau an. Gil fühlt sich wie eine Languste, die gewogen, bewertet, für minderwertig befunden und zurück ins Meer geworfen wird. Frank hat etwas Hartherziges an sich. Eine Stille. Wie ein Stein im Wasser, der alles um sich herum verwirbeln lässt, selbst aber reglos bleibt.

»Du kannst nichts dafür, mit wem du verwandt bist. Bist du Dawns Junge?«

»Ja.«

»Sie war eine Plage. Bist du auch eine?«

Gil weiß nicht, ob er eine Plage ist.

»Siehst jedenfalls so aus«, sagt Frank. »Hat mir leidgetan, das mit deiner Mutter. Verdammt dämlich, so was zu tun.«

Gil sieht weg. Er betrachtet das hässliche Gemälde.

»Die Löwenaugen sind aus Glas«, erklärt Frank. »Deshalb schimmern sie so.«

»Es ist scheußlich«, sagt Gil.

»Ja«, sagt Frank. »Das ist es.«

Dutch lächelt, Frank nicht. Die beiden Männer nehmen ihr Bier und trinken.


Gil sitzt mit am Tisch und hört zu. Dutch redet am meisten, dann kommt Frank, und ab und zu wirft Silvia mit vernünftiger Stimme ein paar Worte ein, ohne dabei etwas Derbes über tote holländische Mädchen oder deren Knochen zu sagen. Sie schenkt Gil nach und küsst ihn auf den Kopf. Er zuckt zusammen, weil er es nicht hat kommen sehen. Enkidu besteigt den Besen bei der

Hintertür und bringt den ersten Lacher des Abends bei Frank hervor. Franks Lachen kommt tief aus ihm heraus, es ist ansteckend, und alle stimmen ein.

Dann kommt Roper. Leicht betrunken und völlig verschwitzt füllt er die Türe. Silvia steht auf und beginnt wie eine Barfrau in einem Western, die spürt, dass es Ärger geben wird, den Tisch abzuräumen.

Dutch steht auf und streckt die Hand aus. Roper sieht sich im Zimmer um, versteinert, boshaft. Sein Blick bleibt einen Moment an Gil hängen und wechselt dann zu Dutch.

Gil wird übel, Angst steigt in ihm auf.

»Roper«, knurrt Frank mit warnendem Unterton. »Gib dem Mann die Hand.«

Roper bolzt wieder nach draußen und nimmt dabei fast die Haustür mit.

Frank und Dutch sitzen im Wohnzimmer und rauchen. Silvia und Gil sind in der Küche, sie trinkt einen Sherry, er eine Limonade. Silvia hat Gil einen Teller für seinen Opa eingepackt und stellt ihn mit einem Lächeln in Gils Sporttasche. Es ist das eine, den Enkel deines Feindes an deinem Tisch sitzen zu lassen, das andere, dem Feind selbst etwas zu essen nach Hause zu schicken.

»Unser Geheimnis.« Sie tut so, als müsste sie flüstern, und schiebt sich an ihm vorbei in die Vorratskammer. »Und jetzt ein Eis! Für dich und mich und Enkidu!«

Enkidu sitzt mit einem nassen Geschirrtuch auf sich in der Spüle, überwältigt von seinen Bemühungen mit dem Besen.

»Nein. Er kriegt ein Blatt«, sagt Gil klar und knapp. Er weiß aus Erfahrung, dass das der beste Weg ist, mit betrunkenen Erwachsenen umzugehen.

Silvia macht sich daran, das Eis in Scheiben zu schneiden, die sie zwischen Waffeln legt. Aus dem Zimmer nebenan hört man Dutchs erhobene Stimme irgendeine Pointe bringen, worauf Frank Zanetti wieder in sein tiefes Lachen ausbricht.

»Ich habe Dutch vermisst. Er macht alles so viel besser.« Silvia wischt ihre Finger an der Tischdecke ab. »Frank lacht immer nur, wenn Dutch da ist.«

Der Wind wird stärker, als Gil und Dutch den Uferweg hinüber zu Joss Hurleys Camp gehen. Der Mond sieht verschmiert aus, und die Wolken ziehen wie dahinflatternde Geschirrtücher über sie weg. Die in ihre Nester zurückkehrenden Nachtvögel lassen schwermütige Rufe hören. Dutch richtet seine Taschenlampe in ihre Höhlen. Er redet über Sternbilder und deutet mit ausgestreckter Hand auf einige. Gil hört nicht zu. Er hätte es lieber, wenn die Sterne eine wilde Masse blieben und nicht zu was würden, worüber er Bescheid wissen muss.

Aber er behält seine Gedanken für sich. Er überlegt, ob er Dutch fragen soll, warum alle seinen Großvater hassen und was für eine Art Fehde zwischen ihm und den Zanettis besteht. Doch stattdessen überrascht er sich selbst.

»Glaubst du an Geister?«

»Wie kommst du jetzt darauf, Gil?«

»Silvia sagt, dass ein totes Mädchen vom Wrack auf der Insel umgeht.«

»Silvia erzählt nur Mist, Gott sei mit ihr.«

Gil schnauft. Das ist keine Antwort.

»Little May, oder?«, sagt Dutch versöhnlich. »Einige von den alten Inselbewohnern schwören, sie gesehen zu haben.«

»Glaubst du ihnen?«

»Deine Augen und Ohren können dir hier draußen leicht einen Streich spielen, mit dem Wetter, den Vögeln und der Einsamkeit. Es ist ein hartes Leben, und Fischer können abergläubisch sein.«

»Da sind viele Leute getötet worden ...«

»Vor langer, langer Zeit.«

»Falls es so etwas wie Geister gibt, würden sie an Orten wie dem hier leben.«

Dutch bringt das Gespräch wieder auf die Sterne.

Sie erreichen Joss Hurleys Camp. Das Verandalicht brennt, und die Insekten bringen sich um, um ihm nahe zu sein. Der alte Mann liegt auf einer Liege und schläft, den Mund offen. Mottenschatten huschen über sein Gesicht.

»Wenn du mal reden willst«, sagt Dutch leise. »Über deine Mutter …«

»Ist schon okay«, erwidert Gil genauso leise. »Will ich nicht.«

## KAPITEL 13

# 1628

Mayken rennt durch den dunklen Laderaum und sieht ein Licht über sich – die offene Luke zum Orlopdeck. Pelgrom wird da oben sein und auf sie warten!

Sie stürmt die Leiter hinauf.

Pelgrom ist nicht da.

Mayken versucht, die Luke hinter sich zuzuschlagen, gegen die Kreatur, die ihr sicher folgt, aber sie ist zu schwer für sie. Sie lässt es und läuft weiter in Richtung Leiter zum Kanonendeck.

Die Luke ist zu. Sie steht darunter und ruft Pelgroms Namen.

Eine barsche Stimme erschallt: »Verdammt, hier wollen ein paar Leute schlafen.«

Mayken versucht, ihren Atem zu beruhigen. Nachzudenken. Sie dreht um, geht vorbei am scharrenden Vieh und den eng an eng liegenden Soldaten bis ganz zum Ende, wohin das Laternenlicht nicht reicht.

Sie flüstert ins Dunkel: »John Pinten, hilf mir.«

Angst erfasst sie, er könnte schlafen wie ein Stein.

Lauter jetzt: »John Pinten, bitte wach auf.«

Ein Zündstein wird angerissen, eine Laterne beginnt zu glimmen. Da liegt der englische Soldat auf einen Arm gestützt in seiner Burg aus Strohballen und blinzelt zu ihr hin.

Mayken kriecht ein Stück näher und schluchzt vor Erleichterung.

»Beruhige dich, Junge, du zitterst ja.« John Pinten hebt einen Krug. »Nimm einen Schluck.«

Mayken trinkt und würgt. Da ist Feuer in der Flüssigkeit.

»Langsam, es wird dir guttun.«

Sie nippt noch einmal. Wärme breitet sich in ihr aus, und sie kann wieder atmen. Aber im Geiste ist sie immer noch unten im Laderaum und vermag sich nicht vom Fleck zu bewegen …

»Und jetzt sag mir, was passiert ist.«

»Ich war im Laderaum, um das Biest zu fangen, das meine Kinderfrau gebissen hat.«

»Du hast eine Kinderfrau?«

»Ich bin von hinter dem Mast«, flüstert sie. »Aber hier bin ich Obbe.«

»Erzähl weiter, Obbe«, sagt der Soldat freundlich.

»Ich habe die Köder, die Essensreste, ausgestreut und mich mit dem Netz bereit gemacht, wie er es mir gesagt hat.«

»Jemand hat dir gesagt, in den Laderaum zu klettern und das zu tun?«

Mayken zögert. John Pinten bedeutet ihr mit der Hand fortzufahren.

»Alle Ratten sind gekommen, und ich hatte Angst, sie würden mich fressen. Dann gab es diesen merkwürdigen Knall, und sie sind erschrocken verschwunden.« Mayken zieht die Brauen zusammen. Es klingt plötzlich alles so unwirklich.

Der Soldat macht ein ernstes Gesicht, aber Mayken ist sicher, irgendwo unter dem struppigen Bart deutet sich auch ein Lächeln an.

»Etwas Schreckliches war da unten, und die Ratten wussten es!«

John Pinten überlegt. »Vielleicht hat dir der, der dich da runtergeschickt hat, einen Streich gespielt?«

Mayken schüttelt den Kopf. »Sie haben es mir selbst gesagt: *dass sich da unten was bewegt.*«

»Das habe ich gesagt?«

»Als Sie eingeschlafen sind.«

»Da hatte ich das Elixier vom Barbier getrunken, oder?«
Mayken nickt.

»Und du hast meinem Gerede geglaubt?«

»Diese Kreatur gibt es wirklich. Sie ist mir in einem Traum
begegnet.«

John Pinten lächelt in seinen Krug. »Einen Traum so wahr
wie die Würmer in den Wasserfässern und die Ratten in meinem Bett?«

»Hören Sie doch! Das Biest hat Imke gebissen, und jetzt ist
sie krank.«

»Imke ist deine Kinderfrau?«

»Wenn ich es fangen kann, wird sie wieder gesund.« Mayken
ist wütend, weil sie schon wieder weint. »Ich weiß es.«

John Pinten wirkt nachdenklich. »Dann wisch dir die Tränen
ab und lass uns überlegen, wie wir dieses Wesen fangen können.
Erzähl mir alles, was du darüber weißt.«

Mayken nickt und wischt sich mit dem Ärmel ihres Kittels
über die Augen. Der Soldat hört zu, als sie ihm von dem überflu-
teten Dorf und dem gebeugten alten Mann, von Lijsbet, ihrem
Baby und den Bissspuren an Imkes Zeh berichtet. Dann flüstert
sie den Namen ihres Feindes.

»Bullebak?«, wiederholt er. »Wie der große Kinderschreck?«
Sie nickt.

»Aber das ist eine *Geschichte*, Kind.«

»Die wahr geworden ist.«

Der Soldat trinkt den Rest aus seinem Krug und hält ihn Mayken hin. »Um Bullebak zu fangen, brauchst du das hier.«

»Und dann?«

»Hat der alte Mann in der Geschichte ihn nicht in einem
Krug aufbewahrt?«

»Das hat er.«

»Nun, das hier ist ein Bartmannskrug, der beste Krug, um Ungeheuer zu fangen.«

Mayken fasst den Krug mit beiden Händen. Sie hat so einen schon mal gesehen, dickbauchig und mit einem Henkel zum Festhalten. Auf dem Hals ist ein Gesicht zu sehen, mit Glubschaugen und einem wilden Bart. Verschlossen wird er mit einem Holzkorken, den der Soldat hervorholt und oben in den Ausguss drückt.

»Behalte das Gesicht im Blick. Es verändert sich. So weißt du, ob Wasser drin ist, Wein oder Quecksilber.«

Mayken sieht den Krug zweifelnd an.

»Und um dein Ungeheuer zu fangen, brauchst du noch ein paar Speckschwarten.«

»Speckschwarten?«

John Pinten nickt. »In Irland, einem Land, das nicht weit von meinem entfernt ist, gibt es etwas, das man einen Menschenkriecher nennt. Gähnst du zu lange, springt dir dieser Molch in den Schlund. Hält man die Betroffenen dann aber bei den Füßen über eine Schüssel mit Speckschwarten, kommt er wieder heraus, wie es heißt.«

»Das verstehe ich nicht.«

»Nun, Molche, Aale und Bullebaks sind alle ähnlich, oder?«

»Vielleicht.«

»Lege den Krug mit ein paar Speckschwarten unter das Bett deiner Kinderfrau, und wenn das Biest drin ist, mach ihn zu und wirf ihn über Bord.«

Ein kratzendes Geräusch ist in der Düsternis zu hören, dann ein hohles Klacken.

»Da wird die Luke für den Wachwechsel geöffnet. Das ist deine Möglichkeit.«

Mayken ist bereits auf den Beinen.

»Und sieh dich nach besseren Freunden um, Obbe«, ruft der Soldat ihr hinterher.

Mayken zweifelt nicht daran, dass Pelgrom sie im Stich gelassen hat. Sie muss allein zurück in die Oberwelt. Eine weitere Glocke ertönt, viel näher als die Stundenglocke, und mit ihr brausen Fußgetrampel und ein wildes Gerufe auf. Mayken klettert aufs Kanonendeck und wird vom Strom der Leute mitgerissen, die zur Kombüse drängen. Es muss Essenszeit sein, nimmt sie an, es riecht nach Brühe, und dazu dieser Tumult. Die Tür zur Kombüse ist offen, und davor steht eine Bank, hinter der sie Smoert entdeckt. Mayken macht sich von den Leuten frei und klettert auf den Stopper einer Kanone, um ihn besser sehen zu können.

Smoert steht mit einem Eimer voller Schiffszwieback neben einem runden, rotgesichtigen Koch. Der Koch schöpft Eintopf in die zu ihm hingereckten Schüsseln der sich herandrängelnden Kameraden, und Smoert fügt dem Ganzen einen Zwieback hinzu. Zwischendurch kriegt er einen bösen Schlag ins Gesicht, ohne dass Mayken einen Grund dafür erkennen könnte. Nach ein paar Mal hat Smoert eine blutige Nase und einen glasigen Blick. Mayken zuckt bei jedem Schlag zusammen. Die Schlange scheint endlos, dünnt aber schließlich aus, und Mayken fängt den Blick des Küchenjungen auf.

»Ich habe nichts von der Ecke hier gewusst«, sagt Smoert staunend, als hätte Mayken ihm eine große, vergoldete Halle gezeigt.

Sie sitzen in Pelgroms Versteck hinter der Kombüse und teilen sich einen Hocker, jeder hat eine Hälfte. Der Küchenjunge riecht überwältigend nach Rauch und ranzigem Fett. Er hat etliche Brandnarben und Blasen in seinem armen Gesicht, zusätzlich zu den Verletzungen durch den Koch.

»Schlägt der Koch dich oft?«

Smoert zuckt mit den Schultern. Er sieht Mayken scheu an. »Was für eine Arbeit machst du?«

»Ich nähe«, sagt Mayken. »Aber jetzt habe ich eine wichtigere Aufgabe. Willst du wissen, was?«

»Wenn du es sagen magst«, sagt Smoert verhalten.

»Ich jage ein gefährliches Wesen, das im Laderaum haust.« Sie stößt ihn an. »Könntest du mir helfen?«

Smoert überlegt. »In Ordnung.«

Mayken fischt hinter dem Hocker herum und zieht einen Stoffbeutel hervor. »Der gehört Jan Pelgrom. Er kommt immer hierher.«

»Tu ihn zurück!«

Mayken öffnet den Beutel und zeigt ihn Smoert. Drinnen sind ein Dolch, eine silberne Suppenkelle und eine schäbige Kette mit Saatperlen. »Wahrscheinlich hat er die Sachen gestohlen.«

»Leg dich nicht mit ihm an«, flüstert Smoert. »Der kann dir Ärger machen. Er hat seine Nase überall.«

»Wie ein Rüsselkäfer«, schnaubt Mayken. »Vor Pelgrom habe ich keine Angst.«

Ein lautes Brüllen klingt durch die Wand.

»Wünschst du dir manchmal, den Koch in den Kessel zu stoßen?«

Smoert steht auf. »Zu viel Knorpel. Versaut den Eintopf.«

»Hättest du ein paar Speckschwarten?«

»Kann ich kriegen.«

»Die sind für das Viech, das wir jagen.«

»Wenn du meinst.« Smoert wendet sich zum Gehen.

»Und ich mach dir eine Hose wie meine hier.«

Smoert grinst ihr über die Schulter zu. »Wenn's nichts ausmacht, hätte ich dann doch lieber den verdammten Mehlsack.«


Es geht nicht anders. Pelgrom ist nicht da, um zu sagen, wann der beste Zeitpunkt für die Rückkehr in die Oberwelt ist, sie wird selbst entscheiden müssen.

Mayken klettert aufs Hauptdeck. Die frische Luft schlägt ihr ins Gesicht. Sie zögert. Das Deck scheint ungewöhnlich leer: ein paar Schreiner, Matrosen, die Taue flicken, einige Seemänner in den Rahen, und der Skipper steht mit einer Handvoll Männer auf dem Heckkastell. Von unten wird gerufen. Andere wollen auch hoch.

Sie läuft übers Deck, springt über Taurollen, rennt auf den Schweinepferch zu und ist fast da, als …

… sie in die Luft gehoben wird.

Die Welt verwirbelt, Segel, Himmel, Meer – anschwellende, heranjagende Wellen, die zu ihr hochwachsen –, sie wird über Bord geworfen! Dann wieder das Deck. Sie fällt und landet unglücklich auf dem Steiß. Der Schmerz fährt ihr durch den Körper.

Das Gesicht eines Riesen, rasierter Kopf, blonder Bart.

Der Riese lässt einen Arm vorschnellen, packt sie, schüttelt sie und stellt sie zurück auf die Beine. Er fasst ihren Hinterkopf und drückt langsam zu. Mayken schreit, beeindruckend laut und schrill. Der Riese lässt los und legt ihr eine Hand auf den Mund. Mayken beißt zu, mit aller Kraft. Er wirft sie weg, sie schlittert über die Planken und prallt mit dem Kopf gegen etwas Hölzernes. Jetzt wird sie sicher sterben. An der Ruhr.

»Wer zum Teufel bist du? Und wohin zum Teufel willst du?«

Mayken kann nicht antworten. Sie sieht den Himmel und die komplizierte Takelage. Wolken und Leinen.

Ein neues Gesicht schwimmt in ihren Blick. Aris Jansz, der Metzgerprinz! Zu spät, um sie zu retten.

»Steh auf!«, zischt er. »Hoch mit dir. Schnell.«

Mayken kommt auf die Knie und sackt zurück auf den Hintern. Sie fasst sich vorsichtig an den Kopf. Er sitzt noch fest, auch wenn er fürchterlich wehtut. Ihre Mütze hat sie auch noch auf. Sie ist immer noch Obbe. Wunderbarerweise ist der Krug in ihrer Hand nicht zerbrochen, das Gesicht darauf starrt sie erschreckt an.

Aris redet mit dem Riesen.

Mayken kommt taumelnd auf die Beine.

Aris dreht sich und gibt ihr eine Schachtel. »Trag die«, sagt er leise. »Du bist mein Helfer.«

Der Riese blickt finster auf sie herab. »Was weißt du von der verdammten Barbiererei?«

Mayken wischt sich über ein Rinnsal an ihrem Ohr. Sie schüttelt den Kopf. Die Gedanken poltern in ihrem Kopf. »Ich erkenne Geschwüre, Sir.«

Das scheint den Steinmetz zu amüsieren. Er nimmt ihr die Schachtel aus der Hand, macht sie auf und sieht sich die Fläschchen drinnen an, macht sie wieder zu, schüttelt sie heftig und gibt sie Mayken zurück.

»Verzieh dich, und blute mir nicht auf mein verdammtes Deck.«

Imke ist blass, verzweifelt und schweißgebadet. Sie versucht sich aufzusetzen, als Aris Mayken in die Kabine hilft.

Aris sagt streng: »Mevrouw, hören Sie mit dem Gezeter auf, und schonen Sie Ihre Kräfte.«

Er nimmt Mayken die Mütze ab und wischt ihr das schlimmste Blut vom Gesicht und vom Hals. In seinem Koffer sind Verband und Watte, und er wickelt beides fest um ihren Kopf. Sie muss ein Ende festhalten.

»Der Steinmetz hat dir das Ohr halb abgerissen, aber wenn wir es so festbinden, wächst es vielleicht wieder an.« Er macht eine Geste zu Imke hin und senkt die Stimme. »Was hat die Frau?«

»Bullebak hat sie gebissen«, sagt Mayken.

Aris scheint verwirrt.

»Das uralte Ungeheuer, der Feind aller Menschen.« Mayken zeigt ihm Imkes Fuß. »Ich habe versucht, dass er sein Gift wieder heraussaugt.«

Aris sieht sich die Sache näher an.

»Kein Messer«, haucht Imke.

»Sind Sie für dieses Kind verantwortlich?«

Imke nickt, ihre Augen sind stumpf vor Schmerz. Aris beugt

sich zu ihr hin und sagt ihr etwas ins Ohr, richtet sich wieder auf und wartet. Imke nickt. Aris klopft ihr auf die Schulter.

Er holt sein Barbierwerkzeug heraus und breitet es auf einem Tuch aus, das er auf den Tisch gelegt hat. Mayken sitzt neben der alten Frau. Imke reicht ihr die Hand, die sie nimmt.

»Ich habe dich angelogen, Kind«, flüstert sie. »Einmal hast du richtig geraten, wie ich meine Finger verloren habe.«

»Das ist egal. Wenigstens weiß ich, wie du deinen Zeh verloren hast.«

»Ich sag's dir jetzt.«

Es wäre Imkes letztes Geständnis.

»Nein!« Mayken ist unnachgiebig. »Ich will auch weiterraten, wo deine Finger hin sind.«

Aris will Mayken nicht erlauben, die Operation zu verfolgen oder das abgetrennte Teil zu nehmen. Stattdessen steht sie, hastig in ein Kleid gesteckt und mit ihrer Haube auf dem Kopf – die Bänder lose wegen des Verbandes – vor der Tür und lauscht. Sie hört metallisches Klicken, ein leises Stöhnen, ein trockenes Knacken und einen heiseren, schnell unterdrückten Schrei. Nach einer, wie es ihr vorkommt, Ewigkeit öffnet Aris die Tür und holt sie wieder herein.

Imke ist gut verpackt und schläft. Ihr Fuß ist ordentlich verbunden, und es riecht kräftig nach Teer.

Mayken sieht die abgedeckte Schüssel auf dem Tisch. »Werfen Sie ihren Zeh über Bord?«

Aris zieht die Stirn kraus. »Was sonst sollte ich damit tun?«

Mayken stellt sich vor, wie der Zeh auf den Meeresgrund taumelt. Was, wenn ein Fisch ihn schnappt? Und die Fischer ihn fangen? Und dann servieren sie den Fisch in der Großen Kabine? Und der Oberkaufmann schneidet seinen Fisch auf, und da kommt der alte Zeh einer Kinderfrau zum Vorschein?

»Wir könnten ihn einlegen und in Batavia begraben«, schlägt Mayken vor.

Aris sieht sie an. »Schick nach mir, wenn es ihr schlecht geht. Und bleib hinter dem Mast. Du hattest großes Glück, dass du diesmal noch mit heilem Kopf davongekommen bist.«

Mayken hat eine Idee. »Sie könnten einen Helfer brauchen.«

»Habe ich dir nicht gerade gesagt, du sollst bleiben, wo du bist?«

»Nicht mich. Ich kenne da einen Jungen … Solange sie ihn nicht schlagen …«

Aris lächelt, und sein Lächeln hellt sein müdes Gesicht auf. »Wir werden sehen. Kümmere dich um deine Kinderfrau. Keine Jagd mehr auf deinen Bullebak.«

Mayken macht die Tür hinter ihm zu und setzt sich, um Imke zu betrachten. »Er ist kaum *mein* Bullebak.«

## KAPITEL 14

# 1989

Die Fischer sind vor einer Stunde los. Kaum richtig wach, sind sie den Steg hinuntergetrottet, haben ihre Boote beladen, die Motoren angelassen und sind hinaus ins schöne, helle Morgengrauen gefahren. Jetzt sind auf der Insel nur noch das Meer, die Vögel und die Steine unter den Füßen zu hören.

Joss Hurley und Dutch sind noch vor den anderen aufgebrochen. So ist Joss. Als Erster hinaus, als Letzter zurück. Kein großes Gerede, ich brauche nichts und niemanden. Bis auf Dutch jetzt. Gil ist mit ihnen zum Anleger, hat die Kühlbox mit dem Proviant für den Tag getragen, für den Dutch gesorgt hat. Dutch hat auch für Gil was gemacht, es steht im Kühlschrank, mit Tellern abgedeckt. Und Dutch hat die Küche gefegt, das Geschirr gespült, Wäsche gewaschen und aufgehängt: die Unterhemden von Joss, seine eigenen Hemden, Gils Shorts. Die Sachen werden den Tag über gemeinsam an der Wäscheleine tanzen wie beste Freunde.

Gil geht langsam zurück zum Camp. Heute sieht das Meer ruhig aus, aber hinter dem Riff liegen raue Gewässer. Er kann nicht an das Boot seines Großvaters da draußen denken, ohne sich an die erschreckende Stille zu erinnern, das Aussetzen des Motors, das Blut in der Plastiktüte um die Hand des alten Mannes und wie Wind und Wellen gegen das wild schwankende Boot anbrandeten.

Gil sieht die langen Stunden des Tages vor sich liegen. Enkidu hilft. Da gibt es das Schildkrötenfrühstück, Enkidus Morgenübungen und dann das Zirkustraining. Das alles braucht seine Zeit, weil Enkidu in keiner Weise folgsam ist und sich auch nicht wie ein Hund bestechen lässt. Und für gewöhnlich haben sie noch ihr spezielles Projekt des Tages. Gestern war es der Bau einer Todesburg unten am Strand, eines rauen Ortes mit abgerissenen Krabbengliedmaßen und einem Burggraben mit zerklüftetem Korallenschrapnell. Enkidu hat am Ende mitgekämpft, die Befestigungen erstürmt und keine Gefangenen gemacht.

Das heutige spezielle Projekt wird sein, durch die Sachen von Dutch zu stöbern, ohne besonderen Grund, wenigstens ohne einen, den Gil sich eingesteht.

Dutch wohnt in der baufälligen Hütte im Windschatten des Generatorschuppens. Auf der Insel werden die Unterkünfte für Deckies, die in aller Regel gerade Platz für eine Person bieten, »Liebeshütten« genannt. Dutchs Hütte ist auch nicht annähernd so gut wie die, die er bei Frank Zanetti hatte. Sie hat ein schiefes Wellblechdach und zwei Fenster in komischer Höhe, das eine zu niedrig, das andere zu hoch, um hinauszusehen. Dutch hat die größten Lecks abgedichtet und den alten metallenen Bettrahmen repariert. Gil hat dabei geholfen, mit einem Tacker Vorhänge aufzuhängen. Als Joss hereinsah, um die Reparaturen zu begutachten, hat er genickt, die Vorhänge aber eher argwöhnisch beäugt.

Es ist ein Raum mit einem bei der Tür abgeteilten Bereich, den Dutch seine Kombüse nennt. Es gibt einen Picknicktisch, einen tragbaren Herd und ein bisschen Plastikgeschirr. Auf dem Boden steht eine gelbe Kühlbox, auf dem Regal darüber eine Reihe Dosentomaten. Im Schlafbereich liegen Dutchs Sachen ordentlich gefaltet auf einem Stuhl, an der Wand lehnen ein Surfbrett und eine Gitarre.

Gil geht auf die Knie und guckt unters Bett – *bingo*! Er zieht eine alte Aktentasche mit einer Schnur drumrum heraus.

Wahrscheinlich sind Drogen in kleinen Plastiktütchen drin, Körperteile, frische Geldbündel mit Banderolen oder eine Pistole. Oder alles zusammen. Gil kennt das aus den Spätvorstellungen, die er sich mit Mum immer angesehen hat.

Das Schloss ist kaputt, genau wie der Schnappverschluss. Gil macht die Schnur los. Mit einem Zug am losen Ende lösen sich die Knoten in einem Rutsch, und Gil begreift zu spät, dass es wohl Seemannsknoten waren. Damit wird Dutch wissen, dass jemand in seinen Sachen herumgeschnüffelt hat, was heißt, dass er wissen wird, dass *er* darin herumgeschnüffelt hat. Wer sonst? Der alte Mann?

Gil zögert, macht die Aktentasche dann aber doch auf.

Lose Papiere, ein kaputtes Taschenmesser und ein abgegriffener irischer Pass für Patrick John Roche. Das verblichene Foto zeigt einen ausdruckslosen Dutch mit einem Bart. In einer Seitentasche steckt ein Buch. Die Seiten sind vergilbt, der Rücken schief. Vorn auf dem Umschlag ist das Bild eines alten steinernen Pferdes. *Das Gilgamesch-Epos.*

Gil stellt fest, dass er mehr über seinen Namensvetter und auch Enkidu erfahren will.

Er öffnet das Buch, und ihm stockt das Herz: Das ist Mums Handschrift. Das sind ihre großen, glücklich geschwungenen Buchstaben.

*Dem epischen Dutch.*
*Zu deinem Geburtstag.*
*In ewiger Liebe,*
*Dawn*

Das Meeresglitzern spielt an der Decke, durch die offenen Fenster weht eine Brise herein, und Gil beginnt zu lesen.

Er versteht die Geschichte nicht, überblättert Seiten. Der Rat einer Göttin, die eine Kuh sein könnte. Lange Märsche. Ein Einsiedler in einem Baum. Der Verlust Enkidus ist nur schwer zu ertragen.

Vorsichtig steckt er das Buch zurück in die Seitentasche, sonst kriegt er es mit Dutch zu tun. Mit sanfter Stimme wird er Gil fragen, ob er mit ihm über seine Mum reden möchte.

Nicht, nachdem er dieses verdammte Buch gesehen hat, ganz sicher nicht.

*In ewiger Liebe.*

Ohne Küsse. Was heißt, es war eine ernste Sache. Wahrscheinlich hat Mum es mit Dutch gemacht. Dem sehnigen alten Dutch.

Gil fühlt sich komisch. Er wird nicht wieder in Dutchs Sachen herumschnüffeln. Nur noch einmal gründlich in alle Ecken der Aktentasche sehen.

Der braune Umschlag steckt in einem anderen Fach. Gil triumphiert. Er hat die Drogen und das Geld gefunden. Er schüttelt den Inhalt heraus, ein paar blaue Babyschühchen. Gil steckt seine Finger hinein, sie sind für winzigste Füßchen gestrickt, und er wandert damit quer übers Bett und zurück in den Umschlag.

Der Wind wird stärker und bläst durch die offenen Fenster. Meeresvögel schreien und streiten. Gil liegt auf Dutchs Bett, die Aktentasche auf dem Boden darunter, mit der Schnur umwickelt und einem verräterischen Knoten verschnürt. Auf einer umgedrehten Kiste, in Reichweite, liegen ein Tabakbeutel und ein Stein. Gil nimmt den Stein. Vollkommen, rund, mit einem Loch genau in der Mitte. Glatt und kühl liegt er schmeichelnd in der Hand. Ein besonderer Stein, wahrscheinlich magisch. Gil hebt ihn ans Auge und sieht zur Decke, doch da ist nur das tanzende Licht vom Meer.

## KAPITEL 15

# 1628

Pelgrom kommt mit einer Schüssel eingelegter Pflaumen und einem Schlangenlächeln in ihre Kabine. Sogar Imke ist reserviert. Mayken hat ihr nicht erzählt, dass es Pelgrom war, der sie als Schiffsjungen verkleidet und zugelassen hat, dass sie beinahe getötet worden wäre, aber vielleicht hat Imke ihre eigenen Schlüsse gezogen. Mayken hat ihre Wut auf Pelgrom ihrem Logbuch anvertraut.

*Neun Wochen auf See. Bitte, lieber Gott, mach, dass Pelgrom Skorbut kriegt. Mögen ihm Augen, Zähne und Haare ausfallen und sein Körper unter Fieberqualen glühen. Möge er seine eigenen Innereien herausscheißen und in einem Sack über Bord geworfen werden, mit dem letzten Stich durch die Nase. Und dass Ratten mit im Sack sind. Wenn kein Skorbut, dann soll ihm der Steinmetz den Schädel zerquetschen, bitte, lieber Gott. Wie eine faule Walnuss soll er zerspringen. Würde ich ihm wünschen, von Bullebak gebissen zu werden? Wahrscheinlich ist er mit dem Viech verwandt.*

Dass Imke nichts zu ihrer Verkleidung und den offensichtlichen Ausflügen gesagt hat, überrascht Mayken. Sie kann daraus nur auf den Wunsch ihrer Kinderfrau schließen, dass sie Bullebak erwischt. Imke ist schlau, sie wird schon wissen, wer sie gebissen hat! Mayken muss die Aufgabe annehmen, die grimmige alte Frau zu retten. Hat sich Imke nicht ihr ganzes Leben um sie gekümmert?

Während Imke schläft, holt Mayken ihre Schiffsjungenhose und den Krug heraus. Der alten Frau geht es nicht besser. Ihr Fuß stinkt, und in ihr brennt das Fieber. Mayken muss einen Weg finden, Bullebak zu fangen, und zwar bald.

Sie sieht erschreckt, dass Imke aufgewacht ist und sie beobachtet.

»Geh und schnapp frische Luft an Deck, Mayken.«

»Geh und näh was, meinst du?«

Imke lächelt, was ihr Mühe bereitet. »Setz dich zu den Frauen und lerne sie kennen, für später.«

»Wie, *später?*«

Imke antwortet nicht.

Mayken guckt düster drein. »Ich bleibe lieber bei dir.«

»Den ganzen Tag in einem Krankenzimmer? Ich bin schon noch hier, wenn du zurückkommst.«

»Versprochen?«

»Versprochen.«


Es ist stürmisch oben an Deck. Judick klopft auf den Platz neben sich auf der strohgefüllten Unterlage unter dem kleinen Verdeck. Ein junger Kadett hat es für die Passagiere dort aufgeriggt. Ein Kadett, der Judick nachstellt und den Judick ignoriert. Agnete rutscht etwas hochnäsig beiseite und macht Platz neben ihrer älteren Schwester. Mayken zieht eine Grimasse, und Agnete antwortet mit einem missbilligenden Blick. Agnete ist nur ein wenig jünger als Mayken, wirkt aber bereits müde. Wahrscheinlich, weil sie ständig nähen muss und zuhören, wie aus der Bibel vorgelesen wird.

Die Passagiere reden über Ratten, und jedes Mal, wenn das Wort fällt, verzieht Frau Prädikant den Mund, als könnte sie eine schmecken und der Geschmack wäre fürchterlich.

Mayken versucht sich am Gespräch zu beteiligen: »Ich habe gehört, wie ein Seemann gesagt hat, dass auf dieser Reise viele Ratten an Bord sind. Ratten und immer noch mehr Ratten. Und sie sind groß. Die Ratten sind groß genug, um ein Kind wegzutragen.«

Sie wirft einen bedeutungsschweren Blick auf das jüngste Kind von Frau Prädikant, einen glücklichen, pummeligen Jungen. Es würde einige Ratten brauchen, um Klein Roelant wegzutragen.

Judick berührt ihren Arm. »Lass uns über schönere Dinge reden.« Erschrocken zieht sie die Luft ein. »Dein Gesicht, Mayken! Was ist passiert?«

Die Hinweise auf ihr Zusammentreffen mit dem Steinmetz sind nicht zu übersehen. Ein Bluterguss auf ihrer Wange, und das geschundene Ohr wird nur halb von ihrer Haube bedeckt.

»Sie hat sich geschlagen«, sagt Agnete spitz.

»Habe ich, mit dem Steinmetz.«

Wybrecht, das Dienstmädchen der Familie, das vom Land kommt und einen derben Sinn für Humor hat, lacht laut auf. Frau Prädikant bringt sie mit einem kalten Blick zum Schweigen. Wybrecht fährt mit ihrer Näharbeit fort, grinst aber mit leuchtenden Augen zu Mayken hin.

»Noch was zu den Ratten …«, beginnt Mayken.

Aber plötzlich ist die Aufmerksamkeit des Kreises ganz woanders: Creesje Jansdochter ist mit ihrer Bediensteten Zwaantie an Deck erschienen. Mayken spürt die Erregung und sieht, wie alle die Köpfe recken, nur Wybrecht näht ruhig weiter. Zwaantie im Schlepptau, überquert Creesje das Deck, und alle versuchen, sich nicht beim Starren erwischen zu lassen. Selbst Frau Prädikant scheint von der illustren Passagierin abgelenkt.

Mayken kann immer noch nicht verstehen, was so faszinierend an Creesje ist. Sie betrachtet sie genau. Creesje ist groß und dünn, aber nicht knochig spitz. Sie hat einen langen Hals und ein blasses, ovales Gesicht. Ihr Kleid sitzt sehr gut und hat keine Flecken unter den Achseln. Creesje hat einen gleitenden Gang, als bedienten sich ihre Füße unter dem Kleid irgendeines Tricks.

Sie kommt näher, nickt Frau Prädikant zu und beugt sich vor, um Roelant die Locken zu verwuscheln. »Darf ich mich zu Ihnen setzen?«

Alle bewegen sich gleichzeitig in unterschiedliche Richtungen und stoßen gegeneinander, um ihr Platz zu machen. Creesje setzt sich zu Mayken und lächelt ihr zu.

Zwaantie lässt sich ein Stück entfernt vom Schutz des Verdecks nieder und hält ihr Gesicht in die Sonne. Obwohl die beiden zusammen an Deck gekommen sind, ist klar, dass sie lieber Kilometer voneinander entfernt wären. Creesje bittet Zwaantie um ihren Fächer. Zwaantie lässt sich Zeit und reicht ihn ihr schließlich mit dem Ausdruck tiefsten Unmuts. Als sie merkt, dass Skipper Jacobsz vom Unterdeck zusieht, lächelt Zwaantie ihm zu. Sie wirkt wie verwandelt, strahlt ihn an, und in ihre Wangen graben sich zwei hübsche Grübchen. Skipper Jacobsz grinst zurück, langsam und durchtrieben.

Er ist ein Wolf, denkt Mayken, ein haariger alter, langzahniger Wolf. Wobei Zwaantie kein Lamm ist. Das kann Mayken sehen. Sie ist eine ziemlich starke, junge Wölfin.

Skipper Jacobsz wendet sich ab und gibt mit großer Geste und geschwellter Brust Befehle. Zwaantie beobachtet ihn.

Direkt über Zwaantie macht ein Seemann etwas Kompliziertes mit einer Leine. Bald kommt ein zweiter dazu, dann ein dritter. Mayken weiß, dass es mit der Verlockung durch Zwaanties magische Brüste zu tun hat, die halb aus ihrem Kleid hervortreten, so strahlend wie teigig. Creesje beugt sich vor und sagt etwas mit leiser, fester Stimme zu Zwaantie. Das Dienstmädchen sieht sie ausdruckslos an und kommt dann mit unter das Verdeck.

Frau Prädikant beobachtet die Szene mit einem zufriedenen Kräuseln der Lippen.

Creesje wendet sich an Mayken: »Wie ich höre, ist deine Kinderfrau sehr krank.«

»Es geht ihr schon viel besser. Aris hat ihr den Zeh abgeschnitten.«

Creesje zuckt nicht zurück. »Er ist ein talentierter Heiler. Ich denke, es geht ihr bald wieder gut. Wer kümmert sich im Moment um dich?«

»Ich bin alt genug, um mich selbst um mich zu kümmern.«

Creesje lächelt sie gutherzig, wenn auch etwas traurig an. Sie ist so schön, wie die Leute sagen, und das nicht nur wegen der anmutig geschwungenen Brauen, der blaugrauen Augen und ihrer hübschen rotbraunen Wimpern.

Creesje nimmt Roelant auf den Schoß, drückt ihn, ohne auf ihr schönes Kleid zu achten, an sich, und die Frauen sehen sich mit Mitleid in den Augen an. Mayken erinnert sich, dass Creesje als Waise aufgewachsen ist und ihre eigenen kleinen Kinder gestorben sind. Ganz allein in der Welt, hat sie beschlossen, zu ihrem Mann nach Batavia zu fahren. Er ist ihr letzter verbliebener Verwandter. Das ist alles nicht so einfach, und dann noch Zwaantie mit ihren Brüsten.

»Sei heute Abend beim Essen in der Großen Kabine mein Gast«, sagt Creesje.

Mayken zögert.

»Deine Kinderfrau braucht Ruhe und du etwas zu essen.« Creesje kneift sie, und Mayken lacht. »Und ich gestehe, ich wünsche mir deine Gesellschaft. Es ist Skipper Jacobsz' Abend, und er ist eklig anzusehen. Wenn du neben mir sitzt und mich ablenkst, bringe ich mein Essen vielleicht herunter.«

»Ich weiß nicht, Creesje Jansdochter.«

Judick beobachtet die beiden mit einem rührseligen Ausdruck, die kinderlose Creesje und die mutterlose Mayken.

»Bitte sag, dass du kommst«, sagt Creesje.

Mayken nickt. »Ich esse nur keinen Fisch.«

»Du musst keinen Fisch essen.«

»Sie sollten das auch nicht.«

»Was ist mit Fisch nicht in Ordnung?«

»Imkes Zeh. Aris hat ihn über Bord geworfen.«

»Kein Fisch für uns beide«, antwortet Creesje ernst. »Ich werde dir meine Bedienstete schicken, damit sie dir beim Ankleiden hilft.«

Sie sehen beide Zwaantie an, die ihre Blicke so giftig erwidert, dass Mayken weiß, das Haarebürsten und Gesichtwaschen wird kein Zuckerschlecken.

Am Abend wird die Große Kabine von vielen Kerzen erleuchtet. Es ist der einzige Ort auf dem Schiff, an dem Kerzen erlaubt sind. Es stehen Eimer mit Wasser bereit, aber versteckt, sodass alles natürlich und angenehm wirkt. Wären da nicht die Bewegung des Schiffes und die merkwürdige Neigung des Bodens, man könnte auch im Zimmer eines vornehmen Hauses sitzen. Licht von der Hecklaterne flutet durch die Glasfenster. Creesje und Mayken sehen hinaus auf die hell schimmernde Spur des Schiffs auf dem dunklen Meer.

Beim Essen liegen Tücher auf den Schatztruhen, um die Gäste nicht mit Träumen von Silber abzulenken. Der Tisch ist mit schönen Tellern und Kristall gedeckt. Es duftet nach Bienenwachs und wohlschmeckenden Soßen, und die Gesichter rund um den Tisch sind im Kerzenlicht entspannt und erwartungsvoll.

Mayken setzt sich auf einen Platz neben Creesje, die in ihrem schwarzen Kleid und mit all dem Schmuck so geheimnisvoll wie großartig aussieht. Eine illuminierte Heilige, so wie Mayken sie in Imkes Kapelle gesehen hat. Maykens Kopfhaut brennt nach Zwaanties Angriff mit dem Kamm noch immer, und ihr Kleid zwickt unter den Armen und ist zu kurz. Offenbar ist sie seit ihrer Abreise aus Haarlem gewachsen. Sie stellt sich vor, Imkes

Stimme zu hören, die sie ermahnt, sich nicht unter dem Mieder zu kratzen oder an ihren Nägeln zu zupfen, sondern nur lieb dazusitzen, um keine Aufmerksamkeit auf sich zu ziehen. Sie ist schließlich das einzige Kind in der Großen Kabine.

Unerwarteterweise ist es Oberkaufmann Pelsaerts Abend, weil der Skipper unpässlich ist. Creesje ist erfreut. Sie sagt, die jungen Edelleute der Wache werden enttäuscht sein, weil sie die derben Geschichten des Skippers lieben. Mit Pelsaert muss die Unterhaltung zivilisiert sein, müssen die Gedanken funkeln. Dadurch fühlt es sich für einige wie ein vertaner Abend oder gar eine Prüfung an. Aber dafür wirft der Oberkaufmann nicht mit Gräten um sich, wischt sich den Mund nicht am Gast neben sich ab oder fällt volltrunken mit dem Stuhl hintüber. Mit Pelsaert gibt es mehr Gänge und weniger Wein, kluge Anekdoten und keine Trinkspiele.

»Essen die beiden auch mal zusammen?«, flüstert Mayken.

»Niemals«, sagt Creesje. »Sie wechseln sich ab. Einmal bleibt Francisco weg, um sich auszuruhen, dann Jacobsz. Wenn sie aufeinandertreffen, knistert es in der Luft.«

»Warum?«

»Vor langer Zeit hat es zwischen den beiden einen Streit gegeben. Das hier ist das erste Mal, dass sie gemeinsam auf einem Schiff sind.«

Pelsaert nimmt seinen Platz ein, er sieht blass aus und schwitzt in seiner scharlachroten Jacke.

»Es geht ihm nicht gut, ein altes Fieber, das immer wiederkehrt und ihn plagt.« Creesje scheint das zu betrüben. »Der neben ihm ist Jeronimus Cornelisz.«

Cornelisz, der Unterkaufmann, scheint seinen Namen gehört zu haben, auch wenn sie ihn leise ausgesprochen hat. Er hebt seinen Becher und lächelt Creesje zu.

Creesje senkt die Stimme noch ein bisschen mehr. »Für meinen Geschmack ist er ein wenig anzüglich.«

Cornelisz, eher ein mittelmäßiger Mann, trägt seine Kleider auf eine auffällige Art. Das Halstuch muss unbedingt so, der Hut so sitzen. Er hat lange Haare und einen komplizierten Bart und macht so den Eindruck eines einfachen Mannes, eines Bäckers oder Schreiners, der den eitlen Gockel mimt. Zudem hat er die Angewohnheit, sich nahe zu den Leuten hinzubeugen, wenn er mit ihnen spricht, als würde er ihnen in die Ohren klettern, wenn er nur die Chance dazu hätte. Mayken muss an Bullebaks Trick denken, sich in die Köpfe zu winden und von innen durch ihre Augen zu sehen. Sie fragt sich, wo er gerade ist. Unten im Laderaum? Oder ganz in der Nähe? Und hört zu, was am Tisch geredet wird? Wenn Bullebak seine Größe und Form verändern kann, könnte er in einem der Krüge schwimmen. In der Soße lauern. Oder in dem Tropfen, der dem Zweiten Steuermann aus der Nase hängt. Solange er sich nicht in der Nähe von Imke herumtreibt, ist es ihr egal.

Creesje nennt die Namen der anderen Gäste, der ehrgeizigen Kadetten und Steuermänner. Die meisten kennt Mayken bereits. Und dann sind da Frau Prädikant, der Prädikant und Judick, die standhaft die Blicke des jungen Kadetten ignoriert, der sie von der anderen Seite des Tisches anstarrt.

Pelgrom und ein weiterer Steward kreisen durch den Raum, bringen den ersten Gang, füllen Becher und beugen sich vor, um den Wünschen der Gäste zu lauschen. Pelgrom bewegt sich bewusst und flink, etwas gebückter als normal und mit einem ins Gesicht eingeschriebenen Lächeln. Geschickt verteilt er Butterlocken, serviert Suppe, schenkt Wein ein und gabelt Fleisch auf Teller. Die Ohren stets bei der Unterhaltung. Sein Blick fängt kurz Maykens auf, und sein Lächeln erstirbt für einen Moment.

Das Essen in der Großen Kabine ist elegant auf Tellern und Platten angeordnet. Es gibt viele Gänge, und das weiche Kerzenlicht macht es Mayken schwer, genau zu sagen, was sie isst. Manches schmeckt ungewohnt und hat eine merkwürdige Konsistenz. Sie fragt sich, wie viel zusätzliche Verbrennungen und Schläge der arme Smoert hat ertragen müssen, um dieses Mahl mit zuzubereiten. Mit diesem Gedanken im Kopf bringt sie kaum mehr etwas herunter. Die Kabine wird heißer, alle reden durcheinander, und der Unterkaufmann lacht durch die Nase. Frau Prädikant wirkt verstimmt, und Judick begegnet dem gut aussehenden Kadetten, der sie zu einem Radieschen überreden will, mit frostigem Desinteresse.

Mayken sitzt auf dicken Polstern, damit sie hoch genug über den Tisch ragt, und versucht, die Gesprächsfetzen um sich herum zu verstehen. Der Wert von diesem, der Wert von jenem. Kauf dies, verkauf jenes. Jemand macht einem anderen Komplimente zur Qualität eines teuren Kleidungsstücks. Zur Beförderung auf einen besseren Posten. Die Rede geht von Amsterdam, wen man kennen und wen man meiden sollte. Und von Geschäften, immer von Geschäften. Mayken stochert im sorgfältigen Arrangement auf ihrem Teller, da ist etwas in Gelee gefangen und mit kristallisierten Blumen dekoriert. Es schmeckt nach Wacholderbeeren und Tränen. Sie ist nicht ganz sicher, ob es nicht noch lebt.

Es wird stiller. Mayken wird bewusst, dass der Oberkaufmann zu ihr spricht.

»Ich kenne deinen Vater«, sagt Pelsaert mit einem weinseligen Blick zu ihr hin. »Ein großartiger Mann der Kompanie. Ist er nicht sehr streng?«

»Ich weiß es nicht, Mijnheer«, antwortet Mayken. »Ich habe ihn noch nie gesehen.«

Pelsaert scheint das zu entzücken. »Du weißt also nichts über deinen lieben Papa?«

»Ich weiß, dass er rote und weiße Rosen und Hengste hat.«

Die Gäste stimmen ins Gelächter mit ein. Der Oberkaufmann tupft sich die Stirn mit einem Taschentuch ab.

»Alles das stimmt natürlich«, sagt er. »Aber was würdest du sagen, wenn ich dir erzählte, dass er seine Rosen über schwierige Bögen zwingt und seine Hengste schlägt, wenn sie nicht tänzeln wollen.«

»Sind Sie sein Feind?«

»Ganz und gar nicht!« Pelsaert lacht. »Er ist in jeder Hinsicht ein ausgezeichneter Mann.«

Mayken fühlt sich unwohl. Ihr Kleid ist zu eng, sie weiß nicht, was sie isst, und sie hat ihren Becher Wein ausgetrunken. Pelgrom gleitet vorbei und schenkt ihr mit dem Krug in der Hand nach. Er sieht sie an und lächelt hinterhältig. Es war ein Fehler, den Wein zu trinken, begreift Mayken. Erst musste sie angenehm aufstoßen, aber jetzt, wo alle in der Großen Kabine zu ihr hinsehen, ist ihr heiß und schwindelig.

»Deine Mutter …«

»Die Ruhr.«

Blicke werden rings um den Tisch getauscht.

»Das tut mir leid«, sagt Pelsaert und scheint es ehrlich zu meinen.

Mayken spürt Creesjes Hand auf ihrem Arm, sanft und beruhigend.

Der Unterkaufmann meldet sich zu Wort. »Soviel ich weiß, bist du ein ziemlicher Strolch hier an Bord.« Er sieht ostentativ zu Pelgrom hin, der mit seinem Krug weiter um den Tisch geht.

Pelgrom hat ihre Geheimnisse ausgeplaudert! Mayken spürt, wie sie rot anläuft, und weiß nicht, was sie antworten soll.

Creesje geht dazwischen: »Bitte vergessen Sie nicht, mit wem Sie sprechen, Mijnheer.«

Cornelisz hebt die Hände. »Ich wollte niemanden herabsetzen. Das Leben ist für alle rauer auf See.« Er sieht Mayken an. »Dein Vater wird dir bald schon Manieren beibringen, Kind.«

Creesje schickt einen eisigen Blick in seine Richtung.

Mayken sieht unglücklich auf ihren Teller. Was immer darauf angeordnet ist, verschwimmt vor ihren Augen. »Wenn Papa Pferde schlägt und Blumen quält, will ich nicht zu ihm.«

»Sag das nicht!«, flüstert Creesje.

»Ich hoffe, wir kommen nie in Batavia an«, sagt Mayken.

Stille. Etwas im Raum verändert sich. Mayken sieht sich um. Die Kadetten sind entgeistert, der Oberkaufmann bestürzt, in Frau Prädikants kalten blauen Augen liegt Angst, und der Prädikant selbst scheint zu beten. Der Unterkaufmann hebt einen Becher und lässt den Wein darin kreisen. Die Kerzenflammen, die bis jetzt stetig und aufrecht brannten, flackern und spucken.

Mayken hat die Reise verflucht.

Dann geht der Moment vorbei, die Kerzenflammen richten sich auf, der Oberkaufmann legt die Stirn in Falten, wendet sich ab und sagt etwas zu seinem Nachbarn. Frau Prädikant senkt den Blick und die Mundwinkel, ihr Mann schwatzt erneut los, und der Unterkaufmann genießt seinen Wein. Mayken ist tiefrot angelaufen. Sie sieht zu Creesje, die sie mitleidig betrachtet.

Das Schiff fährt weiter, Pelgrom schenkt Wein nach, die Kerzen brennen herunter, die Gespräche wenden sich wieder den Geschäften zu, und bald schon haben alle Mayken vergessen. Sie rutscht vom Stuhl und schlüpft aus der Tür, vorbei an den dösenden Wachen.

Als sie den dunklen Gang hinuntergeht, bemerkt Mayken winzige Lichtstrahlen, die in ihn hineinfallen. Sie bleibt verdutzt stehen und entdeckt eine Reihe merkwürdiger Löcher. Das sind keine Astlöcher, die hat jemand da hineingebohrt. Sie blickt durch eins von ihnen … und sieht auf Tischhöhe in die Große Kabine! Sie drückt ein Ohr an das Loch und kann das Durcheinander der Unterhaltung hören.

Guck- und Hörlöcher! Ganz ähnlich wie das, das Pelgrom zu Imkes Unterhaltung in ihre Kabinenwand gebohrt hat. Pelgrom, der Schiffswurm. Pelgrom, der Spion. Mayken reißt etwas Spitzensaum von ihrem Kleid, zwirbelt die Fäden sorgfältig zusammen und füllt die Löcher damit. Die Lichtstrahlen verschwinden einer nach dem anderen, und Mayken geht mit dem befriedigenden Gedanken hinaus auf Deck, dass Pelgrom sehen wird, ihm ist jemand auf die Schliche gekommen.

Es stürmt an diesem Abend, und der Wind ist wundervoll nach der stickigen Hitze der Großen Kabine. Mayken lässt sich vom Schwanken des Schiffes mitreißen, als sie den Türrahmen loslässt und hinaus in die Dunkelheit tritt. Sie versucht, den Seemannsgang des Skippers auf dem nächtlichen Deck nachzuahmen, spuckt ein bisschen und knurrt sogar etwas.

Ein Schatten über ihr in den Wanten. Nur ein Seemann! Bei Nacht haben die Männer allein das Licht des Mondes, und wenn der nicht da ist, die Leinen und abgenähten Säume der Segel, die sie leiten.

Der Schatten über ihr huscht mit ihr mit, zu schnell für einen Seemann.

Mayken fühlt sich wie eine Maus unter dem Blick einer Eule. Sie macht kehrt und trappelt zurück. Das Herz schlägt ihr bis zum Hals. Der Schatten über ihr folgt ihr.

Da, die Tür zu den Kabinen.

Fast schafft sie es.

## KAPITEL 16

# 1989

Mum hat Gil schon früh erklärt, wie wichtig Nachbarn sind. Ob du in einem Motel, einem Auto oder einem gemieteten Haus wohnst, wenn es Leute in der Nähe gibt, sind es deine Nachbarn. Und aller Wahrscheinlichkeit nach haben sie etwas, das du brauchst. Sei nur vorsichtig, wem du nachbarschaftlich begegnest. Meide Leute, die aus Dosen essen, Leute, die sich lautstark mit Gott unterhalten, und auch arme Seelen mit vielen Katzen. Mums mit kleinen Kindern haben zu viel zu tun. Alleinstehende Männer scheiden als Sonderlinge aus. Alte Leute sind ideal, ein altes Paar das Allerbeste. Aber du brauchst einen Türöffner. Sich etwas auszuleihen, ist eine gute Möglichkeit, um das Terrain zu erkunden. Mach es einfach: eine Tasse Zucker, einen Hammer. Und bald schon decken deine Nachbarn einen Platz am Tisch für dich mit ein. Nimm nur Mrs Baxter. Sie hat damit angefangen, die richtigen Würstchen für Gils Frühstück zu kaufen, und ihm am Ende ein Zuhause angeboten.

Auf einer Insel, die so klein wie die hier ist, denkt Gil, sind alle deine Nachbarn.

Und Gil hat eine ganz besondere Bitte im Sinn.

Er fühlt in der Tasche nach der Tabakdose mit der Elfenbein-Bobine. Wenn Birgit sich sträubt, ihm zu geben, was er braucht, vielleicht könnte sie dann einen nachbarschaftlichen Tausch in

Erwägung ziehen? Er richtet Dutchs Fernglas auf die Hütte der Wissenschaftler und wartet.

Birgit tritt in einem Männerhemd und mit offenem Haar hinaus in den Morgen. Sie ist ein Filmstar. Gil richtet den Blick auf die Zigarette in ihrer Hand. Sie raucht schicke Continentals mit Filter, die auf eine Weise elegant sind, wie es Selbstgedrehte niemals sein können. Eine von Birgits Continentals zu ergattern, das ist das Ziel, als Gil zu ihr geht. Er will die grüne Brokatjacke und die Perlenohrringe tragen und sich rauchend im Spiegel von Granny Iris' Frisiertisch betrachten. Dann kann er verschiedene Posen einüben. Europäisch. Fürstlich. Herablassend.

Birgit raucht, elegant, fremdländisch, und blickt aufs Meer hinaus. Heute werden sie nicht tauchen gehen. Dann würde sie nicht so dastehen und rauchen. Würde nicht so in der Ausrüstung unter der Plane herumsuchen, in den Kisten mit den Fundstücken, die sie aus dem Meer geholt, gesäubert und fotografiert haben und die bereitstehen, um aufs Festland geschickt zu werden.

Gil steigt aus dem Gestrüpp und läuft zügig ums Camp herum. Beruhigt den Atem, geht vorbei und hebt eine Hand. *Oh, Sie sind wach, Frau Nachbarin!*

Birgit sieht ihn. »Magst du einen Kaffee, Gil?«

Birgit zieht sich eine Kakishorts an und knotet ihr Männerhemd vorne zusammen. Sie ist barfuß und hat lange braune Zehen. Sie dreht und hebt sich das Haar hoch auf den Kopf, steckt es mit einem Stift fest und ist bereit für den Laufsteg. Im Nebenraum schlafen die beiden Männer, und so halten sie ihre Stimmen gesenkt.

Birgit geht hinüber in den Küchenbereich: ein Herd, ein kleiner Kühlschrank, eine Spüle beim Regenwassertank. Sie entzündet den Herd und setzt den Wasserkessel auf, löffelt Kaffeepulver in zwei Tassen und mischt etwas Milchpulver darunter.

Gil sieht sich um. In der Ecke steht ein Feldbett mit Birgits Sandalen darunter. Die Hütte der Wissenschaftler ist einfach, ein paar Campingstühle und zwei Böcke mit einer Tischplatte darauf. Es gibt Metallregale, aufeinander gestapelte Kisten, Kameras und Instrumente, und in jeder Ecke steht eine Wanne mit Flüssigkeit, in der irgendetwas einweicht. An einer Wand hängt eine große Pinnwand mit Karten, Schaubildern und Skizzen.

Birgit stellt den Kaffee und eine Zuckerdose auf einen niedrigen Campingtisch, zieht zwei Stühle heran und zeigt Gil, welche Tasse seine ist. Sie holt ihre Continentals aus der Tasche und wirft sie auf den Tisch. Gil liebt alles an ihnen, das weiche Päckchen, das Design vorne und das goldene Emblem.

Gil beäugt sie und hebt seine Tasse.

Der Kaffee ist allerdings enttäuschend. Blass und milchig. Kinderkaffee. Was wahrscheinlich bedeutet, dass Birgit ihm auch keine Zigarette gibt, obwohl sie mit ihm wie mit einem Erwachsenen spricht. Er könnte fragen. Vielleicht dürfen Kinder in ihrem Land rauchen? In Frankreich lassen sie Kinder Wein trinken und Knoblauch essen.

»Aus welchem Land kommen Sie?«

»Aus Deutschland.«

Das hilft Gil nicht weiter. »Rauchen da Kinder?«

Birgit guckt ihn komisch an. »Nein.«

Gil studiert die Karte direkt neben sich an der Wand. Landflecken in einem großen, weiten Meer.

»Der Houtman-Abrolhos-Archipel.« Birgit nippt an ihrem Kaffee. »Abrolhos ist eine Verballhornung des portugiesischen *Abre os olhos*: Öffne deine Augen.«

Gil überlegt. »Ist der Name der Inseln eine Warnung, damit die Schiffe nicht auf die Riffe auflaufen und sinken?«

»Genau das ist der *Batavia* passiert.« Birgit beugt sich vor und schüttelt eine Zigarette aus dem Päckchen, eine weitere lugt hervor. »Kennst du die Geschichte der *Batavia*?«

»Nicht wirklich.« Nur, was Silvia von sich gegeben hat.

Birgit zündet sich ihre wundervolle Zigarette an und bläst den Rauch hoch in die Luft. »Ende 1628 ist die *Batavia*, ein Handelsschiff, in den Niederlanden aufgebrochen. Das Ziel: die Gewürzinseln, unser heutiges Indonesien. Sie war neu und mit mehr Schätzen beladen, als du es dir vorstellen kannst.«

»Silbermünzen.«

»Unter anderem. Verantwortlich war der Kaufmann Francisco Pelsaert, und der Skipper, der Kapitän, war Ariaen Jacobsz. Die beiden hassten einander. So sehr, dass Jacobsz und seine Gefolgsleute eine Meuterei gegen Pelsaert planten, als das Schiff auflief.«

»Und dann wurden alle getötet?«

»Nicht ganz. Als das Schiff auf dem Riff auseinanderzubrechen begann, wurden die Überlebenden auf festes Land evakuiert, und da auf den öden Inseln hier kein Wasser zu finden war, trafen Pelsaert und Jacobsz eine unmögliche Entscheidung. Sie brachen mit dem Beiboot des Schiffes nach Batavia auf, ihr eigentliches Ziel.«

»Und das war eine schlechte Idee?«

»Es war ein Risiko. Eine Fahrt über das offene Meer mit einem Boot, das kaum dafür ausgerüstet war. Aber wenn sie es schafften, konnten sie eine Rettungsaktion starten und zurückkommen. Sie nahmen an, die einzige Möglichkeit, die schiffbrüchige Mannschaft und die Passagiere zu retten, bestünde darin, sie hier zurückzulassen.«

»Die anderen sind also hiergeblieben?«

»Die, die nicht ertrunken waren. Zweihundert Überlebende mit begrenzten Vorräten auf den Inseln hier. Gar nicht zu reden von den siebzig Mann, die noch auf dem Wrack saßen.«

»Und dann wurden alle getötet?«

Birgit nimmt einen weiteren Zug. Die Zigarette riecht sogar kontinental, duftet geradezu, ganz anders als die Selbstgedrehten, die nach Stroh aus einem Pferdestall riechen. »Damit sind wir bei der Schlüsselfigur der Geschichte, Jeronimus Cornelisz, dem Unterkaufmann, der gleich nach Pelsaert und Jacobsz kam. Ein hinterhältiger, grausamer Kerl.«

»Jeronimus«, wiederholt Gil brav und lehnt sich in den Zigarettenrauch.

»Cornelisz hätte den Schiffbruch beinahe nicht überlebt. Da er zu feige war, ins Rettungsboot zu springen, blieb er auf dem verunglückten Schiff, und das Wetter wurde schlechter. Am Ende war er der Letzte, der es noch auf die Insel schaffte, halbtot und sich an den Bugspriet klammernd. Es war ein Wunder.«

»Ein übles Wunder, wenn er so hinterhältig und grausam war.«

»Ja, wenn Wunder denn übel sein können.« Birgit klopft Asche in den Aschenbecher. Gil verfolgt, wie sie Hand und Handgelenk dabei bewegt.

»Zuallererst«, fährt Birgit fort, »sammelte Cornelisz alle Waffen und geretteten Vorräte ein und ließ sie bewachen. Er scharte Männer um sich, die ihm aufs Wort folgten, käufliche Soldaten und eitle junge Kadetten, und ließ Flöße aus dem Holz zimmern, das vom Wrack angespült wurde. Dann verbannte er die Soldaten auf eine andere Insel.«

»Damit sie ihn nicht angriffen?«

»Genau. Er glaubte, sie würden hier vor die Hunde gehen. Er wusste nicht, dass es auf der anderen Insel Trinkwasser gab und auch Essen, was sie in die Lage versetzte, zu überleben und sich gegen ihn zu organisieren. Aber das ist eine andere Geschichte.«

»Können wir die auch mal hören?«

Birgit lächelt. »Sicher.«

»Was hat Jeronimus als Nächstes gemacht?«

»Er steckte in der Klemme. Wenn das Rettungsschiff kam, würde er für seinen Plan verhaftet werden, die Schätze der *Batavia* an sich zu bringen. Gerüchte über die Meuterei hatten sich bereits verbreitet. Wie hatten sie Pelsaert nicht zu Ohren gelangen können? Meuterei wurde mit dem Tode bestraft. Tatsächlich aber rechnete niemand auf dieser Insel damit, gerettet zu werden.«

»Aber die anderen sind Hilfe holen gefahren?«

»In einem Dreißig-Fuß-Boot mit wenig Vorräten, endlose Seemeilen weit. Es gab nur eine sehr kleine Chance, dass sie es schaffen würden. Die zurückgebliebenen Überlebenden müssen sich sehr allein gefühlt haben.«

Gil leert seine Tasse bis zur Hälfte, aber der Kaffee wird nicht stärker. Er hält inne, da er spürt, wie Birgit ihn betrachtet.

»Und dann wurden alle getötet?«

Mit einem Seufzer stellt Birgit ihre Tasse ab. »Cornelisz wusste, dass die Vorräte für so viele Leute nicht lange reichen würden. Er wollte sich und seine Männer am Leben erhalten, und wenn ein Rettungsschiff kam, wollten sie es entern, die Mannschaft töten und als Piraten weitermachen.«

»Cool.«

Birgit wirft Gil einen Blick zu.

»Ich meine, Piraten, die keinen töten, sind cool.«

»Nun, Cornelisz' Bande tötete. Sie machten sich daran, die Zahl der Überlebenden zu reduzieren.«

»Damit sie mehr Essen, Trinken und Waffen für sich hatten.«

»Zunächst tat Cornelisz so, als ginge es um die Bestrafung für Verbrechen und Missverhalten. Dann verschwanden etliche Leute einfach. Am Ende ...« Birgit bricht ab.

Gil überlegt. »Auch Kinder?«

Sie nickt. »Schiffsjungen, die nicht viel älter waren als du. Kinder von Mannschaft und Passagieren.«

»Wie wurden sie getötet?«

Birgit mustert Gil und zieht die Brauen zusammen. »Das ist schwer zu sagen. Wir haben nicht alle Überbleibsel gefunden, und es gibt nur sehr wenige Berichte.« Sie drückt ihre Zigarette aus. »Ich kann mir nicht vorstellen, wie es war, auf dieser Insel zurückgelassen zu werden, kannst du es?«

»Ja, das kann ich.«

Sie hören die anderen im Nebenzimmer aufwachen. Birgit sammelt sich und steckt die Zigaretten ein. Gil hat seine Chance verpasst, sich eine zu nehmen. Mick kommt mit nacktem Oberkörper herein und setzt Wasser auf.

Birgit zieht eine Kiste aus dem Regal und zeigt sie Gil. Auf einem Bett aus Watte liegt ein schmutziger Fetzen.

»Das hier ist sehr aufregend, es kommt unten vom Riff. Wir glauben, es ist ein in Korallen eingewachsenes Stück Spitze.«

Gil sieht zum Regal hinüber. »Gibt es auch Knochen?«

»Menschliche? Ja.« Birgit macht keinerlei Anstalten, sie ihm zu zeigen.

»Könnten es Little Mays sein?«

»Das ist nur eine Inselgeschichte, Gil.«

»Sie glauben nicht, dass sie wahr ist?«

»Fragst du eine Wissenschaftlerin, ob es Geister gibt?«

Eine Antwort wie milchiger Kaffee. »Heißt das *nein*?«

Birgit sieht zu Mick hinüber. Er kratzt sich unter der Achsel und guckt zur Decke. Sie senkt die Stimme: »Sagen wir so, diese Insel spielt unserer Vorstellung Streiche. Das Wetter, die Vögel, die Geschichte …«

Mick räuspert sich lautstark und steckt sich eine Selbstgedrehte zu seinem Kaffee an.

Birgit lächelt. »Ich sollte langsam anfangen zu arbeiten.«

Gil holt die Tabakdose aus der Tasche und hält sie ihr hin. Sie nimmt sie mit einem Lächeln.

»Ich glaube, es ist eine Bobine«, sagt Gil. »Eine aus Elfenbein.«

Birgit sieht ihn überrascht an. »Glaubst du?« Sie inspiziert sie und dreht die Dose um. »Hast du die auf der Insel gefunden?«

»Oben im Camp.«

Mick rührt in seinem Kaffee und fährt dazwischen: »Joss Hurleys.«

Birgit verzieht das Gesicht, als wollte sie sagen: *Klappe, ich weiß, wessen Camp das ist.*

»Ist die von der *Batavia?*«

Sie dreht sich zurück zu Gil. »Könnte sein. Darf ich sie erst mal behalten, um zu sehen, ob ich mehr dazu herausbringen kann?«

Die Bobine bleibt in der Dose auf ihrem Handteller. Eingekuschelt. Gil nickt. Er will schon nach einer Zigarette fragen, ein Tausch unter Nachbarn, aber Birgit wirkt so glücklich, und der ganze Moment ist so schön.

Stattdessen fragt er: »Wird sie in ein Museum kommen?«

»Möglich. Würde dir das gefallen?«

»Ja.«

Birgit bringt ihn zur Tür. Sie berührt seinen Arm. »Komm und besuch mich wieder, Gil.«

Gils Hochstimmung macht auf dem Rückweg Enttäuschung Platz. Das war kein Tausch unter Nachbarn. Er hat die Bobine weggegeben und nichts dafür bekommen. Und jetzt wird Birgit das Camp des alten Mannes unter die Lupe nehmen und ihn wütend machen.

Soll sie doch.

## KAPITEL 17

# 1629

»Hör auf zu fluchen!«, sagt er. »Gut festhalten, kleine Großmutter!«

Er ist keine Eule und sie keine Maus.

Mayken hält sich mit Händen und Füßen an ihm fest, wie ein kleiner Affe. Der alte Seemann hat einen Arm um sie gelegt. Der Arm ist schlank, aber stark wie ein kräftiger Ast. Sie fliegen nach oben, oben, oben, an einem Seil.

Mayken fühlt mehr, als dass sie sieht, wie es hoch in die Segel geht, denn der Mond ist hinter Wolken versteckt. So aus der Nähe riechen die Leinen nach Teer und die Segel nach Salz. Es ist eine Welt aus Knarzen, Knattern und Bauschen. Als die Schiffsglocke erklingt, kommt ihr Läuten von ganz weit unten.

Er setzt sie vorsichtig auf eine Rahe, die sich fest unter ihr anfühlt.

»Hier bist du ganz sicher«, sagt er.

Mayken nickt, aber ihre Knie zittern und ihre Zähne klappern.

»Sei tapfer.« Er fasst ihre kleinen mit seinen großen Händen. Sie sind alt und rau, die Knöchel hart und rund wie aus knorrigem Holz. »Halt dich fest, hier und da, dann fühlst du dich besser. So ist's recht, vertraue dem Schiff.«

Eine Lücke in den Wolken, ein heller Mond – Mayken sieht, dass sie fliegt!

Ihre nackten Füße schweben frei in der Luft! Sie hat ihre Schuhe verloren! Unter ihren Füßen, tief unter den sich bauschenden Segeln, das Deck. So winzig. Sie sind unglaublich hoch. Neben ihr auf der Rahe hockt der alte Seemann, ein Ostindien-Tuch um den Kopf gewickelt.

»Erinnerst du dich an mich, kleine Großmutter?«

»Ich habe Sie beim Anbordgehen gesehen.«

»Richtig.«

»Wenn Sie mich kleine Großmutter nennen, nenne ich Sie Festhalten. Vasthouden!«

Der Seemann lacht erfreut. »Ich heiße Pauwels Barentsz, aber nenn du mich nur Vasthouden. Dein Freund, der Barbier, ist auch ein Freund von mir.«

»Sie kennen Aris?«

»Er hat mich gebeten, ein Auge auf dich zu haben.«

Mayken zieht die Stirn kraus. »Ich kann selbst auf mich aufpassen.«

»Natürlich, aber man kann nie genug Freunde haben.«

Mayken überlegt. »Also gut. Sie haben ein Auge auf mich und ich eins auf Sie.«

»Wie du magst, kleine Großmutter.«

»Ich dachte schon, Sie wären Bullebak, als sie herabgeflogen kamen.«

»Was denn, der Kinderschreck?«

»Der alte Bösewicht und Feind des Menschen, der im Laderaum haust«, erklärt Mayken.

»Verstehe.«

»Glauben Sie, er kann einen Mast hochklettern?«

»Nein«, sagt Vasthouden sehr ernst. »Dazu sind seine Füße nicht rau genug.«

Mayken nickt erleichtert. »Hier oben gibt es mehr Sterne.«

»Es sind genauso viele, man kann sie nur besser sehen. Der da ...«

»Geben Sie ihm keinen Namen! Lassen Sie sie wild bleiben, und machen Sie sie nicht zu was, was ich lernen muss.«

Vasthouden lacht.

»Ich will ein Seemann wie Sie werden.«

»Es ist ein hartes Leben.«

»Ich könnte Hosen tragen.«

»Das könntest du.«

»Ich müsste in der Großen Kabine essen.«

»Nein, du würdest zusammen mit deinen Kumpeln in der Messe essen und anschließend deine Pfeife rauchen.«

Sie sitzen gesellig beieinander und sehen hinaus auf die weite Landschaft des Meeres. Die im Mondlicht leuchtenden weißen Wellenkämme und die pechschwarzen Täler dazwischen.

»Ich könnte durch die Luke auf die Soldaten pinkeln.«

Vasthouden lacht. »Das ist eine Tradition.«

Mayken hat eine Idee. »Sie könnten mir erklären, wie die einzelnen Teile des Schiffes heißen. Statt der Sterne. Die Masten und Segel und Leinen. Und dann könnten Sie mir all die Wörter beibringen, die Sie sich an den Kopf werfen, vor allem die Flüche.«

»Fangen wir mit dem Hauptmast an. Fluchen kannst du gut genug.«

»Also gut.«

»Die Masten sind solide, genau wie das Schiff. Der Rumpf ist doppelt so dick, wie er sein müsste, und gegen Würmer gesichert. Der Hauptmast ist ein uralter Baum. So wie er einst im Wald wurzelte, wurzelt er jetzt im Schiff, führt durchs Kanonendeck und das Orlopdeck hinunter in den Laderaum und ruht auf dem Kiel, dem Rückgrat des Schiffes.«

Mayken mag nicht an den Laderaum denken.

»Schließ deine Augen, und drücke ein Ohr an den Mast. Dann kannst du das Wasser unter dem Rumpf hören.«

Mayken tut es und stellt sich vor, sie höre das Murmeln und Rauschen des Meeres unter dem dahinfahrenden Schiff.

»Seemänner müssen die Sprache des Schiffes lernen. Es spricht mit uns durch Leinen und Segel und durch die Geräusche, die es bei seiner Bewegung durchs Wasser macht.«

»Als wäre es ein lebendiges Wesen?«

»Es lebt. Du lernst schnell.«

»Ich kenne ein paar Seemannsworte«, sagt Mayken. »Backbord und Steuerbord, vorlich und achtern, Heck und Bug.«

»Sieh an, was für ein Seemann du bist, du weißt schon eine ganze Menge.«

Mayken lächelt. »Die Welt schaukelt hier oben mehr als unten.«

»Das tut sie.«

»Kennen Sie gute Geschichten?«, fragt Mayken. Plötzlich will sie zur Stimme des alten Seemanns einschlafen, die etwas angenehm Raues hat, wie die Zunge einer Katze.

Der alte Mann tut ihr den Gefallen. Er erzählt dem müden Kind von verwünschten Häfen und blutroten Rosen, der schönen Tochter des Kanoniers, von Liebesknoten und Liebesversprechen. Der Wind wird stärker, während das Schiff durch die Nacht pflügt, er erfasst die Worte des Seemanns und trägt sie davon. Als Mayken kalt wird, nimmt Vasthouden sein Ostindien-Tuch und legt es um sie. Er sagt, ihn störe der Wind auf seinem alten, rasierten Kopf nicht.

Im ersten Licht des Tages lächeln sich die Freunde zu. Es ist wunderschön anzusehen, wie Himmel und Meer Farbe annehmen.

»Hast du Angst bei rauem Wetter, Vasthouden?«

»Nicht sehr, kleine Großmutter. Weil ich das hier habe.«

Vasthouden knotet den Lederbeutel von seinem Gürtel und holt etwas Kleines heraus, das er vorsichtig in Maykens Hand legt.

»Lass es nicht fallen. Es geht tief runter.«

In Maykens Hand liegt ein Stein. Vollkommen rund und mit

einem Loch genau in der Mitte. Glatt und kühl liegt er schmeichelnd in der Hand. Ein besonderer Stein, wahrscheinlich magisch.

»Das ist ein Hexenstein«, sagt Vasthouden. »Wenn du durch das Loch blickst, kannst du sehen, was noch kommt und was schon war.«

Mayken sieht durch den Stein den Seemann an. »Aber du siehst nicht wie vorher oder nachher aus, nur alt.«

Vasthouden lacht. Mayken späht durch das Loch aufs Meer hinaus. Auch das sieht normal aus, was aber nichts zu sagen hat. Das Meer war und wird immer so sein.

Mayken will den Stein zurückgeben.

Vasthouden lächelt. »Behalte ihn. Wenn du ein Seemann wirst, brauchst du einen Talisman.«

## KAPITEL 18

# 1989

Gil steht am mondhellen Strand und blickt aufs Meer hinaus. Es ist keine menschliche Stimme zu hören, nur der Ruf der zurückkehrenden Mondvögel, das Rascheln der Geisterkrabben und das Rauschen des Windes. Die Fischer und ihre Familien sind weg. In allen Camps sind die Fensterläden zu, die Türen verschlossen, die Ausrüstung sicher eingelagert. Fort ist auch jeder menschliche Geruch, nach Männerschweiß und Zigaretten, abgestandenem Bier und Dosenessen-Fürzen. Gil atmet ein. Er ist allein mit der mineralischen Luft und den Schalentieren. Allein mit den Meeresfischen, dem rauen Gestrüpp und den warmen braunen Vögeln in ihren Kieslöchern. Allein mit den aufs Land klatschenden Wellen und dem Wind. Allein mit einem Himmel voller namenloser Sterne. Gil betrachtet den vollkommenen Stein mit dem Loch in der Mitte in seiner Hand. Er hebt ihn ans Auge und dreht sich langsam im Kreis: Meer, Kiesstrand, im Mondschein leuchtendes Gestrüpp.

Gil wacht auf. Es ist Nacht, und er ist allein in seinem Zimmer. Draußen auf der Veranda hört er seinen Großvater und Dutch leise miteinander reden. Er versucht, seinen Traum abzuschütteln, den Schauder, den er in seinem Körper zurückgelassen hat, obwohl die Nacht doch warm ist. Im Karton in der Ecke erwacht Enkidu. Gil steht auf und geht hinüber zu seiner Schildkröte.

»Guter Junge.«

Es ist kein bestimmtes Wort, das Gil hört, oder ein Satz, der seine Aufmerksamkeit auf die Männer draußen lenkt, es ist die Tonlage. Sie reden nicht über Langusten, Boote oder Fußball. Sie reden über etwas Ernstes. Sie reden über ihn.

Um sie besser hören zu können, schleicht Gil in den Wohnraum. Er geht in die Hocke und lauscht. Dutch hört sich an, als säße er direkt vor dem offenen Fenster. Gil überrascht die Härte in seiner Stimme.

»Komm schon, Joss, den ganzen Tag? Jeden Tag?«

»Er mag das Boot nicht.«

»Du gibst ihm die Schuld an deinem Unfall, oder? Ist er jetzt ein Jona?«

»Der Junge hat keinen Mumm.«

»Das alles hier ist neu für ihn. Gib ihm eine Chance. Er kann sich an das Boot gewöhnen.«

Joss knurrt etwas Unverständliches.

Stille, dann wieder Dutch: »Er braucht Gesellschaft, andere Kinder …«

»Ostern werden welche kommen.«

»Weißt du überhaupt, was er den ganzen Tag macht?«

»Silvia sieht nach ihm.«

»Himmel, das wird ihm ungeheuer helfen.«

Ein Kratzen, ein Feuerzeug leuchtet auf. Es riecht nach Tabak. Gil verspürt einen Hustenreiz, atmet aber langsam durch die Nase, bis der Reiz in seiner Kehle verschwindet.

»Vielleicht sollte er mit jemandem reden. Du weißt schon, einer professionellen Hilfe.«

»Einem Therapeuten? Vergiss es, Dutch.«

Eine Pause, Möwengeschrei.

»Hat er mit jemandem geredet, nachdem sie Dawn gefunden haben?«

»Woher soll ich das wissen?«

»Er ist dein Enkel.« Wieder eine Pause. »Ich weiß, du und Dawn, ihr wart nicht immer einer Meinung.«

»Sie hat sich das eingebrockt.«

»Und jetzt zahlt der Junge dafür?«

»Warum? Ich habe ihn zu mir genommen, oder?« Joss senkt die Stimme und redet weiter. Gil reckt den Hals, kann ihn jedoch nicht verstehen.

»Aber er benimmt sich nicht wie ein normales Kind. Und was mit Dawn passiert ist ...«

»Er ist okay.«

»Woher weißt du das, Joss? Hast du je mehr als drei Worte mit ihm gewechselt?«

Es knarzt, einer von ihnen ist aufgestanden. Gil sieht ihre Schatten auf der gegenüberliegenden Wand, eingerahmt vom Fenster.

»Du bist nicht im Streit mit ihm, Joss. Mit jedem zweiten Wichser, mit dem du in Kontakt kommst, aber nicht mit Gil.«


Gil schleicht zurück in sein Zimmer und legt sich aufs Bett. Am Ende hört er, wie sein Großvater von der Veranda hereinkommt, hört sein vertrautes Schlurfen den Flur herunter. Vor Gils Tür bleibt er stehen. Gil hält den Atem an, bis der alte Mann weitergeht. Gil lauscht dem Quietschen der Bettfedern auf der anderen Seite des Flurs. Dem Räuspern. Dann endlich dem Schnarchen.

## KAPITEL 19

# 1629

Vasthouden sagt Mayken, sie solle die Augen offen halten. Wonach? Seetangklumpen und geänderte Wolkenformationen, andere Vögel, die über sie hinwegfliegen, und glitschig glänzende Delphine, die neben dem Schiff schwimmen. Das alles sind Anzeichen dafür, dass sie sich Land nähern.

Manchmal sitzen sie nachts zusammen in der Takelage. Wenn Imke schläft, trippelt Mayken an Deck, und wenn er Dienst hat, kommt der alte Seemann und holt sie. Sie erzählen sich Geschichten. Vasthouden erklärt, wie Teile des Schiffes heißen, die Namen der Sterne behält er für sich. Darauf besteht Mayken. Bei Tagesanbruch kehren sie in ihre getrennten Welten zurück. Mayken hinter den Hauptmast, um mit den wohlhabenden weiblichen Passagieren zu nähen, Vasthouden aufs Kanonendeck, um sich etwas Platz zwischen den Geschützen zu schaffen und zu schlafen. Mayken denkt oft an die Unterwelt, an Smoert und Aris. Und an John Pinten, der sich vom Barbier ein Elixier kauft, um wie ein Stein die dunklen Stunden durchzuschlafen.

Imke geht es kaum besser, aber es gibt keine schlimmen Träume mehr, keine verdächtigen Bisse oder entsetzlichen nächtlichen Besucher. Vielleicht hat sich Bullebak ganz in den Laderaum zurückgezogen?

Fürs Erste hält Mayken die Füße still und sorgt sich um Imke. Das ist ihre Hauptaufgabe. Ihre Logbucheinträge erlahmen nach Tagen mit einem einfachen *Wir sind irgendwo auf See* oder *Imke schläft, und ich passe auf sie auf.* Zu ihrer Erleichterung ist sie nicht wieder aufgefordert worden, Creesje beim Essen in der Großen Kabine Gesellschaft zu leisten. Aber die beiden spazieren oft gemeinsam über Deck, denn Zwaantie begleitet ihre Herrin nicht länger. Es heißt, dass die Vernarrtheit des Skippers in Creesjes Bedienstete, die ihm nichts versagt, immer heftigere Formen annimmt. Währenddessen ist Pelgrom damit beschäftigt, Geschichten umherzubringen. Er handelt mit Gerüchteklunkern, als wär es schönstes Zuckerwerk. Mayken sieht, wie er seine Runden dreht, in ihre Kabine kommt er jedoch nicht mehr. Wenn sie seinen Blick auffängt, lächelt er ausdruckslos. Sie muss an Smoerts Warnung denken, dem Steward nicht in die Quere zu kommen, und fragt sich, was sie Pelgrom angetan haben mag, dass er sie im Laderaum ihrem Schicksal überlassen hat.

Pelgrom mag es gefallen, herumzustichteln, aber die Atmosphäre auf dem Schiff wird mit jedem Tag giftiger. Wie es mit eingesperrten Menschen so ist. Sie sind gereizt, aufbrausend, böse Worte reißen Wunden, die eitern, und aus unglücklichen Zufällen werden Intrigen. Groll und Rachsucht gären und vermehren sich wie die Würmer in den Wasserfässern.

So wie Wind, Wetter und Meer am Schiff nagen, verschlechtert sich auch das Verhältnis zwischen den Menschen. Kabinennachbarn zerstreiten sich. Die Mannschaft, so heißt es, spaltet sich immer mehr zwischen Oberkaufmann Pelsaert und Skipper Jacobsz auf. Die beiden Männer werden nie zusammen gesehen. Unterschieden sie sich von Statur und Aussehen nicht so sehr – schlank und kultiviert versus haarig und gedrungen –, könnte man denken, es gäbe nur einen Mann in zwei Aufzügen. Cornelisz, der Unterkaufmann, dagegen scheint mit allen gut Freund zu sein. Er wird mit beiden Vorgesetzten gesehen, scheint ein Herz und eine Seele mit ihnen und flüstert ihnen Dinge ins Ohr.

Die Anzeichen, dass sie sich Land nähern, verdichten sich, wie es Vasthouden vorausgesagt hat, und mit ihnen steigen die Erwartung und die Stimmung, wobei das gute Segelwetter noch hilft. Und dann ist vom Ausguck ganz oben am Mast das Wort zu hören, auf das alle gewartet haben.

Land. Nach vierundsechzig Tagen auf See.

Bald schon ist Sierra Leone ein schimmernder verwischter Strich, den alle sehen können. Aus dem Strich wird eine Küste, werden Hügel und eine Bucht. Die *Batavia* geht vor Anker, denn der Tag schwindet, und die Landung muss am Morgen vonstattengehen. Nur wenige werden die Erlaubnis zum Landgang haben, so viele sich auch danach sehnen, wieder festen Boden unter die Füße zu bekommen. Sie müssen sich damit zufrieden geben, in einem sicheren Hafen zu liegen. Der Rest des Verbandes kommt ebenfalls heran. Mayken kann ihre Namen aufzählen: *Dordrecht, Assendelft, Sardam,* dazu das Botenschiff *Kleine David* und das Kriegsschiff *Buren*. Wohin die *Batavia* auch steuert, die anderen müssen ihr folgen. Jedes der Schiffe fährt unter einem eigenen Skipper, aber Pelsaert hat das Oberkommando. Es ist ein Anlass zum Feiern, nach der Fahrt auf hoher See bietet der Anker Erholung und Frieden, und der Verband ist wieder vereint.

Es dämmert. Die Sonne steigt am Himmel auf, Boote nähern sich von der Küste. Die Seemänner der *Batavia* begrüßen die Einheimischen, lassen Strickleitern hinab und klettern hinunter, um einzelne Stücke der an Land verfügbaren Waren und Produkte zu begutachten. Die Passagiere bestaunen Schnitzereien und Kunsthandwerk und genießen wundervolle fremde Köstlichkeiten.

Die Jolle der *Batavia* wird zu Wasser gelassen. Pelsaert und ein paar hochrangige Offiziere werden an Land gehen. Skipper Jacobsz bleibt in seiner Kabine. Vielleicht ist er mit dieser Landung nicht einverstanden und denkt wie viele der Seemänner, dass sie weiterfahren und bis zum Tafelberg hätten warten sollen.

Die an Deck Zurückgebliebenen sehen der Jolle nach. Der Oberkaufmann will frisches Wasser und Fleisch erhandeln. Er wird Vieh kaufen, und die Tiere werden am Strand geschlachtet und verarbeitet. Anschließend wird das gepökelte Fleisch zusammen mit den Sandmücken in Fässer gepresst werden. Die anderen Schiffe des Verbandes lassen ihre eigenen Boote zu Wasser und fahren ihm nach. Bald schon herrscht in der Bucht reger Verkehr.

Vor Anker bekommen die Soldaten zusätzliche Zeit an Deck. Mayken hält nach John Pinten Ausschau. Einmal sieht sie ihn, dunkelhaarig und blass, nicht so groß wie einige andere, aber stämmig. Er blickt zu ihr zum Heckkastell hinauf, Mayken winkt, doch er scheint sie nicht zu sehen.

Überall auf dem Schiff ist jetzt, wo die Mannschaft Zeit hat, Musik zu hören. Mayken ändert die Texte der Lieder und singt von wilden Sternen, die in der Takelage tanzen, dem Meer in der Dämmerung und davon, mit Soldaten und Seemännern befreundet zu sein.

Barbier Aris kommt, um nach Imke zu sehen. Er ordnet an, dass sie hoch in den Krankenbereich an Deck kommt, wegen der frischen Luft und damit die Kabine geputzt und mit brennenden Kräutern gereinigt werden kann. Kanonendeck und Orlopdeck werden ebenfalls gesäubert. Die Ratten werden ausgeräuchert und von Trupps schreiender Schiffsjungen mit Besen vom Schiff gejagt. Mayken sorgt sich, dass all das Wischen und Fegen Bullebak in der Tiefe aufscheuchen könnte. Dann kommt ihr ein anderer Gedanke: Was hält das Ungeheuer davon ab, das Schiff zu verlassen und an Land zu gehen? Wenn Sie Bullebak auch niemandem wünschen würde.

Imke hat seinen Biss überlebt, aber nur gerade so. Im harten Licht des Tages wird sichtbar, was die Geschichte der alten Frau abgefordert hat. Ihr hängt die Haut herunter, und aus dem viel zu weiten Kleid ragt ein wahrer Truthahnhals, um den sie einen Schal schlingt. Sie friert noch in der wärmsten Brise. Ihr Blick geistert herum, und sie scheint halb in einer anderen Welt, sodass sie manchmal glatt durch Mayken hindurchsieht. Ihre Begegnung mit dem Tod hat ihre hellseherischen Fähigkeiten noch vergrößert. Sie war nie geschäftiger.

Nur dass Imkes Voraussagen jetzt knapper sind und die alte Frau klar ausspricht, was sie sieht, ohne Ausschmückungen und Umschreibungen. Dafür fehlt ihr der Atem. Ihre Weissagungen gewinnen an Kraft, ja, Imke ist genauer als eine Möwe, die gegen den Uhrzeigersinn um den Mast kreist. Und sie verweigert niemandem ihre Fähigkeiten. Botschaften und Fragen von vor und hinter dem Mast, aus der Unterwelt wie aus dem luftigen Heckkastell erreichen sie. Jede einzelne Seele an Bord scheint Voraussagen von ihr zu wollen, von der Frau des Provosts bis zur Tochter des Steuermanns. Allein die älteren Seemänner halten sich bedeckt. Sie haben ihre eigenen Möglichkeiten, in die Zukunft zu sehen. Auch Jeronimus Cornelisz sucht vom Wissen Imkes zu profitieren. Sie will Mayken nicht sagen, wonach er gefragt hat, aber nach dem Besuch des Unterkaufmanns beendet Imke ihre Tätigkeit als Schiffsorakel.

»Das war's«, sagt sie und erschaudert.

Nachts schläft Mayken draußen, an ihre Kinderfrau gekuschelt.

»Willst du mir meine Zukunft voraussagen, Imke?«

»Ich bin in der Richtung nicht mehr tätig.«

»Allen anderen hast du sie auch vorausgesagt!«

Imke umarmt sie. »Dann lass mich mal sehen. Ich befrage die Sterne und die wenigen Wolken.«

»Du weißt es am besten.«

Imke sieht nach oben, nickt und lauscht, als unterhielte sie sich mit dem Nachthimmel. »Du wirst erwachsen und eine große

Dame werden und mit Schmuck und schönen Kleidern in einem eleganten Schloss in Batavia leben.«

»Ich werde kein Seemann?«

»Der Himmel hat zu mir gesprochen.«

»Kann er nicht etwas anderes sagen?«

»Nein, das ist dein Schicksal, Mayken.«

»Ich werde es ändern.«

»Das kannst du nicht.«

»Warum nicht?«

»So geht das nicht. Dein Schicksal findet dich, nicht andersherum.« Imke denkt einen Moment lang nach. »Obwohl manche ihr eigenes Glück suchen, das stimmt.«

»Wie Piraten einen Schatz?«

»In der Tat.«

»Wie ein Kaufmann teure Gewürze?«

»Wie die Katze die Maus.« Imke wird für eine Weile still und fügt dann mit verträumter Stimme hinzu: »Was dir bestimmt ist, wird nicht an dir vorbeigehen.«

»Vielleicht ist es ja meine Bestimmung, ein Seemann zu werden.«

Imke lacht. »Dann wirst du einer. Auch wenn dich der Himmel mit einem schönen Kleid in ein Schloss setzt.«

Mayken schneidet eine Grimasse in Richtung Himmel. Sie holt Vasthoudens Stein aus der Tasche. Sie hat ihn immer dabei.

»Was hast du da, Kind?«

Sie gibt Imke den Stein, die ihn befühlt, in der Hand wiegt und in Richtung Mond hält. »Wo hast du den her?«

»Gefunden.« Mayken ist froh, dass es so dunkel ist, dass die schlaue alte Kinderfrau ihr Gesicht nicht richtig sehen kann.

»Weißt du, wie man ihn benutzt?«

»Man guckt durch ihn hindurch.«

»Früher einmal hat man einen Mann in einem Fass Teer zu Tode gekocht, weil er einen Prophetenstein benutzt hatte. So einen wie den hier. Ich nehme an, seinen Kunden haben seine Prophezeiungen nicht gefallen.«

»Er zeigt, was war und was noch kommen wird«, sagt Mayken.

Imke gibt ihr den Stein zurück. »Guck hindurch und sage mir, was du siehst.«

Imke klingt aufgeregt, so sehr sie sich müht, gleichgültig zu wirken, als wäre es eine geheime Prüfung, von der sie sich wünscht, dass Mayken sie besteht.

Mayken tut, was sie sagt. »Sterne und Takelage.«

»Das nicht. Mach deine Augen ganz locker und schläfrig. Deine Gedanken auch. Die Zukunft hat die Angewohnheit, von den Seiten in den Blick zu rutschen. Sie zeigt sich dir nicht, wenn du sie anstarrst.«

Mayken versucht es.

»Was siehst du jetzt?«

»Verschwommene Sterne und verschwommene Takelage.«

Imke gluckst.

## KAPITEL 20

# 1989

Gil richtet Dutchs Fernglas auf das, was sich da am Anleger tut: Das Versorgungsschiff hat gerade festgemacht, und Mütter, Großmütter und Kinder gehen von Bord. Sie kommen mit großem Lärm und Gepäck schwatzend und zankend den Steg hinunter. Gil hasst sie sofort alle, besonders die Kinder. Er sieht nach Enkidu, den er in der Sporttasche dabeihat. Die Schildkröte scheint in Ordnung, angepisst, aber okay.

Ein kleines Kind fällt ins Wasser, es gibt Geschrei, und alle rennen den Steg hinunter. Hier werden ständig Kinder ertrinken, denkt Gil. Wahrscheinlich müssen sie im Camp angebunden werden, wie junge Hunde.

Die Fischer sind nicht da, um die Ankömmlinge zu begrüßen, aber die Seevögel. In der Luft herrscht ein wildes Gekreisel und Geschrei. Birgit sieht ebenfalls zu den Neuen hinüber. Mit cooler Sonnenbrille sitzt sie vor der Hütte der Wissenschaftler und raucht eine Continental. Die beiden Männer inspizieren ein aufblasbares Boot und breiten es auf der Erde aus.

Gil zieht den Reißverschluss der Sporttasche zu. Er reist mit leichtem Gepäck, das heißt nur mit Enkidu, etwas Geld, das er in einer Kaffeedose gefunden hat, der grünen Brokatjacke von Oma Iris und Mrs Baxters Adresse in Margaret River.

Aber jetzt ist da Silvia. Sie geht auf zwei Kinder zu, die beim Anleger warten. Ropers Kinder. Sie versucht, sie zu küssen. Der

Größere lässt es über sich ergehen, aber der Kleinere windet sich weg.

Gil sinkt der Mut. Sein Plan, er ist unmöglich. Was hat er sich nur gedacht? Dass er einfach so den Anleger runterwandeln, aufs Versorgungsschiff steigen und der Insel zum Abschied zuwinken könnte? *Hi, Silvia, ja, ich fahre wieder. Oh, hat Joss nichts gesagt?*

Er fasst die Sporttasche fester und wartet. Wenn Silvia und ihre große Klappe weg sind, vielleicht kommt er dann noch schnell vorbei?

Silvia lässt sich Zeit und unterhält sich mit einer der Mums. Sie schleppt wieder mal mehr, als sie sollte, Vorräte und das Gepäck von Ropers Kindern. Der Größere steht schmollend neben ihr, der Kleinere schwirrt herum wie eine Mücke.

Schon macht der Maat die Leinen los. Gil schultert die Sporttasche und will rennen – er könnte es noch schaffen, den Anleger runter und mit einem Sprung aufs ablegende Schiff. Keine Zeit für Fragen. Eine Schiffsreise zurück aufs Festland. Hin zu Mrs Baxter und kein Fremder mehr sein.


Mrs Baxter besuchte ihn im Heim und brachte Gil einen Anzug und leihweise auch eine von Mr Baxters Krawatten für die Beerdigung. Sie setzten sich in den Besuchsraum.

Im Fernsehen lief ein Zeichentrickfilm. Mrs Baxter drehte den Ton runter, damit sie leise und ernst reden konnten. Über das, was passiert war und kommen würde, und dass es so das Beste sei und er immer zu ihr kommen könne.

Gil nippte an seinem Sprudel und stellte das Glas vorsichtig auf den Kaffeetisch.

Auf dem Tisch waren klebrige Ringe von anderen Gläsern. Einige überschnitten sich, einige nicht.


Gil sieht zu, wie das Versorgungsschiff außer Sicht fährt, und nimmt seine Tasche.

Er kann sich nicht dazu bringen, zurück zu Joss zu gehen, und so sucht er das Camp der Zanettis heim. Er findet einen schattigen Platz unter einem rostigen Außenborder und einem Rollwagen, schiebt die Sporttasche vor sich und legt sich daneben. Schmeckt den herbeiwehenden Steinstaub. Nach einer Weile kommen Ropers Kinder heraus. Sie sehen wie ihr Vater aus, stämmig, nach außen gedrehte Füße, fette Gesichter. Der Ältere wickelt sich in einen Sonnenschirm ein. Der Jüngere zieht sich die Badehose herunter und pinkelt, hockt sich dann hin und sieht zu, wie die Pisse im Boden versickert. Silvia kommt mit einer Strandtasche und zwei Keschern heraus. Sie legt dem Kleinen die Hand auf den Rücken und beugt sich zu ihm hinunter, um zu hören, was er sagt. Gil spürt Eifersucht in sich aufsteigen.

Sie bringt die beiden zum Küstenpfad, von da gehen sie allein weiter. Der Größere sticht mit der Stange seines Keschers in die Erde, der Kleinere schleppt die Strandtasche. Als sich der Kleinere umdreht, winkt Silvia ihm nach.

Silvia kommt heraus, um die Wäsche aufzuhängen, den Korb auf der Hüfte abgestützt. Als alles hängt, kommt sie an Gils Versteck vorbei und schwingt den Wäschekorb dabei hin und her.

»Spionierst du mir nach, Gil?«

»Nein.«

»Willst du eine Weile mit reinkommen?«

»Darf ich?

»Warum nicht? Ich bin allein. Magst du ein Eis?«

»Ja, und ein paar Blätter für Enkidu. Wo sind die Kinder hin?«

»Spielen, mit Mrs Nords Enkeln.«

»Bleiben sie hier?«

»Bis nach Ostern. Willst du uns die ganze Zeit über von hier aus beobachten?«

Gil guckt finster und kommt aus seinem Versteck hervorgekrochen.

Enkidu läuft durch die Küche, auf dem Rücken einen nassen Lappen, um ihn nach der Hitze in der Sporttasche wiederzubeleben. Gil sitzt am Tisch, isst sein Eis und dann ein Sandwich mit Fleisch, Käse und Tomaten.

»Es ist super, dass Mrs Nord sie nimmt«, sagt Silvia von der Spüle. »Sie hat mal in einem Heim für Schwererziehbare gearbeitet, da weiß sie, wie sie mit ihnen umgehen muss. Es sind echte kleine Scheißer.«

Gil zieht vorsichtig die Tomaten aus dem Sandwich und arrangiert sie ordentlich am Tellerrand.

»Der Kleine, Mikey, ist nicht so schlimm, solange er den Mund hält«, fährt Silvia fort. »Aber der Große, Paul, wird ein Arschloch wie sein Vater.«

Gil sagt nichts. Er sieht zu, wie Enkidu versucht, an einem Eimer voller tropfnasser Wäsche hochzuklettern. In der Ecke der Küche liegen drei Wäschehaufen. Unterhosen und Unterhemden, alles weiß. Daneben braunes Bettzeug. Und ein Haufen Cargo-Shorts. Enkidu arbeitet sich hindurch und verfängt sich in einem Büstenhalter.

Silvia lacht, wirft Gil einen Blick zu, ob er nicht mit einstimmt, und wird ernst. »Gil?«

Gil legt sein Sandwich ab und wischt sich über die Augen.

Sie gehen hinaus zur Grotte, weil Silvia da am besten nachdenken kann. Sie steckt ein paar Kerzen an, die Lippen konzentriert gespitzt, und setzt sich neben ihn.

»Warum willst du weg?«

»Ich gehöre nicht hierher.«

»Meinst du, das tut irgendwer von uns? Auf diesen Korallenhaufen mitten im Meer? Mit ein paar Hütten, Knochen und Stürmen? Es ist nicht für immer. Zum Ende der Saison bringt er dich zurück nach Gero.«

»Ich muss jetzt hin.«

»Wie? Niemand wird dich ohne Erlaubnis deines Großvaters von der Insel bringen.«

Gil spürt, wie sein Mut weiter sinkt, obwohl er das längst wusste.

»Komm schon, so schlimm ist er nicht. Schlägt er dich?«

»Nein.«

»Na, siehst du.«

Sie blicken beide aufs Meer hinaus.

»Es ist eben anders als die Zeit mit deiner Mum. Wart ihr nur zu zweit?«

»Ja.«

»Vermisst du sie?«

Gil kann nicht antworten.

»Ich habe was gefunden.« Silvia sucht auf dem unteren Regalbrett nach etwas. »Vielleicht solltest du es haben.«

Sie zieht ein Foto hervor und reicht es ihm. Gil nimmt es.

Mum. Vorm Camp der Fischer auf der Insel. Sie sieht sehr jung aus, dünn, mit einem kurzen Jungen-Haarschnitt, das Haar so rot wie seines. Er kennt seine Mum nur mit gefärbten Haaren – braun, schwarz –, rot war es nie. Sie steht zwischen zwei Männern. Sie sind sonnengebräunt, ohne Hemd, und haben beide einen Arm um sie gelegt. Links, das ist Dutch, hager, sehnig und wettergegerbt, selbst da schon. Vielleicht ist er ledig auf die Welt gekommen. Den anderen Mann auf dem Foto kennt Gil nicht. Er hat dunkle Haare und riesige Koteletten. Dutch sieht Mum mit einer hungrigen Freude im Gesicht an, als könnte er sie fressen. Der andere Mann blickt in die Kamera. Mum blinzelt zum Himmel hinauf. Sie hat ihren Mund komisch verzogen, als sagte sie gerade etwas. Gil dreht das Foto um.

*Ostern 1979. Dutch, Dawn Hurley, Bobby Knox.*

Silvia fragt Gil nach seinem Geburtsdatum.

»Dann bist du mit auf dem Foto«, sagt sie mit einem Lächeln. »In ihrem Bauch, unter den abgeschnittenen Jeans.«

Je mehr er herumläuft, umso schlechter fühlt er sich. Trotz der Brise vom Meer scheint die Luft um ihn herum zu stehen. Dabei tropft es unablässig in seinem Kopf. Da hat sich so viel Druck aufgebaut, dass sein Geist leckgeschlagen ist. Der Druck der Dinge, die er wissen sollte, der Dinge, die er halb weiß, und der Dinge, die er ganz und gar nicht wissen will.

Überall sind Leute. Drücken sich am Steg herum, versammeln sich vor den Camps und wandern die Uferwege entlang. Gil hört die Stimmen spielender Kinder. Auf dem steinigen Stück Strand tapsen Kleine mit Schwimmringen und Gummireifen herum. Ältere fahren in kleinen Booten. Mums sitzen da und halten Handtücher bereit.

Die Insel ist zu klein für all diese Leute.

Gil nimmt einen ruhigeren Weg. Beim Leuchtfeuer setzt er die Tasche ab. Wenn er eine Selbstgedrehte hätte, würde er sie jetzt rauchen und mit verengten Augen in den Wind blicken, die Arme vor der Brust verschränkt, wie Silvia.

Er holt das Foto von Mum hervor. Es flattert im Wind. Er hält es in die Höhe, so hoch, wie sein Arm reicht. Höher. Er hält es nur noch an der untersten Ecke. Er könnte loslassen. Vielleicht flöge es ins Meer. Oder würde von einem der stacheligen Büsche aufgespießt. Ein Seeadler könnte herabstoßen und es in seinem Schnabel davontragen. Dann würden sich Mum, Dutch und der verdammte Bobby Knox in ein Nest aus Schnur, Geäst und Lametta verwoben wiederfinden.

Er weiß, dass er es nie loslassen könnte.

Da reißt ihm eine plötzliche Bö das Foto aus der Hand.

Gil rennt hinterher, stolpert, rennt, während es über die Steine wirbelt und tanzt.

Beim Wasser holt er es ein. Das Foto landet umgedreht auf

einem nassen Stück Schiefer, und er hechtet darauf. Mit dem unteren Teil seines T-Shirts tupft er es trocken. Als er den Blick hebt, sieht er ein flaches Boot am Ende eines Stegs liegen.

Beide sehen alt und verlassen aus. Das Boot hat leichte Schlagseite, der Steg zerfällt. Gil, der Mutige, geht ihn hinunter und springt über die fehlenden Bohlen. Er sieht ins Boot. Überall sind Federn und Möwenscheiße. Gil zieht an der Leine, das Boot folgt ihm. Er bindet es näher an den Steg, stellt die Sporttasche und dann sich selbst hinein. Das Boot schaukelt und wippt, geht aber nicht unter. Der Sitz brennt heiß unter seinen nackten Schenkeln, die Farbe blättert ab. Wenigstens ist die Möwenscheiße angetrocknet. Er nimmt Enkidu aus der Sporttasche und lässt ihn durchs Boot laufen.

Ein Plan formt sich in seinem Kopf. Er vertraut ihn der Schildkröte an.

Der Oberkaufmann und der Skipper der *Batavia* haben eine epische Reise überlebt. Hunderte Meilen über das offene Meer. Er und Enkidu könnten Geraldton erreichen. Sie könnten Ruder finden, einen Außenborder klauen. Sich Karten und einen Kompass beschaffen. Konserven, Cracker, Saft einpacken, Sprit in einer Kanne. Auf eine ruhige See warten.

Sie könnten dem Boot einen Namen geben.

*Little May.*

*Bunyip.*

Er entscheidet sich für *The Sea Tortoise,* zu Ehren Enkidus. Enkidu wirkt wie immer wenig beeindruckt.

## KAPITEL 21

# 1629

Die *Batavia* ist wieder auf See. An manchen Tagen schneidet sie wunderbar durch Wind und Wellen, mit scharfem Kiel, der breite Bauch gut ausbalanciert, die Segel stramm gespannt, die Leinen summend. Sie könnten schneller fahren, erklärt Vasthouden Mayken, nur kann der Rest des Verbands nicht mit der *Batavia* mithalten. Das geht dem Skipper noch mehr gegen den Strich, als die Reise mit Pelsaert machen zu müssen. Er muss das schnelle Schiff verlangsamen, wo er doch mit voller Fahrt zu den Gewürzinseln fliegen könnte. Aber das ferne Leuchten der Hecklaterne eines weiteren Schiffs in der Dunkelheit ist manchem an Bord eine Beruhigung. Und so fliegt die Batavia verhalten dahin, nicht zu schnell, während die Menschen an Bord Pläne für die Zeit nach der Ankunft machen. An guten Tagen fühlen sie sich dem Ziel näher, an anderen, wenn der Wind sie im Stich lässt und das Meer ihnen ihr Fortkommen missgönnt, wenn das Schiff sich plagt und wiegt und die Stunden zäh dahinfließen, spüren sie die ganze Erschöpfung nach fünf Monaten auf See.

Wenn Leute den Verstand verlieren, dann jetzt, sagen die Seemänner. Jetzt, wo das Deck salzbleich ist und die tropische Hitze auf sie niederbrennt. Die Luft auf dem Kanonendeck ist ranzig und verdorben, das Orlopdeck eine glutheiße Hölle. Die Passagiere der ersten Klasse bekommen ihr Wasser durch Musselin gefiltert. Der Rest saugt es sich durch die Zähne.

Innerhalb weniger Tage sterben vier und werden dem Meer übergeben. Der fünfte, ein schlechtes Omen: Das Schiff schlingert, die Leiche fällt – und das Tuch reißt. Seemänner geben sich Zeichen und sehen zum Himmel hinauf.

Der Prädikant und die Barbiere sind bei allen Bestattungen anwesend. Mayken sieht vom Heckkastell herunter, ist mit den Gedanken jedoch woanders. Sie sucht nach Mustern in der Gischt, im Kräuseln des Wassers in einem Eimer oder merkwürdigen Pfützen auf Deck.

Sie hört die geflüsterten Gespräche der Passagiere und der Mannschaft, hört die unterdrückte Angst in ihren Stimmen. Die armen Seelen sind nicht an den gewohnten Heimsuchungen der Seereise gestorben. Es heißt, eine unbekannte Seuche habe sie hingerafft, und niemand hat so etwas schon erlebt.

Mayken kennt die Quelle dieser Seuche: Bullebak geht wieder um.

Mayken läuft über das glühende Deck und gleicht ihre Schritte der Bewegung des Schiffes an. Sie berührt die hölzernen, geschnitzten, glücksbringenden Köpfe, sonnenheiß, wie sie sind. Sie verlieren ihre Züge, so sehr nagen die Elemente an ihnen.

Pelgrom kann sie nicht trauen, also wird sie das Schiff auf eigene Faust durchsuchen, ihre Verkleidung tragen und sich den Bewegungen der Mannschaft anpassen. Sie wird ihre eigenen Wege finden, um dem Steinmetz zu entgehen, genau überlegen, wann sie über das Hauptdeck rennt und wann nicht. Sie braucht keine Hilfe, um Bullebak zu fangen. Nur vielleicht Smoert, der ihr zur Hand geht.

Im Gang vor ihrer Kabine hängt ein stickiger Geruch. Vor der Tür ist ein öliger Fußabdruck zu erkennen. Riesig, monströs, mit nur drei Zehen.

Voller Angst um Imke stürzt sie hinein.

Imke liegt zerzaust und in ein Laken verwickelt in ihrer Koje. Sie hat hohes Fieber. Ihr Fuß, der so ordentlich verbunden war, ragt bloß hervor. Der blutgetränkte Verband ist auf dem Boden gelandet, der Fuß abscheulich geschwollen, der Stummel ihres großen Zehs schimmert roh. Die Haut ist fast bis hinauf zum Knöchel leberfarben.

Mayken weicht kaum noch von Imkes Seite und hält nach Zeichen Ausschau, dass ihr Fieber zurückgeht oder sie ihren letzten Atemzug tut. War Bullebak wieder da? Der Barbier kommt jeden Tag. Aris spricht mit leiser, ernster Stimme mit Imke. Wenn er wieder geht, tut Imke so, als weinte sie nicht. Mayken weiß, dass sie ihrer Kinderfrau den Fuß abnehmen wollen, wenn sie das nächste Mal an Land gehen. Es soll einen längeren Aufenthalt geben, und sie werden die Kranken vom Schiff bringen, damit sie sich auf festem Grund erholen können.

Mayken könnte mit Aris über Bullebak reden.

Sie versucht, die Dinge in ihrem Kopf zu ordnen. Was hat sie gesehen? Davonrennende Ratten. Einen merkwürdigen Fußabdruck. Einen Aal an Imkes Hüfte. Was hat sie gefühlt? Angst, groß genug, um ihr den Atem zu nehmen.

Aris hat keine Zeit, sich solche Geschichten anzuhören, und noch weniger, sie zu glauben. Also sagt Mayken nichts, sitzt bei der alten Frau.

Freudenschreie gellen durchs Schiff. Das kann nur heißen, dass Land in Sicht ist.

Imke erwacht aus ihrem Dämmerschlaf. »Geh und sieh, wo wir sind auf der Welt.«

»Ich will dich nicht allein lassen.«

»Ich bin sicher noch hier, wenn du zurückkommst.« Imke lächelt.

Mayken mag ihr Lächeln überhaupt nicht. Es ist das Lächeln der heiligen Mutter Maria in Imkes Kirche. Es ist das Lächeln von jemandem mit höheren, jenseitigen Dingen im Kopf. Wie dem Himmel und dem Tod.

Mayken drängt aufs übervolle Deck. Sie wird sich schnell umsehen und zurück zu Imke rennen. Das ganze Schiff feiert. Mayken sieht staunend, dass der Skipper und der Oberkaufmann gemeinsam auf dem Poopdeck stehen, wenn auch jeweils ganz an der Seite, Skipper Jacobsz fest auf seinen kräftigen Beinen, ein wölfisches Lächeln auf dem von Wein und Gesundheit geröteten Gesicht, Oberkaufmann Pelsaert staksig, kränklich, blass und ganz offenbar erleichtert. Seine rote Jacke hängt schlaff an ihm herunter. Unterkaufmann Cornelisz schlittert zwischen den beiden hin und her und lächelt jeden und niemanden an.

Diesmal ist das Land kein ferner Fleck, sondern ragt majestätisch aus dem sich klärenden Nebel über dem Wasser. Ein großer Berg, wie ein Stück unter dem Gipfel abgeschnitten, ein abgeflachter Gewürzkegel. So schön im Morgenlicht, dass selbst hartgesottenen Seemännern Tränen in die Augen treten.

So sehr Mayken auch bittet und fleht, sie darf Imke nicht an Land begleiten. Schlimm genug, dass das Kind so lange mit ihrer kranken Bediensteten in ihrer Kabine eingepfercht war. Pelsaert schickt Mayken die Nachricht, dass er dafür verantwortlich ist, die Tochter Antony van der Heuvels lebend bei ihrem Vater abzuliefern.

Mayken hilft, es Imke so angenehm wie nur möglich zu machen. Die alte Frau ist in Decken gewickelt und auf eine Planke gebunden, die in die wartende Jolle hinabgelassen wird.

»Ich musste meinen Hintern selbst auf dieses Schiff hieven«, flüstert Imke. »Und jetzt sieh, ich verlasse es wie eine Königin.«

Mayken kann Imke nicht die Hand halten, die fest unter den Decken steckt, und so kann sie ihr nur den eng verpackten Körper tätscheln. Sie sieht Imke an, ihr liebes, altes, hageres Gesicht.

»Bitte, komm zurück.«

Imke lächelt ihr jenseitiges Lächeln. »Creesje Jansdochter wird nach dir sehen. Es ist alles geregelt.«

»Ich will die verdammte Creesje nicht!«

Aris legt Mayken eine Hand auf die Schulter.

Mayken beugt sich vor, um Imke einen Kuss zu geben. Sie schließt die Augen, und zwei stille Tränen fallen auf das Gesicht ihrer Kinderfrau. »Na, na«, sagt Imke. Jetzt nicht weinen.

»Du hast Äpfel geschält, und dabei ist dir das Messer abgerutscht«, sagt Mayken. »Und deine Finger sind im Kuchen mitgebacken worden.«

»Du musst weiterraten.«


Der Verband liegt im Hafen vor Anker. Die Mannschaften dürfen sich nicht zwischen den Schiffen hin- und herbewegen, aber ein paar Stunden, nachdem der Oberkaufmann an Land gegangen ist, macht sich eine weitere Gruppe auf. Skipper Jacobsz, Zwaantie und Unterkaufmann Cornelisz lassen ein Boot zu Wasser. Der Skipper gibt den Befehl, dass es von vier Männern gerudert wird. Er verlangt Proviant. Pelgrom bringt Körbe mit Essen und Wein, und sie werden ins Boot heruntergelassen, das sich anschließend schaukelnd entfernt. Nach einer Weile steht der Skipper auf, das Boot gerät kurz in Schräglage, und Zwaanties Schrei gellt übers Wasser.

Die Leute an Deck sehen zu, wie sich Jacobsz zu ihr setzt.


Da ihre Bedienstete anderswo verpflichtet ist, hat Creesje in ihrer Kabine Platz für eine neue Begleiterin. Maykens Truhe wird nach nebenan gebracht. Creesjes Kabine ist genau wie Maykens und Imkes, nur riecht sie viel besser, und es wurden einige Anstrengungen unternommen, sie wohnlicher zu machen. Auf dem Boden liegt ein Teppich, und an der Wand hängen Bilder von ländlichen Szenen und Früchten. Diesmal kommt Mayken in die untere Koje, und Creesje besteht darauf, sie zu beziehen. Mayken sieht aus der Ecke zu, und das Herz tut ihr weh. Creesje klopft auf das fertig bezogene Bett. »Komm, setz dich zu mir.«

Mayken gehorcht.

Creesjes Stimme ist sanft, ihre Augen sind klar. »Aris wird sich um Imke kümmern. Und bis sie wieder da ist, kümmere ich mich um dich.«

»Um mich muss sich keiner kümmern.«

»Freundinnen kümmern sich umeinander.

Mayken überlegt. »Dann kümmere ich mich auch um dich.«

Creesje lächelt. »Du erkundest gern alles, das habe ich als Kind auch getan. Aber sei vorsichtig, Mayken. Dieses Schiff wird mit jedem Tag gefährlicher.«

Mayken hört einen Unterton in ihrer Stimme, aber Creesjes Miene ist ruhig und gelassen.

Creesje tätschelt ihre Hand. »Und machen wir dich jetzt einmal sauber?«

Creesje geht mit sanfter Geduld vor. Sie ist nicht so grob wie Zwaantie, nicht so gemein mit dem Kamm und so derb beim Waschen. Das dringlichste Problem sind Maykens um sich greifende Kopfläuse. Lebte sie vor dem Mast, würde ihr der Kopf geschoren, und die Haare gingen über Bord. Es gibt einige kleine Mädchen auf dem Kanonendeck, deren stoppelige kleine Köpfe davon Zeugnis geben. Aber angesichts ihrer Stellung behält Mayken ihre Haare.

Creesje begießt ihren Kopf sorgfältig mit Tinkturen und spürt die lästigen Passagiere mit einem feinen Kamm auf. Anschließend gibt es eine gründliche Wäsche, wozu Wasser in die Kabine gebracht wird. Creesje sieht Vasthoudens Hexenstein, den Mayken an einem groben Lederriemen um den Hals trägt.

»Der ist für Prophezeiungen«, erklärt sie.

Creesje sagt: »Ich hätte eine Goldkette, wenn du möchtest.«

Mayken zögert.

Creesje gibt ihr einen Kuss. »Du kannst sie unter dein Mieder stecken.«

Irgendwann in der Nacht wacht Mayken auf. Während Creesje schläft, schleicht sie hinaus auf den Gang und öffnet die Tür zum Deck. Sie blickt in die Takelage und hofft, Vasthouden zu sehen, doch dann erinnert sie sich, dass Pelsaert ihn sich als Ruderer ausgesucht hat. Der Himmel ist ein einziges Sternenmeer, und der oben so flache Berg reckt seine harte Silhouette vor den Glitzerteppich. Eine Gruppe Seemänner blickt über die Reling zu etwas hinaus, das sich ihnen nähert. Mayken tritt weiter vor, neugierig, was es ist, und sieht, wie sich eine Laterne auf das Schiff zubewegt. Sie hört das Platschen von Rudern und einen dumpfen Schlag gegen den Rumpf der *Batavia*. Dann klingt Zwaanties dunkles Lachen durch die Stille, gefolgt vom lallenden Knurren des Skippers.

Mayken läuft zurück in ihre Kabine. Sie verspürt keinerlei Wunsch, sich beim grimmigen Jacobsz Ärger einzuhandeln.

Als sie aufwacht, sieht sich Mayken verwirrt um. Da ist keine laut schnarchende Imke, nur Creesje im Hemd, die in Maykens Truhe nach frischen Sachen sucht, aber nichts Geeignetes oder Sauberes findet. Creesje wird sich daranmachen, ihrem Mündel neue Tageskleider zu nähen und Maykens Wäsche der Frau eines Soldaten zu schicken, die sich mit dem Waschen solcher Kleider auskennt.

Mayken schlüpft nach draußen, um allein zu sein und an Imke zu denken.

Aber an diesem Morgen gibt es keine Ruhe. Auf dem Schiff geht es drunter und drüber. Es gibt viel zu tun, um die *Batavia* auf den letzten Teil ihrer Reise vorzubereiten. Kalfaterer sind damit beschäftigt, Lecks abzudichten. Schreiner und Segelmacher haben das Ihre zu tun. Es riecht nach frisch gehobeltem Holz und muffigem Tuch. Die Decks werden mit flachen, breiten Steinen abgeschrubbt, »Bibeln« nennen die Seemänner sie. Auf den unteren Decks werden reinigende Kräuter verbrannt. Die Ratten, die die letzte Jagd überlebt haben, werden von einem Ende des Schiffes zum anderen getrieben. Die Kinder der Unterwelt machen mit und schreien vor Entzücken. Da sich das heftige Auf und Ab des Schiffes in der geschützten Bucht auf ein angenehmes Wiegen reduziert hat, lässt sich alles viel leichter erledigen. Niemand kommt zu Tode. Den Soldaten ist pro Tag eine zusätzliche Stunde an Deck erlaubt, und da der Steinmetz mit den Oberen, mit Schreibern und Kadetten in der Jolle hinüber an Land ist, herrscht geradezu ausgelassene Stimmung. Pelgrom ist ebenfalls weg, irgendwie hat er es geschafft, mit auf die Jolle zu kommen. Mayken kann nicht glauben, wie ungerecht das alles ist. Ein Steward darf an Land, um seine Kratzfüße zu machen, und ihr wird das Recht verweigert, sich um die arme, kranke Imke zu kümmern!

Alle wohlhabenden Passagiere sind an Bord geblieben. Der Prädikant hält täglich Predigten und bedenkt sie mit erbaulichen Reden. Die Passagiere sind so untätig, wie die Mannschaft emsig ist. Aber alle sind guter Laune. Da Skipper Jacobsz keinerlei Wunsch zu haben scheint, seine Kabine zu verlassen, hält Unterkaufmann Jeronimus Cornelisz eine Art Ordnung aufrecht. Meist findet er sich auf dem Poopdeck und liest in einem Buch, ein Glas Wein neben sich. Hin und wieder besuchen ihn die jungen an Bord verbliebenen Kadetten. Sie versammeln sich um ihn und protzen mit ihren Schwertern. Derbes Gelächter ist zu hören. Cornelisz ist der Anführer einer Gänsehorde mit Federhüten.

Jeden Tag werden Regeln aufgehoben und Unterscheidungen verwischt. Die Leute gehen frei von Maßregelungen ihren Beschäftigungen nach.

Es gibt keine bessere Gelegenheit für Mayken, erneut in die Unterwelt hinabzusteigen.

Mit ihrem Bündel unter dem Arm schleicht sie sich zum Schweinepferch. Schnell wechselt sie in ihre Hose und setzt die Mütze auf. Mit einem Gebet gegen den Gestank der Schweinescheiße versteckt sie ihr Kleid, nimmt ihren Krug und steigt hinunter aufs Kanonendeck.

Es sind weniger Leute da, aber die sind umso geschäftiger. Mayken geht geradewegs zur Kombüse. Die Tür steht offen. Der Koch sitzt schlafend auf einem Schemel, den Kopf gegen einen Sack Mehl gelehnt. Ein verdreckter Smoert schrubbt Ruß von der Feuerstelle. Er sieht sie und lächelt.

»Wonach suchen wir noch mal?«

Mayken überlegt. Wenn er Angst bekommt, hilft er ihr vielleicht nicht, und ein zweites Paar Hände könnte schon nützlich dabei sein, ein uraltes gestaltwandlerisches Ungeheuer in einen Steinkrug zu sperren.

»Nach einem aalartigen Viech«, antwortet Mayken.

Smoert erschaudert. »Wenn's etwas gibt, was ich nicht mag, dann sind es Aale.«

»Immer noch besser als Ratten.«

»Ich würde eine Ratte immer einem Aal vorziehen.«

Sie klettern hinunter aufs Orlopdeck, Mayken zuerst, Smoert

folgt ihr. Die Tiere stehen tief im Stroh, aber alles ist sauberer. Smoert streckt eine Hand aus und lässt sanfte, freundliche Töne hören. Eine Kuh kommt heran. Smoert tätschelt ihr die Backe und reibt ihr die Nase.

»Wir hatten auch Kühe«, sagt er.

»Deine Familie?«

»Nein, im Dorf. Meine Familie hatte keinen Topf zum Reinpinkeln.«

»Haben sie dich auf See geschickt?«

»Nein, ich mich selbst.« Smoert lächelt ein wenig bitter. »Schien mir eine gute Idee. Aber ich vermisse die Kühe und die Pferde.«

»Wirst du immer ein Küchenjunge bleiben?«

Smoert sieht sie an. »Darüber habe ich noch nie nachgedacht. Ich hoffe, verdammt noch mal nicht.«

»Du kannst kommen und bei mir und Imke in Batavia wohnen. Mein Vater hat Hengste. Ob auch Kühe, weiß ich nicht.«

»Was soll ich da machen?«

»Du könntest dich um die Tiere kümmern. Würde dir das gefallen?«

Die Kuh zuckt mit den Ohren und sieht Smoert an, als wartete auch sie auf eine Antwort. Smoert blickt schüchtern zu Mayken und nickt.

Die Soldaten lassen es sich fast alle auf dem Kanonendeck gut gehen, nur ein paar sind noch unten. Mayken nimmt die Laterne und beugt sich zur Luke hinunter in den Laderaum. Sie ist verschlossen. Entmutigt sieht sie Smoert an. »Wie kommen wir jetzt da runter?«

Smoert zuckt mit den Schultern. »Mit einem Schlüssel.«

Natürlich hatte Pelgrom einen. Mayken zieht die Stirn kraus. Wer könnte sonst noch einen haben? »Hat der Koch keinen?«

»Dem fetten Dreckskerl würden sie keinen geben. Der Provost vielleicht. Oder der Unterkaufmann?«

Mayken beißt sich auf die Lippe. Unmöglich, dass der ihr einen Schlüssel gibt! Vielleicht könnte sie sich ihn irgendwie schnappen? Aber dafür würde sie wahrscheinlich gehängt. Sie stellt den Krug und die Tüte mit den Speckschwarten ab, die Smoert zu ihrer Unternehmung beigetragen hat.

»Warten wir einfach ein bisschen«, sagt sie. »Vielleicht kommt das Biest ja her zu uns.«

Smoert wirkt besorgt. »Ein Aal, sagst du?«

»Keine Angst. Wir haben den Krug. Er wird auch gleich reinschlüpfen.«

Smoert scheint skeptisch. »Ein kleiner Aal, oder?«

»Willst du mehr über die Hengste erfahren?«

Und Mayken beschreibt die herrlichen Pferde und die roten und weißen Rosen um den Eingang zum schönen Haus ihres Vaters. Für Smoert fügt sie noch eine grüne Weide voller glücklicher Kühe hinzu. Sie hat sogar Namen für sie. Smoert lächelt in der stickigen Düsternis. Er fängt an, das saubere Heu zu riechen, die frische Luft, und spürt die Sonne auf seinem armen, vernarbten Gesicht, da ist Mayken sicher.

Nach einer Weile sitzen sie einfach schweigend da. Es tut sich nichts. Smoert knibbelt an seinen verschorften Stellen, und Mayken wird die Warterei leid. Bullebak kann nicht in der Nähe sein, sie verspürt keinerlei Angst. Nur Langeweile und schleichenden Hunger.

»Wir müssen das anders anpacken, Smoert.«

»Gut.«

»Wir bitten John Pinten um Rat.«

Smoert reibt sich die Nase. »Wenn du da hinten bis ans stinkende Ende willst, bleib ich mit dem Krug hier.«

»Du hast Angst vorm Dunkeln, oder?«

Smoert guckt verlegen drein. Die großen Augen in seinem verschmierten Gesicht ohne Brauen, darüber die Haarbüschel.

»Bleib beim Krug«, sagt Mayken sanft. »Ich gehe allein.«

Mayken läuft das Orlopdeck hinunter. Es stinkt nicht mehr so höllisch, aber es ist dunkler, da die meisten Laternen aus sind.

Am Ende des Decks ruft sie nach ihm: »John Pinten!«

Nichts. Vielleicht war er auch in der Jolle. Ein paar Soldaten haben den Oberkaufmann begleitet.

»John Pinten, sind Sie hier?«

Ein Glimmen, und eine Laterne wird entzündet.

»Was verschafft mir heute das Vergnügen deines Besuches?«

John Pinten hört sich Maykens Problem an. Die Jagd auf Bullebak, die von einer verschlossenen Luke vereitelt wird.

»Hast du den Krug und die Speckschwarten?«

Mayken nickt. »Smoert liegt damit auf der Lauer.«

»Smoert?«

»Der Küchenjunge.«

»Natürlich.« Der Soldat lächelt. »Ich glaube, es ist an der Zeit, dass du deine Suche aufgibst, Obbe. Das Wesen ist nicht mehr im Laderaum. Es hat das Schiff verlassen.«

»Woher wissen Sie das?«

»Ich habe es in letzter Zeit nicht mehr gehört.« John Pinten rutscht auf seinem Ellbogen vor und greift nach seinem Krug. »Ich nehme an, es ist an Land gegangen. Wer würde das nicht, wenn er irgendwie die Möglichkeit dazu hat?«

Mayken sieht den Soldaten eindringlich an. »Sagen Sie die Wahrheit?«

»Natürlich.« John Pinten lächelt, die Augen weit im Halbdunkel seiner Laterne.

»Wenn Sie es wieder hören ...«

»Sag ich ihm, es soll zu dir und deinem Küchenjungen kommen.«

Mayken kehrt zu Smoert zurück.

»John Pinten denkt, es ist an Land.«

»Wir könnten herumfragen«, sagt Smoert. »Vielleicht hat es jemand gesehen.«

»Was, wenn ich dich in Schwierigkeiten bringe? Ich sollte nicht hier unten sein.«

Smoert zuckt mit den Schultern »Ich bin immer in Schwierigkeiten. Das ändert nichts.«

»Also gut. Aber wenn wir erwischt werden, nehme ich die Schuld auf mich.« Mayken klopft ihm auf den Arm.

Smoert wird rot und sieht auf seine Knie.


Die Befragung beginnt.

Smoert stellt den möglichen Zeugen die erste Frage: »Haben Sie etwas von einem aalartigen Wesen gesehen oder gehört?«

Und Mayken fügt hinzu: »Es hinterlässt Fußspuren.« Sie demonstriert die Größe mit den Händen. »Und sein Biss ist giftig.«

»Es stinkt wie Bilgewasser«, sagt Smoert.

»Ändert die Größe und …«

Smoert stößt sie an. »Weiter.«

»Versteckt sich in Pfützen und Dingen.«

Die Soldaten verfluchen die Kinder oder lachen, als wäre es ein Spiel. Aber weder von den einen noch von den anderen bekommen sie eine vernünftige Antwort. Bei den Seemännern ist es anders. Sie hören ernst zu, und manchmal stellen sie selbst Fragen.

Einer hat einen toten Aal in einem Essigfass gesehen. Aber vielleicht war er ja auch nicht tot, weil du weißt ja, wie Aale sind.

Die Frau eines Kanoniers hat was Unnatürliches durch eine Geschützklappe gucken sehen.

Ein Schreiner hat eines späten Nachmittags beim Reparieren einer Rahe eine komische Gestalt beobachtet. Geduckt ist sie übers Deck unter ihm gehuscht. Vielleicht war es aber auch der Schatten des Ersten Maats.

Bald schon wird Bullebak die Schuld an allen möglichen

Unfällen und Ärgernissen gegeben. An verlegten Werkzeugen, gerissenen Tauen, zerbrochenen Tellern. Bisse werden vorgezeigt. Ein alter Seemann hat einen vergifteten Zeh, der ganz ähnlich wie Imkes Zeh aussieht.

Aber dann muss Smoert zurück in die Kombüse, denn wenn der Koch aufwacht und er ist nicht da, bricht die Hölle los. Und Mayken muss zurück nach oben und in ihr Schweinescheiße-Kleid wechseln.

»Kommst du morgen wieder?«, drängt Smoert. »Dann können wir weitersuchen.«


Nach und nach entwickeln Mayken und Smoert ein Bild von den merkwürdigen Geschehnissen, die sich fast täglich an Bord ereignen. Die Leute fangen an, die beiden heranzuwinken, wenn sie mit ihrem Krug und der Tüte Speckschwarten über die Decks streifen.

Ein Fußabdruck an der Decke, zählt das?

Nebel vom Meer, der mit einem Murmeln durch die Kabine weht, zählt der auch?

Obbe ist bald schon genauso Teil der Unterwelt wie Mayken Teil der oberen.

Während ihrer großen Bullebak-Jagd lernt Obbe viel über das Leben vor dem Mast. Und er ist verantwortlich für eine Reihe freundlicher Gesten.

Obbe legt der Frau eines Kanoniers, die einem verlorenen Schneidezahn nachtrauert, ein schönes Band hin. Obbe findet für die Frau eines Soldaten, die geschwollene Füße hat, ein Paar Holzschuhe. Obbe bringt einem mutlosen Seemann einige eingelegte Pflaumen.

Obbe kennt die Leute jetzt, und die Leute kennen Obbe.

Manchmal sagen sie Obbes Namen mit einem Zwinkern oder einem schelmischen Blick.

»Sie wissen, wer ich wirklich bin«, flüstert Mayken Smoert zu.

»Sie werden dich nicht verraten«, flüstert Smoert zurück.

Mayken beginnt zu begreifen, dass die Kluft zwischen der Ober- und der Unterwelt so groß ist, dass ihr Geheimnis vielleicht nicht bis hinter den Mast dringt. Während sie die Menschen im Bauch des Schiffes immer mehr ins Herz schließt, tun sie es umgekehrt mit ihr. Sie halten nach dem kleinen grauäugigen Mädchen mit der grob zusammengenähten Hose und der Schiffsjungen-Mütze Ausschau, mit ihrem Krug und der Tüte Speckschwarten.

Die Jolle kehrt mit den ersten Ergebnissen der Verhandlungen des Oberkaufmanns zurück: mit Essensvorräten, verschiedenen Gütern und Fässern mit frischem Wasser. Pelsaert selbst wird auch bald folgen, so wie die restlichen Leute, die an Land waren. Währenddessen bereitet sich der Verband darauf vor, den letzten Teil der Reise nach Batavia anzutreten.

Creesje werden merkwürdige flaumige Früchte geschenkt, die sie mit Mayken teilt. Sie schmecken gut und süß, aber hinterher können sich beide nicht an den Geschmack erinnern. Creesje ist nett und fragt nie, wohin Mayken immer wieder verschwindet. Solange sie sich dem regelmäßigen Bürsten der Haare und Waschen des Gesichts ergibt, scheint sie glücklich. Falls Creesje die Schweinescheiße in Maykens Kleidern riecht, sagt sie nichts. Den Hexenstein trägt Mayken um den Hals, was immer sie anhat.

Mayken lehnt sich über die Reling. Creesje steht neben ihr. Da endlich kommt das Boot mit den Kranken. Mayken kann Aris im Bug erkennen. Als sich das Boot nähert, sieht sie nach den Passagieren. Einige sind eingewickelt und auf Planken gebunden, damit sie an Bord gehievt werden können. Andere scheinen schwach, halten sich aber aufrecht, können allein sitzen und sich normal hoch aufs Schiff ziehen lassen.

Mayken redet von den Geschichten, die sie Imke erzählen wird, und was für neue Spiele sie erfinden werden. Creesje scheint trauriger denn je und legt ihr liebevoll eine Hand auf den Arm, aber Mayken kann nicht aufhören. Als auch die Letzten hoch auf die *Batavia* kommen, verstummt sie schließlich.

## KAPITEL 22

# 1989

Es gibt keine ruhige Ecke mehr auf der Insel. Die Kinderschreie und das Brüllen der Mütter übertönen sogar noch das Zetern der Seevögel. Kinder treiben in Gummibooten übers Wasser, tapsen am Ufer entlang und pinkeln ins Meer. Sie streifen über die Wege, werfen mit Steinen nach den Horsten der Seeadler und jagen Schlangen. In allen Camps herrscht Chaos. Frauen sitzen rauchend in Liegestühlen, schrubben Babys in Eimern, und von morgens bis abends kommen Besucher. Die Fischer sind erleichtert, wenn sie hinausfahren können. Gil sieht es ihnen an. Im Morgengrauen, wenn die Insel wunderbar still ist, das rosige Licht die Steine schimmern lässt und das Meer in Flammen setzt, gehen sie an Bord ihrer Boote.

An einigen Morgen, auch an diesem, bittet Dutch Gil, ihm dabei zu helfen, Ausrüstung aufs Boot zu tragen. Joss ist längst unten, sein Bett ordentlich gemacht. Gil fragt sich, warum sein Großvater nicht einfach auf dem Boot schläft, aber vielleicht tut er es ja. Heute muss Gil die Kühlbox tragen. Sie ist schwer, denn drin ist die Verpflegung für einen ganzen Tag. Die Arbeit eines Fischers ist anstrengend, und er muss gut essen. Gil braucht beide Hände. Zwischendurch stellt er die Box ab und atmet einmal tief durch. Dutch übernimmt dann gewöhnlich das letzte Stück bis zum Boot.

Selbst so früh am Morgen ist Dutch gesprächig. Er erzählt eine lahme Geschichte von einer jungen Robbe, die immer ein Außenseiter war, am Ende aber von den anderen in die Gruppe aufgenommen wird, oder von der Seeadler-Mum, die auf tragische Weise zu Tode kommt und ihr Küken zurücklässt, das es dann aber trotzdem schafft. Gil sollte ihm sagen, dass es in der Natur so nicht läuft. Die Schwachen und die Jungen haben keine Chance.

Dutch sieht ihn an. »Gil?«

»Ja?«

»Ich habe gefragt, ob du heute was vorhast?«

*Einen Außenborder stehlen, einen Kompass suchen, ein Fluchtboot fertig machen.*

»Nicht wirklich.«

»Sind da jetzt nicht ein paar Kinder zum Spielen?«

»Ich bin am liebsten mit Enkidu zusammen.«

»Mach was aus deiner Zeit hier, Gil.«

»Ich lerne die Geschichte der Insel.«

»Guter Junge. Geschichte gibt es genug.« Dutch zögert. »Lass aber die finsteren Seiten ruhen. Die Sache mit der *Batavia* ist eigentlich nichts für Kinder.«

»Aber da waren Kinder dabei, oder? Auf dem Schiff? Kinder, die umgekommen sind?«

Dutch öffnet den Mund und macht ihn wieder zu. Sieht aufs Meer hinaus. Und fängt wieder von der Seeadler-Mum an.

Joss ist an Bord der *Ramona*, räumt auf und um. Er ignoriert die beiden. Dutch geht an Bord, und Gil reicht ihm die Kühlbox. Dutch blickt den Anleger entlang und verzieht das Gesicht.

Gil dreht sich um und sieht Roper näher kommen. Er platzt offenbar geradezu vor Streitsucht. Sein Gesicht leuchtet rot im Morgenlicht. Hinter ihm sind Frank und Cherry, beide gleichauf. Frank hat sich die Baseballkappe tief in die Stirn gezogen, der untere Teil seines Gesichts zeugt nicht von guter Laune. Cherry scheint sich bestens zu amüsieren und hält den Blick erwartungsvoll auf Roper gerichtet, als wäre er der Star der Aufführung.

»Du hast uns unseren Deckie geklaut, alter Mann«, sagt Roper.

Joss inspiziert den Inhalt eines Eimers.

»Hörst du mich?«

»Ach, komm schon. Ich hatte bei deinem Vater längst aufgehört, Roper«, sagt Dutch.

Roper sieht ihn an. »Halt dich da verfickt noch mal raus!« Papa Zanetti stößt seinen Sohn an. »Das ist noch nicht gegessen, Hurley«, sagt Roper.

Joss murmelt etwas in den Eimer, und Roper explodiert. Er steht halb im Boot und brüllt. Papa Zanetti streckt einen sehnigen Arm aus, zieht ihn zurück und sagt seinem Sohn etwas ins Ohr. Roper sackt in sich zusammen, schüttelt den Kopf und wischt sich über die Nase.

»Fahr morgen früher raus«, sagt Frank zu Joss.

Joss richtet sich auf und dreht sich zu ihm um. »Ich fahre verdammt noch mal raus, wann immer ich will.«

Ein Knurren von Roper. Frank zieht seinen Sohn den Anleger hinunter. Cherry folgt ihnen mit einem Grienen.

Die Fischer fahren los. Frank und Cherry sind die Ersten, die *Sherri Blue* ist das größte und neueste Boot auf der Insel. Roper folgt ihnen allein auf der *Waygood*. Schließlich bricht auch die *Ramona* auf und dotzt über die Wellen auf den Horizont zu. Joss steht am Steuer, Dutch ist mit den Leinen beschäftigt. Gil sieht ihnen eine Weile nach, dreht sich dann um und geht zurück an Land.

Birgit steht vor der Hütte der Wissenschaftler. Sie lächelt ihm zu und hebt fragend eine imaginäre Tasse an den Mund.

»Ich höre, du hast eine Schildkröte?«

Gil inspiziert seinen Kaffee. Er ist nicht so milchig wie das letzte Mal. »Sie heißt Enkidu.«

»Echt?« Birgit lacht und löst das Rätsel. »Dann bist du Gilgamesch?«

»Nein, ich bin Gil.«

»Das ist eine tolle Geschichte. Mut und Abenteuer …«

»Mir gefällt die von der *Batavia* besser.«

»Nun, das war schon ein Abenteuer, mit einem Holzschiff um die halbe Welt zu segeln. Und Mut, ziemlich großen sogar, hatten auch die Überlebenden, die sich Jeronimus Cornelisz widersetzt haben. Angeführt von Wiebbe Hayes haben die Soldaten zurückgeschlagen, die zum Sterben auf eine andere Insel geschafft worden waren.«

»Ich dachte, Jeronimus hatte alle Waffen?«

»Sie haben benutzt, was immer sie finden konnten. Angespitzte Stöcke, Steine.«

Gil sieht zu den Kisten im Regal hinüber. Es scheint etliche neue Fundstücke zu geben.

»Ich würde gern wissen, wo du die Elfenbein-Bobine gefunden hast, Gil. Würdest du es mir zeigen?«

Gil zögert. »Oben im Camp.«

»Sollen wir einen kleinen Spaziergang machen?« Birgit lächelt. »Ich erzähle deinem Großvater nichts, wenn du es nicht tust.«

Gil führt Birgit zu der windigen Stelle zwischen dem Klo und Joss Hurleys Hütte. Es die Stelle, wo Dutch ihre Wäsche trocknet, heute flattert jedoch nichts im Wind, nur die leeren Leinen schlagen gegeneinander. Der Ort ist so gut wie jeder andere. Hat nicht schon mal einer Knochen unter seiner Wäscheleine gefunden?

Birgit hockt sich hin und mustert die Erde. Sie hat nur eine

Kamera, ein Bündel Stöcke und einen Notizblock dabei, dazu noch ein paar Werkzeuge in einer Stofftasche und einen Windschutz. Gil hat ihr tragen geholfen.

»Seit wir hier sind, arbeiten die Fischer im Allgemeinen mit uns zusammen. Dein Großvater ist die Ausnahme.«

»Werden Sie ihm von der Bobine erzählen, die ich Ihnen gegeben habe?«

»Wir verschaffen uns heute mal einen kleinen Überblick.« Birgit sieht Gil an. »Wir lassen es langsam angehen, keine Sorge.«

Gil nickt.

»Wo hast du sie gefunden, Gil?«

»Wo der Stein da ist.«

»Wie tief war das?«

Gil zeigt es mit den Händen in der Luft, nicht tief, dann ist sie schneller fertig und geht wieder.

Brigit gräbt, den Hut gegen die Sonne in die Stirn gezogen, den Rücken gebeugt. Gil sieht ihr vom Küchenfenster aus zu. Er will, dass sie nichts findet. Dann fühlt er sich schlecht und denkt, sie soll etwas finden.

Zu Mittag kommt Birgit in die Küche. Sie holt ein paar Energieriegel und Zigaretten aus ihrem Rucksack und geht hinaus aufs Klo. Gil nimmt die Möglichkeit wahr und zieht drei Continentals aus dem Päckchen auf dem Tisch. Er überlegt, steckt zwei zurück, und dann kommt Birgit auch schon wieder. Er hört ihre Schritte und sieht ihren Umriss auf der Fliegentür. Gil wirft die Zigarette in eine Schublade.

Weil Birgit ein Gast ist, gehen sie nach hinten ins Wohnzimmer. Gil gibt Dosenfleisch auf Cracker und einen Klecks Tomatensoße obendrauf. Er kocht extrastarken Kaffee für sie beide und hofft, dass Birgit den Wink versteht. Birgit steckt sich eine Zigarette an, und das ganze Zimmer riecht nach dem glamourösen europäischen Tabak. Gil wird gut lüften müssen, bevor die anderen nach Hause kommen.

Er geht einen Aschenbecher holen. Als er zurückkommt, liest Birgit im Bunyip-Buch. Sie winkt damit in Gils Richtung. »Das ist hinter dem Schrank hervorgerutscht.«

Gil stellt fest, dass er nicht überrascht ist. »Das hat meiner Mum gehört.«

Birgit raucht und liest. Gil schiebt einen Teller mit Crackern näher zu ihr hin, sie hebt den Blick und lächelt, nimmt aber keinen.

»Nun, das nimmt kein schönes Ende.« Sie legt das Buch zur Seite und nimmt einen Schluck Kaffee. »Ich hatte die Bunyip-Geschichte ganz vergessen. Weißt du, woher sie stammt?«

Gil schüttelt den Kopf.

»Bei den Leuten in Moorundie, am Murray River, gab es früh schon Berichte über ein fürchterliches Wasserwesen, wobei es Bunyip-Geschichten überall im Land gibt. Sie variieren, was auch daran liegen mag, dass da weiße Forscher von den Ureinwohnern verlangt haben, Dinge in Worte zu fassen, die so furchterregend waren, dass sie sich nicht beschreiben ließen.«

Gil zieht die Stirn kraus. Er kommt nicht ganz mit.

»Wie beschreibt man Angst, Gil? Das ist Bunyip: der Versuch, seiner Angst eine Form zu geben.«

Gil denkt darüber nach.

»Jede Angst ist anders«, fährt Birgit fort. »Also sehen auch die Bunyips nicht alle gleich aus. Aber alle fressen Langusten, Frauen und Kinder. Das scheinen sie gemeinsam zu haben.«

»Es sind einfach nur Warnungen für Kinder. Spiel nicht nahe am Wasser und sprich nicht mit Fremden.«

»Das Leben ist gefährlich. Hüte dich vor Bunyips.« Sie lächelt und trinkt ihren Kaffee aus. »Komm und sieh dir an, was ich gemacht habe.«

Sie hat eine ziemliche Menge Korallenschutt beiseitegeschafft und einen flachen Graben ausgehoben.

»Keine Knochen, fürchte ich. Die sind nicht so leicht zu finden, wie Silvia denkt.«

Gil ist ein bisschen enttäuscht.

»Wenn sie unter dem Wasserspiegel begraben waren, dann könnten sie erodiert sein. Sickerwasser und raues Material wie Kies können Knochen komplett aufreiben.« Sie blickt zu Gil hoch. »Oder vielleicht wohnt da unten ja auch ein Bunyip, der alles frisst.«

Beide lachen, auch wenn es ein lahmer Witz ist.

»Und Generationen von Nistvögeln haben die Erde aufgewühlt. Nichts bleibt, wo es ist, nicht mal die Toten.«

»Es ist sehr traurig, dass hier so viele Menschen gestorben sind«, sagt Gil, weil er das Gefühl hat, dass es irgendwie von ihm erwartet wird.

»Es ist mehr als traurig, eine Schande.«

Sie blicken in den flachen Graben. Gil hat das Gefühl, bei einer Art Beerdigung zu sein.

»Die größte Schande der Menschheit ist das Versagen der Starken, die Schwachen zu beschützen. Wir brauchen keine Ungeheuer, Gil, wir sind es selbst.«

Gil antwortet nicht. Er hat das Gefühl, dass Birgits Worte nicht für ihn gedacht sind. Vielleicht spricht sie zum Wind und zum Meer. Vielleicht auch zu einem lauschenden Bunyip.

Als Birgit weg ist, geht Gil zum Lumpenbaum. Die verwitterten Spielzeuge und Opfergaben sehen verloren aus. Ein Teddy hält ein Herz in der Hand, auf dem *Heirate mich!* steht. Ein Kreisel liegt auf der Seite, verrostet und zerfallen. Ein paar Buntstifte sind zu einem Klumpen verschmolzen.

Er hat überlegt, was er mitbringen könnte. Nicht das Bunyip-Buch, das selbst noch einem verdammten Geist Angst einjagen würde. Keines der Puzzles, da fehlt die Hälfte der Teile, und es kann niemand etwas damit anfangen. Also hat er nichts mit dabei.

»Tut mir leid«, sagt er.

Er setzt sich hin und sieht lange den im Wind flatternden Bändern zu.

## KAPITEL 23

# 1629

Die Welt ist so ungerecht.

Das Arschloch Pelgrom lebt. Der herumhurende Skipper lebt. Der schielende Kanonier, der seine Frau schlägt, lebt.

Aber Imke, die gute Imke, die lebt nicht mehr.

Mayken weint sich die Augen aus dem Kopf. Creesje streicht ihr über das nasse Haar, und Aris wird gerufen, um ihr ein beruhigendes Elixier zu geben.

Mayken weigert sich, es zu trinken. Sie will sich nicht beruhigen. Sie will das Schiff aufreißen, Niete um Niete, Bolzen um Bolzen, will mit den Zähnen den Teer aus den Ritzen graben, die Planken mit den Fingernägeln aus ihren Verankerungen brechen. Sie will schreiend aus den Wanten springen und die Segel zerfetzen.

Stattdessen schläft sie.

Sie ist zurück in ihrer alten Kabine. Die Flamme in der über ihr hängenden Laterne spuckt und verlischt. Finsternis! Mayken stolpert aus ihrer Koje. Sie tastet sich aus der Kabine und den Gang hinunter auf Deck.

Es ist niemand da, kein Seemann, kein Passagier, kein Steinmetz, kein Skipper. Die Segel hängen schlaff herunter, und der Mond ist ein großer, bleicher Käse. Das Meer ist ein Spiegel, der nichts reflektiert. Mayken bewegt sich über das mondbeschienene Deck und kommt am leeren Schweinepferch und den beiden Booten vorbei. Da ist die Luke zur Unterwelt. Sie will sie öffnen, doch ihre Hände sind voll. Eine Tüte mit Speckschwarten. Ein Bartmannskrug. Sie hört ein Geräusch, platschendes Wasser, und dreht sich um. Fußspuren erscheinen, eine nach der anderen, kommen über die Reling, das Deck, drei Zehen, der Gestank.

Sie wacht auf. Creesje sitzt bei ihr und betet.
»Er ist wieder da.«

Als alles getan ist, Vorräte und Güter verstaut sind, gibt Pelsaert den Befehl, die Segel zu setzen, und der Skipper gehorcht. Batavia ist das nächste Ziel.

Das Deck ist voll, als das Schiff die Tafelbucht verlässt. Die Leute werfen einen letzten Blick auf das feste Land, bevor sie in ihre Ecken vor und hinter dem Mast zurückkehren, zu den ihnen zugewiesenen Orten in der Ober- und der Unterwelt.

Die *Batavia* segelt los, und der Rest des Verbandes folgt ihr. Bald schon ist kein Land mehr zu sehen, keine freundliche Bucht, kein schöner Berg, nur noch die wechselnde Landschaft des offenen Meeres.

Erregung erfasst das Schiff, als bekannt wird, dass dem Skipper die Leviten gelesen worden sind. (Wer hätte gedacht, dass Pelsaert dazu fähig wäre?) Der Skipper hat, wie es scheint, Schande über sich, das Schiff, die Kompanie, seine Heimatstadt und die Mutter gebracht, die ihn geboren hat – und, ganz besonders, über den Oberkaufmann. Nicht nur, dass er (mit seiner Mätresse und dem Unterkaufmann im Schlepp) die vor Anker liegenden Schwesterschiffe der *Batavia* besucht hat, an Bord gegangen ist und die anderen Skipper betrunken gemacht hat, er hat sich auch mit ihnen angelegt und sie wüst beschimpft. Als Kommandant des Verbandes hat der Oberkaufmann wütende Beschwerdebriefe bekommen.

Steward Pelgrom, der Urheber des die Runde machenden Tratsches, hat das Ganze mitgehört. Der Oberkaufmann hat den Skipper gewarnt, er werde in Batavia wegen Unzucht und Trunkenheit angeklagt. Der Skipper hat versucht, das lachend abzutun, doch der Oberkaufmann ist wohl eisern geblieben, und die beiden Männer haben sich hasserfüllt getrennt.

Der Skipper behält seine Großspurigkeit bei, doch der Stachel, dass er sich Pelsaert unterzuordnen hat, sitzt tief. Aber so geht es in der Kompanie. Wird eine Fahrt aus wirtschaftlichem Interesse unternommen, dann hat der Mann, der sich um das Geld kümmert, die Befehlsgewalt über den, der die Gezeiten liest.

Die *Batavia* segelt dahin, und es wird Nacht. Als alle wissen, was geschehen ist, entstehen und wachsen Spannungen, es bilden sich Lager. Die Schreiber sind auf der Seite des Oberkaufmanns, die Seemänner auf der des Skippers. Die Frau des Oberkanoniers kann sich nicht entscheiden, doch da sie Zwaantie nicht mag, schlägt sie sich schließlich auf Pelsaerts Seite. Pelsaert wird, wie es scheint, wieder von seiner alten Krankheit eingeholt, schwitzt, deliriert und sitzt in seiner Kabine fest. Creesje, die dem Mann zugeneigt ist, besucht ihn dort und kehrt mit Tränen in den Augen zu Mayken zurück. Sie hat große Angst um ihn, sagt sie. Sein Geist ist stark, aber der Körper schwach, und er hat gefährliche Feinde. Creesje wird rot, als hätte sie zu viel gesagt, und Mayken tut so, als fiele es ihr nicht auf.

Viele werden mit den erneuten heftigen Bewegungen des Schiffs wieder krank, und der Seegang wird immer noch heftiger. Das Wetter verschlechtert sich. Die Wellen sind riesig, und der Sturm kreischt. Creesje lässt Mayken neben sich niederknien, und sie beten gemeinsam. Die Kabine wiegt sich mächtig hin und her, die Laterne schwingt wild über ihren Köpfen. Wie gebannt lauschen sie dem Heulen des Windes und dem Stöhnen des Schiffs, das sich die Kämme hinaufkämpft, um gleich wieder ins nächste Tal zu krachen.

Es ist zu gefährlich für die Seemänner, auf Deck zu gehen, um die Segel einzuholen. Alle Männer werden zu den Pumpen gerufen. Das Meer spült übers Deck und strömt in die Luken. Die Geschützklappen sind geschlossen, und das Kanonendeck liegt in Finsternis getaucht. Die Kombüse kann unter diesen Umständen nicht benutzt werden, und so gibt es kein warmes Essen, um den Seemännern die nötige Kraft und Ausdauer zu geben. Wenn sie überhaupt an etwas anderes als die eigene Situation denken können, dann an die anderen Schiffe draußen auf dem Meer.

Der Sturm lässt eine Weile nach, und die Seemänner sind mit den Schreinern und Segelmachern an Deck, um zu sehen, was getan werden kann. Bestürzt begreift die Mannschaft, dass die *Batavia* allein auf dem Ozean ist. Der Skipper, während dessen Wache sich der Verband verloren hat, ist ungerührt. So was passiert bei rauer See. Die Hecklaterne ist verloschen und hat es den anderen Schiffen unmöglich gemacht, in Sichtweite zu bleiben. Es ist ein Schlag, den alle auf dem Schiff spüren. Die Beruhigung durch andere Segel nicht weit auf dem Wasser – verloren. Alle spüren die Hand des Schicksals, einen heimtückischen Eingriff, welcher Art, kann niemand sagen.

Das erste Baby der Batavia wird an einem Tag voller Böen und dahinjagender Wolken geboren. Die Mutter, ein Mädchen von vor dem Mast, wird mit ihrem Kind in die Große Kabine geholt, um die besten Wünsche zu erhalten. Frau Prädikant bedeckt ihre Nase mit einem Taschentuch, während ihr Mann ein paar erhabene Worte spricht. In Abwesenheit des Oberkaufmanns, der immer noch an seine Kabine gefesselt ist, gibt der oberste Schreiber der Mutter eine Münze. Mayken hat ein gutes Stück

Stoff für sie, und das Mädchen lächelt und beugt sich hinunter, um ihr das Baby zu zeigen. Mayken berührt voller Staunen die winzigen Fingerchen. Der Kopf des Kindes ist nicht größer als eine Steckrübe, aber schreien kann es lauter als ein Schwein. Als die junge Mutter auf Deck erscheint, fangen die abergläubischen Seemänner an zu flüstern. Einer kommt, einer geht, sagt die Frau des Oberkanoniers. Wenn darauf die Gedanken auch gleich zum Oberkaufmann wandern, verliert doch keiner ein Wort darüber.

Die Seemänner fangen einen Albatros. Seine Flügelspannweite übertrifft die Größe eines Mannes. Sie holen ihn mit Haken und Stangen herunter, und er kracht verzweifelt durch die Takelage und verfängt sich in den Wanten. Sie erdrosseln ihn an Deck. Mayken weint, als sie sieht, wie sie ihn töten. Der Prädikant erklärt ihr, dass sie Tabaksbeutel aus seinen Füßen machen. Mayken sagt, dass sie alle Seemänner hasst, und er warnt sie, nicht zur Feindseligkeit an Bord beizutragen, und ruft seine Familie zu einer weiteren Gebetsrunde.

An diesem Abend beten Creesje und Mayken vor dem Schlafengehen für den majestätischen Vogel. Es gibt keine Geschichten mehr, nur noch Gebete. Maykens Leben von zuvor, mit Imke in Haarlem und mit Smoert auf der Jagd nach Bullebak, fühlt sich an wie ein Traum.

Heute werden sie die Laterne brennen lassen, und ihre Kleider liegen bereit, sollten sie sich schnell anziehen müssen. Creesje kann nicht erklären, warum.

In dieser Nacht ist das Meer ruhig, und die Laterne bewegt sich kaum. Mayken knotet den Lederriemen um ihren Hals auf, dreht sich auf die Seite und hält den Hexenstein zum ersten Mal seit jener Nacht mit Imke vors Auge. Sie blickt hindurch und sieht nichts als die Kabinenwand.

## KAPITEL 24

# 1989

Gil wartet auf die Antwort der Schildkröte. Enkidu teilt sich durch ein Scharren mit den Füßen, durch Bewegungslosigkeit und das Zurückziehen von Kopf und Beinen in den Panzer mit. Das ist wichtig, weil sein Gesichtsausdruck nichts verrät, sondern immer nur sauer ist. Enkidus Meinung hat Gewicht, denn dass die Schildkröte weise ist, bezweifelt Gil nicht. Ihrem Dinosauriergesicht mit der vorspringenden Nase und den stechenden Augen ist die Schlauheit anzusehen. Dutch hat Enkidus Alter anhand der Muster auf seinem Panzer kalkuliert. Wie könnte er mit seinen neunhundert Jahren nicht weise sein?

Enkidu ist völlig reglos, was bedeutet, dass er nachdenkt.

Auf der Dafür-Seite haben sie Dosenfleisch und Cracker, eine Karte, ein Paar Plastikruder und ein Boot, das bisher nicht gesunken ist. Dagegen sprechen die sechzig Kilometer offenes Meer zwischen Beacon Island und dem Festland. Aber daran wird sich nichts ändern.

»Die Leute segeln in allen möglichen Dingern um die Welt«, sagt Gil.

Enkidu geht langsam ein Stück vor und nickt.

Gil verspürt eine Welle der Liebe für seinen Freund und küsst ihm den Kopf. Er würde ihn hochheben, aber er hat seinen Panzer gerade mit Dutchs Surfboardwachs poliert. Enkidu sieht bestens aus für seine neunhundert Jahre. Abgesehen von seinen Fußnägeln.

»Du kriegst noch eine Maniküre, bevor wir losfahren.«

Gil schreibt das mit auf die Aufgabenliste für seinen Fluchtplan, direkt unter *Einen Außenborder stehlen*.

Ein Klopfen, seine Schlafzimmertür wird aufgedrückt.

»Auf ein Wort«, sagt sein Großvater.

Sie sitzen auf der Veranda, Joss mit einem Bier, Gil mit einem Saft. Aus dem Schuppen trägt der Wind Dutchs Gitarrenspiel herüber. Der alte Mann hebt seine Flasche in die Höhe und betrachtet dadurch den Sonnenuntergang. Gil durch sein Glas. Ein saftig orangener Horizont. Joss hält sein Bier in der verbundenen Hand, größere Dinge können seine Finger wieder halten. Aber noch keinen Stift, keine Gabel oder Zigarette.

»Was war unter der Wäscheleine?«, fragt er.

Gil sieht hinüber zu ihr. Handtücher und Unterhemden hängen knochentrocken an ihr und warten darauf, dass Dutch sie abnimmt. Die Erde darunter ist wieder so hergerichtet, wie Birgit sie vorgefunden hat. Wie kann Joss was davon wissen?

»Du bist gesehen worden. Du mit der Wissenschaftlerin.«

Gil sieht seinen Großvater verwirrt an. Von wem? Den Möwen? Es ist niemand vorbeigekommen.

Joss studiert sein Bier. »Es ist besser, wenn du die Wahrheit sagst, Junge.«

»Ich habe ihr gesagt, ich hätte unter der Wäscheleine gegraben und Sachen vom Wrack gefunden. Dann habe ich ihr diese Bobine gegeben, die in deinem Schrank war.«

Joss nimmt einen Schluck Bier. »Das ist nicht weit von der Stelle, wo sie gefunden wurde. Aber war das richtig? Hat dir jemand erlaubt, sie ihr zu geben?«

»Nein.« Gil überlegt einen Moment. »Sie will sie näher untersuchen.«

Joss knurrt.

Gil sieht ihn an. »Wirst du mich jetzt schlagen?«

»Nein.« Sein Großvater zieht die Stirn kraus. »Himmel.«

Eine Weile sitzen sie schweigend da.

Joss trinkt sein Bier aus und steht auf. »Du nimmst nichts, ohne mich vorher zu fragen, verstanden?« Er streckt die Hand nach Gils leerem Glas aus. »Magst du noch einen?«

Gil will keinen Saft mehr. »Okay.«

Der alte Mann nickt steif.

Der Sonnenuntergang setzt den Himmel in Brand, das Licht glitzert auf den Wellen, und die Seevögel fügen weiße Blitze hinzu, um es noch schöner zu machen. Dutch kommt zu ihnen auf die Veranda. Die Männer trinken Bier, Gil kriegt eins mit Limo, ein Shandy. Dutch legt seine Zigarette weg und nimmt seine Gitarre.

Dutch hat eine tolle Stimme und kennt alle Songs von David Bowie und Bruce Springsteen. Aber er verändert die Texte, und so geht Ropers Hirn im All verloren, und Bill Nord flüchtet aus Geraldton und reißt dabei den Teer auf.

Gil sieht zum ersten Mal, wie die Miene seines Großvaters aufbricht und der alte Mann lacht. Joss ist wie verwandelt. Das Beste ist, als er Gil ansieht und ihm ein Auge zukneift. Und plötzlich ist Gil so glücklich, mit dem Sonnenuntergang, seinem Shandy und Ropers um den Mars kreisenden Hirn. Und weil Joss endlich mal lacht und ihm zuzwinkert und Dutch grinst wie nie. Sogar Enkidu scheint ein bisschen weniger angepisst zu sein, während er um ihre Füße herumspaziert.

Dutch singt ein paar Lieder, die er selbst geschrieben hat. Sie handeln von rothaarigen Frauen, die ihn sitzen lassen. Joss guckt jetzt nachdenklich drein. Dann singt Dutch zwei, drei deprimierende irische Lieder über tote Mütter und Holzkreuze, was Joss Tränen in die Augen treibt.

Enkidu mag *Puff, the Magic Dragon,* Gil das über ein Renn-pferd, das niemals Wasser, sondern immer nur Wein trinkt, eine goldene Mähne und silbernes Zaumzeug hat. Also singt Dutch beide Lieder noch einmal.

Die Sonne geht unter, und die Motten beginnen um das Au-ßenlicht zu schwirren. Joss steht seufzend auf, geht zur Tür und bleibt nur kurz stehen, um Gil auf die Schulter zu klopfen. Gil spürt das Gewicht seiner Hand, es sagt: *Du bist in Ordnung.*

Gil und Dutch bleiben noch auf der Veranda. Dutch spielt leise auf seiner Gitarre, Gil denkt nach, aber dabei geht es weder um die Toten vom untergegangenen Schiff noch um seine Mum, auch nicht um die Flucht mit dem flachen Boot von der Insel.

Gil fragt sich, warum alle Joss Hurley hassen.

Er denkt, vielleicht ist es an der Zeit, danach zu fragen.

»Was mit ihm ist?« Dutch verzieht den Mund zu so etwas wie einem Lächeln und hält die Stimme gesenkt. »Abgesehen davon, dass er ein trübseliger alter Lumpenhund ist?«

»Deshalb mögen ihn die Leute nicht?«

»Ja und nein.« Dutch zieht an seiner Selbstgedrehten und legt die Gitarre beiseite. »Du musst sehen, wie das Leben hier ist. Hart und gefährlich. Es gibt Rivalitäten, Streit, Meinungsverschie-denheiten, andererseits aber wissen die Männer, wenn es übel kommt, können sie sich aufeinander verlassen. Wenn's um ihr Leben geht, Gil.«

Gil überlegt. »Es sind also Kumpel?«

Dutch nickt. »Jenseits aller Streitereien sind sie das. Aber Joss gehört nicht dazu.«

»Keiner kann sich auf ihn verlassen?«

»Und er auch auf keinen. Geben und Nehmen, das ist die Sa-che.«

Gil versteht, dass es so einfach ist: Joss hat keine Kumpel. Da gibt es kein Schulterklopfen, kein Bier mit den anderen Fischern, kein gemeinsames Die-Welt-Zurechtrücken. Schlimmer noch ist aber, dass ihn die Leute nicht mal ansehen oder mit ihm reden. Da wird man einsam, auch wenn man nicht unbedingt der Typ dafür ist.

»Es ist alles eine Frage von Vertrauen.« Dutch steckt sich eine weitere Zigarette an. »Du weißt, dass dein Großvater mal als Deckie bei den Zanettis angefangen hat?«

Gil schüttelt den Kopf.

»Franks Bruder Marco war der Skipper, und das hier war Marcos Camp.« Dutch vollführt eine Geste mit der Zigarette, die die Hütte, den verschatteten Umriss des Klos und alles andere mit einbezieht. »Dann kam es zur Tragödie. Marco und Joss waren draußen beim Fischen, als ein Sturm losbrach. Marco ging über Bord, und Joss schaffte es irgendwie, das Schiff allein zurückzubringen.«

»Marco ist ertrunken?«

»So ist es. Und dann hat seine Frau, seine Witwe, die *Ramona*, die Hütte hier und auch noch die letzte Reuse deinem Opa vermacht.«

»Warum?«

»Das wollte jeder auf der Insel wissen. Warum schenkte sie alles, was ihr verstorbener Mann besessen hatte, seinem Deckie?« Dutch zieht an seiner Zigarette. »Was die ganze Sache noch schlimmer macht, ist, dass es eigentlich Roper versprochen war.«

»Roper?«

»Marco und seine Frau hatten keine Kinder. Deshalb sollte Roper sein Schiff und alles erben.« Er macht eine Pause. »Fischer kennen die Risiken ihres Lebens. All so was wird in den Familien diskutiert.«

Gil sieht sich um. Diese Veranda mit dem von der Hitze verzogenen Dach, die klappernden Fenster, die verwitterte Bank, der Generatorschuppen und das verdammte Klo, das alles sollte Roper Zanetti gehören.

»Deswegen ist Roper so sauer.«

»Oh, das ist nur einer von vielen Gründen. Aber die geänderte Situation brachte viele auf.« Dutch wirkt etwas verlegen. »Einige meinten, Joss sei Marcos Frau zu nahe gekommen.«

*Zu nahe* hieß, dass sie *es gemacht hatten*, das kann Gil an Dutchs Miene erkennen.

»Joss kam in der nächsten Saison zurück. Zog in seine Hütte, fuhr mit dem Boot raus und fing an zu fischen, als hätte ihm schon immer alles gehört. In der Saison drauf brachte er eine neue Frau mit.«

»Granny Iris.«

Dutch nickt. »Die Zanettis waren verbittert. Sie verbreiteten Gerüchte. Weißt du, es gab keine Zeugen, die gesehen hatten, wie Marco umgekommen war.«

»Sie haben gesagt, er hätte ihn umgebracht?«

»Nicht direkt. Aber Frank machte klar, dass dein Großvater keiner war, dem man trauen konnte, und da er das Oberhaupt der führenden Familie hier war, wandte sich niemand gegen ihn. So wurde dein Großvater zu jedermanns Feind.«

Gil überlegt. »Er könnte also gar nicht der Kumpel von wem sein, auch wenn er es wollte.«

Dutch nickt. »Genau.«

»Das ist nicht fair!« Gil ist überrascht, wie wütend es ihn macht, wie die Leute mit seinem Großvater umgehen.

Dutch fährt fort: »Alle erwarteten, dass er verkaufen würde, doch das tat er nicht. Saison für Saison ist er zurückgekehrt, so schwer ihm die Zanettis das Leben auch gemacht haben.«

»Womit?«

»Zum Beispiel wollte keiner für ihn arbeiten, aber er hat es all die Jahre auch allein geschafft. Erst, weil er musste, später dann, nehme ich an, weil er sich daran gewöhnt hat.«

»Und jetzt bist du wieder hier und hilfst ihm.«

»Ich bin seine letzte Rettung. Und jetzt stell dir mal vor, wie sehr das Roper anpisst.« Er lächelt Gil zu. »Vielleicht hilfst du deinem Großvater ja eines Tages.«

»Nein.«

»Willst du selbst der Skipper sein?«

»Ich will kein Fischer werden.«

»Lass dich nicht abschrecken. Das Meer kann sehr milde sein, und die Boote müssen nicht sinken. Hier …« Dutch fasst in die Tasche seiner Shorts und holt etwas mit der geschlossenen Hand heraus. »Fang.«

Das tut Gil. Er öffnet die Hand. Es ist der Stein mit dem Loch in der Mitte von Dutchs Nachttisch.

»Weißt du, was das ist, Gil? Ein Hexenstein. Ich habe ihn hier auf der Insel gefunden.«

Gil dreht ihn in seiner Hand.

»Der Legende nach kannst du, wenn du durch das Loch guckst, sehen, was noch kommt oder schon war. Ich weiß nicht mehr, was von beidem.«

Gil probiert es bei Dutch aus. »Aber du siehst nicht wie vorher oder nachher aus, nur alt.«

Dutch lacht. Gil späht durch das Loch aufs Meer hinaus. Auch das sieht normal aus, was aber nichts zu sagen hat. Das Meer war und wird immer so sein.

Gil will Dutch den Stein zurückgeben.

Dutch lächelt. »Behalte ihn. Falls du doch noch beschließt, ein Fischer zu werden, brauchst du einen Talisman.«

## KAPITEL 25

# 1629

Creesje weiß besser als jede andere, was es bedeutet, an Herzschmerz zu leiden. Sie sagt, wenn du einen geliebten Menschen verlierst, ist es, als würde deinem Leben Licht, Würze und alle Freude genommen. Mayken weiß, dass das stimmt. Sie hat nicht mal mehr Spaß am Fluchen und Spucken. Creesje glaubt, es hilft, sich richtig zu verabschieden.

Die Messe für Imke wird an einem bedeckten Tag gefeiert. Der Unterkaufmann hält eine Rede. Mayken hört ihm nicht zu, sie findet ihn hinterhältig, und er kannte Imke nicht. Stattdessen sieht sie sich unter den Leuten um, die sich auf dem Hauptdeck eingefunden haben. Viele kommen aus der Unterwelt, um Imke die letzte Ehre zu erweisen. Sie gehen mit einem anerkennenden Nicken, auch mit einem Lächeln, an Mayken vorbei. Niemand erwähnt Obbe, aber über die Hingeschiedene haben sie viel zu sagen.

Imke war eine weise Frau.

Eine gute Hexe.

Ein Engel.

Sie war eine begabte Wahrsagerin.

Mayken fängt an zu weinen. »Ihr versteht das alles nicht. Sie war einfach meine Imke.«

Die Trompeter des Schiffes spielen ein Ritornell, erhaben und traurig. Der letzte Ton bleibt in der Luft hängen. Das neue Baby der *Batavia* brüllt in die ungewohnte Stille hinein.

Imkes Truhe wird in Creesjes Kabine gebracht. Creesje geht frische Luft schnappen. Sie wird nicht weit sein.

Mayken holt tief Luft und öffnet den Deckel.

Ein gutes Kleid.

Fünf ganze Käse, gut eingewickelt.

Ein Kreuz in einer Samtschatulle.

Zwei miteinander verflochtene Locken. Glänzend, kräftig und babyzart.

Mayken behält das Kleid und das Kreuz und gibt den Käse weg. Das Haar reibt sie bedächtig zwischen den Fingern und geht an Deck. Sie bleibt stehen und hält es in die Höhe, so hoch, wie ihr Arm reicht. Sie könnte es loslassen. Vielleicht wird es ins Meer geblasen, oder es verfängt sich in den Wanten. Oder ein herabschießender Seevogel schnappt es sich.

Ein plötzliche Böe, und das Haar wird ihr aus der Hand gerissen.

Mayken sieht zu, wie es über das Deck davontanzt. Sie macht keine Anstalten, hinterherzulaufen.

## KAPITEL 26

# 1989

Gil zwängt sich in die schmale Öffnung unter dem verrosteten Außenborder, um Frank Zanettis Hütte zu beobachten. Die Fliegentür wird von einem Stein offen gehalten, aber die Küche dahinter liegt vollkommen im Dunkeln. Draußen herrscht ein wildes Durcheinander. Da sind Löcher gebuddelt worden, Bretter lehnen an Schutthaufen, es sieht aus wie auf einem Übungsplatz für Stunts. Eine vollgepinkelte Kindermatratze brät in der Sonne.

Der kleinere Junge kommt heraus. Barfuß tippelt er über den Schutt, dreht eine auf dem Kopf liegende Plastikwanne um und klettert hinein. Die Knie reichen ihm bis zu den Ohren hinauf. Er singt ein Lied und wird dabei immer lauter, bis er schreit. Der größere Junge taucht in der Tür auf und guckt missmutig und finster drein. Er hält ein Eis in der Hand, einen ziemlichen Brocken zwischen zwei Waffeln. Aber es schmilzt, läuft ihm den Arm herunter und tropft vom Ellbogen. Er kommt heraus und ignoriert seinen Bruder. Silvia folgt in ihrem gewohnten Unterhemd und den Shorts. Sie raucht, geht zu einem schief stehenden Gartenstuhl und setzt sich, ohne sich die Mühe zu machen, ihn richtig hinzustellen. Mit ein paar scharfen Worten dreht sie die Lautstärke des kleinen Jungen herunter, der aber hörbar flüsternd weitersingt. Sie dreht das Gesicht in die Sonne, hat die Zähne zusammengebissen, und der finstere Blick scheint in ihre Züge eingeätzt. Sie sieht um zehn Jahre gealtert aus.

Die Jungen sind heute also nicht in Mrs Nords Besserungsanstalt, und Gil wird nicht die Möglichkeit haben, Silvia danach zu fragen, was sie über Marco Zanettis Tod weiß, oder ein gegrilltes Käse-Sandwich von ihr bekommen.

Er inspiziert den Motor über sich. Das Ding riecht nach Öl und Schmierfett, ist ein massiges Teil auf einem genieteten, übel verrosteten und hier und da womöglich sogar durchgerosteten Rahmen. Den hätte er vorher mit ein paar Tritten testen sollen. Zwar hat er sich eine Mulde darunter gegraben, trotzdem, wenn der Rahmen bricht, ist Gil ein Pfannkuchen. Der Schiefer gräbt sich in seine Beine und den Bauch. Das hier ist kein Ort für lange Beobachtungen.

Aber er kann nicht weg, bevor die nicht wieder drinnen sind.

Er wird auf keinen Fall hier rauskrabbeln und riskieren, von Ropers halbwilden Kindern entdeckt zu werden. Niemals. Sie sind ein Abbild ihres Vaters. Mit kleinen Augen und einem fiesen Blick, haben lange Arme und bereits einen Bauch wie Roper. Aber es ist nicht das Aussehen, das Gil Angst macht. Die Art, wie sie sich halten, sagt ihm, dass sie den Jähzorn ihres Vaters geerbt haben. Sie strahlen eine gelangweilte Bedrohung aus. Eine unbefangene Grausamkeit. Als sehnten sie sich nach einer Katze, die sie quälen, einem Hund, den sie misshandeln, oder einem schwächeren Kind, das sie malträtieren können. Der größere Junge geht zu seinem kleineren Bruder und tritt unbekümmert gegen die Wanne. Heftig und noch mal heftiger. Dann packt er sie und schüttelt sie mit zusammengebissenen Zähnen. Der Kleine klettert heraus, nimmt die Wanne und schleudert sie voller Wut nicht auf seinen Bruder, sondern auf Silvia. Er kommt aber nicht so weit. Silvia starrt den Jungen ausdruckslos an, beendet ihre Zigarette, steht auf und geht ins Haus. Der Junge zieht seine Shorts herunter und legt einen komplizierten Tanz hin.

Je länger Gil den beiden zusieht, desto ratloser wird er. Er begreift einfach nicht, was sie da machen. Dinge werden hochgehoben, weggeworfen oder zertreten, offenbar ohne jeden Plan. Der Große zieht Grimassen über einem Eimer. Sein Bruder kommt und tritt ihn um. Zusammen stampfen sie über den herausgekippten Inhalt. Sie kämpfen mit Holzlatten. Der Kleine kriegt einen Schlag auf den Kopf, und jetzt schreit er richtig. Silvia kommt raus und ruft sie beide rein.

Gil ergreift die Möglichkeit, kriecht aus seinem Versteck und ist weg.

Zurück in der friedlichen Schäbigkeit von Joss Hurleys Küche nippt Gil an seinem Kaffee. Er ist fast so, wie Mum ihn immer gekocht hat, und doppelt so stark wie der von Birgit. Die gestohlene Continental liegt auf dem Tisch. Gil stupst sie vorsichtig vor und zurück. Das spezielle Projekt des Tages heute ist *Glamour*.

Er braucht nur noch ein Thema: »Ein Tag am Anleger«, »Sangria-Nächte« oder »Inselleben«. Dann hat er einen Einfall. Warum nicht die erste Modenschau veranstalten, die es je auf der Insel gegeben hat? Gil blickt sich um. Keine alten Fischer, keine zerfurchten Deckies, keine gestrandeten holländischen Geister, so weit er sehen kann.

Er ist eindeutig allein.

Es gibt drei Hauptkategorien: Tageskleidung, Nachtwäsche, Strandmode. Beispiele für alle drei liegen auf Joss Hurleys klumpigem Bett ausgebreitet. Die Continental wird immer dabei sein. Enkidu gibt das dankbare Publikum.

Gil macht sich über Dutchs Kassettensammlung her und findet Prince und David Bowie. Die Eigenaufnahmen meidet er, weil er genau weiß, was er da findet: Blues-Songs über rothaarige Frauen und irische Totenlieder. Gil sieht auch eine Flasche Wodka in Dutchs Küchenecke. Das wird ein Requisit. Nach der

Show bringt er alles zurück, bis auf die Continental. Die wird er rauchen, bis ihm schlecht wird.

Gil schiebt den Frisiertisch von Oma Iris etwas zur Seite und richtet den Spiegel aus. Jetzt kann er sich auf dem Laufsteg vom Wohnzimmer den Flur hinunter sehen. Ganz zeigt ihn der Spiegel nicht, er verliert entweder den Kopf oder die Füße. Er entscheidet sich für den Kopf und kippt den Spiegel nach unten. Dann steigt er auf einen Stuhl und klemmt Großvaters Laken oben hinter den Rahmen der Wohnzimmertür, als Bühnenvorhang. Enkidu sitzt als Ehrengast auf einem Kissen halb den Flur hinunter.

Gil weiß, wie man eine Bloody Mary mixt, die hat er für Mum gemacht, nur dass er jetzt keinen Tomatensaft hat. Aber Wodka ist sowieso mit Orangensaft besser, besonders mit dem eingefrorenen aus der Packung. Der ist wie Wassereis.

Gil entdeckt einen alten Lockenstab in Oma Iris' Seite des Kleiderschranks. Als der Staubgeruch erst mal runtergebrannt ist, macht Gil einen Versuch. Das Ding heizt sich nicht so auf, wie er es gerne hätte, aber immerhin kriegt er ein paar Miniwellen an den Spitzen hin. Er spuckt in ein altes Röhrchen Wimperntusche, was ihm anständige Katzenaugen verschafft, steckt die Continental an, inhaliert, hustet, würgt und macht sie wieder aus. Sie riecht besser, als sie schmeckt, also hält er sie einfach nur. Er wirft seinem Spiegelbild eine Kusshand zu.

Er ist in New York, Paris und Mailand. Er ist ein berühmtes Model, eine Sängerin, Künstlerin. Er hat es geschafft. Ohne Mutter, ohne Vater, ohne einen perlmuttblonden Kurzhaarschnitt.

Wodka ist auch gut mit Limonade. Enkidu sagt nichts dazu.

Tageskleider mit Gürtel, mit Omas Pantoffeln drunter für dramatische Schultern. Mit Broschenglitter. Seide, Spitze und umwerfenden Kunstfasern. Mehreren Lagen Schmuck. Es macht Spaß, mit Tüchern zu spielen: Stirnband, Halstuch, Sarong.

Die besten Schuhe für den Laufsteg sind die hohen. Gil kann hochhackig dahinstolzieren. Scheiße, Mann, tanzen kann er in ihnen!

Wodka mit Büchsenmilch ist was für Kenner. Enkidu zieht den Kopf ein.

Fantasia. Oma Iris' netzartiger Rock als gigantische Halskrause, ein Nicken in Richtung der holländischen Geister, ein Paar Lacklederpumps, ein Kaschmirbolero und ein kräftiger Strich Rouge auf jede Wange. Die Musik für den Look ist *spot on:* Bowies *Blue Jean*. Die ersten Takte sehen Gilgamesch, den Modekrieger, am Ende des Laufstegs. Den Kopf hocherhoben, den Blick die Nase herunter, bereit zum Auftritt. Ein paar Schritte, perfekt zur Musik. Über einen Absatz und über den anderen. Nichts kaputt!

Wodka ist super mit Eis. Enkidu döst.

Gil macht sich für den letzten Look fertig. Perlenohrringe und grüner Brokat. Er richtet die Szene ein, zieht die Vorhänge im Schlafzimmer von Joss zu, arrangiert Kerzen auf dem Frisiertisch und steckt sie an. Die Wirkung ist noch besser als mit Silvia. Magisch. Ein goldäugiger Prinz, blass und geheimnisvoll im Kerzenlicht! Ihm kommt ein Gedanke, und er rennt in sein Zimmer und holt Dutchs Hexenstein. Vielleicht wird er ihm zeigen, wer er wirklich ist oder sein wird? Er springt über die am Boden liegenden Kleider von Oma Iris. Die räumt er später auf. Zurück am Frisiertisch hebt er den Hexenstein an, denkt Prinzengedanken, sieht durch das Loch in den Spiegel …

»Was zum Teufel?«

Joss Hurley steht in der Tür. Er hält eine Seidenbluse in der Hand, die er vom Boden aufgehoben hat. Der Stoff liegt wie ein totes Haustier in seinen Armen. Der Ausdruck auf seinem Gesicht kommt tief aus seinem Inneren, wo Empörung und Abscheu leben.

»Du verkorkster kleiner Dreckskerl.«

Als Gil hinaus in die Nacht rennt, werden ihm drei Dinge bewusst. Erstens ist er ohne Enkidu, zweitens barfuß, und drittens hält er immer noch den Hexenstein in der Hand. Auf der Suche nach einem Versteck drängt er sich in ein verschattetes Dornengestrüpp und spürt kaum die Kratzer auf seinem Leib, seinen Armen und Beinen. Er rollt sich ein, wie taub, eine Muschel, die sich schließt. Den Stein in seiner Faust und den Rücken gegen die Welt gewandt.

Mum hielt nichts von Spielzeugen für Mädchen oder Jungen und zog ihn auch nicht wie einen Jungen an. Kinder sollten Fantasie haben, sagte sie. Wer will mit drei Jahren einen verdammten Staubsauger haben oder ein Plastikbaby, das pinkeln kann. Wer will, dass man ihm sagt, du darfst nur mit Panzern spielen?

Gils Haare wuchsen lang, und er trug einen wahren Regenbogen an Farben. Gils Spielzeuge kamen wie die Sachen, die er anhatte, aus Trödelläden oder sonst woher. Staubsauger gab es nicht, auch keine Panzer. Nie. Dafür einen gestrickten Delphin, auch wenn der, wie Mum sagte, wie ein Hundehaufen aussah. Und eine Schwanenfamilie aus Pfeifenreinigern.

Er habe immer schon Stoffe gemocht, sagte Mum. Samt und Spitze. Weiches Fell und raue Baumwolle. Gil krabbelte ewig weit, nur um verschiedene Stoffe zwischen seine kleinen Finger zu bekommen, und schlief in einen Netzvorhang gewickelt ein. Mum sammelte Stofffetzen, und Gil spielte stundenlang mit ihnen. Die passten zusammen, die nicht. Die sind Freunde, die da Feinde. Ging Mum zu einem Date, ließ sie Gil aussuchen, was sie anziehen sollte, und das trug sie auch, immer, ganz gleich, wie sonderbar es aussah.

Gil hatte gedacht, er wäre an dem Abend nur mit Mum zu Hause. Er hatte Mums Kimono-Bademantel und kniehohe Stiefel an, um ABBA zu imitieren, summte die ersten Zeilen von *Fernando* und wirbelte durch die Küchentür. Sah Carlo und rannte davon.

»Ist dein Junge eine Schwuchtel?«, fragte Carlo Mum später beim Freitagabend-Steak und Bier.

Gil lag auf der Couch und tat so, als schliefe er, behielt durch die Wimpern aber ein Auge auf Mum.

»Gil ist einfach andersherum«, sagte sie.

»Himmel, kein Scheiß.«

Mum lachte. Gils Welt fiel auseinander.

Wenn er den Blick hebt, sieht er einen Himmel voller Sterne durch die Äste. Er könnte Nachtvögel hören, die zu ihren Nestern zurückkehren, aber Gil ist wie taub und verschlossen. Bald schon wird er die Kratzer von den Dornen und die scharfen Steine spüren. Im Moment fühlt er nur den Hexenstein in seiner Hand. Wie einen Anker.

Es war nicht der Umstand, dass Mum gelacht hatte. Wäre es ihr *Ja-das-ist-mein-Sohn-er-ist-einmalig-also-fick-dich*-Lachen gewesen, wäre es okay gewesen. Aber ihr Lachen klang verlegen, ja, beschämt. Das alles hätte Gil damals nicht so erklären können, aber ihr Lachen ließ ihn sich schlecht fühlen, durch und durch.

Die ganze Welt kann glauben, dass mit dir was nicht stimmt, solange eine Person denkt, du bist genau richtig so.

Die Nacht wird kühler. Gil meint, seinen Namen zu hören. Dass die eine Silbe vom Wind herangetragen wird. Eine verlorene Stimme, hoch und schwermütig. Er sagt sich, es ist ein Vogel, der sein Nest sucht.

Gil fragt sich, ob da tote Holländer unter ihm liegen, und wenn ja, werden sie ihn in der Nacht holen? Werden ihre Schädel durch die Steine wachsen und wie blasse Pilze ins Dunkel sprießen? Wird er sich in einem Graben voller Knochen wiederfinden? Werden sie mit ihren skelettierten Fingern nach ihm greifen? Die gestörte Erde bewegt sich unter ihm, aufgewühlt von Vögeln, dem Wetter und dem Wasserstand. Gil versinkt.

Etwas berührt seine Hand.

Leicht und kalt und schnell. Das winzigste Tippen auf seine fest geschlossene Faust. Gil atmet tief ein, als käme er aus eiskaltem Wasser zurück an die Oberfläche. Er öffnet die Faust und konzentriert sich auf das Gewicht des Hexensteins in seiner Hand. Klein und rund und wirklich. Ein Anker in der Welt über ihm. Er kann nicht mehr in die Tiefe gezogen werden.

Das erste Licht der Dämmerung fällt rosa durch das Geäst. Gil dreht den Kopf. Er sieht seine offene Hand, nach oben gerichtet, der Stein mitten in ihr. Er schließt die Finger darum. Den Schmerz von Kratzern, Schnitten und steifen Gliedern spürend, setzt er sich langsam auf. Um sich verblichene Puppen, verwitterte Teddys, zerschmolzene Buntstifte. Schmuddelige Bänder flattern im Wind. Gil kriecht aus dem Lumpenbaum.

Silvia findet ihn als Erste. Sie kommt in eine Decke gegen die frühe Kälte gehüllt. Sie raucht und geht gleichzeitig und überrascht sich vielleicht selbst.

Sie sitzen zusammen am Strand. Silvia hat Gil die Decke umgelegt, aber er zittert immer noch. Sie sagt, es ist wahrscheinlich der Schock oder eine Blutvergiftung von den Kratzern der Dornen.

»Dutch war spät noch bei uns, völlig aufgelöst. Sie dachten, du wärst womöglich ins Meer gesprungen oder so.«

Gil sieht sie an. Sie meint es ernst.

»Du musst nach Hause.«

Gil zieht die Decke enger um sich, knirscht mit den Zähnen und kämpft gegen das Zittern an.

»Was ist passiert, Gil?« Silvias Stimme ist sanft.

»Ich habe eine Modenschau veranstaltet.«

»Scheiße, und bist in Omas Pumps erwischt worden?«

Gil sagt nichts.

»Eines Tages mag es witzig scheinen«, sagt Silvia. »Wehtun wird es immer.«

## KAPITEL 27

# 1629

Sie tragen sie herein, und sie riecht nach Kot und ist bewusstlos. Mayken wacht auf, und die Kabine ist voller Männer und Stimmen. Sie legen Creesje auf die obere Koje. Aris kommt mit seiner Tasche. Er dreht die Flamme in der Laterne größer, ruft nach heißem Wasser, und alle sollen draußen warten.

»Wissen Sie, wer ich bin, Lucretia Jansdochter?«

Ersticktes Schluchzen.

Aris späht nach unten. »Kannst du mir helfen, Mayken?«

Mayken weiß, dass das jetzt nicht die Zeit für Fragen ist. Ihre Aufgabe ist es, die Schüssel mit dem dreckigen Wasser zur Tür zu tragen und die mit dem sauberen zum Tisch zu Aris, damit er es benutzen kann. Zwischendurch hält sie Creesjes Hand. Aris sagt ihr, sie soll wegsehen, zu ihrem und Creesjes Besten. Mayken hält den Blick auf die Wand gerichtet, hört, wie Creesjes Schluchzen nachlässt, spürt, wie ihre Hand weniger zittert und schließlich ruhig in ihrer liegt.

In der Kabine stinkt es immer noch, aber Creesje ist gewaschen und angezogen, und sie hat keine ernsten Verletzungen, nur Abschürfungen und Blutergüsse im Gesicht und am Körper. Aris packt seine Sachen zusammen. Er zeigt Mayken, wie sie die Tropfen abmessen soll, die Creesje beim Schlafen helfen.

Als er geht, kommen der Oberkaufmann und der Provost. Pelsaert legt Mayken eine Hand auf den Kopf und sagt, sie solle sich in ihre Koje legen.

Es dämmert. Durch die offenen Fensterlatten sieht man, wie der Himmel die Farbe wechselt.

Pelsaert zieht einen Hocker an Creesjes Koje, und der Provost Pieter Jansz steht mit gesenktem Blick an der Tür, die großen Hände gefaltet. Draußen sind zwei Wachen postiert.

Pelsaert wartet mit geschlossenen Augen, mager, ausgemergelt, mit traurigem Blick.

Creesje erzählt die Geschichte des Überfalls. Mayken und die Männer hören schweigend zu. Manchmal bricht Creesjes Stimme ab.

Pelsaerts Stimme ist ruhig, sein Blick aufgewühlt. »Würden Sie wissen, wer Ihre Angreifer waren, Creesje?«

»Sie waren maskiert und die ganze Zeit still, aber dann hat einer von ihnen etwas gesagt, aus Versehen, glaube ich.«

Der Provost lehnt sich vor. »Haben Sie seine Stimme erkannt?«

Als Creesje antwortet, ist sie ruhig und ernst. »Es war ein leitendes Mitglied der Mannschaft.«

## KAPITEL 28

# 1989

Gil bleibt im Bett, bis die Männer das Camp verlassen haben. Dutch lässt ihn in Ruhe, und Gil ist ihm dankbar dafür. Er würde es nicht ertragen, unter den Blicken seines Großvaters Ausrüstung zum Boot zu tragen. Oder schlimmer noch, Dutchs Mitleid zu spüren.

Gestern Abend hat Joss ein Schloss an seiner Schlafzimmertür angebracht und sein Essen hinaus auf die Veranda getragen. Dutch saß stumm da, und Gil spürte, dass er nach Worten suchte. Er spürte Dutchs Blick auf sich und schlang sein Essen herunter, damit er zurück in sein Zimmer konnte.

Gil lauscht. Er hört, wie Dutch seine Tür zuzieht, seine Schritte auf den Steinen. Und dann sind da nur noch das Geschrei der Seevögel und das Rauschen des Meeres wie an jedem anderen verdammten Tag auch. Gil schließt die Augen und dreht sich um.

Ein Klopfen an der Tür. Gil reagiert nicht. Erneutes Klopfen. Eine Frauenstimme ruft. Gil späht in die Küche.

Birgit steht mit ihrer Stofftasche vor der Fliegentür. Gil öffnet sie einen Spalt weit.

Sie sieht seine Kratzer und zieht die Brauen zusammen. »Was ist mit dir passiert?«

»Ich bin in den Lumpenbaum geklettert.«

Birgit nickt, als wäre das absolut in Ordnung. »Darf ich hereinkommen?«

Gil trägt die Becher Kaffee zum Küchentisch. Enkidu ist zu ihnen gestoßen. Birgit streicht der Schildkröte, die zwischen den Soßenflaschen sitzt, über den Panzer.

Sie nimmt einen Schluck Kaffee und steckt sich eine Continental an.

»Ich wollte Auf Wiedersehen sagen. Wir nehmen das Versorgungsschiff heute.«

»Kommt ihr zurück?«

»Nicht in dieser Saison.«

Enkidu stürzt sich mit offenem Maul auf eine Soßenflasche, und Birgit muss lachen. Gil rührt in seiner Tasse.

»Ich mache noch beim Schwimmwettkampf mit, bevor ich fahre. Auf Anweisung von Bill Nord. Kommst du und feuerst mich an, Gil?«

»Okay.«

»Und ich wollte dir dafür danken, dass du bei deinem Großvater ein gutes Wort für uns eingelegt hast.«

Gil sieht sie an. Birgit lächelt.

»Er war bei mir und sagte, er wolle deinem Interesse an der Geschichte der Inseln nicht im Wege stehen. Er hat zugestimmt, dass wir sein Camp für eine mögliche Ausgrabung untersuchen.«

»Das hat er gesagt?«

»Kannst du das glauben? Er denkt, dass dein Fund ursprünglich von einer anderen Stelle stammen könnte. Er hat vor längerer Zeit Steine von dort unter die Wäscheleine geschafft.«

Der alte Mann hat sogar Gils Lügengeschichte gedeckt.

Birgit öffnet ihre Tasche und holt ein Buch daraus hervor.

»Dein Großvater meinte, du würdest vielleicht gern etwas Lesematerial haben.«

Gil nimmt das Buch. Es geht um das Wrack der *Batavia*. Er blättert hindurch. Es gibt etliche Fotografien und Karten.

»Kommst du und besuchst uns, wenn die Saison hier vorbei ist? Ich zeige dir, was sich hinter den Kulissen des Museums alles so tut.«

Gil nickt.

»Bring Enkidu mit.«

Gil lächelt.


Gil sieht Silvia. Sie packt zusammen mit Mums und Grannys Tupperware-Dosen aus und verteilt Saft an Kinder in langen T-Shirts und mit Sonnenkappen, die zwischen den Leuten herumrennen. Ropers Jungen sind auch dabei. Roper selbst kommt mit einem kleinen Boot und einem auf volle Lautstärke gedrehten Kassettenrekorder. Bei ihm sind noch drei weitere wild aussehende Männer mit wüstem Haar und ohne Schuhe. Gil kennt sie nicht von der Insel. Sie laden Bierfässchen aus dem Boot, die sie mitgebracht haben. Roper klatscht ein paar Jungs ab, packt eine der Mums und küsst sie, aber die stößt ihn zurück.

Gil merkt, dass er neben Bill Nord steht.

»Er ist ein fürchterlicher Kerl, oder?«, sagt Bill.


Fünf Frauen machen beim Wettschwimmen mit, darunter Birgit und Silvia. Bill Nord erklärt Gil, dass es eine Tradition ist, zu Ostern zum Wrack der *Batavia* hinaus- und wieder zurückzuschwimmen. Das Ganze heißt der Wybrecht Dash, und er hat ihn vor fünf Jahren erfunden. Wybrecht war der Name des Dienstmädchens, das versuchte, zum Wrack hinauszuschwimmen, um Trinkwasser für die Überlebenden an Land zu holen. Deshalb sind auch nur Frauen zugelassen.

Bill hat feuchte Augen. »Der Mut dieses jungen Mädchens, Gil.«

»Ist es gefährlich?«

»Nicht so sehr, wenn du nüchtern bist.«

Bill wird gerufen, um das Wettschwimmen zu starten. Er nimmt eine Stehleiter, steigt hinauf und bläst in eine Schiedsrichterpfeife. Als die Leute leiser werden, erklärt er ihnen, was er gerade auch Gil über das Mädchen und den Wettkampf erklärt hat. Nur dass er dabei jetzt keine feuchten Augen kriegt. Dann kommt Bill von der Leiter herunter, und alle folgen ihm zum Start, eine Golfflagge im Kies am Wasser. Die Menge rückt näher zusammen, lacht und redet durcheinander. Die fünf Schwimmerinnen stehen mit einigem Abstand da und schütteln Beine und Arme aus.

Birgit steht neben Silvia und nickt ihr zu. Silvia guckt weg.

Alle tragen Schwimmschuhe und Schwimmhauben in den verschiedensten Farben. Birgit sticht unter den Frauen hervor. Gil sieht, dass sie schnell sein wird. Ihre Schultern und Arme sind muskulös, und sie ist schlank und groß. Sie blickt aufs Meer zu den Bojen, die den Weg markieren. Die anderen tun mit ihren Brillen herum und wirken nervös.

Bill klettert zurück auf die Leiter. Die Inselbewohner werden still.

»Unsere Schwimmerinnen kämpfen um ein romantisches Wochenende im Royal in Geraldton.«

Jubel, Johlen und bewundernde Pfiffe.

»Es gibt nur einen Haken.«

Die Menge buht.

»Die Gewinnerin hat das Wochenende mit Roper Zanetti zu verbringen.«

»Der ist der verdammte Trostpreis!«, ruft jemand.

Die Menge lacht. Cherry stößt Roper an, und der müht sich mitzulachen.

»Zwischen den Bojen raus und wieder zurück.« Bill wendet sich den Frauen zu. »Hat eine von euch heute Alkohol getrunken?«

Nein, das hat keine.

»Okay. Wenn ihr Schwierigkeiten kriegt, hebt den Arm, und ihr werdet rausgeholt.« Bill zeigt auf das Rettungsboot, das bereits auf dem Wasser ist, mit drei Männern an Bord. Sie winken, sie sind bereit.

»Auf die Plätze. Fertig …«

Bill gibt den Startschuss ab, und alle zucken zusammen und lachen dann. Hat denn keiner gesehen, dass er eine Pistole in der Hand hatte?

Die Schwimmerinnen rennen ins Wasser.

Birgit liegt weit vorn.

»Gott, ist die schnell«, sagt jemand.

Alle Blicke richten sich auf sie. Die anderen kommen nicht an sie heran, und der Abstand vergrößert sich immer mehr.

Gil sieht mit allen anderen zusammen zu und ist Teil der Menge. Eine Frau lächelt ihm zu. Ein alter Mann stößt ihn an, zeigt aufs Meer und sagt etwas über die Wellen, das er im allgemeinen Gejohle nicht versteht.

Rufe von einem der Zuschauer. Eine der Schwimmerinnen hat Probleme. Die Bedingungen haben sich geändert, plötzlich weht ein scharfer Wind, und die See geht höher.

Ein Name wird gerufen, immer wieder, und die Menge trägt ihn weiter. Silvia!

Das Rettungsboot springt über die Wellen. Es sind nur noch vier leuchtende Kappen zu sehen.

Gil schließt die Augen.

*Lass sie durchkommen. Lass sie durchkommen. Lass sie durchkommen.*

Wiederhole es dreimal. Dreimal drei macht neun. Dann von vorne.

*Lass sie durchkommen. Lass sie durchkommen. Lass sie durchkommen.*

Bei Mum hat es einmal funktioniert.

Die Sanitäter redeten laut, rissen Beutel mit Plastikschläuchen und Gesichtsmasken auf. Dawn. Dawn. Kannst du uns hören? Sie ist drogensüchtig. Ist sie deine Mum? Hast du jemanden, den du anrufen könntest? Mrs Baxters Nummer lag beim Telefon. Sie kam herüber, mit rotem Gesicht und in ihrem Hausmantel. Ja, ja, sie werde sich um ihn kümmern. Nein, nein, er könne nicht ins Krankenhaus mit Mum. Mum müsse da alleine hin. Aber sie war ja nicht allein, da waren die Sanitäter, und im Krankenhaus warteten Ärzte auf sie.

Mrs Baxter stellte Gil den Fernseher im Wohnzimmer an. Er setzte sich und roch, was sie gekocht hatte, Zwiebeln und Gulasch. Aber das Essen war vergessen, denn Mrs Baxter hing am Telefon und erzählte den Leuten von Mum. Jedes Mal erzählte sie die Geschichte anders: wie viel Sanitäter es gewesen seien, wo und wie die Ärmste gefunden worden sei und welche Rolle sie in dem Drama gespielt habe. Dann senkte sie die Stimme und sagte, es sehe nicht gut aus, und es sei das Kind, das ihr so leid tue. Mr Baxter kam mit einem Netz Orangen herein und sagte Mrs Baxter, sie solle verdammt noch mal mit der Telefoniererei aufhören, damit das verdammte Krankenhaus sie erreichen könne. Mr Baxter gab Gil eine Orange. Mrs Baxter überlegte, ob sie ihre Tochter in Cheltenham in England anrufen sollte, aber da war der Zeitunterschied.

Gil starrte die Orange in seiner Hand an.

*Lass sie durchkommen. Lass sie durchkommen. Lass sie durchkommen.*

Bill Nord steht im Wasser und blickt zum Rettungsboot hinaus. Die Menge hält den Atem an. Birgit bekommt nichts mit und schwimmt weiter, der Sieg ist ihr sicher. Zwei andere Schwimmerinnen haben den Wettkampf abgebrochen und schwimmen auf der Stelle. Die dritte liegt weit zurück. Das Rettungsboot schwankt heftig, als die Männer Silvia an Bord ziehen. Der Jubel der Menge ist irrsinnig. Gil wird erst mitjubeln, wenn Silvia an Land ist.

*Lass sie durchkommen. Lass sie durchkommen. Lass sie durchkommen.*

Sie waren die Station hinuntergegangen, er und Mrs Baxter. Sie waren an Mums Bett vorbeigelaufen, obwohl ihr Name doch auf einer weißen Tafel an der Wand über ihr stand.

Dawn Hurley.

Klein, blass und jung sah sie aus, mit Kissen im Rücken und in einem Krankenhaushemd. Sie zitterte, als flösse ein leichter Strom durch sie hindurch. Sie wollte eine Zigarette. Sie wollte etwas Kaltes zu trinken, für ihren Hals. Sie hatte aufgesprungene Lippen, und seitlich an ihrem Mund konnte man sehen, wo die Schläuche in sie hineingeführt hatten. In ihrem Handrücken steckte eine Nadel, an der ein Tropf angeschlossen war, und sie trug ein Plastikarmband mit ihrem Namen. Mrs Baxter hatte ihr bei Target ein neues Paar Pantoffeln gekauft, und Mum machte sich hinter dem Rücken des alten Mädchens über sie lustig. Gil hasste sie dafür.

Als sie gingen, fasste Mum Gil beim Arm und zog ihn zu sich heran. Ihr Atem roch schlecht. Sie flüsterte in sein Ohr. Sie sagte, es sei ein Unfall gewesen. Sie sagte, sie würde ihn nie allein lassen. Er wisse das, oder? Dass er ihre ganze Welt sei?

Mrs Baxter wusch Gils Sachen, alle, und bügelte sie. Mrs Baxter bügelte alles, weil das Bügeln sie bei Verstand hielt. Tischdecken, Unterhosen, Vorhänge, Geschirrtücher, Mr Baxters Unterwäsche und Taschentücher. Gils gründlich gewaschene Sachen machten den Unterschied. Das und dass Mum einen Rock trug und sich die Haare zu einem Knoten hochband wie eine organisierte Sekretärin. Ja, sie könnten zusammenbleiben, sagte das Sozialamt, es gebe einen Betreuungsplan. Mum hatte eine Mappe mit all ihren Terminen, die auf dem Weg nach draußen im Müll landete. Noch am selben Abend verließen sie die Stadt. Zeit, sich von Mrs Baxter zu verabschieden, blieb keine.

Silvia ist an Land. Die Menge applaudiert, auch Gil. Sie schüttelt Hände wie eine Berühmtheit. Lässt sich wie eine Heldin auf die Schultern klopfen. Jemand gibt ihr ein Bier, ein Handtuch. Gil drängt sich vor, getrieben vom Bedürfnis, sie zu berühren, um sich zu versichern, dass sie tatsächlich überlebt hat. Als sie seine Hand auf dem Arm spürt, dreht sie sich um und nimmt Gil rasch in den Arm. Er schluchzt gegen ihren Hals, dann ist sie weg.

Die Inselbewohner begleiten die Schwimmerinnen in bester Laune den Anleger hinunter. Ist es nicht toll, dass keine von ihnen ertrunken ist? Das Versorgungsschiff erscheint als kleiner Punkt am Horizont, und Birgit, noch im Schwimmzeug, verschwindet in ihrer Hütte. Die anderen Wissenschaftler haben die Ausrüstung bereits heruntergeschleppt und sind abfahrbereit. Sie warten rauchend auf dem Anleger.

Das Versorgungsschiff legt an. Ostervorräte für die Insel werden ausgeladen, und die Wissenschaftler gehen mit ihren in Kisten verstauten Fundstücken und allem anderen an Bord. Birgit kommt den Anleger herunter, begleitet von Bill Nord, der sie wie eine Königin aufs Schiff geleitet. Sie trägt Kakishorts, ein Männerhemd und ihren breitkrempigen Hut. Ihr Haar ist in der Vormittagssonne fast schon wieder getrocknet. Sie sieht sich um, als suchte sie in der Menge nach jemandem. Gil duckt sich hinter einen Tisch für den Fall, dass er es ist.

Das Versorgungsschiff legt ab. Bill Nord steht mit erhobener Hand auf dem Anleger, ganz ernst und vornehm wie eine Gestalt aus alter Zeit. Er hat immer noch seine Schiedsrichterpfeife um den Hals hängen.

Gil sieht, wie sich Birgit von der Insel abwendet und aufs offene Meer hinausblickt.

Er sitzt auf einer Kiste, in der Nähe von einigen Leuten, aber nicht bei ihnen. Es ist ein Platz, von dem er alles im Blick hat, die Mums, wie sie herumglucken und ohne Unterlass reden, und die Männer mit ihren Bierflaschen, die mehrere Grills in Gang setzen. Es raucht ganz fürchterlich.

Roper und seine wilden Kumpane lassen sich nicht weit weg nieder. Sie reden darüber, ob Birgit ihn tatsächlich für ein Wochenende der Leidenschaft ins Hotel in Gero bestellen wird. Ropers Ohren glühen, sein Lächeln ist forciert. Er ist zutiefst beleidigt, kann es aber nicht zeigen. Silvia treibt durch die Menge, immer noch mit einem Handtuch um die Schultern, und erzählt wieder und wieder die Geschichte von ihrem beinahe tödlichen Krampf. Gil bekommt einen Burger und isst ihn, ein Auge immer bei Ropers Jungs, die zu ihrem Vater gerannt sind. Der Große, Paul, steht schlecht gelaunt neben dem Stuhl seines Vaters, der Kleine, Mikey, rennt zwischen den versammelten Männern herum. Starre jemanden lange genug an, und er guckt zurück. Gil sollte das wissen.

Gil sieht sich über die Schulter. Mikey rennt auf und neben dem Pfad. Paul stampft verbissen hinter ihm her und versucht ihn einzuholen.

»Warte, verfickte Scheiße!«

Gil beschleunigt seinen Schritt, versucht aber nicht zu rennen. Rennen löst eine Art Instinkt in so einem Jungen aus. Paul kommt auf Gils Höhe, rot im Gesicht, aber er hält mit. Gil sieht die Schweißflecken auf seinem zu engen T-Shirt.

»Du wohnst beim alten Hurley.«

Gil geht weiter.

»Ist er 'ne Tunte wie du?«

Gil geht weiter.

»Deine Mum hat sich selbst die Lichter ausgeknipst, oder?«

Gil geht weiter.

»Und du hast es wochenlang keinem erzählt, du kranker Wichser.«

Mikey kommt näher an seinen Bruder heran und lässt ein Heulen hören.

»Halt die verfickte Fresse, Mikey.«

Mikey dreht ab und grinst. Gil wird schneller.

»Warte, ja?« Paul kommt mühsam mit. »Wie sah sie aus, als sie verfaulte?«

Gil wird noch schneller.

»Du trägst die Klamotten von deiner Granny, oder?«

Mikey lacht wild.

»Tunte!« Paul spuckt.

Mikey nimmt das Wort auf: »Tunte, Tunte, Tunte.«

Gil rennt jetzt. Eine ätzende Übelkeit steigt in ihm auf. Sein Herz rast. Er sieht sich um. Mikey rennt noch immer herum. Paul ist stehen geblieben und würgt Rotz aus den Tiefen seiner Seele.

»Halt dich fern von uns«, schreit er, »oder Dad nimmt dich mit raus aufs Meer und ersäuft dich!«

## KAPITEL 29

# 1629

Die Geschichte ist in aller Munde. Creesje Jansdochter ist aufs mondlose Deck gegangen, um vorm Schlafengehen noch etwas Seeluft zu schnappen, und acht, sechs, zwanzig Mann sind über sie hergefallen.

Hinter dem Mast heißt es: von unbekannten Angreifern misshandelt und bewusstlos beim Besanmast zurückgelassen.

Vorm Mast sagen sie: überfallen, geknebelt, an den Füßen über die Reling gehalten, auf die Planken gedrückt, Rock hoch, mit Scheiße beschmiert, den Kopf aufs Deck geschlagen und tot geglaubt zurückgelassen.

Das Motiv für den Überfall stellt alle vor ein Rätsel. Ihr ist nichts gestohlen, ihr Körper nicht missbraucht worden. Ein finsterer, skandalöser Argwohn ergreift das Schiff. Creesje wurde angegriffen, weil sie Pelsaerts Hure ist – dass sich die beiden nahe sind, lässt sich nicht bestreiten –, und das Ganze diente dazu, den Oberkaufmann in Wut zu versetzen. Strafen werden vorhergesagt: Der Anstifter wird gehängt, seine Bande gekielholt. Der Provost, der finster dreinblickend über das Schiff läuft, wird sich besondere Qualen ausdenken.

Drei Tage vergehen, und Pelsaert stellt keine Nachforschungen an, niemand wird festgenommen, weder wird nach Folter gerufen noch einer gehängt. Creesje erscheint blass und entschlossen auf Deck, Hand in Hand mit Antony van der Heuvels wilder Tochter. Die anderen Passagiere bleiben auf Distanz. Eine Wache wird vor Creesjes Kabinentür postiert, Tag und Nacht.

Creesje will Mayken nicht aus den Augen lassen. Sie sagt, auf diesem Schiff sind finstere Mächte am Werk und dass der Oberkaufmann sich vorsehen muss. Pelsaert hat Feinde, und ihr Hass auf ihn wächst immer weiter. Das setzt ihm angesichts seiner sowieso schon schwachen Gesundheit fürchterlich zu, weshalb er in seiner Kabine bleibt. Der Respekt vor ihm schwindet, und der Skipper macht Boden gut. Wenn diese Männer diszipliniert sind, kommt es womöglich zum Undenkbaren.

Mayken rätselt. »Was ist das Undenkbare?«

Creesjes Stimme ist kaum ein Flüstern. »Meuterei.«

Mayken darf das nicht wiederholen, genauso wenig, wie sie den Namen des Angreifers aussprechen darf, dessen Stimme Creesje erkannt hat: *Jan Evertsz Bosun.* Creesje hat sich diskret nach seinem Ruf erkundigt und gehört, dass er ein raubeiniger Mistkerl ist, der die Mannschaft hinter sich hat und dem Skipper nahesteht.

*An der Ruhr.*

Creesje bittet Gott, dem Oberkaufmann zu vergeben, der aus Angst vor noch größerem Chaos nicht handeln kann. Mayken bittet Gott, die Männer, die Creesje angegriffen haben, mit Skorbut und schrecklichen Unfällen zu bestrafen. Sie denkt an einen Tod durch Bullebak, doch es scheint, dass auch so schon genug Böses die Decks heimsucht. Creesje isst nicht länger in der Großen Kabine, der Skipper herrscht jetzt dort. Das Essen wird ihr an die Tür gebracht. Nach Einbruch der Dunkelheit geht sie nicht mehr hinaus, und an Deck hält sie Abstand von den übrigen Passagieren. Sie betet oft und zählt die Tage, bis sie ihren Mann wiedersieht. Sie weint oft in ihren Träumen und möchte Mayken immer in ihrer Nähe haben.

Maykens Aufgaben sind: Lieder für Creesje zu singen, ihr Geschichten über Kätzchen oder durch wundersam dahintreibende Wiegen vor Fluten gerettete Babys zu erzählen und ihr die Hand zu halten, bis sie einschläft.

Wenn sie dann schläft, kann Mayken die Kabine verlassen, und sie wandert über Deck und hofft darauf, dass Vasthouden aus den Wanten herunterschwingt, doch das tut er während dieser wachsamen, bangen Zeiten nicht. Auch bei Tag dreht sie ihre Runden. Die Wachen kennen sie und lassen sie durch. Die Seemänner kennen sie und nicken ihr zu. Unter Creesjes Obhut ist sie erhabener geworden, weniger kribbelig, und vermag eine unbestreitbare Entschiedenheit auszustrahlen. Mayken hat immer, immer ihren Bartmannskrug dabei, auch wenn die Speckschwarten nicht besser werden.

Ihre Routen sind unterschiedlich, beginnen aber stets an den Offiziersklos, zwei dreieckigen Verschlägen jeweils seitlich am Heckkastell, wo sich die höheren Ränge erleichtern. Mayken späht durch die Sitze aufs Meer tief unten und rechnet halb damit, dass Bullebak den Kopf durchs Loch steckt. Mit glühenden Augen und vorschießender Zunge. Eine grauenhafte Vorstellung.

Doch Bullebak ist nirgends zu finden.

Aber täglich finden sich Hinweise auf ihn. Bullebak hinterlässt seine Spuren überall. Angebissene Taue und Holzschuhe. Ungewöhnliche Pfützen und der anhaltende Gestank von verrottendem Fisch. Schwarze Schimmelranken auf Wänden und Deckenbalken.

Das Schiff verkommt in Feuchtigkeit.

Alte Aberglauben greifen um sich. Die Seemänner tun sich dabei besonders hervor. Beim Festzurren von Knoten müssen alle Worte gesungen, Kameraden in der Messe auf eine besondere Weise bedient werden. Ein Wechsel der Windrichtung ist zu begrüßen. Alle halten nach Omen Ausschau und versuchen sie zu deuten. Die Form des Kielwassers wird studiert, die der Wolken debattiert, Imke bitter vermisst.

Eine Laterne, die man nach unten in den Laderaum trägt, brennt jetzt grün. Monströse Geburten plagen die Tiere an Bord. Die Ergebnisse werden hastig über Bord geworfen, um keinen Schrecken zu verbreiten. Augenlose Lämmer. Ferkel ohne Schnauzen. Ein zusammengewachsener Wurf Kaninchen, eine Masse aus Köpfen und Gliedern. Und der Gärtner erntet gabelförmige Möhren aus seinen Kästen beim Hühnerstall.

»So geht es auf langen Reisen«, sagt Creesje. »Sie verändern, was die Leute denken und sehen.«

Das ist Bullebak, sagt sich Mayken.

Eines frühen Morgens sieht sie Vasthouden. Er hat sein Ostindien-Tuch verloren, und sein armer, alter Kopf ist völlig sonnenverbrannt und heiß. Sie legt ihre kleinen, kalten Hände darauf, und Vasthouden lacht. Er sieht den Stein um ihren Hals hängen und sagt mit einem Lächeln: »Irgendwelche Prophezeiungen?«

Keine.

Sie klettern aufs Heck und sehen zu, wie das Kielwasser hinter ihnen zurückbleibt. Imke ist weit, weit weg, begraben in einem Land, das Mayken wahrscheinlich nie wiedersehen oder betreten wird. Sie erträgt es nicht, daran zu denken, wie einsam Imke sein muss. Sie, die das Gewimmel auf dem Haarlemer Markt so sehr geliebt hat, die Menschen, die von ihr die Zukunft vorausgesagt bekommen wollten, den Klatsch und das Gerede der Leute Tag für Tag um sie herum. Jetzt liegt sie ganz allein in fremder Erde.

Vasthouden benennt die Vögel, die vorbeifliegen, und Mayken beobachtet sie neidisch. Sie treiben mit gefälligen Winden dahin, trinken Regentropfen und fressen Wolken, haben nichts zu tun mit dem fauligen Wasser und dem schimmelnden Essen aus dem alles vergärenden Bauch des Schiffes. Es ist kaum überraschend, dass das Eingesperrtsein in dieser Welt Bosheit und Intrigen gebärt. Die Leute beginnen zu hassen, schlagen sich auf die eine oder andere Seite, flüstern in Ecken miteinander, planen Abscheulichkeiten und debattieren über das Undenkbare.

»Warum guckst du so sorgenvoll, kleine Großmutter?«

»Ich habe gerade gedacht, dass man dieser Tage niemandem mehr trauen kann.«

»Dem Schiff kannst du trauen.«

»Was, wenn es sinkt?«

»Ein gut gebautes Schiff will ebenso wenig sinken, wie ein redlicher Hund beißen will.«

Mayken lässt den Blick über das gut gebaute Schiff gleiten, die frisch mit Seewasser geschrubbten, noch ruhigen Decks und die längst verblichenen Beschläge und Armaturen. Die wettergegerbten Segel.

»Was ist mit den Seepocken und Lecks?«

Vasthouden lächelt. »Hatten wir nicht fürchterlich raue See? Und einen Sturm nach dem anderen?«

»Ja.«

»Aber alles hat zusammengehalten?«

»Ich denke, schon.«

Vasthoudens dunkle Augen leuchten. »Dieses Schiff ist unsere Mutter, Mayken. Sie wiegt uns, in ihren Armen sind wir sicher.«

Mayken muss weinen. Sie weiß nicht, warum.

Vasthouden wischt ihr mit seiner rauen Hand die Tränen weg. »Wenn du damit aufhörst, erzähle ich dir eine Geschichte.«

»Was für eine Geschichte?«

»Die Geschichte von der Waldnymphe und der Wiege.«

»Ist sie zum Fürchten?«

»Nicht sehr. Willst du sie trotzdem hören?«

Mayken schnieft. »Ja, doch.«

*Es war einmal ein kräftiger junger Holzfäller, der allein in einer Hütte im Wald lebte und seine Arbeit liebte. Er achtete die Bäume, die er fällte, und half ihnen auf viele Art.*

»Wie?«

»Wenn sie kranke Äste hatten, sägte er sie ab. Wenn Vogelküken aus ihren Nestern fielen, sammelte er sie ein.«

»Um sie zu essen?«

»Nein, er rettete sie. Er fütterte sie mit Eintopf, bis sie dick und stark waren.«

»Und dann hat er sie gegessen?«

»Dann hat er sie freigelassen, damit sie in den Bäumen singen konnten.«

»Er war also ein hungriger Holzfäller?«

Vasthouden lacht. »Kann ich die Geschichte weitererzählen?«

»Ja.«

*Der Holzfäller liebte sein Leben und seine gemütliche Hütte. Er liebte seinen Wasserkessel und den kleinen schwarzen Herd, den er mit Holzscheiten befeuerte. Und den Topf darauf mit einem guten, köstlichen Eintopf. Und das Regal, das er sich gebaut hatte, mit seiner Pfeife darauf. Sein Bett war warm und heimelig, er hatte ein dickes Plumeau und die Felle von den Tieren, die er gefangen hatte. So arm er war, lebte der Holzfäller wie ein König! Vor allem liebte er seine Arbeit. Denn die Bäume begrüßten ihn mit wiegenden Ästen und die Vögel mit fröhlichen Liedern. Trotzdem war er einsam.*

»Er hatte die Bäume.«

»Bäume antworten dir nicht.«

»Und die Vögel.«

»Er sehnte sich nach einem anderen Menschen.«

»Warum hast du das nicht gesagt?«

»Hör zu.«

*Eines Tages traf der Holzfäller auf eine junge Frau. Sie war wunderschön, aber auch sonderbar, mit dunkelgrünem Haar und schönen, schlanken Armen und Beinen von einem Grünweiß, wie man es von Schösslingen kennt, denen man die Rinde abzieht. Sie erschrak und wollte davonrennen, aber er beruhigte sie und lud sie in seine Hütte auf einen Teller Eintopf und ein paar Züge aus seiner Pfeife ein.*

*Bald schon waren sie verheiratet und lebten glücklich und zufrieden in der Hütte im Wald. Die sonderbare Frau des Holzfällers ließ sich von ihrem Mann eines versprechen: Bei Vollmond musste er sie allein zwischen den Bäumen umherwandern lassen. Der Holzfäller stimmte dem gerne zu. Und schon kam ein Baby mit dem dunkelgrünen Haar der Mutter und den grünweißen Armen und Beinen eines Schösslings. Es war eine Tochter, und sie war die Freude ihrer Eltern.*

*Aber der Holzfäller begann sich Sorgen zu machen wegen all der Dinge, die seine Tochter brauchen könnte, um glücklich zu sein: ein Haus aus Ziegeln, teure Kleider, goldene Teller und Kristallkrüge, ein Pony mit einer Mähne voller bunter Bänder.*

*Seine Frau beruhigte ihn. Waren sie nicht zufrieden in ihrem Wald? Hatten sie nicht, was sie brauchten? Aber der Holzfäller hörte nicht auf sie.*

*Er begann mehr und mehr Bäume zu fällen, um sie dem gierigen Sägewerksbesitzer zu verkaufen. Und bald schon hörten die Vögel auf zu singen, und die Bäume wiegten ihre Äste nicht mehr zur Begrüßung, wenn er kam. Die Vögel wandten die Schnäbel ab, und die Bäume starrten wütend auf ihn hinab und deuteten mit ihren klebrigen Fingern auf ihn.*

*Die Frau des Holzfällers flehte ihn an, nur zu nehmen, was sie brauchten, nicht mehr.*

*Aber der Holzfäller hörte nicht auf sie. Er wurde geizig, Geist und Seele verdarben. Und dann kam eine weitere Vollmondnacht.*

*»Pass gut auf deine liebe Tochter auf«, sagte die Frau. »Ich mache meinen Mondspaziergang.«*

*Der Holzfäller saß in der Hütte und blickte aus dem Fenster zum Vollmond hinauf. Das Baby schlief. Seine Frau war weg. Rastlos nahm er seine Axt und ging hinaus, um mehr Bäume zu fällen, denn der Mond schien sehr hell in dieser Nacht, fast war es wie bei Tag. Der Holzfäller ging durch den Wald, der jetzt weit lichter war, weil er so viele Bäume geschlagen hatte. Doch er erkannte den von ihm angerichteten Schaden nicht.*

*So kam er zu einem Baum, den er noch nie zuvor gesehen hatte. Der Baum schimmerte grün im Mondlicht und hatte langblättrige, herabhängende Äste, die sich ganz so wie die einer Weide bewegten. Irgendwie erinnerte ihn der Baum an eine wunderschöne, grünhaarige junge Frau.*

*Der Holzfäller zögerte, war der Baum doch so schön! Aber der Gedanke an den guten Preis, den er für ein so edles Holz erzielen würde, ließ ihn die Axt schwingen. Beim ersten Schlag hörte er einen fernen Schrei. Beim nächsten wieder einen und noch einen. Doch er machte weiter, bis der Baum gefällt und der Wald wieder still war.*

*Der Holzfäller befreite den Stamm von den Ästen, doch als er das schösslinghafte Grünweiß der Glieder des Baumes sah, verlor er den Willen weiterzuarbeiten. Morgen würde er mit dem Maultier kommen und den Baum zum Sägewerk schaffen, jetzt musste er zurück zur Hütte, oder seine Frau würde bei ihrer Rückkehr von ihrem Spaziergang sehen, dass er sein Versprechen gebrochen hatte.*

*Als er die Hütte erreichte, hörte er seine Tochter schreien. Das Baby schrie die ganze Nacht, schrie noch bei Sonnenaufgang und den Morgen über. Der Holzfäller lief auf und ab mit ihr. Er sorgte sich um sein Kind und seine Frau, die noch nicht von ihrem nächtlichen Ausflug zurückgekehrt war. Mit dem Baby auf dem Arm begann er nach seiner Frau zu suchen. Vielleicht war ihr ein Unglück zugestoßen, und sie lag irgendwo, verletzt, und konnte nicht gehen?*

*Als sie den gefällten schönen Baum erreichten, hörte das Baby auf zu schreien. Der Holzfäller setzte es auf den Waldboden, und es kroch auf den Baum zu, legte den Kopf an den Stamm und schloss die Augen.*

»Der Baum war ihre Mutter, die hölzerne Nymphe.«

»Kleine Großmutter, willst du mich nicht fertig erzählen lassen?«

*Während der nachfolgenden Tage war das Baby nicht von dem gefäll-*
*ten Baum zu trennen, und der Holzfäller brachte es nicht übers Herz,*
*den Stamm zum Sägewerk zu schaffen. Er holte sein Schreinerwerk-*
*zeug und formte und schnitzte aus dem Stamm eine Wiege. Als er das*
*Mädchen hineinlegte, schlief es gleich ein.*

*Am Abend sah der Holzfäller, der einen Tropfen getrunken hatte,*
*um seiner Traurigkeit beizukommen, wie sich die Wiege aus eigener*
*Kraft bewegte. Sie wiegte das Kind, und er hörte eine ferne Stimme.*
*Es war die Stimme seiner Frau, die ein Lied sang. Das Lied, das sie*
*dem Kind immer vorsang.*

*In dem Moment begriff der Holzfäller ...*

»Dass er seine Frau umgebracht hatte.«

»Ja.«

»Du sagst also, dass dieses Schiff aus toten Waldnymphen gebaut ist?«

»Ich sage, dieses Schiff ist ein Wald und dass es einst die Füße in fester Erde hatte, genau wie wir.«

»Aber deine Füße stecken doch nicht in der Erde.«

»Ich bin an Land aufgewachsen, und ich will zurück an Land. Bis dahin habe ich mich für ein Leben auf See entschieden.«

Mayken überlegt einen Moment. »Auch ich habe mich dafür entschieden. Ich werde Seemann und fahre überall mit dir hin.«

Vasthouden lacht. »Ich bin alt, und dies ist meine letzte Reise. Ich habe vor, mich in Batavia niederzulassen. Das wird mein Land sein.«

»Ich will dort nicht bleiben. Ich will nicht bei meinem Vater sein. Er schlägt seine Pferde und quält seine Rosen.«

»Er ist ein guter, reicher Mann.«

»Reich zu sein, macht ihn nicht zu einem guten Menschen.«

»Nein.« Vasthouden sieht zum Himmel auf. »Schließ deine Augen und lausche dem Lied des Schiffes.«

Mayken macht die Augen zu, hört, wie sich die Segel um sie herum spannen, hört das Knarzen der Takelage und das Schlagen der Wellen gegen den Rumpf. Das Schiff ächzt und krängt unter riesigen windgefüllten Stoffbahnen. Und in all diese Geräusche hinein klingt das Lied des Schiffes mit der Stimme des Waldes, aus dem es gebaut wurde – eines ganzen Waldes! In diesem Lied liegt die Erinnerung von Ästen und Blättern, wie sie den Wind schmecken. Der Herzschlag einer langsam heranwachsenden Eiche und einer aufschießenden Kiefer.

Mayken öffnet die Augen.

»Hast du es gehört?«

Mayken nickt.

»Unser Schiff wird uns schützen, auch wenn Stürme es schütteln und sich Würmer in sein Holz bohren. An der *Batavia* halten wir uns fest.«

## KAPITEL 30

# 1989

Gil sucht sich jetzt ruhige Zeiten zum Herumstreifen, spätabends oder vor Sonnenaufgang. Solange es hell ist, bleibt er im Camp. Gil hat keine Angst vorm Dunkeln oder vor Geistern, die in der Dunkelheit umgehen. Oder sagen wir, er hat weniger Angst vor der Dunkelheit und den Toten als vor den Lebenden – jetzt, wo die ganze Insel weiß, dass er ein Freak ist, der in den Kleidern seiner Granny herumläuft.

Er kann nur raten, wie es Ropers Kinder herausgefunden haben, und er hasst Silvia dafür.

Gil wandert durch die Nacht und sieht die Überbleibsel geschäftiger Tage. Von Grillpartys und Strandpicknicks. Manchmal, wenn er sich im Camp verkrochen hat, glaubt er, lärmende Stimmen und Lachen zu hören, und der Geruch von verbranntem Fleisch wird vom Wind herangetragen.

Meist liegt er auf dem Bett und liest in Birgits Buch über die *Batavia*.

Was ist übrig von dem mächtigen Schiff und all den Menschen? Kieferknochen und Tonscherben, silberne Bettpfosten und vom Meerwasser durchtränktes Holz.

Man kann die Dinge berühren, die sie berührt haben, oder ein Stück von einem Menschen in der Hand halten. Man kann den Brief eines Priesters lesen, der dabei war, oder das Tagebuch des Oberkaufmanns.

Nichts von alledem war leicht zu finden. Die Kanonen unten auf dem Grund des Meeres haben Hunderte Jahre darauf gewartet, entdeckt und ans Licht gebracht zu werden. Das Zeug da unten wurde von Korallen überwuchert und musste sorgsam freigelegt werden. Die Überbleibsel an Land haben Nest bauende Seevögel durcheinandergebracht. Die Wissenschaftler mussten alles mühsam zusammensetzen, Stück für Stück.

Gil stellt sich die Überlebenden vor. Normale Leute, die wahrscheinlich über das Wetter klagten, und dass sie Fisch mit zu vielen Gräten essen mussten. Und als das Wasser knapp wurde, haben sie sich gegenseitig totgeschlagen. In Birgits Buch ist ein Foto von einem Schädel, dem ein Stück fehlt. Der Mann wurde im Weglaufen getötet, wie sie denken. Wenn man seinem Schädel zuhören würde, ihn wie eine Muschel an sein Ohr hielte, würde man womöglich das Klirren von Schwertern und ein Gluckern hören, und dann ein dreihundertsechzig Jahre langes Nichts. Warum soll es die toten Holländer nicht sauer gemacht haben, als die Fischer kamen, und die Wissenschaftler, um ihre alten Knochen auszugraben und zu versuchen, ihre Geschichte zu erzählen?

Irgendwann zwischen sehr spät und sehr früh beugt sich Gil aus dem Fenster und stellt die Sporttasche nach draußen. Dann steigt er auf seine Nachttisch-Kiste und klettert hinterher. Das ist leiser, als den Flur hinunter und durch die Küche zu knarzen. Draußen dann kann er nichts gegen das Knirschen seiner Schritte auf dem Kies tun. Es ist eine helle Nacht, und so umkreist er die Insel einmal, mit Enkidu in der offenen Sporttasche, damit die Schildkröte die Sterne sehen kann. Gil kennt die Wege so gut, dass er kaum einmal stolpert, selbst im Dunkeln nicht. Der Trick ist, all seine Sinne zu benutzen. Katzen und andere Nachttiere wissen das. Sie haben die Augen weit offen, die Ohren gespitzt, die Fühler zucken, und ihre Pfoten suchen vorsichtig Halt. Bei

Nacht ist die Welt eine andere als bei Tage und fühlt sich auch anders an. Wind und Luftbewegungen werden von der Haut gelesen, und die Erde setzt ihre Gerüche frei.

Gil geht den alten Steg hinunter und steigt vorsichtig in das flache Boot. Er stellt Enkidu ab, gibt Leine, und das Boot treibt davon, bis ihr Ende erreicht ist. Wahrscheinlich guckt Little May vom Ufer aus zu. Sie würde keine weitere Seereise riskieren. Manchmal denkt Gil daran, die Leine loszumachen und das Boot davontreiben zu lassen. Über den Fundort des Wracks hinaus und immer weiter. Weg von den Zähnen des Riffs. Sie würden biblischen Stürmen trotzen und der *The Sea Tortoise* vertrauen. Es würde Katastrophen geben: verlorene Ruder, vergessene Dosenöffner, Haie. Aber am Ende würden sie an einem fernen Ufer stranden, mit viel Grün, Kokosnüssen und menschenleer.

Gil sieht hinauf zu den teilnahmslosen alten Sternen. Und die teilnahmslosen alten Sterne blinzeln kalt und unnahbar zurück.

Besuche in der Hütte der Wissenschaftler sind äußerst gefährlich. Der Anleger ist der geschäftigste Teil der Insel. Expeditionen müssen vor Tagesanbruch unternommen werden, bevor die Fischer zu ihren Booten gehen. Die Hütte der Wissenschaftler ist nicht abgeschlossen.

Drinnen riecht es muffig. Das durch die Fensterläden fallende Mondlicht zeichnet ein Muster auf den Boden. Gil hält die Taschenlampe niedrig und ruhig. Sich bewegendes Licht zieht Aufmerksamkeit auf sich. Wenn er drinnen das Mondlicht sieht, könnte jemand draußen auch das Zucken seiner Taschenlampe sehen.

Die Hütte der Wissenschaftler wirkt verlassen. Die verbliebene Ausrüstung haben sie in Kisten gepackt, die in den Ecken aufgestapelt stehen. Die Regale sind leer, die Fundstücke nicht mehr da. Das Geschirr auf dem Abtropfgestell ist mit einer Schicht Staub bedeckt. Aus dem Wasserhahn kommt nichts, die Zufuhr aus dem Tank ist zugedreht. Einige der Merkzettel sind von der Pinnwand verschwunden. Wo sie hingen, sind dunkle Stellen und Löcher im Kork. Das stählerne Etagenbett im Zimmer, in dem die Männer geschlafen haben, ist ohne Matratzen.

Gil zieht den Reißverschluss der Sporttasche auf und lässt Enkidu frei herumlaufen. Im Licht der Taschenlampe checkt er seine Liste.

Erste-Hilfe-Kasten.

Leuchtsignale.

Karte.

Die Erste-Hilfe-Kiste ist bei der Tür an die Wand geschraubt. Drinnen ist hauptsächlich Verbandszeug. Sonst kann er nichts von seiner Liste finden, aber er wird die Kappe mitnehmen, die er im Zimmer mit dem Etagenbett gefunden hat. Vorne drauf steht *Monaco*. Er öffnet das Campingbett in der Ecke, das Birgit benutzt hat. Es riecht noch leicht nach ihren Continentals. Er legt sich darauf und lauscht dem herumkrabbelnden Enkidu und dem Klopfen seines Panzers gegen die Wände, während sein Freund das Terrain erkundet.

Gil wacht spätmorgens auf, glaubt er der Uhr auf dem Regal. Zu spät, um ungesehen zurück in Joss Hurleys Camp zu kommen. Draußen sind Stimmen zu hören, das schrille Jammern eines Kindes, das tiefe Poltern eines alten Mannes und das scharfe Blaffen einer Mum. Gil wird hierbleiben und es aussitzen müssen.

Enkidu schläft unter einem Stück Plane. Gil sitzt im Schneidersitz neben seinem Freund. Er leckt über einen Finger und malt ein Bild von Enkidu in den Staub auf dem Boden. Dann eines von sich selbst. Enkidu ist viel größer als er. In Wirklichkeit wäre der danach so groß wie ein kleines Auto. Gil würde noch mal neu anfangen, nur hat er jetzt den sandigen Geschmack des Staubs in seinem trockenen Mund.

Gil starrt ewig durch das Loch in Dutchs Hexenstein, sieht aber nur die Decke, nichts Magisches. Nichts passiert, nur dass Enkidu nach einer Weile wieder aufwacht. Er gibt seinem Freund eine halbe Dose Kondensmilch, die er im Schrank gefunden hat. Enkidu guckt ihn an, als wollte er sagen: *Ich bin keine verdammte Katze.*

Es dämmert, als Gil die Tür zur Hütte der Wissenschaftler einen Spalt weit öffnet. Niemand zu sehen. Die Fischer werden zu Hause bei ihren Familien sein. Die Boote sind am Anleger festgemacht, der Fang ist sortiert, die Ausrüstung weggepackt. Selbst die *Ramona* wird wieder da sein, Dutch in der Hütte stehen und kochen, Joss auf der Veranda sitzen und dösen. Gil schiebt die Sporttasche hinter das Campingbett. Er wird ohne überflüssigen Ballast gehen und darauf hoffen, unbemerkt ins Camp zurückzukommen.

Gil hält Enkidu auf dem Arm. Ruhig und waagerecht, weil Enkidu nicht gerne in Schräglage ist. Die frische Luft nach dem Tag in der Hütte fühlt sich gut an. Die Insel ist in gelöster Stimmung. Gil hofft, einen Seeadler zu sehen, eine Robbe, ein paar interessante Seevögel.

Die Sonne ist hinter ihnen, sodass Gil Ropers Jungen erst sieht, als sie direkt auf ihn zukommen, vom Wasser herauf. Sie haben ihr Schwimmzeug an, ihre Haare sind noch nass, und Paul trägt Fußballschuhe, ohne Socken. Mikey ist barfuß, aber es scheint ihm nichts auszumachen.

Paul sieht Gil mit zusammengekniffenen Augen an. »Was ist das?«

»Nichts.«

Mikey flitzt heran. »Lass mich sehen!«

»Zeig sie ihm. Es ist eine Schildkröte, Mikey.«

Gil hält Enkidu etwas tiefer, damit der kleine Junge sie besser sehen kann. Mikey streckt einen Finger aus und will dagegenstoßen.

»Nicht so«, sagte Gil. »Du musst vorsichtig sein.«

»Ich will sie halten!«

»Gib sie ihm!«

Gil sieht entsetzt, wie das Ganze enden wird. Paul ist offenbar nicht mehr gelangweilt, sondern bösartig interessiert. Es war ein Fehler von Gil, zu zeigen, dass ihm die Schildkröte wichtig ist.

»Gib mal!«, sagt Paul.

Mikey verzieht das Gesicht zu einer Grimasse und streckt den Finger wieder aus. Er stößt gegen Enkidu, der in Gils Händen mit den Beinen rudert. Der Junge dreht sich weg und schreit.

»BAH! BAH! BAH!«

»Halt's Maul!«, sagt sein großer Bruder. »Verfickt.«

Gil überlegt, ob er wegrennen soll, aber es könnte schiefgehen, und Enkidu kann es nicht ausstehen, durchgeschüttelt zu werden.

»Gib mal.«

Gil gibt Paul die Schildkröte. Enkidu sieht zurück zu ihm. Panik ergreift sein armes, altes Gesicht, der Kopf zuckt zur Seite.

Paul dreht die Schildkröte achtlos um.

*Vorsichtig!*, möchte Gil schreien. *Vorsichtig!*

Paul hebt Enkidu vor sein Gesicht. »Hallo, du kleiner Scheißer. Abartiger kleiner Scheißer.«

Gil erträgt es nicht. »Du hast sie gesehen. Gib sie wieder her.«

Ropers Junge lächelt. »Sag Bitte, Schwuchtel.«

»Gib sie mir bitte zurück.«

»Fleh mich an.«

»Ich flehe dich an.«

Ropers Junge lächelt. Er wird die Schildkröte zurückgeben. Immer noch lächelnd lässt er sie fallen und tritt schnell und mit aller Kraft zu. Es gibt einen dumpfen Schlag, als sein Fußballschuh sie trifft. Enkidu fliegt im hohen Bogen durch die Luft und landet mit einem abscheulichen Knacken mit dem Bauch nach oben auf den Steinen. Paul lacht. Mikey dreht sich im Kreis.

Gil, der sich mit einem Mal wieder bewegen kann, hebt seinen Freund auf und rennt.

Joss sieht von seiner Zeitung auf. Gil hätte fast die Fliegentür aus den Angeln gerissen. Er schluchzt mit der Schildkröte im Arm – *Enkidu!* –, die sicher schon tot ist. Sie hat die Beine eingezogen, ein bisschen von ihrem Kopf ist noch zu sehen, der Panzer ist gebrochen. Aus dem gezackten Riss quillt Blut.

Joss steht auf und nimmt dem Jungen die Schildkröte vorsichtig aus den Händen.

Sie wird auf dem Küchentisch verarztet. Joss legt die Schildkröte auf ein sauberes Handtuch und wischt, was aus ihr hervorquillt, sorgfältig mit nasser Watte weg. Er nimmt ein paar Streifen Verbandsmull und medizinischen Kleber. Gil geht in die Hocke und spricht mit der Schildkröte, auch wenn sich sein Freund immer noch im Panzer versteckt. Dutch ist mit heißem Wasser bei der Hand, wie im Film. Er kocht Tee, den sie mit viel Zucker trinken werden. Ein irisches Hausmittel bei Schock und Katastrophen.

»Enkidu, kannst du mich hören?«, flüstert Gil. »Du kommst wieder in Ordnung.«

Joss legt den Mull in dünnen Streifen über die Risse. Er bestreicht sie mit Kleber, den er vorsichtig in sie hineinreibt. Als er fertig ist, wischt er alles Überschüssige mit einem Lappen ab. Ganz sanft nimmt er die Schildkröte und setzt sie in die Schachtel, die Dutch mit einem zusammengefalteten Handtuch vorbereitet hat.

»Jetzt trinken wir diesen Tee, Dutch«, sagt er.

»Genau.«

Gil und sein Großvater sitzen am Tisch, die Schachtel zwischen sich.

»Du musst ihn an einen ruhigen, dunklen Ort stellen.«

»Danke.«

Der alte Mann sieht zu Dutch, dann wieder zu Gil. »Du könntest Grandpa zu mir sagen, wenn du wolltest.«

Gil nickt. Dutch an der Spüle lächelt in die Teedose.

»Wie geht es dir?«, fragt Joss. »Gilgamesch, dem Kriegerfürsten?«

Gil verzieht das Gesicht und schämt sich, dass da schon wieder Tränen kommen.

Joss steht auf. Er legt dem Jungen eine Hand auf die Schulter. Gil weint.


Gil liegt auf seinem Bett. Er sieht zu, wie Enkidu in einem Nest aus Kissen schläft. Draußen auf der Veranda beginnt Dutch ein leises Lied auf seiner Gitarre zu spielen.

Überzeugt, dass sein Freund sicher ruht, geht Gil hinaus. Dutch klopft auf die Bank neben sich. Gil setzt sich.

»Wo ist er?«

»Er macht einen Spaziergang. Wie geht es Enkidu?«

Gil zuckt mit den Schultern.

»Wir haben getan, was wir tun konnten«, sagt Dutch. »Das Schicksal des tapferen Enkidu liegt jetzt in Gottes Hand.«

Gil sieht aufs Meer hinaus. »Ich hätte ihn verteidigen sollen.«

»Vor einem Jungen, der doppelt so groß ist wie du«, fragt Dutch. »Und gemein wie eine verdammte Ratte?«

»Trotzdem«, sagt Gil.

»Edler Gilgamesch. Wenn es Gerechtigkeit auf dieser Welt gibt, wird dein Freund überleben.«


Später steht Joss in der Tür. Er wankt ganz leicht, und als er weiter in Gils Zimmer kommt, riecht der den Schnaps im Atem seines Großvaters.

Joss legt etwas aufs Fußende des Betts. Gil sieht zwischen den Wimpern hindurch zu und bleibt völlig reglos liegen. Er muss an die Male denken, wenn Mum den Weihnachtsmann gespielt hat. Nächtliches Rascheln und leise Flüche wegen angehauener Zehen, und zurück blieben gefüllte Fußballsocken oder Kissenbezüge.

Joss geht wieder, streicht über den Türrahmen, sieht noch einmal zurück und schließt leise die Tür.

Gil streckt die Zehen aus. Da liegt etwas auf seiner Decke. Er setzt sich auf, um nachzusehen, und findet grünen Brokat, ordentlich zusammengelegt, üppig und festlich im Licht seiner Taschenlampe.

## KAPITEL 31

# 1629

Sie war blind! Jeder Teil dieses Schiffes lebt! Es ist wie mit den Schnitzereien in der Kirche von St. Bavo, dem Juwel Haarlems. Erst glaubte sie nicht, dass ihr eine hölzerne Kröte auf dem Chorgestühl zuzwinkern oder ein steinerner Wasserspeier grinsen konnte. Imke sagte, sie solle nur genau hingucken, aufpassen, dann werde sie es schon sehen.

Mayken sieht und staunt. Das Schiff, es lebt!

Die Seemänner haben es immer gewusst, und jetzt weiß Mayken es auch, sie spürt es in den straffen Leinen und den klagenden Planken. Abends wartet Mayken, bis Creesjes Tropfen wirken, dann stiehlt sie sich hinaus.

Sie streift herum, fürchtet den Steinmetz nicht mehr, keine Bestrafung. Die Leute stehen flüsternd in den Ecken zusammen und kümmern sich nicht weiter um ein umherwanderndes Kind. Nach sieben Monaten auf See sind sie Geister, die über die immer gleichen Wege spuken. Ihre Augen richten sich nach innen, um ihren sich im Kreis drehenden Gedanken zuzusehen, und am Ende spucken ihre Münder das Wiedergekäute aus. Bittere, finstere Geschichten über Intrigen und heraufziehende Unwetter. Sogar Creesje versinkt in Schwermut.

Mayken, die Unbemerkte, sitzt stundenlang auf dem Vorderdeck und wartet darauf, dass die Galionsfigur zum Leben erwacht. Wenn sie nur genau genug hinguckt, sieht sie vielleicht, wie der rotmähnige holländische Löwe gähnt und am Bugspriet entlangknarzt. Nach den anbrandenden Wellen schnappt und seine hölzernen Pfoten in den Ozean taucht. Um den Meeresschaum zu fangen wie Löwenzahnsamen. Mayken wendet den Blick von ihm ab, und als sie wieder hinsieht, hat er die Position geändert. Sein Hinterteil ragt höher in die Luft! Und sein Schwanz windet sich anders! Die bemalten Holzköpfe auf dem Achterdeck drehen sich in ihre Richtung, da ist sie sicher. Ihre Gesichter sind stark verwittert, aber als sie über sie streicht, legt sich ein Lächeln auf ihre überraschten Mienen.

Mayken liebt jeden Teil dieses Schiffes. Die Luft, die durch die Fensterlatten ihrer Kabine bläst, ist der Atem der *Batavia*, der Kiel ihr mächtiges Rückgrat. Die Geschützklappen sind ihre Augen. Bei Nacht dankt Mayken dem Schiff, dass es ihr und Creesje Schutz bietet. Sie brauchen keine schnarchende Wache vor der Tür! Die *Batavia* wird nicht zulassen, dass ihnen etwas zustößt.

Als das Licht der Laterne kleiner wird, kehrt Mayken in ihre Koje zurück. Creesje schläft tief und fest. Ein Schatten zuckt in der Ecke der Kabine und zieht Maykens Blick auf sich. Der Schatten windet sich aus Pelgroms Hörloch, auf das sie auf der anderen Seite der Wand ihr Ohr gepresst hat, als Imke noch lebte und Creesje mit Zwaantie zankte.

Der Schatten gleitet die Wand herunter. Er hat die Form eines aalartigen Wesens, reicht von der Decke bis zum Boden, reckt den gekerbten Rücken und dreht sich hierhin und dorthin. Ein Kopf mit vorspringenden Augen, mit Bartfäden wie ein Katzenfisch, die Kiemen pumpen, und er wendet sich ihr zu. Plötzlich riecht es nach abgestandenem Wasser. Fauliger Schlamm gluckst und blubbert.

Mayken liegt wie gelähmt vor Angst in ihrer Koje. Sie muss nicht mehr nach Bullebak suchen. Er ist zu ihr gekommen.

Der Schatten sammelt sich an ihrem Bett.

Sie holt tief Luft. »Die bist ein Wasserwesen, geh zurück ins Meer.«

Der Schatten wird dunkler.

Langsam, ganz langsam setzt Mayken sich auf und holt den Krug und den hölzernen Korken unter ihrer Koje hervor.

»Du könntest ein großes Seeungeheuer sein«, fährt sie fort. »Kein Wurm, der sich an den Zehen alter Kinderfrauen gütlich tut. Du könntest auf Stürmen reiten. Aber du bist lieber ein blinder Passagier, der sich im Laderaum versteckt und nachts über die Decks schleicht.«

Der Schatten schrumpft ein wenig. Dann beginnt er sich zu drehen, langsam erst, dann schneller. Strudelnd abfließendes Wasser ist zu hören.

»Ich werde nicht so tun, als wären wir Freunde. Du hast meine Imke mit einem giftigen Biss getötet.«

Der Schatten kommt wieder zur Ruhe und sammelt sich in einem Fleck an der Decke. Ein stetes, nachdenkliches Tropfen ist zu hören.

»Ich habe keine Speckschwarten mehr, aber wenn du in diesen Krug kletterst, verspreche ich, dir die Freiheit zu schenken.«

Der Schatten wird kleiner und verschwindet in die Kabinenecke.

»Bist du nicht müde? Bist du nicht eingeengt? Du, der du dich in den Kanälen Amsterdams ausgestreckt hast? Der du groß wie ein Berg werden kannst? Du bist hier nicht erwünscht, nicht auf diesem Schiff, nicht bei diesen Leuten, die genug Probleme haben. Hier bist du nicht mehr als ein Wurm in einem auf dem Wasser tanzenden Apfel.«

Wie als Antwort verlängert sich der Schatten über die Decke.

»Schlüpf hinein.« Mayken hält den Krug in die Höhe. »Los doch!«

Ein Geräusch, ein leiser Ton wie eine über die Öffnung des Kruges geblasene Note. Mayken verschließt ihn schnell. Sie lauscht am Bauch des Kruges und hört ein fernes Rauschen, wie das Meer in einer ans Ohr gehaltenen Muschel.

Mayken dreht den Krug in ihren Händen und lässt ihn vor Überraschung beinahe fallen.

Das Gesicht darauf hat sich verändert, sein Entsetzen ist einem Grinsen gewichen.

Mayken stiehlt sich an Deck und beugt sich über die Reling. Sie hält den Krug über die schäumenden Wellen. Gierig lecken sie am Rumpf des Schiffes. Sie lässt los.

Die Wache schickt nach dem Barbier, der Mann weiß ein Fieber zu erkennen. Aris trägt Mayken in ihre Kabine und weckt Creesje. Jetzt ist es an ihr, Maykens Hand zu halten. Mayken sieht sie mit glasigen Augen an, fieberrot, das Haar nass, der Atem bitter.

»Er ist weg«, flüstert sie. »Fühlst du es nicht?«

## KAPITEL 32

# 1989

Gil liest der Schildkröte auf dem Küchentisch laut vor. Dutch hat gestern Abend damit angefangen. Er meinte, Enkidu würde es mögen, dem *Gilgamesch-Epos* zu lauschen, weil es so alt ist wie er, und wem gefällt es nicht, seinen Namen laut ausgesprochen zu hören? Es würde Enkidu von seinen Verletzungen ablenken.

Dutch hat ihm die ersten Seiten vorgelesen, mit unaufgeregter, warmer Stimme, und dann Gil das Buch gegeben. Gil liest sorgfältig Wort für Wort und bleibt oft stecken, aber Enkidu hat ein bequemes Nest zwischen den Soßenflaschen und scheint zufrieden zuzuhören.

Der Angriff hat Gils Freund verändert. Er bewegt sich nur noch mit unsicheren Schwimmbewegungen voran und sackt dabei nach rechts weg. Manchmal verliert er die Kontrolle über seine Hinterbeine und muss sie hinter sich herziehen. Enkidus Maul ist schief, und seine Augen sind verhangen.

Schritte auf den Steinen draußen. Gil blickt von seinem Buch auf. Silvia steht vor der Fliegentür.

Enkidu schenkt den Blättern, die Silvia mitgebracht hat, keine Beachtung. Er erkennt eine Schlange, wenn sie sich ihm durchs Gras nähert. Silvia lächelt freundlich und möchte ein Glas Wasser, wenn es nicht zu viel Mühe ist.

Sie setzt sich, nimmt das Buch vom Tisch, blättert zu schnell hindurch, um etwas lesen zu können, und legt es zurück.

Gil setzt sich auf den am weitesten von ihr entfernten Stuhl.

»Dein Granddaddy war bei Frank, um sich über die Jungs zu beschweren.«

Gil verzieht keine Miene.

»Sie haben geschworen, deine Schildkröte nicht angerührt zu haben.«

»Sie lügen.«

Silvia wirft einen düsteren Blick auf Enkidu. »Ist er okay?«

Enkidu sieht schief zu Gil hinüber. Gil antwortet nicht.

»Es tut mir leid, dass ich nicht mehr kommen konnte. Roper hat dich auf die schwarze Liste gesetzt. Er will nicht, dass du seinen Jungs nahekommst, verstehst du?«

Gil konzentriert sich darauf, die Fäuste unter dem Tisch zu öffnen.

Silvia holt unbekümmert ihre Tabakdose heraus, nimmt eine Selbstgedrehte und steckt sie sich an.

»Sie haben mich wegen Granny Iris' Kleidern beleidigt.«

»Ich musste Frank von unserem Verkleiden erzählen.« Silvia raucht und zupft sich an einem Fingernagel. »Er wollte wissen, warum ich mit Make-up nach Hause gekommen bin. Alte Kerle sind eifersüchtig.«

Gil steht vom Tisch auf.

»Frank fand es nur lustig!« Sie lacht, doch es klingt hohl.

Gil nimmt Enkidu mit größter Vorsicht und macht die Küchentür leise hinter sich zu.

Nach einer Weile kommt Gil zurück. Keine Spur mehr von Silvia, nur ihr leeres Glas steht noch auf dem Tisch. Er schiebt ihren Stuhl an seinen Platz, geht die Tür zur Vorratskammer zumachen, und dabei fällt sein Blick auf die Sherryflasche. Sie ist über ein ganzes Regiment von Dosenschinken gesprungen. Er nimmt sie, riecht an Silvias Glas auf dem Tisch, füllt es auf und nimmt es mit in sein Zimmer.

Er prostet dem schlafenden Enkidu zu, ganz ähnlich wie Mum einem schönen Sonnenuntergang zugeprostet hat, und lässt sich mit seinem Buch auf dem Bett nieder.

## KAPITEL 33

# 1629

Der Hexenstein liegt schwer in ihrer Hand, ein Anker. Das Schaukeln des Schiffes in der Ruhe vor Tagesanbruch. Ihr Fieber ist noch nicht besiegt, und sie spürt das Blut in ihren Adern pulsieren, den Schlag ihres Herzens, und wie ihre Haare wachsen. Ihre Zähne fühlen sich weich an, ihre Gedanken wurzellos. Mayken hebt den Stein hoch und späht durch sein Loch.

Auf der anderen Seite ein Auge, das größer wird.

Das Auge dreht sich. Goldbraun, ohne zu blinzeln. Vielleicht ein Kinderauge. Es fixiert sie, *sieht* sie.

Sie schließt kurz die Augen und guckt erneut hindurch, aber da ist nur die Laterne, die an der Decke schwingt.

## KAPITEL 34

# 1989

Der Hexenstein liegt schwer in seiner Hand. Das Zimmer um ihn herum dreht sich in der fortschreitenden Abenddämmerung. Das Glas auf der Nachttischkiste, vorher voll mit Sherry, ist leer, und so spürt er sein träges Blut, den Schlag seines Herzens, und wie seine Haare schmerzen. Seine Zähne fühlen sich weich an, seine Gedanken wurzellos. Gil hebt den Stein hoch und späht durch sein Loch.

Auf der anderen Seite ein Auge, das größer wird.

Das Auge dreht sich. Grau, ohne zu blinzeln. Vielleicht ein Kinderauge. Es fixiert ihn, *sieht* ihn.

Er schließt kurz die Augen und guckt erneut hindurch, aber da ist nur das Licht an der Decke.

## KAPITEL 35

# 1629

Mayken wird zur Seite geworfen. Sie rutscht über den Boden und landet halb die Wand hinauf. Creesje folgt ihr und schlägt sich den Kopf am Tisch an, der ebenfalls durch die Kabine fliegt. Man hört ein gewaltiges Reißen, den Schrei von berstendem Holz, schwer aufschlagende Gegenstände. Das Schiff stoppt, erzittert über die ganze Länge und kippt heftig nach links.

Die Laterne an der Decke brennt noch, hängt aber in einem bizarren Winkel an ihr.

Creesjes Kopf blutet nicht, trotz des kräftigen Schlags auf ihre Schläfe. Sie kümmert sich nicht weiter darum, holt die wärmsten Tücher aus ihrer Truhe, wickelt eines um Mayken, das andere um sich selbst. Dann sucht sie nach ihren wenigen Wertsachen. Mayken tastet nach dem Hexenstein um ihren Hals.

Gemeinsam gelingt es ihnen, die Tür zu öffnen, und sie fallen in den Gang. Ein tiefes Wummern, einmal, zweimal, dreimal, und ein Knirschen irgendwo tief unten. Vielleicht der Kiel. Als sie die Tür zum Oberdeck öffnen, bietet sich ihnen eine merkwürdige neue Landschaft dar. Mayken hält sich mit einer Hand an der Tür fest, mit der anderen an Creesje.

Es ist noch dunkel, vor Sonnenaufgang, und es regnet heftig. Das Schiff liegt stark zur Seite geneigt da, Wellen jagen Gischt über das Deck. Der Skipper brüllt den Seemännern Befehle zu, die hektisch die Segel einholen. Mayken sieht, wie einer schrei-

end ins Meer gespült wird. Eine dürre Gestalt in einem Nacht-
gewand wankt über Deck. Barfuß, ohne Jacke oder Mütze. Sie
braucht einen Moment, um den Oberkaufmann zu erkennen.

Sie hört die bitteren Worte, die Pelsaert dem Skipper ins
Gesicht schreit. *Sie haben uns eine Schlinge um den Hals gelegt.*

Die wohlhabenden Passagiere versammeln sich mit Schreibern
und Kadetten in der Großen Kabine. Soldaten bewachen die Tür
für den Fall, dass die Ordnung zusammenbricht. Der Prädikant
betet vor. Judick und Frau Prädikant sitzen blass bei den übrigen
Kindern. Ihre Bedienstete mit den hohen Wangenknochen, Wybrecht, trägt keine Haube, wie so viele andere der aus dem Schlaf
gerissenen Frauen. Mayken sieht, dass sie rotbraunes Haar hat,
die Farbe von Herbstlaub. Wybrecht lächelt ihr zu, und alles Harte
weicht aus ihrem Gesicht. Roelant torkelt herum, ignoriert von
seiner tief ins Gebet versunkenen Familie. In eine Tischdecke
gehüllt schläft er schließlich ein. Der Wind klagt, und die Rufe
der Männer sind selbst noch durch das ständige Schaben und
Schlagen des Schiffes auf dem Fels zu hören. Pelgrom ist ständig
mit Essen und Trinken unterwegs, so wie er an es herankommt,
auf dem Schiff herrscht Chaos. Seemänner, Soldaten und ihre
Frauen haben eine Reihe gebildet, um mit Eimern gegen das an-
steigende Wasser auf den unteren Decks anzukämpfen.

Es dämmert, grau und regenverhangen, und der Ernst der
Situation wird offenbar. Der vordere Teil des Schiffs ist von scharfen Felsen aufgespießt worden. Die Seemänner bringen einen
Wurfanker aus, um zu versuchen, die Batavia mit einer Winde
freizuziehen. So stürmisch, wie die See ist, laufen sie dabei Gefahr, das Boot zu verlieren, mit dem sie den Anker vom Schiff
wegbringen. Die Seemänner gehen geduldig und mit Bedacht
vor, beobachten die Dünung und berechnen ihr Auf und Ab.
Ein falsches Manöver, und das Boot zerschellt am Rumpf des
Schiffes und ertränkt seine Besatzung. Schließlich werden alle

ans Ankerspill gerufen, doch das Schiff rührt sich nicht. Die Felsen haben riesige Lecks in den Rumpf gerissen, Kalfaterer und Schreiner arbeiten ohne Pause. Mayken denkt an ihre Freunde in der Unterwelt, und es versetzt ihr einen Stich. Sie spricht mit Gott. *Wenn du diese Leute rettest*, sagt sie, *kümmere ich mich um meinen Vater und flüchte nicht auf See.*

Die Passagiere sitzen ruhig da. Einige weinen. Creesje legt den Arm um Mayken, die spürt, wie ihre Freundin trotz ihres tapferen Lächelns zittert.

Der Steward kommt zurück, tropfnass und heiser. »Sie haben die Kanonen über Bord geworfen, habt ihr das gehört?«

Die Passagiere starren Pelgrom benommen und ungläubig an.

»Durch die offenen Geschützklappen haben sie sie ins Meer gerollt. Den Kanonieren sind dabei die Tränen gekommen. Der Skipper hat befohlen, allen unnötigen Ballast abzuwerfen. Sie versuchen, das Schiff von den Felsen zu bekommen.«

Pelgrom kämpft mit der Tür und ist auch schon wieder weg. Mayken will aufstehen, um ihm zu folgen, aber Creesje fasst sie beim Arm.

»Dieses Mal musst du bleiben, Mayken.«

Die Passagiere warten. Die Schreiber sammeln ihre Bücher ein und verstauen sie in einer Truhe. Die Kadetten kümmern sich um die Kisten mit den Silbermünzen, holen Trageriemen und Stricke.

Creesje versteht, was das bedeutet, und knotet die Beutel, die sie aus der Kabine mitgenommen hat, in ihre Röcke. Drin ist der Schmuck, den sie von ihrem Mann bekommen hat.

Mayken blickt sich um. Durch das Fenster achtern ist nichts zu erkennen. Regen prasselt darauf, aber sie sieht, wie der heraufziehende Tag das Grau aufhellt.

Der Oberkaufmann, nun angekleidet, aber völlig durchnässt, kommt in die Große Kabine und wischt sich den Regen aus dem

Gesicht. Pelsaert spricht mit leiser, nachdrücklicher Stimme zu den Kadetten und Schreibern, sieht ihre Vorbereitungen und scheint zufrieden. Mit einem Nicken zu den Passagieren geht er wieder.

Einer der Kadetten richtet sich an die Wartenden. »Sie fällen den Hauptmast, um das Schiff zu retten.«

»Aber was bedeutet das?«, fragt Judick.

Der Kadett sieht sie an. »Sein Gewicht drückt den Kiel auf den Fels. Wir müssen uns auf das Schlimmste vorbereiten.«

»Gott stehe uns bei«, sagt der Prädikant und greift nach der Hand seiner Frau. Sie lässt ihn.

## KAPITEL 36

# 1989

Guten Menschen geschieht Gutes, schlechten Menschen Schlechtes. Das ist das Gesetz des Karmas. Gute Taten werden belohnt, böse bestraft. Hilf jemandem, und du gewinnst in der Lotterie. Stiehl etwas aus einem Laden, und ein Vogel scheißt dir auf den Kopf. Manchmal erntest du aber auch schlechtes Karma für Dinge, die du nicht getan hast: weil du zum Beispiel einer alten Frau nicht geholfen hast, die auf der Straße gestürzt ist. Ein paar Tage, ein Monat, ein Jahr danach tut sich ein Loch in deiner Tasche auf, und du verlierst dein Portemonnaie. Das ist Karma.

Lügen führen zu einem schlechten Karma. Schon eine kleine Lüge kann etwas wirklich Schlimmes auslösen, und dein Karma wird dem entsprechen.

Wenn ein Mann ins Haus kommt, sagte Mum, jeden Freitag ein Steak mitbringt und deinen Boiler repariert, will er dein Einziger sein. Dann lachte sie. Sie sah wirklich glücklich aus. Ihre Augen leuchteten, ihre Haut war makellos, und sie zog sich schön an. Wir waren lange genug allein, wir zwei, sagte sie. Du brauchst einen Dad, Gil. Okay, er ist nicht dein Dad, aber denk an all die Jungsdinge, die ihr zusammen machen könnt. Fischen gehen, campen, Fußball spielen. Du magst ihn doch, oder?

Carlo kam aus dem Bad. Ein zu kleines Handtuch um zu breite Hüften. Mum war mit einem Schlüsselklirren und einem fröhlichen Ruf von der Tür Kaffee kaufen gegangen, eine Pfannkuchenmischung und Speck.

Gil war auf dem Weg zu seinem Zimmer.

»Warte mal einen Moment, Kumpel.«

Carlo im Flur, dampfend aus der Dusche, ein breites Lächeln auf dem Gesicht, darunter ein dichtes nasses Fell von den Schultern bis zu den Fußknöcheln, dann weiter über die Füße zu den Zehen. Ein Yeti.

»Ist es okay für dich, dass ich mit deiner Mum zusammen bin?«

Gil zuckte mit den Schultern.

»Ich mag sie, Gil.«

Gil zupfte an einem Blatt loser Farbe am Türrahmen. »Mum hat viele Typen.«

Er hob den Blick, sah, wie Carlos Lächeln verblich und er das Handtuch fester fasste.

»Du meinst vor mir?«

Das Stück Farbe löste sich. Unter der grünen Farbe war noch mehr grüne Farbe. »Wenn du nicht in der Stadt bist.«

Carlo war weg, bevor die Fußabdrücke im Flur getrocknet waren. Es gab keine Pfannkuchen. Der Speck blieb auf der Anrichte liegen. Es wurde nicht wieder so wie früher. Es gab keine Laufstegmusik mehr, kein Verkleiden, kein Mum-und-Gil-gegen-den-Rest-der-Welt.

Mum blieb nach ihrer Schicht weg und schlief den ganzen Tag. Als sie hörte, dass Carlo aus der Stadt gezogen sei, kam sie eine Woche lang nicht aus dem Bett. Gil überlegte, ob er Mum erzählen sollte, was er Carlo gesagt hatte. Aber er tat es nicht. Es ging nicht.

Er wartete auf sein Karma.

Manchmal trifft ein schlechtes Karma auch jemand anderen, weil es dir so noch weher tut.

Die Fliegen rammten wie blöd gegen die Fensterscheibe, das war das Erste, was Gil sah, als er den Weg heraufkam. Die Tür war abgeschlossen, und er musste den Schlüssel in seiner Schultasche suchen. Mum lag im Wohnzimmer auf der Couch. Es roch fürchterlich sauer, nach Erbrochenem und noch schlimmer. Mums Gesicht lag seitlich auf einem Kissen, das obere Auge war einen winzigen Schlitz offen. Ihr Mund sah dünn und verschmiert aus, und ihre Hand steckte komisch verdreht unter ihr. Sie schlief nicht, war aber auch nicht wach. Gil wusste, was sie war.

Er wich zurück in den Flur und zog die Tür ein wenig zu. Jetzt konnte er nur noch Mums Fuß sehen, der sich in die Lehne der Couch drückte. Ihre Fußnägel waren pflaumenfarben lackiert, ihr Fuß schmal, blassgrün im Licht, das durch den geschlossenen Vorhang fiel. Ein Fuß, so starr wie eine Baumwurzel. Vielleicht wuchs Mum in den durchgesessenen Schaumstoff der Couch? Sprossen winzige Ranken aus ihren Haaren, grüne Blätter aus ihren Knien, den Füßen und Hüften? Gil drückte die Tür ein bisschen weiter auf. Nein, Mum wuchs nicht. Ein dummer Gedanke. Sie hatte sich nicht bewegt.

Hat Enkidu sich da gerade bewegt?

Gil war es gewohnt, allein klarzukommen, wenn Mum bei der Arbeit war. Er wusste, wann er seine Hausaufgaben zu machen, seine Zähne zu putzen und seine Sachen für die Schule am nächsten Tag herauszulegen hatte. Er machte alles wie immer. Er setzte sich manchmal sogar auf die Terrasse, nur das mit der Laufstegmusik, das ging nicht so richtig. Mum hatte einen Namen für jede Himmelsfarbe. Ihre eigene Farbenkarte. Gil benannte die Farben nun für sie.

*Sonnenuntergangspfirsichfarben.*
*Sangriarot.*
*Heiligblau.*

Hat Enkidu sich da gerade bewegt?

Auf dem Heimweg von der Schule brachte sich Gil etwas zu essen mit. Er machte sich jeden Tag den gleichen Snack: ein gegrilltes Käsesandwich. Das war auch die einzige Zeit, die er bei seiner Mum saß. Er hatte immer im Wohnzimmer gegessen. Nur wurde es jetzt schwer, irgendwo im Haus zu essen, wegen dem Geruch. Er überlegte, ob er seine Mum mit etwas abdecken sollte, aber er hatte sich an sie gewöhnt. So furchterregend war sie nicht. Sie sah nur etwas eingesunken aus, mit dem dünnen Strich ihres Mundes und den in die Couch eingewachsenen Füßen. Manchmal war er sicher, dass sie sich bewegt hatte. Das Zucken eines Augenlids, die kurze Andeutung eines Lächelns. Aber es stimmte nicht.

Hat Enkidu sich da gerade bewegt?

Mums Chef von der Tanke kam zum Haus. Er klopfte und klopfte. Als er seitlich ums Haus ging, machte Gil auf. War seine Mum da? Wo war sie? Sie hatte Schicht um Schicht verpasst. Seit über einer Woche, zehn Tagen jetzt, hatte er weder etwas von ihr gesehen noch gehört. Dann blieb er stehen. Zog die Stirn kraus. Woher kamen all die verdammten Fliegen?

Hat Enkidu sich da gerade bewegt?

Mums Chef hatte ein schönes Haus mit einem cremefarbenen Teppichboden und einem niedrigen Rauchglastisch im Wohnzimmer. Gil konnte es von der Tür aus sehen, er stand auf der

Fußmatte. Wo er bleiben sollte, während Mums Chef mit seiner Frau redete.

Mums Chef hieß Tony, seine Frau Lynette. Gil konnte sie nicht sehen, nur hören. Es war ein wütendes Flüstern.

Tony kam mit rotem Kopf zurück. Er sagte zu Gil, er solle zu Lynette in die Wohnküche gehen, während er ein paar Anrufe mache. Lynette legte eine Zeitung auf den Hocker an der Frühstückstheke und sagte zu Gil, er solle sich da hinsetzen. Der Hocker war hoch, und es war schwierig, auf ihn zu kommen, ohne die Zeitung herunterzustoßen. Lynette tat so, als sähe sie es nicht.

Sie fragte ihn, warum sie kein Telefon bei sich zu Hause hätten. Gil wusste es nicht. Dann gab sie ihm Melonenkugeln in einem unangenehmen Saft, in einem Weinglas. Während sie auf die Polizei warteten, erzählte Tony Gil von den Flipperautomaten, die er in seiner Werkstatt restaurierte.

Hat Enkidu sich da gerade bewegt?

Die Polizistin führte Gil durch die Absperrung. Um die gesamte Vorderseite des Hauses war ein Plastikband gespannt. Sie mussten geradewegs hoch in sein Zimmer, OHNE JEDEN UMWEG. Gil durfte nicht ins Wohnzimmer, wo seine Mum gelegen hatte, obwohl sie schon abgeholt worden war. Unten liefen lauter Leute in Anzügen und mit Masken herum. Aber das Haus galt nicht mehr als Ort eines Verbrechens, weshalb Gil mit hineinkonnte. Die Polizistin sagte, er solle ein paar Sachen für die Nacht einpacken. Sie blieb an der Tür stehen, was Gil nervös machte, und er wusste nicht, was er nehmen sollte. Später wünschte er, er hätte noch andere Dinge eingepackt, aber er hatte nicht geahnt, dass er nicht wieder zurückkommen würde. Manchmal fragte er sich, was mit all ihren Sachen passiert war. Mit Mums Kleidern und ihrem Schmuck, ihren Büchern und Schallplatten. Und auch albernen Sachen wie dem aufblasbaren Flamingo. Er fragte sich, ob Tony und Lynette sich den genommen hatten. Vielleicht saß er auf einer Zeitung oben an ihrer Frühstückstheke.

Hat Enkidu sich da gerade bewegt?

## KAPITEL 37

# 1629

Die Axtschläge gegen den Hauptmast sind in der Großen Kabine zu spüren und zu hören. Dann das Geräusch, als er fällt, dieses fürchterliche Ächzen, und das Krachen, das das Schiff erzittern lässt. Roelant wacht auf und jammert erschrocken. Und dann die Schreie der Seemänner, die selbst noch durch das Heulen des Sturms zu hören sind, und die Leute in der Großen Kabine wissen, da ist etwas schwer danebengegangen.

Der Oberkaufmann kommt herein, nass bis auf die Knochen, die Augen todmüde.

»Sie müssen wissen«, sagt er, »wir dachten, wir hätten eine Chance, den Rumpf zu retten.«

»Sie tun, was Sie können«, sagt der Prädikant.

Pelsaert macht ein gequältes Gesicht. »Wir können die *Batavia* nicht retten. Ich bin hier, um Sie aufzufordern, das Schiff zu verlassen.«

Mayken kann vor lauter Gischt nichts sehen. Sie hängt über der Reling, ein Seemann hat sie unter den Armen gefasst, ein Strick ist um ihre Brust geknotet. Andere Seemänner halten den Ansturm der Leute auf Deck des havarierten Schiffes zurück. Sie kommen aus der Unterwelt herauf und drängen sich in den schräg herabprasselnden Regen. Sie drücken, stolpern und kämpfen sich über die Gefallenen. Einige werden von den Wellen weggespült, die über das Deck rauschen. Alle wollen verzweifelt vom Schiff ins längsseits liegende Boot.

Die Seemänner bewegen sich anders, entschlossen, konzentriert und ohne Panik. Verständigen sich mit Gesten, wenn sie sich nahe genug sind, um sich zu sehen. Die Trompeter blasen Befehle, die selbst noch durch den peitschenden Wind und die hereinbrechenden Wellen zu hören sind. Die herabgebrochene Takelage samt Segeln muss weggeschafft werden, um Platz für die Leute von den unteren Decks zu schaffen. Aber die Stoffbahnen sind schwer und riesig, und allein das schräg liegende Deck zu überqueren, ist schon eine Leistung. Der gefällte Hauptmast liegt quer darüber und hat alle Brüstungen durchschlagen.

Der Seemann, der Mayken hält, schreit ihr ins Ohr: »Ich muss dich jetzt fallen lassen. Verstanden?

Und sie fällt.

Mayken stürzt durch Luft, das Meer kommt näher.

Der Strick unter ihren Armen strafft sich, fängt sie und schneidet ihr heftig in die Achseln. Hände versuchen ihre Beine zu erwischen, bevor sie gegen die Seite des Schiffes schlägt. Das Boot schaukelt und springt wie von Sinnen, und sie taumelt in ein Knäuel durchnässter Körper. Mit jedem weiteren Evakuierten geht es genauso. Die Seemänner oben und unten müssen warten, bis das Boot fast bis auf Höhe der Reling getragen wird, dann springen die Leute oder werden fallen gelassen, bevor das Meer unter dem Boot wieder nachgibt, wegsackt und Mayken der Magen fast bis zum Hals schießt.

Die Seemänner rudern meilenweit um die Brandung. Aus der Entfernung und mit zurückgehender Flut sehen die Überlebenden die knochigen Spitzen des Riffs und das darauf festsitzende havarierte Schiff. Sie kommen in einen Kanal mit ruhigerem Wasser. Vor ihnen liegen flache graue Erhebungen, eine Ansammlung niedriger Inseln. Weiter entfernt ist höheres Land. Der kommandierende Seemann sagt, der Skipper habe angeordnet, die Überlebenden auf einem Streifen Stein und Gebüsch abzusetzen, das bei Flut nicht überspült wird. Später werden die Seemänner zurückkommen, um sie auf größere Inseln zu bringen.

Mayken ist barfuß und hat Creesjes schönes Tuch verloren. Der Korallenkies schneidet ihr in die Füße, und so bleibt sie, wo die Männer sie abgesetzt haben, am Rand des Wassers. Da findet Creesje sie. Der Regen hat aufgehört, aber der Himmel ist grau, und der Wind lässt nicht nach. Die Überlebenden drängen sich auf der nassen Erde aneinander. Mayken zieht die wunden Füße in ihre Röcke, Creesje wickelt ihr Tuch um sie beide.

Creesje fängt an zu beten. Ein leises Murmeln beim Ausatmen. Mayken hört zu, ihr Körper wird mit jedem Atemzug Creesjes ruhiger.

Als Creesje fertig ist, fasst sie Mayken beim Kinn. »Sieh mich an, Mayken. Komm zu dir.«

Mayken müht sich, ihr Gesicht zu erkennen.

Creesje, nasshaarig, mit blassen Lippen und den klarsten Augen. »Wir leben.«


Im Laufe des Tages werden mehr Leute gebracht. Ein Wasserfass kommt mit, und starke Männer laufen ins Meer, um es aufs Trockene zu schaffen. Das Wasser wird schnell getrunken und nicht geteilt.

Mayken und Creesje sehen bestürzt zu.

»So also wird es sein«, sagt Creesje.


Das Wetter wird wieder schlechter, und die Seemänner können nicht mehr sicher zum Wrack. Sie werden es nicht riskieren, dass ihre Boote am Rumpf des Schiffes zerschellen. Stattdessen machen sie sich daran, die Überlebenden nach und nach von ihrer

Kiesbank auf die nächste kleine Insel zu bringen. Mayken, in Creesjes Armen, kann nicht aufhören zu zittern, als sie sich ihr nähern. Das formlose Stück Land hat bereits einen Namen: Batavias Friedhof.

Jede neue Bootsladung lässt die Anzahl Menschen auf der Insel weiter anschwellen, und bald schon wird es auf Batavias Friedhof eng. Es gibt keinen Unterschlupf, offenbar keine natürliche Wasserquelle, nichts Essbares. Zumindest hat man noch nichts entdeckt. Schnell bilden sich Gruppen, die Soldaten organisieren sich auf der einen Seite der Insel, die Seemänner auf der anderen. Smoert landet mit einer Gruppe Schiffsjungen, sucht Mayken und setzt sich neben sie.

»Ich habe das Biest gefangen«, sagt sie.

»Wirklich?« Smoert lächelt verhalten. »Den großen Aal?«

»Am Ende war es nur ein Schatten.«

Smoert sucht in seinem Kittel. Er hält ihr ein Stück Schiffszwieback hin. Sie zögert.

»Komm schon, du brauchst ihn. Versteck ihn aber, auf dieser Insel gibt es Leute, die würden dir dein Essen noch aus dem Mund stehlen.«

Mayken steckt den Zwieback in ihre Röcke.

»Sie haben mir gesagt, ich muss jetzt Netze flicken, zum Fischen«, sagt Smoert. »Wenigstens bin ich aus der verfluchten Kombüse raus.«

Mayken gibt Smoert einen Kuss auf die Wange. »Für den Zwieback.«

Smoert wird rot und guckt auf seine Knie.


Die Passagiere und die an Land gebrachten Kranken werden zusammengeführt. Mayken ist dankbar, dass Imke das nicht mehr erleben muss, und zu ihrer großen Erleichterung kommen Aris und John Pinten gemeinsam in einem Boot. John Pinten wird auf die Insel getragen. In der Hektik, vom Orlopdeck hochzukommen, hat er sich das Fußgelenk gebrochen. Aris verbindet Maykens wunde Füße, aber ohne Schuhe kann sie nicht weit gehen. Die mit Schuhen haben ebenfalls zu kämpfen, denn alle sind landkrank. Gegen Abend wird das Schwanken für Mayken weniger. Irgendwann dann sinkt sie mit dem Kopf auf Creesjes Schoß in einen unruhigen Schlaf.

Ein Mannschaftsmitglied macht ihr Schuhe aus einem zerschellten Fass. Er kennt Vasthouden, hat ihn allerdings nicht mehr gesehen. Der Mann hat eine Frau, die eingerollt daliegt und leise ins Gestein flüstert. Mayken probiert ihre Schuhe aus, auch wenn man nirgends hingehen kann. Es gibt nichts auf dieser Insel, keinen Baum, keine Höhle oder sonst etwas. Hier ist doch sicher noch nie jemand gelandet?

Mayken wird schwindelig, und sie setzt sich hin. Sie hat seit Stunden kein Wasser getrunken oder etwas gegessen. Sie nimmt den Hexenstein vom Hals, hält ihn vor sich hin und konzentriert sich auf sein Gewicht in ihrer Hand. Er ist so klein, so rund und so wirklich. Ein Anker in dieser neuen, grauen Welt. Mit ihm kann sie nicht fortgeblasen werden.

Vasthouden findet sie. Er umarmt sie, ihm laufen die Tränen die Wangen herunter, und er sagt: *Kleine Großmutter,* wieder und wieder.

Zwei sind in der Nacht gestorben und werden von den Soldaten auf den höchsten Punkt der Insel getragen. Dort graben sie mit bloßen Händen eine Grube für sie. Steine werden darübergehäuft. Alle versammeln sich, der Prädikant spricht ein Gebet, und der Wind scheint nachzulassen, um zuzuhören.

In der Ferne zerschellt die *Batavia*. Woge für Woge. Gefangen zwischen den sich sammelnden Wolken und den anwachsenden Wellen. Siebzig Seelen drängen sich auf dem steilen Heckkastell. Es gibt keine Möglichkeit, sie zu retten. Das Meer lässt es nicht zu. Der Laderaum ist geflutet, auf dem Kanonendeck steht das Wasser hüfthoch. Die Zurückgelassenen werden sich über die Weinvorräte hermachen, alle Regeln hinter sich lassen und brutal und animalisch werden in ihrer Angst. Die Große Kabine werden sie plündern, werden schreien und kämpfen und ihre letzten Stunden von Alkohol betäubt verbringen. Einige werden versuchen, sich schwimmend zu retten, vom Schiff springen, gegen das Riff geschleudert und unter Wasser gezogen werden.

Auf dem schmalen Strand und an anderen Stellen der Insel werden Wachen positioniert, um nach möglichem Treibgut Ausschau zu halten. Wenn die *Batavia* endgültig zerbricht, wird alles, was in ihr ist, aus ihr herausfallen. Fässer, Schätze und Schatullen. Kisten und Körper.

Die Leute suchen die Insel nach Essbarem ab. Sie schreien nach Wasser. Einige der Überlebenden waren klug genug, Nützliches wie warme Kleidung oder Kochtöpfe mitzubringen, nur ist da kaum etwas, was sich in sie hineingeben ließe. Es gibt merkwürdige Seeschnecken. Kleine Vögel, die man fangen kann. Ein paar Mannschaftsmitglieder haben Schnur und Haken zum Fischen dabei.

Mayken liegt im Krankenlager, in einem der ersten provisorischen Zelte, die auf der Insel errichtet worden sind. Aris setzt sich steif neben sie. Seine blutverschmierte Schürze hat er verloren, den müden Blick aber nach wie vor.

»Wie geht es den Füßen?«

»Ich hab jetzt diese Schuhe.«

»Tatsächlich.« Er blickt zu den Familien in der Nähe hinüber. »Wenn wir mehr Segel retten, bekommen alle einen Unterschlupf.«

Mayken sieht die Leute an. Ihre Gesichter sind ausdruckslos und erschöpft. Ein kleines Kind zwischen ihnen gräbt im Korallenschutt und guckt finster drein.

»Ich schließe mich den Seemännern an, ich bin ein guter Fischer«, sagt Aris. »Ich fange dir was.«

Eine Weile sitzen sie stumm da.

»John ist sehr krank.«

»Kannst du ihn gesund machen?«

»Nein, Mayken. Und er kann auch nicht einfach alles verschlafen, wir haben kaum Medizin.«

»Wird er sterben?«

Aris ist so ruhig wie sorgenvoll. »Wir sind alle in keiner guten Lage, John ganz besonders. Er hat große Schmerzen.«

»Was kann ich tun.«

»Dich zu ihm setzen.«


Mayken kniet sich zu John Pinten. Er ist unter den Kranken und Verletzten, die auf Stoffstücken liegen. Einige haben sich bei der Flucht vom Schiff Verletzungen zugezogen, andere fiebern mit einer Krankheit. Über ihnen bauscht sich ein Stück Segel. John Pinten starrt es an, er scheint weit weg mit seinen Gedanken. Mayken legt eine Hand auf seinen Arm, und er dreht den Kopf zu ihr hin, die Augen schmerzgetrübt, der Bart verfilzt.

Er zwingt sich zu einem Lächeln. »Hast du dein Ungeheuer erwischt?«

»Ja«, sagt Mayken. »In deinem Krug, und den hab ich ins Meer geworfen.«

»Nun, ist das nicht was Gutes?« Er berührt den um Maykens Hals hängenden Stein. »Sonderbar.«

»Er zeigt, was ist, was sein wird und was war.«

»Das alles? Dann bist du eine Magierin, genau wie deine Kinderfrau.«

Mayken hebt den Stein vor ihr Auge, sieht ihren Freund dadurch an und sagt mit ernster Stimme: »Ich sehe dich in schönen Kleidern und mit einem großen Hut durch Batavia gehen.«

»Humpeln, denke ich.« John Pinten zeigt auf seinen Fuß. »Aber das mit dem großen Hut und den schönen Kleidern gefällt mir.«

Sie schweigen. Mayken will gehen.

»Warte. Du bekommst noch etwas für deinen Blick in die Zukunft.« Seine Hand fährt unter das Stück Stoff und holt etwas hervor. »Ich habe meine Weinrationen dafür eingetauscht, aber mir fehlt die Luft. Nimm.«

Es ist eine Knochenflöte, wunderschön gemacht. Mayken dreht sie in ihren Händen und lächelt freudig. John Pinten zeigt ihr, wie man sie spielt, wie sie mit der Zunge Melodien in das Mundstück blasen und den Ton rau oder schrill klingen lassen kann, weich, als bliese sie über eine Flaschenöffnung, oder schneidend wie einen Ruf. Wie sich die Stimme der Flöte mit ihrer eigenen verändern lässt.

Mayken liebt die Töne, die sie mit der Flöte erzeugt, sie klingen wie die eines fremden, traurigen Inselvogels. Sie fängt mit ein paar einfachen Seemannsliedern an und erfindet dann ihre eigenen. Bis sie erschöpft und mit trockenem Mund aufhören muss. Sie sieht sich um. Die Kranken haben zugehört, einige weinen. Auch Creesje hat ihr gelauscht, einen bedeckten Krug in der Hand.

John Pinten wendet sich seinen Mitpatienten zu und verkündet: »Unsere flötende Mayken.«

Die Soldaten haben die ganze Insel abgesucht, und es ist kein Trinkwasser zu finden.

Streit bricht aus um das verbleibende Wasser, mit so wenig Fässern und so vielen Menschen. Die Stärksten erheben ihre Ansprüche.

Das Seewasser ist salzig, und Vasthouden warnt Mayken davor, davon zu trinken, so groß ihr Durst auch sein mag. Ihre Zunge fühlt sich mittlerweile an, als gehörte sie ihr nicht. Sie schwillt an und klebt am Gaumen, was das Sprechen schwer macht. Maykens Lippen springen auf und bluten. Vasthouden beschafft ihr eine Tasse Wasser und steht über ihr, während sie trinkt, die Augen verengt. Er wird jeden niederschlagen, der versucht, ihr das Wasser zu nehmen. Mayken benutzt beide Hände und müht sich, nichts zu verschütten. Sie versucht, auch ihm etwas zu geben, aber er sagt, sie müsse alles austrinken.

## KAPITEL 38

# 1989

Kurz vor Sonnenaufgang am Ostersonntag erwacht Enkidu von den Toten.

Gil weckt das Rascheln in Enkidus Kiste. Er hebt die Schildkröte heraus und setzt sie auf den Boden. Enkidu zockelt planlos einmal ganz durch Gils Zimmer. Der Kleber auf seinem Panzer ist getrocknet, und die Risse sind zu schwarzen Strichen geworden. Wasser will er nicht, aber er nimmt ein Salatblatt, schnappt es sich mit grimmigem Dino-Gesicht.

Gil wischt sich die Tränen mit seinem Laken ab.

Joss und Dutch sitzen am Küchentisch und trinken Kaffee. Dutch steht auf und bringt Gil eine Tasse.

Gil schiebt die Soßenflaschen für Enkidu beiseite. »Er hat ein Salatblatt gefressen.«

Dutch hebt seine Tasse. »Auf unseren tapferen Enkidu. Zurück aus dem Land der Toten.«

Gil hebt seine Tasse ebenfalls, genau wie Joss. Die Schildkröte kackt auf den Tisch.

»Mistviech! Schaff ihn weg!«, lacht Joss.

Dutch johlt. Gil lächelt. Enkidu wirft eine Flasche um.

Joss trinkt seinen Kaffee aus und steht auf. Im Vorbeigehen klopft er der Schildkröte sanft auf den Panzer. Er schultert seine Tasche, schon ist er aus der Tür.

Gil sieht Dutch an. »Gehst du nicht mit?«

»Ich habe heute frei. Am Ostersonntag betrinken sich die Deckies, das ist die Tradition. Dein Granddad wird mit der *Ramona* eine Runde drehen und sich ein ruhiges Plätzchen suchen, um vom Spektakel hier wegzukommen.

Das kann Gil gut verstehen.

Dutch sieht die Schildkröte an. »Der Bursche ist so gut wie neu.«

»Ist er nicht.«

»Meinst du?« Dutch denkt nach. »In Japan, wenn sie da eine Schüssel oder eine Vase zerbrechen, reparieren sie das gute Stück mit Gold, und das macht es noch schöner.«

Gil betrachtet Enkidu. Die Risse sehen überhaupt nicht schön aus.

»Ich bin nicht sicher, ob er das mögen würde. Oder, Enkidu?«

Die Schildkröte hebt den Kopf.

Dutch läuft über die ganze Insel, um an ein winziges Töpfchen Emailfarbe zu kommen. Es ist zwar kein Gold, sondern Kupfer, aber das ist genauso gut. Sie legen aufgerollte Handtücher rund um die Schildkröte, damit sie nicht loswandert, und Dutch hebelt den Deckel von der Farbe. Gil rührt sie vorsichtig mit einem Streichholz um. Dutch nimmt einen feinen Pinsel und fängt mit dem größten, zackigen Riss quer über den Panzer an. Als er fertig ist, gibt er Gil den Pinsel.

»Kommst du später herunter zur Party?«

Gil taucht den Pinsel ein. »Vielleicht.«

Als Enkidus verrückte Risse im Panzer mit leuchtendem Kupfer nachgezeichnet sind, sieht man den Schaden nur noch deutlicher. Gil hätte es lieber, wenn Enkidu unbeschädigt wäre, aber er kann sehen, warum Dutch den Vorschlag gemacht hat. Enkidus Narben zu feiern, heißt, sein Überleben zu feiern. Schließlich ist er ein Krieger.

»Ich verspreche, für dich zu kämpfen«, sagt Gil, »solange ich lebe.«

Die Schildkröte neigt den alten, schmalen Kopf. Gil setzt sie sanft zurück in ihre Kiste, und Enkidu schwimmt auf müden Beinen in seine Ecke. Gil wäscht den Pinsel aus und nimmt den Flyer, den Dutch auf dem Tisch hat liegen lassen.

*Beacon Island, Ostern 1989!*
*Wettbewerbe, Preise, Rennen!*
*Wundertüten, Barbecue, Musik und mehr!!*

Gil will nicht mit anderen Leuten zusammen sein, aber er könnte ihnen eine Weile zusehen. Nur solange Enkidu schläft.

Die Party findet am Anleger statt. Die provisorischen Tische sind wieder da, und auf bunten, mit Wäscheklammern befestigten Tischdecken stehen Körbe mit Brötchen und Soßenflaschen. Das Sonnendach flattert im Wind, es gibt reichlich Fassbier und Kohle, und Mums und Grannys machen mit Kühltaschen und Kühlboxen herum. Leute von anderen Inseln fahren ein, Fischer mit ihren Familien. Ihre Boote drängen sich entlang des Anlegers, und es werden noch mehr. Es sind viel mehr Leute da als bei Birgits Schwimmwettkampf. Gil sieht, wie sich Gruppen bilden. Die Deckies bleiben für sich, eine große Truppe in wettergegerbten Kleidern, die beständig trinkt. Daneben stehen die Fischer mit ihren dicken Bäuchen. Dutch ist weder bei den einen noch den anderen zu sehen. Bill Nord ist überall, klopft Fischern auf die Schultern, schenkt den Deckies Bier aus, sucht nach Stühlen für Leute, die kaum älter sind als er. Gil nimmt sich einen Saft aus einem Eimer mit Eis und setzt sich hinter einen Windschutz. Von hier aus kann er nach Dutch Ausschau halten.

Ein kleines Mädchen in einem Sommerkleid bringt Gil einen Burger mit Relish, das Ganze auf einem Pappteller und mit Serviette. Als er daran denkt, Danke zu sagen, ist die Kleine bereits wieder weg. Eine Mum lächelt ihm von einem der Tische aus zu. Gil sieht schnell weg.

Es wird getanzt. Eine Gran dreht sich mit einem Deckie im Walzertakt, und das kleine Mädchen, das Gil den Burger gebracht hat, hüpft mit einem alten Kerl herum. Es steht auf seinen Füßen. Er tut so, als zuckte er bei jedem Schritt zusammen, und die Kleine kichert, bis sie Schluckauf kriegt. Die Inselbewohner feiern, sie lachen und singen. Kleinere Kinder rennen schreiend durch die Gegend. Der Grill raucht wie verrückt. Bierflaschen kommen aus Kühlboxen voller Eis. Aus Tiefkühlern wird frisches Eis gebracht. Im Schatten von Strandsonnenschirmen sitzen Babys in Nestern aus Kissen. Und da kommt auch Papa Zanetti mit Silvia, Cherry, dem Deckie, Roper und seinen Jungs.

Gil sollte zurück ins Camp.

Er kann nicht anders, er muss sie ansehen. Die Zanettis. Die Fischer drehen sich um und begrüßen Frank, schütteln ihm die Hand und nicken respektvoll. Silvia tritt zu den Mums, schwatzt, verdreht die Augen, isst und sammelt Teller ein.

Roper und seine Jungs tun so, als kämpften sie miteinander, und stellen sich dann zu Cherry und den Deckies. Paul kriegt ein Bier, und Mikey rennt im Kreis um die Gruppe herum. Er ist ein Flugzeug, ein Vogel, ein Wahnsinniger.

Gil gibt acht, hinter seinem Windschutz verborgen zu bleiben.

Die Deckies sind betrunken genug, um sich von Ropers Kids unterhalten zu lassen. Paul und Mikey erzählen ihnen Geschichten. Paul wird gesprächig, als er so viel Beachtung bekommt, Mikey noch unkontrollierter. Roper sieht zu und legt Paul eine Hand auf die Schulter. Paul macht vor, wie er etwas tritt, das im hohen Bogen durch die Luft fliegt. Jemand ruft: Buhhuh!

Mikey ahmt seinen Bruder nach, noch mal und noch mal, und wiederholt seine Worte, lauter und lauter.

»Ich flehe dich an! Ich FLEHE dich an! Ich FLEHE DICH AN!«

Die Deckies scheinen amüsiert. Ein paar trinken einfach nur. Cherry wendet sich ab und spuckt auf den Boden. Roper sieht sich um und fängt Gils Blick auf. Er öffnet den Mund und lacht aus vollem Hals.

Enkidu ist alt, neunhundert Jahre oder mehr. Er hat schon vieles gesehen. Er besitzt große Weisheit, wird aber nie wieder derselbe sein. Wie er zur Seite kippt, die Hinterbeine aussetzen, dazu die Risse in seinem wunderschönen Panzer, mit Kupfer nachgezeichnet. Eine Sache von Sekunden.

Gil sollte zurück ins Camp.

Die Erwachsenen werden betrunkener. Den Kindern geht die Puste aus. Die Partyleuchten entlang des Sonnensegels gehen an. Der Sonnenuntergang kommt näher, das eine wahre Schauspiel, das die Insel heute erleben wird. Wie jeden Tag. Gil sieht von seinem ruhigen Platz aus zu.

Er sollte zurück ins Camp.

Mikey sitzt unter einem der Tische und kritzelt mit einem Kuli in einem Buch herum. Er schreckt zusammen, als er Gil sieht.

Gil hört seine eigene Stimme, süß und schmeichelnd, verschlagen wie die von Bunyip: »Willst du die Schildkröte sehen?«

Mikeys Augen werden größer.

»Du hast sie noch nicht gehalten, oder?«

Mikey zögert, vielleicht wittert er eine Falle.

Gil hält die Lollis in die Höhe, die er aus einer der Tüten mit den Leckereien hat. »Die können wir uns unterwegs teilen.«

Mikey steht auf.

## KAPITEL 39

# 1629

Fünf Kinder, alle in einer Reihe, zwei Mädchen aus der Unterwelt und drei Schiffsjungen. Die Soldaten schichten Steine um sie, damit ihnen nicht kalt wird. Aber es ist zu spät, sie sind bereits erfroren. Mayken hat ihre Gesichter gesehen, blaue Lippen und die Augenlider ebenfalls von blauen Adern durchzogen. Die Soldaten legen die Steine behutsam aufeinander, als wollten sie sich dafür entschuldigen. Sandfliegen schwärmen.

Der Durst wird unerträglich. Einige trinken aus dem Meer, andere ihr eigenes Wasser. Zungen schwellen an, Lippen reißen auf, Augen versinken tief in ihren Höhlen. Das Ende ist nicht so schlimm, sagen sie. Wenn der Durst aufhört, kannst du dich einfach hinlegen und einschlafen. Der Prädikant betet um Regen, und der Himmel verdunkelt sich. Andere fallen in sein Gebet mit ein, aber nichts geschieht. Vasthouden findet eine halbe Tasse von etwas Brackigem. Mayken kann kaum schlucken. Er nimmt sie überallhin mit, wenn er nach Essbarem sucht. Er lässt sie Meeresschnecken essen, die er zwischen flachen Steinen zu einer Paste zerreibt, er wischt den Schmier mit einem Finger auf und drückt ihn ihr in den Mund.

Aris kommt mit seinem Fang. Creesje kocht ihn und verteilt ihn unter den Kranken. Mayken bekommt auch etwas. Sie bringt es zu Vasthouden, der am Strand sitzt und nach Treibgut Ausschau hält.

»Iss du, kleine Großmutter.«

»Nur, wenn du es dir mit mir teilst.«

Vasthouden schüttelt den Kopf.

»Nimm schon, es sind sowieso fast nur Gräten.«

Vasthouden lacht.

Der Fisch schmeckt fürchterlich, aber sie essen auch noch den letzten Fetzen.


Das Beiboot fährt Richtung Osten. An Bord sind der Oberkaufmann, der Skipper und eine Mannschaft guter Seemänner. Sie suchen nach Wasser, sagen die Leute, alle Inseln in der Nähe wollen sie absuchen. Die Jolle wartet weiter draußen. Sie haben Sachen aus dem Wrack gerettet, aber das Wetter ist immer noch gegen sie. Einige Kisten Silber stehen auf dem Streifen Korallenschutt, auf dem sie die erste Nacht verbracht haben, weitere Seelen sind jedoch nicht vom Schiff gerettet worden. Mayken und Vasthouden halten nach dem Beiboot Ausschau.

»Sie werden uns Wasser bringen«, sagt er, und es klingt wie ein Gebet.

Mayken sieht ihren Freund an. Er hat ein Stück Stoff gefunden, das er sich um seinen alten Kopf gebunden hat. Er trägt es wie sein verlorenes Ostindien-Tuch und sieht damit wieder mehr aus wie er selbst. Nur dass er es nicht mehr ist. Seine einst ruhigen Hände zittern, sein Mund ist aufgesprungen und steif wie ihrer. Er wendet sich ihr zu und lächelt mit den Augen. Sie haben ihren Glanz verloren.


Das Beiboot nähert sich Batavias Friedhof. Die, die gehen können, kommen zum Ufer und jauchzen. Der Oberkaufmann und der Skipper bringen Neuigkeiten und Vorräte! Es heißt, sie hätten einen besseren Ort gefunden. Eine höhere Insel mit Süßwasser, mehr Vegetation und sogar Unterschlüpfen.

Aber aus der Hoffnung wird Verwirrung, als sich das Boot

weiter nähert. Die Leute können sehen, dass etwas nicht stimmt. Pelsaert ruft etwas, doch sie verstehen es nicht, denn der Wind verweht seine Worte. Er versucht, über die Reling zu klettern und an Land zu waten, doch die anderen halten ihn zurück. Und jetzt ändert das Boot die Richtung, steuert nicht weiter auf ihre Insel zu, sondern segelt davon!

Die Überlebenden laufen ins Wasser und rufen dem Oberkaufmann hinterher, dem Skipper, den Männern an Bord des Bootes. Sie betteln um Wasser. Sie betteln um etwas zu essen. Aber das Boot hält seinen Kurs und bewegt sich weiter und weiter von der Insel weg. Pelsaert hält sein Gesicht in Händen, die Seemänner lassen ihn immer noch nicht wieder los.

Das Boot hält kurz bei dem Streifen Korallenschutt, auf dem die Schiffbrüchigen zuerst gelandet sind. Einer der Seemänner geht von Bord und watet hinüber. Er steht da und winkt. Wer scharfe Augen hat, sieht, dass er etwas in Händen hält. Er lässt es zurück. Watet zurück zum Boot, und ihm wird wieder hineingeholfen. Das Boot dreht ab, entschiedener jetzt, und fährt aufs Meer hinaus. Die Jolle folgt ihm.

Der Streifen Korallenschutt wird von den Zurückgelassenen die Verräterinsel genannt.

Die Seemänner glauben, dass der Skipper vorhat, zum Südland zu fahren, um Vorräte zu besorgen, obwohl die Küste unwirtlich und wahrscheinlich unbewohnt ist.

Die Überlebenden verfluchen die Davonfahrenden, die sie hier zurücklassen. Sie haben beide Boote genommen und ihnen kein Wasser und keine Vorräte dagelassen. Auf der zerstörten *Batavia* sind immer noch siebzig Mann, und die auf der Insel haben keine Möglichkeit, ihnen zu helfen. Die armen Seelen müssen sich um ihre eigene Rettung kümmern. Ein paar klammern sich an Holzstücke, nutzen die Flut und schaffen es auf die Insel. Sie erzählen, was sie auf dem sinkenden Wrack erlebt haben. Der Laderaum ist geflutet und ein großer Teil der Ladung ruiniert. Es gibt noch Fässer mit Trinkwasser und Essensvorräte, die gerettet werden könnten. Aber wie, ohne ein Boot, um hinzufahren? Auf dem Wrack herrscht keine Art von Ordnung mehr. Die Truhen, die noch an Bord sind, sind geöffnet und die Münzen verstreut worden.

Die Bedienstete des Prädikanten, Wybrecht Claasen, steigt aus ihren Holzschuhen, zieht ihre Röcke aus und legt die Haube ab. Mit entschlossener Miene geht sie in ihrem Unterzeug zum Wasser.

Frau Prädikant ruft nach ihr. Der Prädikant selbst läuft mit einem Tuch los, in das er das Mädchen hüllen möchte.

»Lasst sie«, sagt Judick. »Sie ist bei Aalfischern aufgewachsen. Sie ist eine gute Schwimmerin.«

Wybrecht watet ins Wasser, bis zu den Knien, den Schenkeln.

Alle blicken zu ihr hin, und sie sehen, dass Judick recht hat, die junge Frau ist für das Meer gemacht. Ihre Schultern und Arme sind muskulös, sie ist groß und schlank.

Über dem Horizont, hinter dem aufgelaufenen Schiff, bricht die Sonne durch eine Wolkenbank und wirft lange Bahnen von Licht aufs Wasser. Die Streifen sehen aus wie Makrelen.

Der Prädikant wertet das als ein Zeichen. Er beginnt zu beten, und andere fallen mit ein.

Wybrecht schenkt all dem keine Beachtung. Sie tauft sich im flachen Wasser, gießt sich Wasser über Beine, Bauch, Schultern und Kopf. Als es ihr bis zur Taille reicht, senkt sie den langen Rücken ins Meer und stößt sich ab.

Auf der Verräterinsel macht sie Station. Sie sehen, wie sie darauf entlanggeht. Sie hebt ein kleines Fass in die Höhe, das der Mann vom Boot dort zurückgelassen hat, und blickt zurück.

Zögert, als versuchte sie eine Entscheidung zu treffen. Dann ist sie wieder im Wasser und hält auf die *Batavia* zu.

Alle sehen gespannt zu ihr hinaus, bis sie außer Sicht gerät. Am Ende verschwindet sie unter einem Brecher. Der Prädikant betet. Die Soldaten marschieren auf und ab. Die Seemänner murmeln alte Zauberformeln.

Am Nachmittag wird Wybrecht erneut gesichtet, und ein Ruf geht herum. Sie schwimmt unbeholfen heran, schleppt etwas hinter sich her und kämpft sich schließlich den Strand herauf, rot im Gesicht und halb erfroren. Sie hält ein kleines Fass Wasser in den Armen. Ein Kampf bricht aus.

»So wird es also sein«, sagt Vasthouden.

Die Männer auf dem Schiff haben den Verstand verloren, sagt Wybrecht. Sie starren vor Waffen, tragen Messer unter den Mützen und Schwerter am Gürtel. Sie streifen durch das halb gesunkene Schiff und haben das Heckkastell zu ihrem Lager gemacht. Die Große Kabine gleicht einer Hafenkneipe mit Wein und Bier. Die Leute betrinken sich. Auch die letzten Truhen sind offen, und die Männer bewerfen sich mit den Münzen und schleudern sie über Bord. Währenddessen bricht das Schiff um sie herum immer weiter auseinander. Der Lärm ist unerträglich. Das ständige Reiben, Krachen und Bersten, die Gischt. Keiner von den Verbliebenen kann schwimmen oder sich ein Floß bauen, um sich damit zu retten. Ihr haben sie nichts getan, die wilden Männer. Ein paar haben sogar geweint, als sie zurück ins Meer gegangen ist.

Der Prädikant liest laut die Nachricht vor, die Wybrecht unter dem Fass auf dem Streifen Korallenschutt gefunden hat. Verfasst vom Oberkaufmann und vom Skipper unterschrieben. Da steht, dass sie zur nächsten Küste segeln wollen, und wenn sich das nicht als erfolgreich erweist, nehmen sie Kurs auf Batavia und stellen eine Rettungsmannschaft zusammen, um die Überlebenden zu holen. Das stößt auf bittere Mienen. Wie soll es ohne Wasser und Essen Überlebende geben? Sie sind im Stich gelassen worden. Pelsaert und Jacobsz sind Hurensöhne.

Eine Bö. Der Himmel öffnet sich, und Mayken liegt mit offenem Mund und geschlossenen Augen da. Die Leute fangen das Wasser mit allen möglichen Behältnissen auf und suchen unter den wenigen errichteten Zelten Schutz. Vasthouden kann Mayken nicht trocken halten, und so umarmt er sie, um sie zu wärmen. Ihre Zähne klappern, aber sie lebt.

## KAPITEL 40

# 1989

Der Junge rennt voraus und wieder zurück, was Gil nervös macht. Erst als sie die Hütten hinter sich gelassen haben, entspannt er sich. Sie haben es geschafft. Auf diesem Weg werden sie niemandem begegnen, der führt allein zu Joss Hurleys Camp. Hinter ihnen ist noch leise Musik zu hören. Vor ihnen lodert der Himmel orangefarben über einem Meer aus geschmolzenem Eisen.

Mikey fragt Gil etwas. Sein Gesicht ist unglaublich dreckig. Verschmierte Tomatensoße, und über einer Braue klebt etwas Blaues. Ihm fehlen zwei Schneidezähne, und deshalb lispelt er.

»Lutsch erst mal deinen Lolli«, sagt Gil angeekelt.

»Ich will die Schildkröte halten.«

»Habe ich nicht gesagt, dass du das kannst?«

Auf der Veranda ist nichts vom alten Mann zu sehen. Drinnen brennt kein Licht.

»Sei leise«, sagt Gil, »oder du erschreckst die Schildkröte, und sie rennt weg.«

Aber der Junge ist bereits still, weil er sich in der unbekannten Umgebung unsicher fühlt. Gil öffnet die Tür, und Mikey folgt ihm hinein.

Der vertraute Küchengeruch: Zigarettenrauch, Gebratenes vom Frühstück, Mäuse. Um diese Uhrzeit erleuchtet die untergehende Sonne alles. Das gesamte vom Meer und Himmel gesammelte Licht des Tages strömt herein. Ein honiggetränktes Licht. Selbst Mikey muss spüren, wie magisch das ist.

Er folgt Gil zu dessen Zimmer, zögert dann, weiter vorzutreten.

Gil hebt Enkidu vorsichtig, ganz vorsichtig aus seiner Kiste. Die Kupferlinien auf dem Panzer der Schildkröte reflektieren das Licht.

Mikey staunt. Er streckt einen Finger aus, um über das leuchtende Muster auf dem zerbrochenen Rücken der Schildkröte zu fahren.

»Du darfst sie nicht berühren, weil sie dich und deinen Bruder hasst.«

Mikey macht den Mund auf, um zu plärren.

»Aber wir können ein anderes Spiel spielen.«

## KAPITEL 41

# 1629

Nach zehn Tagen auf der Insel haben alle einen Unterschlupf, denn als der Prädikant lange und intensiv genug gebetet hat, wurden die Spieren der *Batavia* samt Segeln, Leinen und Tauen an Land gespült.

Mittlerweile gibt es auch einen Rat, der allen sagt, was sie tun sollen, abgesehen von den Soldaten, die sowieso schon alles machen, Unterkünfte bauen, Robben fangen und fischen. Der Rat besteht aus den ranghöchsten Männern der Insel, einschließlich Pelsaerts leitendem Schreiber, dem Provost und dem Prädikanten.

Mayken wandert durch das merkwürdige neue Zeltdorf, so wie sie auch an Bord der *Batavia* alles erkundet hat. Manchmal holt sie ihre Knochenflöte hervor, und die Leute wollen eine Melodie hören. Aber die Flöte lässt alle Lieder traurig, süßlich und etwas unwirklich klingen.

Am Rand der Siedlung befindet sich das Krankenzelt, wo John Pinten liegt und sich Creesje um die Verletzten und Fiebernden kümmert. Es gibt auch ein Hauptzelt, in dem sich der Rat trifft und die Vorräte, soweit es denn welche gibt, aufbewahrt werden. Rundherum stehen die Zelte für Familiengruppen. Creesje und Mayken haben eine abgetrennte Ecke in einem von ihnen.

Die Seemänner und Schreiner haben ihre Unterkunft gegenüber. Da wohnen Vasthouden und Smoert. Die Familie des Prädikanten hat ihre eigene Behausung, und ihre Bedienstete Wybrecht wohnt mit bei ihnen. Die Soldaten haben das beste Camp, wohlgeordnet und in einiger Entfernung von den übrigen Überlebenden.

Aris richtet sich sein Lager ein, wo immer er will, und zieht dahin, wo sich am erfolgreichsten fischen lässt. Er ist bei Weitem der beste Fischer der Insel. Während der letzten paar Tage hat er sein kleines Zelt auf dem am weitesten von ihrer Siedlung entfernt liegenden Punkt aufgebaut. Mayken macht sich dahin auf. Es ist kalt und bedeckt, und sie hat sich Creesjes Tuch ausgeliehen. Ihre Fassschuhe taugen gut für den steinigen Untergrund. Sie betet um Regentropfen und die kleinen auf der Insel nistenden Vögel, die die Seemänner nachts fangen. Alle beten, auch dafür, dass mehr hilfreiche Dinge angeschwemmt werden. Die optimistischeren hoffen auf ein Rettungsschiff, auch wenn das ein Wunder bedeutete.

Mayken geht langsam über die Insel, so wird sie weniger durstig. Gegen den Hunger, der ihren Magen zu einer festen, murrenden Faust macht, kann sie nichts tun.

Als das Zelt des Barbiers vor ihr auftaucht, geht sie besonders leise weiter. Sie hat gelernt, nicht nach ihm zu rufen, wenn er fischt. Im Übrigen sieht sie ihm gerne zu, wie er langsam und geduldig mit seinen Leinen und Haken umgeht, schließlich ein Fang aufblitzt und nach Luft schnappend auf dem Ufer landet. Er tötet die Fische schnell mit einem Stein. Aris hat nichts Grausames in sich, er scheint eher ein Teil des Wassers zu sein, der Fische, die er fängt. Er sagt, eines Tages werden ihm Kiemen wachsen und er schwimmt davon. Jeden fünften Fisch behält er für sich, den Rest gibt er dem Rat zur Verteilung.

Er sieht zu ihr hin. »Wie geht es den Kranken?«

»Es ist niemand gestorben.«

Er nickt. »Ich habe ein Stück Fisch für dich, da unter dem Stück Stoff.«

»Ich nehme es für Vasthouden mit.«

»Iss es selbst.« Er blickt finster ins Wasser. »Sonst verschwindest du noch, du bist dünn wie ein kleiner Aal.«

Mayken erschaudert. »Ich wäre lieber kein Aal.«

»Was dann?«

Mayken sieht zum Himmel auf. »Eine Möwe, und wenn dir Kiemen wachsen und du davonschwimmst, fliege ich dir hinterher.«

Aris lacht.


Mit gesenktem Kopf folgt Mayken Vasthoudens nackten Füßen über den Strand. Sie weiß nicht, wie er es aushält, über diese scharfen Steine zu laufen. Aber seine Füße sind nach all den Jahren des Kletterns in der Takelage ledrig und voller Schwielen. Wer kräftig genug dafür ist, muss die Insel nach allem, was er finden kann, absuchen. Aber hier sind jetzt nur sie beide, Mayken und Vasthouden, und sie passt ihre Schritte denen des alten Seemannes an. Sie sind ein gutes Team. Maykens scharfe Augen und Vasthoudens sehnige Kraft haben sie große Fässer, Planken mit Nägeln, Stricke und eine hölzerne Schachtel mit Nähzeug retten lassen. Das Nähzeug schien niemandem zu gehören, und so hat Creesje es bekommen, um die Kleider der Kranken zu flicken.

Ein weiteres Stück den Strand hinunter bleibt Vasthouden stehen und hebt eine Hand.

»Warte hier, kleine Großmutter.« Er watet ins Meer.

Da bewegt sich etwas im flachen Wasser.

Es wurden schon menschliche Überreste angeschwemmt. Wegen der Brandung sind sie meist nicht vollständig. Gesichter sind blau, Körper aufgedunsen und stinken. Vasthouden sagt, dass man solche Anblicke nie vergessen kann, und Mayken weiß, er hat recht, weil sie immer wieder an die fünf toten Kinder denken muss, die unter dem Steinhaufen liegen.

Der Körper im Wasser ist intakt. Mit dem Gesicht nach oben liegt er da, die Augen geschlossen. Seine Glieder zucken so mechanisch wie die eines Seesterns.

Vasthouden ruft staunend: »Er lebt.«

Sie lösen ihn vom Bugspriet. Seine Hände sind Klauen. Er ist mit dem Holz verwachsen. Dem Holz, auf dem der Löwe von Holland herumgestreunt ist! Aber der geschnitzte Löwe ist nicht mehr da, nur ein halb ertrunkener Mann, dessen Gesicht sie erkennen.

Ein Ruf erschallt: Jeronimus Cornelisz hat überlebt!

Sie tragen den Unterkaufmann auf den Strand. Mayken streift am Wasser entlang. Sie entdeckt etwas im Schaum der Brandung, das in der Nähe angeschwemmt worden ist, watet hin und hebt es hoch. Es ist eine Scherbe von einem zerbrochenen Tongefäß. Ein Stück eines Gesichts, mit einem Bart und einem glubschäugigen Grinsen. Sie lässt es auf die Steine fallen und wischt sich die Hände an ihrem Rock ab. Bullebaks zerbrochener Krug grinst höhnisch zu ihr hoch.

Der Unterkaufmann findet schnell seine Stimme wieder und erzählt seine Geschichte. Er war der Letzte, der das Schiff verlassen hat, und das auch nur, weil es endgültig im Meer versunken ist. Nachdem alle anderen ins Meer gesprungen oder weggespült worden waren, war nur noch er auf dem Wrack. Als das Heckkastell zerbrach, hat er sich nach einem Stück Holz umgesehen, das groß genug war, um ihm als Floß zu dienen. Da war nur der Bugspriet, und er hat sich an ihn geklammert. Das Holz schwamm, und er ist tagelang mit ihm übers Meer getrieben, auf Wirbeln und Wellen geritten, um endlich die Insel zu erreichen.

Die Leute sind sich einig, dass es ein Wunder ist.

Mayken denkt an die Tonscherbe und ihr glubschäugiges Grinsen.

Mayken liegt unter dem Zeltdach und träumt. Die Nacht ist klar und kalt, die Sterne strahlen, und der Mond scheint hell. Die Menschen auf Batavias Friedhof schlummern auf den harten Steinen, ihnen ist kalt, und sie sind erschöpft. Die Zeltbahnen flattern im Wind, ansonsten ist alles ruhig. Aber etwas bewegt sich durch diese Nacht. Ein Schatten kriecht aus dem Kranken-zelt und sammelt sich davor. Im Licht des Mondes wächst er an, wird dunkler und formt sich zu einer großen, gebückten Gestalt. Der Schatten reckt seinen gezackten Rücken, wendet sich hier-hin und dorthin. Der Umriss seines Kopfes, glubschäugig, mit Bartfäden wie ein Katzenfisch, die Kiemen pumpen. Der Wind weht Tiefwasser-Verderbnis heran, und ein schaler Gestank er-füllt die Luft. Dann ein tiefes Murmeln. Worte formen sich, trop-fen herab. Eine Stimme, honigsüß, vertraulich, sucht ein Ohr, in das sie sich ergießen kann. Der Schatten will flüstern …

Mayken erwacht. Creesje schläft neben ihr. Mayken glaubt, einen Schatten zu sehen, der sich an ihnen vorbeistiehlt, hört ein Zischen. Sie schließt die Augen ganz fest und drückt sich die Hände auf die Ohren.

## KAPITEL 42

# 1989

»Es gehört zum Spiel!«

Mikey schüttelt den Kopf, sein Gesicht ist tränennass und verkniffen.

»Nimm noch einen Lolli.«

Der Junge greift mit ernster Miene zu, hockt sich hinter den Generator und steckt sich das süße Ding in den Mund.

»Ich habe ihn mir über den Kopf gezogen, jetzt bist du dran.« Gil hält ihm einen Ködersack hin. »Zieh dir das verdammte Ding einfach über die Rübe!«

Mikey weicht weiter zurück und gräbt die dreckigen Füße in die Erde.

Gil kann verstehen, dass er nicht will. Er wollte Mikey in die kaputte Kühltruhe sperren und Steine auf den Deckel packen. Aber der Junge hat nicht mitgemacht, weil es in dem Ding so bestialisch stinkt. Gil wollte ihn hineinheben, doch Mikey hat sich schwer gemacht, und er mag ja klein sein, aber er ist kräftig. Und so verrotzt und dreckig, dass Gil sich vor ihm ekelt.

Gil versucht, wütend zu tun. »Du verdirbst alles! Dann siehst du Bunyip nicht!«

»Ich will Bunyip nicht sehen!«

»Wenn du dir den Sack über den Kopf ziehst, gebe ich dir zehn Dollar.«

Mikey sagt nichts.

»Zwanzig Dollar.«

»Ich will nicht.« Mikey zieht die Füße an sich heran und fängt an zu weinen.

Gil kann nicht mehr. Er betrachtet den im harten Licht der einen Neonröhre heulenden kleinen Jungen. Das verdreckte blonde Haar und wie er das Gesicht gegen die Knie drückt. Mikey hat seine Sandalen verloren und sich den Fußknöchel aufgeschrammt.

Gil setzt sich neben ihn. Am Ende hört der Junge auf zu schluchzen und sieht zu ihm auf, verheult und elend.

»Ich bring dich nach Hause«, sagt Gil.

Der Nachthimmel ist bedeckt, und es geht kaum ein Wind. Das Meer liegt flach und schwarz unter dem dunkelgrauen Himmel. Gil nimmt den Pfad hinunter zum Camp der Zanettis. Mikey zockelt neben ihm her. Er hat die Sandalen gefunden, und sie klatschen ihm unter die Füße.

Als sie sich dem Camp nähern, sagt Gil: »Das Spiel, das wir gespielt haben, ist unser Geheimnis, okay?«

Mikeys Piepsstimme: »Okay.«

Das Licht auf der Veranda brennt, aber es scheint keiner da zu sein.

»Geh rein.«

Mikey will nicht. Er fängt wieder an zu heulen. Fragt ihn was.

Gil versteht ein einzelnes Wort. »Soll ich dich zurück zur Party bringen?«

Mikey hört auf zu weinen.

Die Party hat sich beruhigt. Sie haben ein Lagerfeuer entzündet und sich trinkend darum versammelt. In Gruppen, Männer und Frauen getrennt, die Kinder laufen dazwischen hin und her. Das

Feuer knistert. Gil wünschte, es würde außer Kontrolle geraten, um sich greifen und die ganze Insel niederbrennen. Dann könnte die Natur noch mal neu anfangen. Das hat er über Buschfeuer gelernt. Es gibt gute und schlechte Feuer. Einige säubern die Welt. Einige beseitigen das tote Holz und lassen Samen sprießen. Ohne Menschen wäre die Natur die Königin. Pflanzen, Tiere und Vögel würden herrschen, und die Inseln wären wie schon vor Millionen Jahren. Ohne den Lärm von Außenbordern und Generatoren. Frei von Kerosinherden und Stegen. Lass das alles zu Staub werden. Lass die Inselbewohner, ihn eingeschlossen, schmelzen, sich verformen, schreien und dann still daliegen. Lass die Insel wieder atmen.

Dutch sitzt bei den Leuten und stimmt seine Gitarre. Er fängt an zu spielen. Das Reden und Lachen verstummt.

Dutchs Stimme hat etwas wunderschön Gebrochenes.

Die Zuhörer schmelzen dahin. Grannys ziehen Kinder an sich heran. Fischer werfen ihren Frauen Blicke zu. Alte Männer schließen die Augen. Gil könnte weinen. Er weiß nicht, warum.

Mikey steht neben ihm.

»Geh schon«, zischt Gil. »Los doch.«

Mikey zögert, sieht dann seinen Vater beim Feuer, rennt zu ihm und bricht in Tränen aus.


Mikey klammert sich an Roper. Roper sieht Gil an.

»Was zum Teufel hast du mit ihm gemacht?«

Die Musik bricht ab. Mikey schluchzt. Alle sehen her.

»Er hat sich verirrt.«

»Sich verirrt? Auf einer so verfickt kleinen Insel? Meinst du das ernst?« Roper macht sich von seinem Sohn los und wankt auf Gil zu.

Silvia kommt, um Mikey zu trösten, er heult nur noch lauter. Sie nimmt ihn auf den Arm. Der Junge sieht Gil über ihre Schulter an. Jetzt spielt er ein Spiel, dessen Regeln er kennt.

Ropers Gesicht glänzt rot im Licht des Feuers. »Lass meine Jungs in Ruhe, du kranker kleiner Scheißer.«

Dutch legt seine Gitarre zur Seite und steht auf. »Das reicht, Roper. Er ist noch ein Kind.«

Alle sehen zu. Alle Augen ums Feuer sind auf die Kontrahenten gerichtet. Niemand bewegt sich, nur die Flammen. Kein Geräusch, nur das Lodern der Flammen und Mikeys Schluchzen.

Dutch hebt eine Hand, als wollte er ein Pferd aufhalten. »Roper, lass es.«

Roper tritt einen Stuhl um und geht auf Gil los.

Gil kennt die dunklen Pfade durch das Gesträuch. Er saust dahin, ohne weiter vor Roper fliehen zu müssen. Niemand jagt ihn. Er läuft vor ihren Blicken davon, den vom Feuer erleuchteten Augen, die ihn ansehen, und diesem und anderen Worten: *krank*, *krank*, *krank*.

Die Wolkendecke reißt auf, und die Sterne veranstalten eine große, kalte Glitzershow. Der helle Mond zeigt alles. Die Steine auf dem Pfad, die Hütten mit den dunklen Fenstern, die aufgerollten Leinen, die herumliegende Ausrüstung. Am Strand legt sich Gil auf den Bauch und spürt kaum die eiskalten Steine. Er weiß, dass nichts an ihm richtig oder gut ist. Als sich sein Atem beruhigt, wird er sich einer Bewegung bewusst. Weit, weit unten im schlickigen Wasser rührt sich etwas. Eine Zunge zuckt. Ein gezacktes Rückgrat streckt sich. Glieder schieben den Schiefer beiseite. Bunyip kommt durch Knochenstaub, Vogelscheiße und tote Korallen an die Oberfläche geschwommen. Bunyip kommt, um ihn zu holen.

## KAPITEL 43

# 1629

Jeronimus Cornelisz steht am Eingang des neuen großen Zeltes, das in der nordwestlichen Ecke der Insel, direkt über dem kleinen Hauptstrand, aufgebaut worden ist. Er hat sich herausgeputzt und trägt eine rote Jacke aus einer geretteten Kiste, die einmal Pelsaert gehört hat. Cornelisz wechselt seinen Aufzug dreimal am Tag, erscheint in Strümpfen, mit Hüten und in Capelets. Wenn sich irgendwo eine Feder hinstecken lässt, steckt er sie hin. Kann ein Kleid mit einem Band geschmückt werden, tut er es. Aber seine Kommandantenkleider sind für einen schlankeren Mann gemacht und zu eng für ihn, was sein Herumstolzieren umso grotesker erscheinen lässt.

Niemand stellt infrage, ob ihm Pelsaerts Eigentum zusteht. Nach den Regeln der Kompanie ist Cornelisz nach dem Oberkaufmann und dem Skipper das ranghöchste Mitglied der Unternehmung. Er hat bereits seine Anhänger – »meine Jungs« –, einen Mob aus ungehobelten, höheren Familien entstammenden Kadetten, vierschrötigen deutschen Söldnern und an deren Rand auch Steward Pelgrom. Und den Steinmetz, der nichts von seiner Bedrohlichkeit an Bord verloren hat. Cornelisz' Anhänger folgen ihm über die Insel, wohin er auch geht. Es hat etwas von einer Parade, was so absurd wie obszön ist angesichts all des Leids.

Die Tage bleiben kühl und bedeckt. Jede weitere Regenböe wird hektisch mit den Zeltbahnen aufzufangen versucht, die man als große Trichter nutzt. Nachdem das Schiff endgültig auf dem Riff zerbrochen ist, hat sich die gesamte Ladung ins Meer ergossen. Tonnen und Fässer tanzen in den Strömungen um die Insel. Sie werden von den Wachen, die ständig überall am Wasser postiert sind, an Land gezogen.

Cornelisz sammelt die Vorräte an einem zentralen Ort, in seinem Zelt. Er hat ein Regularium für die Rationierung von Wasser, Schiffszwieback und die Zuteilung von Wein für die Kranken eingerichtet. Cornelisz ordnet das Graben von Latrinen an. Die Soldaten, abgesehen von den paar deutschen Söldnern, die jedem seiner Schritte folgen, erkennen Cornelisz Autorität an, aber nur ungern. Als er ihnen befiehlt, ihre Waffen ins Hauptzelt zu bringen, um sie dort sicher aufzubewahren, zeigen sich die Männer verärgert. Cornelisz redet von Piratenangriffen. Das scheint kaum plausibel, aber er ist ein gebildeter Mann. Den Schreinern trägt er auf, aus dem Holz des Wracks Boote zu bauen, den Seemännern zu fischen und nach Treibgut Ausschau zu halten. Die Frauen und Kinder müssen die Insel nach essbaren Beeren und Pflanzen absuchen oder am Wasser Meeresschnecken und Seeigel sammeln. Vögel werden nachts aus ihren Nestern geholt und erwürgt, Robben geschlachtet, wo immer sie auftauchen. Eier werden gesammelt. Als ein erstes Boot oder Floß fertig ist, fahren sie zu den Überbleibseln des verunglückten Schiffes hinaus, bringen aber nichts zurück.

Cornelisz besteht darauf, dass Creesje und Mayken ihr eigenes Zelt in der Nähe von seinem bekommen, wie es hochgeborenen Passagieren gebührt. Er stellt eine Wache für sie ab, die Creesje abzulehnen versucht. Es genügt, dass er sie von den anderen Überlebenden trennt, mit einem Bett und Teppichen, die vom Schiff gerettet wurden. Creesje will diese Art von Aufmerksamkeit nicht, und ihre Albträume kehren wieder, wie in den Tagen nach dem Angriff auf sie auf der *Batavia*.

Wenn Mayken nicht bei Aris oder John Pinten ist, Meeresschnecken sammelt oder Vasthouden mit dem Treibgut hilft, beobachtet sie Cornelisz' Zelt. Kommt er heraus, achtet sie darauf, den Blick abzuwenden. Treffen sich ihre Blicke, verbeugt er sich, doch es liegt etwas Spöttisches darin.

Als an diesem Abend das Licht zurückgeht, sitzt er mit seinen Gänsejungen vor seinem Zelt. Sie haben ein gutes Feuer und Wein. Pelgrom steht mit einer Pfanne und einem Krug dabei. Der ölige Gestank von gebratenem Robbenfleisch weht herüber und gibt Mayken zusammen mit dem höhnischen Gelächter der Gruppe ein mulmiges Gefühl.

Sie kauert sich in den Eingang ihres Zeltes. Creesje muss bald von den Kranken zurückkommen, und dann werden sie sehen, was sie zu essen haben. Meist kriechen sie gleich in ihr strohgefülltes Segeltuchbett, ein Geschenk des Unterkaufmanns. Creesje sagt, sie würde lieber auf den nassen Steinen schlafen.

Die Reden vor dem Zelt des Unterkaufmanns werden derb und anstößig. Mayken erkennt das an der Art, wie die Männer mit ihren Schwertern durch die Luft fahren. Pelgrom versucht sich zu beteiligen, doch die Gruppe schenkt ihm keine Beachtung. Mayken sieht, wie sich Cornelisz vorbeugt, um einem Kadetten etwas ins Ohr zu sagen. Das Feuer knistert und spuckt, und ein vertrauter Schatten legt sich breit auf die Seite des Großen Zeltes.

Früh am Morgen findet Mayken Smoert unten am Strand, wo er ein Netz flickt. Der Küchenjunge ist einer von den wenigen, die besser aussehen als vor dem Schiffbruch. Die Verbrennungen von den Fettspritzern in seinem Gesicht sind verheilt, die verbrannten Brauen nachgewachsen, wie auch sein Haar, das rostbraun in der ersten Sonne leuchtet.

Smoert sieht Mayken argwöhnisch an.

»Keine Sorge, es gibt keine Küsse.«

Smoert wird rot und senkt den Blick auf sein Netz.

»Ich will dir nur sagen, dass er zurück ist.«

Die Nachforschungen beginnen.

Smoert beginnt jedes Gespräch mit einem potenziellen Zeugen mit der Frage: »Haben Sie irgendetwas von diesem aalartigen Biest gehört oder gesehen?«

Und Mayken fügt hinzu: »Das solche Spuren hinterlässt.« Sie deutet die Größe mit den Händen an, um die Leute zu erinnern. »Und dessen Bisse giftig sind.«

»Stinkt wie ein Robbeneintopf«, sagt Smoert.

»Es wechselt die Größe und ...«

Smoert stößt sie an. »Weiter.«

»... könnte sich in Zelten und Dingen verstecken.«

Ein Soldat hat einen toten Aal in seinem Stiefel entdeckt. »Aber vielleicht war er auch nicht tot, weil ihr wisst ja, wie Aale sind.«

Die Frau eines Kalfaterers hat etwas Unnatürliches in ihrem Kochtopf beobachtet, zwischen den Meeresschnecken und Robbenknorpeln. Sie könnte schwören, dass es atmende Kiemen hatte.

Ein Schreiner hat spätnachmittags eine merkwürdige Gestalt gesehen. Er war gerade bei der Arbeit am Bug eines Bootes, als eine gebückte Gestalt vorbeischlich, aber vielleicht war es auch der Schatten des Provost.

Bald schon wird Bullebak die Schuld an allen möglichen Unfällen und Ärgernissen gegeben. Feuer wollen nicht brennen, Fische nicht beißen, Bettzeug einfach nicht trocknen.

Mayken und Smoert suchen im Krankenzelt nach möglichen Bissen. Sie finden einen Schiffsjungen mit einem vergiftet aussehenden Finger, wobei er unsicher ist, ob er tatsächlich gebissen wurde. Ein geschwächter John Pinten winkt sie heran.

»Bist du wieder auf der Jagd?«, flüstert er. »Nach deinem Bullebak?«

»Es ist nicht *mein* Bullebak«, sagt Mayken finster. »Und wir haben keinen Krug.«

»Oder Schweineschwarten«, gibt Smoert zu.

John Pinten greift unter sein Bett und zieht einen Krug mit einem Sprung hervor. »Findet einen Verschluss, und versucht es mit Robbenfleisch.«

Aber jetzt hat Smoert mit seinen Netzen zu tun, und Mayken muss nach Treibgut Ausschau halten.

»Treffen wir uns morgen wieder?«, fragt Smoert. »Wir können weitersuchen.«


Stück für Stück entwickeln Mayken und Smoert ein Bild der merkwürdigen Geschehnisse, die sich fast täglich auf der Insel ereignen, und die Leute fangen an, sie heranzuwinken, wenn die beiden mit ihrem Krug und einem Stück Robbenfleisch vorbeikommen.

Ein Fußabdruck auf einer Zeltwand, zählt der?

Nebel vom Meer, der mit angedeutetem Murmeln durchs Lager zieht, zählt der auch?

Während der zweiten großen Bullebak-Jagd erfährt Mayken viel über den täglichen Kampf der Überlebenden, und sie ist verantwortlich für eine Reihe freundlicher Gesten.

Der Tochter eines Kanoniers, die ihren verlorenen Freundinnen nachtrauert, schenkt sie ihr letztes Band.

Für die Frau eines Soldaten, die immer noch ihr Nachtzeug trägt, findet sie eine Haube und eine Schürze.

Einem traurigen Seemann bringt sie ein perfekt gesprenkeltes Möwenei.

Und wenn sie nichts zu verschenken hat, holt sie ihre Flöte heraus und spielt eine Melodie.

Der Unterkaufmann hat Wein, schöne Möbel und Schmuck

in seinem Großen Zelt, und seine Anhänger bekommen Extra-
rationen. Mayken weiß, dass das nicht richtig ist. Es sollte keine
Unterschiede zwischen den Überlebenden der Oberwelt und der
Unterwelt geben, alle sollten das Gleiche bekommen. Während
sie die Menschen auf der Insel immer mehr ins Herz schließt,
tun sie es umgekehrt mit ihr. Sie halten Ausschau nach dem kleinen grauäugigen Mädchen mit seinem geliehenen Tuch.

Sie beginnen, etwas von Imke an ihr zu entdecken. Als hätte
die alte Kinderfrau einen Teil ihrer Weisheit auf das Kind über-
tragen. Die Leute fangen an, Mayken um Rat zu fragen, und sie
erweist sich als talentiert, wenn es darum geht, Omen zu deuten, die Form von Wolken, Wellen, Seetang und so weiter, obwohl sie es allgemein vorzieht, durch ihren Prophezeiungsstein
zu sehen.

Was Mayken manchmal an Genauigkeit vermissen lässt,
macht sie mit ihrem Wesen gut. Viele verlassen sie mit neuer
Hoffnung und sogar mildtätigen Gedanken.

## KAPITEL 44

# 1989

Dass Mikey alles erzählen würde, war nur natürlich. Dass er der Geschichte aber auch noch neue Wendungen hinzufügen würde, damit hat Gil nicht gerechnet. Es war doch auch so schon genug, mit dem Ködersack, der alten Kühltruhe, den Bestechungsversuchen. Aber jetzt kommen noch Drohungen mit einer Nagelpistole hinzu und dass er Mikey an Händen und Füßen gefesselt hätte.

Gil weiß, wie ernst die Situation ist. Der Gesichtsausdruck seines Großvaters sagt ihm das und dass Bill Nord mit seinem Abzeichen der Nachbarschaftswache am Küchentisch sitzt und alles aufschreibt.

Dutch schenkt Kaffee nach und setzt sich dazu.

Bill sieht von seinem Notizbuch auf. »Du sagst also, du hattest keine Nagelpistole, Gil?«

»Ach, komm schon!«, sagt Dutch. »Du kennst die Zanettis so gut wie ich, Bill, die trichtern dem Jungen ein, was er sagen soll. Sie lassen die ganze Sache viel schlimmer klingen.«

Bill hebt eine Hand, während er mit der anderen weiterschreibt, langsam und sorgsam. Nachdem er die letzten Zeilen noch einmal gelesen hat, schließt er sein Notizbuch.

Er sieht Gil an und sagt mit einem strengen Unterton in der Stimme: »Bleib im Camp deines Großvaters, im Interesse deiner eigenen Sicherheit. Die Gemüter auf der Insel sind gerade ziemlich aufgeheizt.«

Gil kommen die Tränen. »Ich wollte das doch so nicht.«

Schweigend sitzen die drei Männer am Tisch. Selbst Dutch sieht weg.

Roper wird ihn sich schnappen. Er wird ihn umbringen, zu Ködern zerhacken und über tiefem Wasser ins Meer werfen. Heute sitzt Joss draußen auf der Veranda, und Dutch ist bei ihm und spielt auf seiner Gitarre. Aber morgen werden sie beide draußen auf See sein, und Gil ist allein.

Köder für die Reusen. Wen wird es stören? Selbst wenn die Leute Roper verdächtigen, werden sie es nicht riskieren, bei Papa Frank in Ungnade zu fallen, indem sie den Mund aufmachen. Und Joss und Dutch werden wahrscheinlich froh sein, wenn sie ihn los sind. Gil wird einfach nur das verkorkste Kind sein, das verschwunden ist. Sie werden schon eine Geschichte erfinden – dass er wie ein Irrer hinaus in die Brandung gerannt und ertrunken ist. Ans Bett hätte er gebunden werden sollen, wie ein Kleinkind oder Schlafwandler.

Enkidu schläft fest in seiner Kiste. Gil streichelt seinen mit Kupferlinien überzogenen Panzer, fragt sich, ob sein Freund träumt, und sammelt die ungefressenen Blätter ein.

Dutch kommt spät zurück. Ein leises Gespräch auf der Veranda. Gil schlüpft aus dem Bett ins Wohnzimmer. Er hockt sich ans Fenster und lauscht.

Dutchs Stimme klingt ernst: »Sie wollen ihn von der Insel.«

»Die können mich mal.«

»Der Kleine ist echt verstört. Roper dreht durch.«

»Ist das was Neues?«

»Sie sagen, du hast Gil hergeholt, obwohl du wusstest, dass er nicht normal ist und dass du ihn wieder wegschicken musst.«

»Ja, und wohin?«

»Zu einem anderen Teil der Familie.«

»Den gibt es nicht.«

Schweigen auf der Veranda.

Dann wieder Joss: »Zu Ende der Saison nehme ich ihn mit nach Gero.«

»Und bis dahin?«

»Kann er im Camp bleiben, wie Bill gesagt hat.«

»Super, Joss. In Grannys Kleidern und mit einer sterbenden Schildkröte im Arm. Und Roper ist auf dem Kriegspfad.«

»Roper wird ihn nicht anrühren. Er ist hinter mir her.«

Eine Pause, dann: »Vielleicht sollte er in Behandlung?«

»Dutch, ich verpass dir gleich eine.« Dann sagt der alte Mann leise: »Sie würden ihn mir nur wegnehmen.«

»Was mit Dawn passiert ist. War das richtig, war das gesund?«

Der alte Mann antwortet nicht.

»Gil braucht Normalität, ein geregeltes Leben, Kontakt zu anderen Kindern ...«

»Er hat gerade versucht, eins in eine verdammte Kühltruhe zu sperren. Ich würde sagen, das klingt nach Einzelgänger.«

»Joss, komm, überlege, was ihm im Moment wirklich helfen würde.«

»Die verdammten Zanettis nicht wiederzusehen.«


Gil streckt die Hand aus und berührt die Wand. Sein Großvater ist auf der anderen Seite, im Knarzen eines Stuhls, dem Anreißen eines Feuerzeugs. Nach einer Weile steht einer der Männer auf. Sein Schatten streicht über das Fenster, aber Gil liegt bereits im Bett.

## KAPITEL 45

# 1629

Die getreuesten Männer des Unterkaufmanns nehmen die selbst gebauten Flöße und fahren davon. Sie wollen die nächstgelegenen Inseln erkunden. Die Überlebenden haben wenig Hoffnung, dass sie etwas finden, doch das behalten sie für sich. Waren denn Pelsaert und Jacobsz (verflucht seien sie) nicht schon dort? Hier auf dem Meer ist nichts zu finden als vertrocknetes Gestrüpp und Korallenschutt.

Die Überlebenden sehen den Flößen hinterher, die Richtung Nordwest fahren, dann weiter auf die Hohe Insel zu. Die Flöße sind langsam, und es ist kein ordentlicher Seemann an Bord. Alle ordentlichen Seemänner wurden fassungslos zurückgelassen. Später am Tag kehren die Männer missmutig zurück und verschwinden im Großen Zelt, wo sie ewig lange bleiben. An diesem Abend wird weder Wein getrunken noch gejohlt.

Ein düsterer Schatten fällt auf Batavias Friedhof. Eine Geschichte macht geflüstert die Runde. Sie handelt vom Undenkbaren, einem Wort, das die Leute nicht laut aussprechen dürfen.

Smoert sagt es Mayken ins Ohr. Sie sitzen am Strand und flicken Netze. Sein Atem ist warm und kitzelt, er ist zu nahe, um ihn zu verstehen.

»Sag es noch einmal, Smoert.«

»Meuterei.«

Es ist kein Zauberwort, aber eines, das falsch gesprochen Unglück zu bringen vermag. Dieses Wort kann zu einem schlimmen Ende führen.

Ein Seemann hat es seit Tagen herausgeknurrt, aber niemand wollte zuhören. Schon an Bord war er als Heißsporn bekannt, in der Kälte der Insel, hungrig und durstig, wuchs seine Wut noch. Etwas brodelte in ihm, bis er es nicht mehr ertrug.

Und er hat den Mund aufgemacht, und heraus kam die Geschichte einer Verschwörung.

Wäre es nicht zum Schiffbruch gekommen, hätte es eine Meuterei gegeben.

In der Nacht des Sturms hat der Skipper dafür gesorgt, dass sie vom Verband getrennt wurden, damit keines der anderen Schiffe der *Batavia* zu Hilfe kommen konnte. Er befahl, dass die Hecklaterne gelöscht werde.

Skipper Jacobsz war Teil einer Meuterei?

Das war er.

Die Luke zum Orlopdeck mit den Soldaten sollte zugenagelt und Pelsaert auf ein Schwert gespießt werden. Die Seemänner wollten sie vor die Wahl stellen, mitzumachen oder zu sterben. Die Passagiere wären über Bord geworfen, das Silber und alles Wertvolle an Bord unter den Meuternden aufgeteilt worden. Wären sie nicht auf das Riff aufgelaufen, wäre die *Batavia* in sehr dunkle Gewässer gesegelt.

Keiner der Überlebenden will dem wütenden Seemann zu nahe kommen. Sie wollen ihr Essen nicht mit ihm teilen, ihn nicht einmal ansehen. Plötzlich von Angst gepackt, schwört er Stein und Bein, die Meuternden nicht beim Namen nennen zu können, da sie alle geheim rekrutiert wurden.

Der wütende Seemann ist spurlos verschwunden, auf einer Insel, nicht größer als der Markt von Haarlem.

Er wird tot im Gestrüpp gefunden. Ihm ist die Kehle so bestialisch aufgeschlitzt worden, dass dabei fast der Kopf vom Leib getrennt wurde. Alle sind an diesem Tag still. Jeder hat jemanden in Verdacht. Die meisten verdächtigen den Steinmetz.

Wer gehen kann, muss auf Befehl von Jeronimus Cornelisz zum Strand kommen. Es ist ein Tag mit besserem Wetter, mit Sonne und milderem Wind. Das Meer ist voller Diamanten.

Der Unterkaufmann kommt flankiert von seinen Männern. Die Soldaten nähern sich von ihrer Seite der Insel. Sie bleiben auf Distanz und sehen finster herüber. Aris hört auf zu fischen. Creesje und Mayken halten sich bei den Händen. Die Mitglieder des Rates stehen inmitten aller anderen. So ohnmächtig wie alle anderen.

Der Unterkaufmann fängt an zu reden. Seine Stimme, die sich über das Rauschen des Meeres und die Schreie der Seevögel erhebt, klingt milde und gut aufgelegt. Er sagt, dass diese Insel, Batavias Friedhof, nicht alle versorgen könne. Er will Lager auf den umliegenden Inseln errichten. Auf der Hohen Insel, wo Wasser gefunden wurde, der Robbeninsel, wohin sich die Tiere, die hier gejagt werden, weitgehend zurückgezogen haben, und der Verräterinsel, auf der sich am besten fischen lässt. Alle werden regelmäßig mit Vorräten versorgt, bis sich die einzelnen Gruppen eingerichtet haben. Cornelisz nennt das die Große Aufteilung.

»So wird es also sein«, sagt Creesje.

Alle, deren Namen aufgerufen werden, müssen schnell ihre Sachen packen und damit zum Strand kommen. Von dort werden sie mit den selbst gebauten Flößen zu den neuen Lagern gebracht, denen sie zugewiesen wurden. Der Unterkaufmann erinnert die Leute daran, dass gegen die Einteilung kein Einspruch eingelegt werden könne. Mayken sieht, wie der Steinmetz den Griff seines Schwertes packt und den Blick über die Anwesenden schweifen lässt. Der Unterkaufmann hat seine Gänseschar dabei, die längst nicht mehr lächerlich ist.

Die Gruppe für die Robbeninsel, die noch öder als Batavias Friedhof ist, wird benannt. Verheiratete Männer mit ihren Frauen, ein paar ältere Soldaten und Seemänner, dazu einige Schiffsjungen, einschließlich Smoert.

Fünfzehn sollen auf die Verräterinsel, den trostlosen Steinstreifen. Der Provost wird mit dabei sein, um die Ordnung aufrechtzuerhalten. Seine Frau schluchzt. Cornelisz lächelt in ihren Handrücken, als er ihn küsst. Vasthoudens Name wird aufgerufen.

Mayken folgt Vasthouden ins Seemännerzelt. Er hat kaum etwas mitzunehmen und alles in Sekunden eingesammelt. In der Zeit, die ihnen bleibt, sitzen sie still zusammen.

»Du musst dich gut festhalten, kleine Großmutter.«

»Ich will mit dir kommen.«

Vasthouden nickt. »Denk an deine Freunde hier, an Creesje und Aris, und an John Pinten, den Soldaten.«

Mayken kann nichts daran ändern, ihr laufen die Tränen herunter.

Vasthouden wischt sie ihr mit seiner rauen Hand weg. »Wenn du aufhörst zu weinen, verrate ich dir einen Plan.«

Mayken atmet einmal tief durch.

»Gut. Es gibt da diesen Stern ...«

»Sag mir nicht seinen Namen!«

»Ich weiß, sie sollen ein wildes Durcheinander bleiben. Aber er ist sehr hell. Wenn du ihn ansiehst und ich ihn ansehe ...«

»Dann sind wir dadurch verbunden?«

Vasthouden nickt. Auch seine alten Augen sind feucht.

»Also gut. Ich halte nach ihm Ausschau. Muss ich irgendwelche Zaubersprüche dabei sagen?«

Vasthouden lacht. »Du bist durch und durch ein Seemann.«

Die Leute versammeln sich am Strand, Überlebende mit ihrer wenigen Habe, Zuschauer. Viele weinen. Die ersten Flöße fahren los, voller Menschen für die Robbeninsel.

Die Mitglieder des Rats versuchen mit dem Unterkaufmann zu reden. Cornelisz hebt die Hand und geht zurück in sein Zelt. Die Mitglieder des Rats sehen sich ungläubig an.

Mayken wartet mit Vasthouden. Sie sieht Smoert und will sich verabschieden. Vasthouden nickt, nehmt euch Zeit, die Flöße müssen erst mal zurückkommen.

Mayken läuft zu Smoert und bleibt kurz vor ihm stehen. Vielleicht weiß Smoert, dass sie ihn umarmen will, denn er lächelt sie schüchtern an, doch dann …

Mayken erschrickt, als eine Hand sie packt.

Der Steinmetz hebt sie hoch und trägt sie den Strand hinauf. Sie versucht, sich zu befreien, windet und dreht sich, aber sein Griff ist eisern. Sie kämpft gegen ihn an, kreischt und schreit und will ihn beißen. Sein Griff wird noch fester und nimmt ihr den Atem.

Da ertönt Creesjes Stimme, laut, gebieterisch, und befiehlt dem Steinmetz, Mayken loszulassen. Er gehorcht und lässt sie fallen. Mayken hat dem Strand fernzubleiben. Wenn Creesje sie nicht im Griff behalten kann, werden sie sich um das Kind kümmern.

Mayken liegt auf den Steinen und sieht zu, wie die Flöße zwischen den Inseln hin- und herfahren. Smoert mit sich nehmen. Vasthouden mit sich nehmen.

Die Männer des Unterkaufmanns kehren mit einer großen Entdeckung von der Robbeninsel zurück. Cornelisz kommt aus seinem Zelt, um zu sehen, was es ist. Es ist Pelsaerts geheime Truhe der Freuden, die aus dem Wrack gerettet und auf der bis dahin verlassenen Insel in vermeintlicher Sicherheit zurückgelassen wurde. Der Unterkaufmann ist entzückt. Er ruft nach Wein.

Creesje wird zum Unterkaufmann beordert. Sie soll zu einer privaten Inaugenscheinnahme des Inhalts von Pelsaerts Kiste in sein Zelt kommen.

Creesje lässt sich entschuldigen. Eine Wache erscheint, um sie zu begleiten. Creesje verspricht Mayken, zurückzukommen. Mayken verspricht, ruhig zu bleiben und zu warten.

Zu Maykens Erleichterung ist Creesje innerhalb von Stunden zurück. Es ist dunkel, und sie kriecht in ihr gemeinsames Bett.

»In seinem Zelt drinnen ist es genau wie in der Großen Kabine«, flüstert Creesje. »Er hat Pelsaerts Sekretär. Wie das geht, weiß ich nicht.«

»Was war in der Kiste?«

»Ein hässliches aus Achat geschnitztes Pferd mit Wagen.« Sie klingt bitter. »Ich hasse ihn.«

Creesje schreit im Schlaf. Mayken redet sanft auf sie ein, und sie beruhigt sich. Da sie nicht schlafen kann, steht Mayken auf und legt sich Creesjes Tuch um die Schultern. Sie geht, so leise sie kann, in ihren Fass-Schuhen.

Sie hält nach schwachen, sich auf den Nachbarinseln bewegenden Lichtern Ausschau. Es sind die Muschellampen, die sich die Überlebenden bauen. Sie werden mit Robbenöl gefüllt und flackern mit rauchiger Flamme. Aber die Inseln liegen in völliger Finsternis.

Mayken sieht zum Himmel hinauf, kann aber keinen hellen Stern sehen.

## KAPITEL 46

# 1989

Die Kinder verlassen die Insel. Sie rennen den Anleger hinunter und springen wie eine Horde kleiner Ratten auf das Versorgungsschiff. Gil ist nicht mit dabei. Er liegt im Gebüsch und verfolgt das Geschehen durch Dutchs Fernglas. Der treue Enkidu schläft neben ihm in der Sporttasche.

Bye-bye! Verpisst euch!

Silvia geht den Anleger hinunter. Sie hält Mikey bei der Hand und beugt sich zu ihm hinunter. Vielleicht sagt sie ihm, er soll vernünftig gehen. Mikey hüpft herum und zieht auf eine Weise an ihrem Arm, wie es Erwachsene nervig finden. Sein großer Bruder Paul folgt ihnen mit finsterem Blick, die Füße nach außen gedreht, *tapp, tapp*. Gil tut so, als hätte er ein Gewehr, zielt und drückt ab: *Bäng*. Pauls fetter Kopf explodiert.

Von Roper oder einem der Fischer ist nichts zu sehen. Sie haben sich am Abend schon verabschiedet. Ostern ist vorbei, und sie sind vor Stunden aufs Meer hinaus.

Silvia übergibt Mikey dem Versorgungsschiff. Paul klettert ohne einen Blick zurück an ihr vorbei. Silvia ruft dem Kumpel des Skippers etwas zu, und der hebt den Daumen.

Das Versorgungsschiff legt ab, und die Passagiere winken der Handvoll Inselbewohner auf dem Anleger zu.

Oben im Gebüsch winkt das letzte Kind von Beacon Island zurück.

Verpisst euch! Bye-bye!

Als er den Uferweg zurück zu Joss Hurleys Camp geht, sieht Gil ein Fischerboot, das nicht weit vom Ufer ankert. Es ist das von Roper.

## KAPITEL 47

# 1629

Die Soldaten, Holländer und Franzosen, werden zur Hohen Insel geschickt, der bewohnbarsten von allen, Batavias Friedhof mit eingerechnet. Wahrscheinlich brauchen sie da nicht mal Unterstützung, denn es gibt Wasser und kleine herumhoppelnde Tiere auf der Insel, und sie können fischen. Waffen brauchen sie auch keine. Die Soldaten sollen drei Feuer anzünden, um den Unterkaufmann zu informieren, sobald sie Wasser finden.

Creesje fragt leise und beklommen: »Wenn Cornelisz' Männer da Wasser gefunden haben, warum schicken sie dann die Soldaten, um danach zu suchen?«

Mayken nimmt die von den Überlebenden bereits ausgetretenen Pfade. Heute sucht sie Meeresschnecken und Treibgut. Nicht Bullebak.

Mayken schließt die Augen. Sie wünscht sich Imkes Weisheit und ihre mystischen Fähigkeiten, um den Unterkaufmann, wenn sie ihn durch den Hexenstein betrachtet, zu sehen, wie er wirklich ist.

Wie er nicht länger Holländisch, sondern eine gurgelnde, tropfende Sprache spricht. Das Gesicht von Wasser überströmt, pumpende Kiemen am Hals und mit Schuppen auf der Haut.

Dann wird Mayken sehen, was hinter seine Augen gekrochen ist. Aber noch ist er ein durchschnittlicher Mann in schlecht sitzenden, zu kleinen Kleidern.

Ein Tag mit wunderbarem Wetter und einem ruhigen Meer. Ein Floß fährt zum Wrack und hat Glück. Auf den vorstehenden Felsen des Riffs wird edle Kleidung mit Goldborten gefunden. Zurück auf der Insel werden die Sachen auf den Steinen rund um das Große Zelt zum Trocknen ausgebreitet. Jeronimus Cornelisz' billiger Marktstand.

Die Schreiner wollen ein Boot bauen, mit dem sie nach Batavia segeln können, um eine Rettungsaktion zu organisieren. Cornelisz lehnt ab. Es ist nutzbringender, wenn sie Netze flicken und Vögel strangulieren.

Creesje ist abgelenkt. Sie geht auf und ab, wirft finstere Blicke um sich, fegt den Teppich und schiebt ihre wenigen Besitztümer herum. Schließlich setzt sie sich aufs Bett zu Mayken.

Mayken sieht sie an. »Sag es, aber leise.«

»Er hat nichts zu den anderen Inseln geschickt. Alle wissen es, keiner sagt etwas.«

Sie blicken zur Wache am Zelteingang. Der Mann scheint zu schlafen, den Rücken an der Zeltstange, aber man weiß nie.

»Die Soldaten haben kein Signal geschickt. Ich habe Angst um sie, Mayken.«

Die Wache wirft einen Blick über die Schulter und schließt dann wieder die Augen.

Ein junger, kräftiger Soldat und ein Kanonier, der eigentlich alt genug war, es besser zu wissen, werden besinnungslos aufgefunden, nachdem sie sich Zugang zu den Vorräten verschafft und ein Fass Wein angezapft haben.

Cornelisz urteilt: die Todesstrafe für beide.

Der Rat widerspricht: Der Soldat war der Täter, und er hat den Kanonier beschwatzt, mit ihm zu trinken.

Der Kanonier wird geschont, aber der Soldat geknebelt und an Händen und Füßen gefesselt aufs Meer hinausgerudert. Die Überlebenden sehen vom Ufer stumm zu, wie der Beschuldigte vom Floß ins Wasser gestoßen wird. Es dauert nur Sekunden, ein kurzes Ringen und Platschen. Cornelisz' Männer sehen ins Wasser und kommen zurückgerudert.

So wird es also sein.

Cornelisz löst den Rat auf und bildet einen neuen, der ihm besser gefällt.

Mayken dreht ihre Runde über die Insel. Die Überlebenden sind heute ruhig und sitzen grüblerisch in ihren Zelten, als warteten sie auf einen heraufziehenden Sturm. Mayken nimmt ihre Flöte und spielt eine Melodie. Niemand ruft nach einem bestimmten Lied. Es sieht nicht mal einer zu ihr her. Der Himmel ist bedeckt. Sie spürt die Kälte trotz des geliehenen Tuchs, das sie um sich gelegt hat.

Zwei von Cornelisz' Männern kommen. Sie sagen, sie solle mit dem Katzenjammer aufhören. Sie tut so, als hörte sie die beiden nicht. Einer versucht ihr die Flöte zu entwinden, aber sie ist zu schnell und versteckt sie in den Falten ihres Tuches.

»Dann behalt sie eben, Jongedame«, sagt er, »aber noch ein Ton, und wir fahren dich raus aufs Meer und ersäufen dich.«

Er sagt es mit einem Lachen, aber mit einem so kalten Blick, dass Mayken nicht daran zweifelt.

## KAPITEL 48

# 1989

Joss Hurleys Camp scheint ganz so, wie Gil es verlassen hat. Dennoch nimmt er ein Küchenmesser vom Abtropfgestell und geht durch die Hütte. Kein Anzeichen, dass jemand hier war. Er läuft zur Hintertür, schließt ab und macht sämtliche Fenster zu. Gott sei Dank hat die Hütte etliche Schlösser, wahrscheinlich, weil Joss von allen gehasst wird. Gil sieht auf die Küchenuhr: noch drei Stunden, bis die *Ramona* zum Anleger zurückkehrt, dreieinhalb, bis sein Großvater und Dutch zurück zur Hütte kommen.

Gil überlegt, ob er zu Bill Nord rennen soll. Der alte Mann wird die Tür aufmachen und ihn verdutzt anstarren. Was soll Gil dann sagen? Dass Ropers Boot vor der Insel ankert, statt draußen beim Fischen zu sein? Bill wird ihn wieder wegschicken, oder, schlimmer noch, er muss bei ihm sitzen. Das Ticken der Uhr. Das lange Schweigen.

Gil trägt Enkidu in sein Zimmer, legt Kissen so auf den Boden neben dem Bett, dass er aus dem Fenster sehen kann, und lässt sich mit der Schildröte neben sich in seinem Nest nieder.

Ein Geräusch draußen. Gil ist hoch auf den Knien und hält den Atem an. Er versucht durch das laute Pochen des Herzens in seinen Ohren etwas zu hören. Es ist der Wind, der etwas vorbeiweht, einen leeren Ködersack vielleicht. Er legt sich zurück zu

Enkidu und folgt mit dem Finger dem Muster auf dessen Panzer. Er muss besser aufpassen.

Gil wacht mit dem intensiven Gefühl auf, dass ein Schatten am Fenster vorbeigegangen ist. Er setzt sich auf, das Gesicht wie taub, wo er gesabbert hat. Es ist brütend heiß im Zimmer mit dem geschlossenen Fenster und der Sonne, die aufs Dach niederbrennt.

Er sieht die Schildkröte an. »Die Hütte ist verschlossen. Wir sind sicher.«

Enkidu ist skeptisch. Er weiß so gut wie Gil, dass sich Roper von ein paar Schlössern nicht aufhalten lassen wird. Der schickt einfach eine Faust durch ein Fenster oder tritt ohne Probleme die Tür ein.

Gil trinkt Saft. Enkidu nimmt von seinem Teller Wasser keine Notiz.

Gil überlegt, ob er ins Waschbecken pinkeln soll. Aufs Klo draußen geht er auf keinen Fall.

Gil sieht aus dem Küchenfenster, öffnet es und stellt sich auf einen Stuhl, um hinauszuspähen, falls Roper auf der Veranda kauert und darauf wartet, zuzuschlagen. Es ist niemand da.

Er setzt Enkidu auf den Küchentisch. »Du passt auf.«

Gil flitzt eilig wie eine Klokrabbe zur Tür, wie eine der kleinen Kreaturen da draußen, die aufgeregt ihre Fühler in die Luft recken und die Knopfaugen kreisen lassen. Er kann die Hütte nicht im Blick behalten, weil der Wind die Klotür immer wieder zubläst. Aber er ist schnell genug.

In Sekunden ist er zurück in der Küche, blind vom grellen Sonnenlicht draußen. Als sich seine Augen ans Dämmerlicht gewöhnen, wird ein Umriss sichtbar: Da sitzt jemand am Tisch.

## KAPITEL 49

# 1629

Aus ihrem Zelt sieht Mayken, wie sich der neue Rat um seinen Kommandanten versammelt. Es gibt eine Feier mit Wein. Pelgrom läuft mit einem Krug herum, lacht und grinst. Der Unterkaufmann hat die Unverfrorenen, die Grausamen und die Rücksichtslosen befördert. Belohnt Ergebenheit und lässt frühere Ranghöhen außer Acht. So ist ein kleiner Schreiber von der *Batavia* jetzt eine strahlende Respektsperson, trotz seines dünnen Barts. Ein hochnäsiger junger Kanonier sieht auf Männer hinab, die doppelt so alt sind wie er. Ein derber Schmied aus Groningen hat einen Platz zur Rechten des Kommandanten ergattert. Aber es sind auch erfahrene Soldaten dabei. Im Gegensatz zu den Kadetten und Schreibern raufen sie nicht herum und lassen auch nicht mit sich herumraufen, weil wer immer es versuchte, sie würden ihm den verdammten Kopf von den Schultern reißen. Was den Rest angeht, so stolzieren die hochgeborenen Kadetten-Offiziere auf eine Art herum, als gehörten ihnen Himmel und Meer und jeder einzelne Stein der Insel.

Das jüngste Mitglied des Rates ist ein Schiffsjunge, der zu dem Maskottchen befördert wurde, das Pelgrom wohl gerne wäre. Der Junge hat blaue Augen und sieht gut aus. Mayken kennt ihn dem Hören nach aus Haarlem. Seine Familie wohnt in keinem schönen Teil der Stadt. Seine Mutter passt auf Babys auf und wäscht für die Leute.

Die Überlebenden erkennen die unterschwellige Bedrohung durch die Männer, sie lassen sich durch deren laxes Herumhängen und ihre Witzeleien nicht täuschen. Aus ihrer Kumpelei wird unverblümte Kälte, sobald sie sich an jemanden wenden, der nicht zu ihrer Gruppe gehört. Der Furchterregendste von allen ist der Steinmetz. Er hat sich einen Kittel aus Segeltuch geschneidert, den er offen trägt, und auf seiner nackten Brust wuchert ein Fell wie bei einem Tier. Sein Bart ist lang und zottelig und von grauen Strähnen durchzogen. Der Steinmetz sieht aus wie ein grausiger Gott aus vergangener Zeit. Manchmal knurrt er. Mayken hat Angst vor ihm, sie spürt noch seinen Griff und seine unbefangene Grausamkeit.

Die Insel hat diese Männer verwandelt. Sie sind gewachsen, während alle anderen geschrumpft sind und sich ducken. Alle, die an Bord eine Position innehatten und vor dem Auftauchen des Unterkaufmanns für Ordnung sorgen wollten, sind herabgesetzt worden. Sie haben nicht länger Gehör beim selbst ernannten Kommandanten der Insel, und wer die Autorität von Cornelisz bedroht, findet sich vielleicht bald schon auf dem Grund des Meeres oder in einem flachen Steingrab wieder.

Creesje winkt Mayken heran. Sie hebt einen Kamm in die Höhe. Mayken will sagen: Jetzt nicht, aber Creesjes Gesichtsausdruck lässt sie innehalten, und so gibt sie nach und setzt sich vor sie hin.

»Sei vorsichtig, was du sagst und zu wem. Geh nur dahin, wo es dir erlaubt ist«, flüstert Creesje. »Sprich keinen von denen an oder sieh auch nur zu ihnen hin. Gib ihnen keinen Grund, dich wegzubringen, Mayken. Verstehst du?«

Die Wache an ihrem Zelteingang neigt den Kopf vor.

Mayken nickt, aber nur ganz leicht.

Mayken hat ihre Knochenflöte unter dem Bett versteckt. Manchmal holt sie sie hervor und tut so, als spielte sie darauf. Sie widersteht dem Drang, ihre Lunge zu füllen und den schrillsten, wütendsten Ton herauszublasen. Durchs Camp zu marschieren und so laut wie nur möglich zu spielen. Ihre Wünsche herauszurufen. Sollen die sie doch ersäufen! Schon mehr als einmal hat Creesje ihr ruhig und sanft die Flöte aus den Händen genommen.

Diese Muschel ist Mayken, klein und grau. Das da ist Vasthouden, ein wunderschön gesprenkeltes Turbanschneckenhaus. John Pinten ist eine stachelige Steinanemone, Aris ein glattes Schneckenhaus. Smoert ist eine sternförmige Napfschnecke, Creesje ein helles Stück Glas. Imke ist der Hexenstein, glatt und vollkommen, mit einem Guckloch genau in der Mitte. Mayken wird ihn niemals abgeben.

Sie alle leben glücklich in einem Korallenschiefer-Haus mit Mauern und Höfen. Es gibt Federbäume, und über der Tür wächst Seetang. Hengste gibt es keine, aber Holzstücke, die Flügel zu haben scheinen. Sie fliegen und galoppieren und sind mit holzkohlefarbenen Augen und Streifen geschmückt. Fabelhafte Kreaturen, sanft, zahm und nach den Standbesitzern des Haarlemer Markts benannt.

Zwei Schreiner werden beschuldigt, eines der selbst gebauten Flöße gestohlen zu haben und dass sie damit zu einer anderen Insel segeln wollten. Das vom Unterkaufmann ernannte Gericht kommt zusammen. Es scheint, dass ab jetzt unverschämte Kadetten, anzüglich grinsende Kanoniere und verkommene Soldaten Recht sprechen.

Die Angeklagten warten vor dem Großen Zelt. Der Prädikant steht bei ihnen und liest ihnen aus der Bibel vor. Mayken tut so, als spielte sie mit ihren Muscheln. Nach kurzer Zeit kommt der Rat mit seinem Anführer heraus. Der Prädikant tritt vor, um zu fragen, wie das Urteil lautet. Mayken hört die Antwort nicht, aber einer der Schreiner fängt an zu weinen.

Mayken betrachtet ihre Muscheln, als die Männer vorbeiziehen. Sie hebt heimlich den Blick und sieht, es sind die verurteilten Schreiner, Jeronimus Cornelisz und sein Rat. Der Prädikant folgt ihnen mit entsetzter Miene. Die Gefangenen gehen mit gefesselten Händen zwischen zwei Soldaten. Mayken merkt zu spät, dass der Unterkaufmann sie beobachtet. Er verlässt die Gruppe, kommt herüber und streckt seine Hand aus.

Den ganzen Weg hinunter zum Strand redet er mit seiner honigsüßen Stimme auf sie ein. Über ihren erlauchten Vater, Creesjes Güte und Schönheit und seine Hoffnung, dass sie gerettet werden. Er hält ihre Hand viel zu fest. Mayken kämpft gegen den Drang an, ihn zu beißen und sie zurückzuziehen.

Sie stehen am Rand des Strandes und sehen zu, wie die Schreiner halb Richtung Wasser gezerrt und halb getragen werden. Sie müssen sich hinknien. Mit ihren gefesselten Händen bereitet es ihnen Schwierigkeiten. Cornelisz' Männer helfen ihnen und halten sie an den Schultern.

Zwei junge Kadetten, jeder mit einem Schwert, kommen, sich ungezwungen unterhaltend, den Strand herunter. Als sie nicht mehr weit von den knienden Männern entfernt sind, stoßen sie einen Jubelschrei aus und rennen das letzte Stück. Mit zusammengebissenen Zähnen fallen sie über die Angeklagten her und hacken auf sie ein.

Mayken steht ganz still. Ihr Gesicht ist tränensteif. Cornelisz zerdrückt ihre Hand in seiner. Wolken werfen ihre Schatten über den Strand.

Cornelisz schickt Männer, die den Soldaten bei der Wassersuche helfen sollen. Die Verstärkung wird von Mitgliedern seines Rates zur Hohen Insel hinübergerudert. Einen der Männer bringt das Floß wieder mit. Das Lachen auf seinen Lippen ist falsch. Als ihm Cornelisz' Männer auf die Schultern klopfen, zuckt er zusammen.

Es wird zu einem regelmäßigen Ereignis: Eine Gruppe Rekruten wird von Cornelisz' Männern zu den Soldaten auf der Hohen Insel gerudert. Manchmal kommt einer von ihnen zurück.

Mayken weiß genau, was da vorgeht.

Früher einmal hat Bullebak im Großen Zelt gewohnt, hat gestohlene Truhen mit glitzernden Schätzen bewacht und sich auf dem Teppich ausgestreckt. Wie eine Schattenstola hat er sich um den Hals des Unterkaufmanns gelegt. Genährt von Angst und Gram ist Bullebak angeschwollen, bis er zu groß für die Insel war, und eines Nachts haben sie seinen monströsen Schatten weggeschafft, an ein Floß gebunden, tief und aufgedunsen hing er im Wasser. Sie haben ihm eine eigene Insel gegeben. Wie Arbeitsbienen für ihre Königin sorgen sie für ihn und bringen ihm Männer, die er von innen auffressen kann, so wie ein Käfer einen weichen Baumstamm frisst. Die Männer gehen immer noch aufrecht herum, aber hinter ihren Augen ist nichts mehr.

Ein Soldat und seine Frau sind zum Essen beim Unterkaufmann eingeladen. Sie bekommen Robbenfleisch und trinken guten Wein, genießen das Licht der Wachskerzen, und die Frau des Soldaten streichelt den Teppich und stimmt zu, dass er das Beste ist, was sie je gesehen hat. Sie kommen zurück zu ihrem Zelt und stellen fest, dass ihre kleine Tochter weg ist. Nur ihr Haarband ist noch da und ein verklumptes Knäuel Haare. Über Nacht erscheint ein neuer Hügel im Korallenschutt, so klein, dass man ihn übersehen könnte.

Creesje flüstert: »Geh nicht allein herum, Mayken.«

»Werden sie mich auch umbringen?«

Creesjes Stimme klingt eine Spur zu sorglos: »Nein, du bist bei mir.«

Creesje Jansdochter wird zu ihrem eigenen Schutz unter den Augen des Rates ins Große Zelt gebracht.

Ein Soldat wartet, während sie ihre Sachen zusammenpackt. Er hat die Ohren gespitzt. Creesje verzieht das Gesicht in Maykens Richtung, doch die versteht nicht, was sie ihr sagen will.

Creesje schenkt Mayken ihr Tuch und ihre Nähschachtel und wird weggebracht. Die Wache kommt gleich wieder. Mayken hat das Zelt zu verlassen und soll sich eine andere Unterkunft suchen. Er nimmt ihr die Nähschachtel, lässt ihr aber das Tuch.


Mayken schafft sich ein Lager in einem hohlen Dornbusch. Sie bringt Tang vom Wasser herauf, ignoriert die darin wohnenden Fliegen und baut sich ein Bett. Sie möbliert ihr Lager mit Muscheln und bindet Stoffbänder an die Zweige, die hübsch im Wind flattern. Als es dunkel wird, sieht Mayken zur Robbeninsel hinüber. Sie hält nach den winzigen Lichtern der Muschelleuchten Ausschau, die besagen, dass die Leute da noch leben. Aber die Insel versinkt auch heute in Dunkelheit.

Mayken studiert den Himmel. Da gibt es so viele Sterne, und sie kann nicht sagen, welcher der hellste ist. Sie sucht einen aus und sieht ihn eindringlich an. Auf der anderen Seite des Wassers macht es Vasthouden vielleicht genauso. Sie vermisst den alten Seemann, und ihr Herz schmerzt.

Als es zu kalt wird, draußen zu sitzen, kriecht sie in ihren Unterschlupf und deckt sich mit Creesjes Tuch zu. Die Fliegen beißen zum Wahnsinnigwerden, und jeder Schritt draußen auf den Steinen erfüllt sie mit plötzlicher Panik. Als der Morgen naht, schläft sie ein. Sie wacht spät auf und sieht, dass jemand etwas gekochten Fisch und eine Schüssel Fasswasser vor ihren Unterschlupf gestellt hat.

KAPITEL 50

# 1989

»Alles wegen dieser …«, Roper zeigt auf sie, »wegen dieser Schild-kröte.«

Gil steht völlig reglos da.

Roper sitzt wie ein vernünftiger Mensch am Tisch und sieht Gil über die Soßenflaschen hinweg an. Er stößt mit dem Ellbo-gen gegen einen schmutzigen Aschenbecher, zuckt zurück, sieht seinen Arm an und wischt mit einem Geschirrtuch darüber.

»Macht ihr hier nie sauber?«

Gil steht völlig reglos da.

»Hilf mir weiter. Ich versuche rauszufinden, was in deinem verfluchten Kopf vorgeht.«

»Ich hab es nicht so gemeint.«

»Nicht so gemeint.«

Gil rennt zur Hintertür, aber Roper ist schneller, als der Junge es sich hat vorstellen können. In einer einzigen Bewegung lässt er den Stuhl nach hinten wegfliegen und hat Gil am Kragen. Gil hört sich schreien, direkt in Ropers Gesicht: Rotgesichtigerdum-merficker. Roper schlägt ihn.

Ein brennender Schmerz, seitlich in Gils Kopf. Eine Sekunde lang scheint Roper genauso erschreckt wie Gil. Panikschweiß tritt dem Mann auf die Stirn. Gil schreit wieder. Und jetzt kommt Roper zur Sache.

Er schlägt mit der flachen Hand, nicht mit der Faust. Er will ihn nicht umbringen.

Natürlich will er ihn umbringen. Ausweiden, zerteilen und ins Meer werfen. Stücke von Gil sinken in die Tiefe, draußen hinter den Fischgründen.

Gil windet sich aus seinem Hemd, fällt, steht wieder und rennt.

## KAPITEL 51

# 1629

Eine Rauchwolke steigt über der Hohen Insel auf. Mayken hört Freudenschreie von überallher.

Die Soldaten haben Wasser gefunden!

Nichts passiert.

Es wird kein Floß geschickt.

Cornelisz Rat versammelt sich im Hauptzelt. Als sie wieder herauskommen, herrscht Gewitterstimmung unter ihnen. Den Inselbewohnern vergeht das Lächeln, und sie wenden sich ihren Aufgaben zu. Keiner sagt ein Wort.

Mayken sucht nach Meeresschnecken, geht um die Insel und sieht, wie die Männer des Unterkaufmanns hinunter zu ihren Flößen rennen. Sie sind mit Schwertern und Messern bewaffnet. Mayken läuft den Küstenpfad entlang, um zu sehen, wohin sie wollen.

An der Robbeninsel vorbei fährt eine Flottille grob zusammengezimmerter Flöße. Sie sind überladen und paddeln hektisch in Richtung des fernen Rauchsignals von der Hohen Insel. Cornelisz' Männer halten auf sie zu.

Sie treffen im tiefen Wasser aufeinander.

Die Flöße werden zu Batavias Friedhof gezogen. Cornelisz' Männer stehen bis zum Bauch im Wasser und halten sie dort.

An die Flöße klammern sich Überlebende. Mayken sieht und erkennt sie: den Provost, seine Frau und ihre kleine Tochter, einen Fassbinder, einen Schreiner, einen Kalfaterer und einen alten Seemann – *Vasthouden*.

Vasthouden kauert an der Seite eines Floßes, dünner denn je, durchtränkt vom Meer. Mayken rennt los.

Cornelisz steht am Ufer und sieht sich das alles an. Einer seiner Männer watet aus dem Wasser und geht zu seinem Kommandanten. Cornelisz sagt etwas. Der Kadett hört zu und nickt. Dann läuft er und stolpert zurück über den Uferkies.

»Umbringen«, schreit er. »Umbringen.«

Vasthouden taumelt, kämpft gegen die Wellen an, kommt aus dem Meer gerannt.

Mayken sieht wie gelähmt zu, von Entsetzen gepackt. Cornelisz Männer fallen mit ihren Spießen und Schwertern über ihn her. Sie kann den Blick nicht abwenden.

Vasthouden wird nicht sterben. Es ist kaum mehr etwas an ihm, aber er wird nicht sterben. Nicht durch das Einhacken auf seinen Hals und das Stechen in seine Seiten. Er versucht immer wieder aufzustehen und wird niedergetrampelt. Ein Spieß dringt durch seine Kehle in die Steine unter ihm.

Der Spieß steckt fest. Er will nicht wieder herauskommen. Vasthoudens Mörder treten abwechselnd dagegen.

Vasthouden liegt mit ausgestreckten, offenen Händen da. Fleht den Himmel und die kreisenden Seevögel an. Auf die Steine genagelt. Wird so liegen gelassen. Schritt für Schritt nähert sich Mayken ihrem Freund und legt sich neben ihn. Eine offene Hand auf seiner. Der Gesichtsausdruck des alten Seemanns macht ihr keine Angst. Seine blinden Augen starren zum Himmel hinauf. Sein toter Mund ist weder zu einer Grimasse noch zu einem Lächeln verzogen.

## KAPITEL 52

# 1989

Bill Nord sagt, er soll langsam atmen. Seine Stimme ist ruhig, aber seine Hände zittern. Gil kann es spüren, als der alte Mann ihn bei den Schultern fasst.

»So ist es gut, mein Junge, langsam, ein und aus. Dann kann ich verstehen, was du mir zu sagen versuchst.«

Nein, Bill denkt nicht, dass Roper die Schildkröte töten wird. Sie wird noch sein, wo Gil sie zurückgelassen hat. Roper ist wahrscheinlich abgehauen. Ja, Bill wird selbst hingehen und nach der Schildkröte sehen, aber erst muss er sich um Gils Verletzungen kümmern.

»Das Handgelenk hast du dir verstaucht, da ist nichts gebrochen, was gut ist.«

Gil nickt. Seine Zähne klappern, obwohl er nicht friert.

Bill macht ihm eine richtige Schlinge mit einem Dreieckstuch und Sicherheitsnadeln. Er war im aktiven Dienst, hat Blut und Innereien gesehen, sagt er. Er geht behutsam vor. Zuerst breitet er die Sachen aus dem Erste-Hilfe-Kasten auf dem Tisch aus, dann säubert er die Platzwunden und Kratzer und trägt eine Salbe auf die sich verdunkelnden Blutergüsse auf.

Bill sucht ein paar Sachen von seinem Enkel zusammen, Shorts und ein T-Shirt. Er zeigt Gil, wo er sich umziehen kann.

»Nimm dir Zeit, mein Junge. Ich melde das über Funk.«

Gil nickt, versteht aber kaum, was der alte Mann meint. Mit seinem Auge ist etwas. Was er sieht, wird immer schmaler, und das Augenlid ist klebrig. Vom Klingelgeräusch in seinen Ohren ganz zu schweigen.

Bill lächelt ihm zu. »Bleib einfach hier, okay?«

Gils Beine wollen nicht aufhören zu zittern, und so setzt er sich aufs Bett und hält die Shorts und das T-Shirt auf dem Schoß. Auf der Kommode in der Ecke steht ein Spiegel. Gil rafft sich auf, geht hin und sieht hinein. Sein rechtes Auge ist zugeschwollen. Ein apfelgroßer Bluterguss sitzt auf seiner Schläfe, und seine Lippe wird ebenfalls dicker. Überall in seinem Gesicht und auf seinem Körper sind Striemen, Beulen und offene Wunden, wo sich Ropers Ring in seine Haut gegraben hat. Dazu kommen die Kratzer vom Kies und den Sträuchern.

Er zieht sich steif an und versucht, dabei keine Geräusche wie ein alter Mann zu machen. Das T-Shirt reicht tiefer als die Shorts, aber die Pflaster und Verbände sehen wirklich gut aus. Er legt sich die Schlinge wieder so um den Hals, wie Bill es ihm gezeigt hat, und zupft die Falten sorgfältig glatt.

Die Küche ist sauberer als ihre. Ansonsten ist die Hütte ganz ähnlich, was Gil beruhigend findet. Bill hat zwei Söhne draußen auf dem Meer. Beide haben eine große Tasse mit ihrem Namen darauf. Alle Tassen hängen an einem Tassenbaum und stehen weder auf dem Tisch, noch unter dem Bett oder in der Spüle herum. Darauf achtet Bill. Er hat eine Angina, aber früher hat er zusammen mit den Besten schwere Reusen aus dem Wasser gezogen.

Gil soll sich an den Tisch setzen und ein Glas Limonade trinken. Das Glas ist kalt, und es ist Eis mit drin. Daneben steht ein Teller mit zwei Keksen. Gil ist nach Weinen zumute, aber er isst die Kekse und nippt an der Limonade. Seine Lippe macht es schwierig, manierlich zu kauen, sein Mund brennt, und er schmeckt nichts. Bill erzählt die gesamte Geschichte seiner Familie. Gil sieht aus dem Fenster zum Klo und zu einem zerlegten Außenborder hinaus.

Bill redet über die Wissenschaftler. Gil gibt sich Mühe, ihm zuzuhören.

»Vielleicht ist es nur ein Flügelknochen, aber wenn es ein menschliches Schulterblatt ist, könnte es aus dem Massengrab stammen, nach dem sie suchen.«

»Was für ein Massengrab?«

»Da wurde eine ganze Familie ausgelöscht, die Frau mitsamt der Kinder. Nur der Vater wurde verschont und die älteste Tochter. Das war eine grausige Sache hier. Und der Mann musste damit leben. Das hätte ich nicht gekonnt.«

Gil sieht sein leeres Glas an. »Sehen Sie Geister?«

Bill lächelt. »Das würde ich nicht zugeben.«

»Silvia hat von einem toten holländischen Mädchen erzählt.«

»Little May?« Bill trinkt auch sein Glas aus und macht eine Sekunde die Augen zu. »Die Toten können dir nichts tun, Gil. Es sind die Lebenden, auf die du aufpassen musst.«

Gil bekommt noch eine Limonade. Bill trinkt einen Whisky wegen seiner Angina. Er macht Gil und sich ein Sandwich. Mit Dosenschinken.

»Er hätte das nicht tun sollen.« Bills Augen sind feucht. »Ganz gleich, was war.«

Gil isst sein Sandwich und wischt die Finger hinterher unter dem Tisch ab.

»Nur damit du das weißt, mein Junge.«

Mum hatte eine Regel, wenn etwas Schlimmes passierte: Nicht darüber reden, nicht daran denken, sich nicht daran erinnern. Mum wollte nur etwas über dieses gute Essen oder jenen witzigen Streich hören oder auch über die schöne Toilette der Tanke.

Nie etwas über einen Streit, den Hund, den sie aus Versehen überfahren hatte, oder das eine Mal, als sie erwischt worden waren, als sie, ohne zu zahlen, gehen wollten.

Gil hat den Gedanken immer schon gemocht, dass etwas Schlimmes, wenn du nicht darüber redest, nicht daran denkst und dich nicht daran erinnerst, ganz aus deinem Kopf verschwindet.

Das sollte er mit Roper versuchen.

Bill sieht das nicht so. Er holt ein Notizbuch und einen Kassettenrekorder.

»Und jetzt, Gil, sollten wir ein paar Dinge aufschreiben, während wir auf die Kavallerie warten.«

Joss und Dutch kommen direkt vom Boot. Bills große Söhne sind nicht weit hinter ihnen.

Als Joss seinen Enkel sieht, ist er auch schon wieder durch die Tür. Bills große Söhne halten ihn auf. Bill befiehlt dem alten Mann, sich zu setzen. Das ist jetzt nicht die Zeit, Dummheiten zu machen.

Männer kommen in die Küche und reden. Die Luft schwindet aus dem Raum. Es klingelt in Gils Ohren, alles verschwimmt, und er will eigentlich nur seine Schildkröte.

Er liegt auf der Couch und hat ein nasses Tuch auf der Stirn. Er hört die Männer in der Küche debattieren. Manchmal sind die Worte klar, manchmal nicht. Gil will sie nicht, er versucht, nicht zu verstehen, was sie sagen. Er treibt dahin.

Als sein Großvater hereinkommt, um nach ihm zu sehen, tut Gil so, als schliefe er.

Joss beugt sich zu ihm herunter und berührt sanft, sehr sanft seinen Kopf.

Durch die Wimpern sieht Gil, wie er wieder hinausgeht. Der alte Mann lehnt sich kurz gegen den Türrahmen, als müsste er das ganze Haus stützen.

## KAPITEL 53

# 1629

Es ist ein schöner Tag, und sie haben John Pinten vors Kranken-zelt gebracht. Im hellen Licht scheint er umso blasser, aber er hat das Schlimmste überstanden, sagt Aris, wahrscheinlich wird er jetzt verhungern. Der Unterkaufmann hat den Kranken ihre Rationen um die Hälfte gekürzt, dabei wurden sie sowieso schon schlecht versorgt, mit kaum trinkbarem Wasser und so gut wie ungenießbarem Essen.

Mayken kniet sich neben den englischen Soldaten.

Er beugt sich zu ihr hin und flüstert: »Wir stehlen ein Boot und fahren zu den anderen auf die Hohe Insel.«

Mayken zieht die Stirn kraus. Wie kann sie ihm sagen, dass da niemand mehr ist? Sie sind alle an Bullebak verfüttert worden.

»Sie werden kommen, weißt du«, fährt er fort. »Da sind gute Soldaten dabei, die längst wissen werden, was hier vorgeht.«

Er schließt die Augen, bewegt sein Bein und gibt sich Mühe, nicht zu zeigen, wie sehr es schmerzt.

Mayken versucht ihn abzulenken. »Wenn wir fliehen, können wir dann auch Creesje mitnehmen?«

»Natürlich.«

»Und Aris?«

»Auf jeden Fall.«

»Was, wenn das Rettungsschiff nie kommt?«

John Pinten lächelt. »Dann bauen wir uns unser eigenes Marmorhaus mit roten und weißen Rosen. Ist das okay?«

»Das Beiboot ist gesunken, oder? In dem großen Sturm.«

»Besuchst du mich, um mich aufzuheitern?«

Mayken bindet den Beutel an ihrer Taille auf. Drinnen sind zwei perfekte Vogeleier. Klein und bläulich weiß. Sie legt sie dem Soldaten in die Hand.

»Von draußen vor deinem Unterschlupf?«

Mayken nickt.

Pinten versucht, sie zurückzugeben. »Die gute Seele, die sie dort hingelegt hat, wollte, dass du sie bekommst.«

»Dann kann ich sie auch mit jemandem teilen.«

John Pinten schläft. Licht und Schatten vom hin- und herwehenden Zeltdach streichen über sein Gesicht. Mayken legt sich so eng neben ihn, bis sein großer, langsamer Arm sie umschließt. Der Wind wird stärker und trocknet die salzigen Tränen auf ihrem Gesicht.

Mayken soll auf Befehl des Unterkaufmanns nicht mehr allein draußen campieren. Jetzt, wo Judick einen seiner Lieblingskadetten geheiratet hat, ist Platz im Zelt der Prädikantenfamilie für Mayken.

Sie wird bei Agnete hinter der Stofftrennwand schlafen. Agnete ist jünger als sie und tückisch. Sie beansprucht die ganze Decke und spuckt ins Essen. Mayken achtet darauf, ihre wertvollen Besitztümer von dem Mädchen fernzuhalten, und hat den Hexenstein, die Knochenflöte und Creesjes schönes Tuch immer bei sich.

Die Familie hat sich sehr verändert. Der Prädikant scheint in seiner Haut eingeschrumpft. Frau Prädikant hat immer rote Augen und sagt nie etwas. Selbst Roelant hat vergessen, wie man lacht. Er wacht jede Nacht schreiend auf, und alle im Zelt halten in Panik den Atem an. Frau Prädikant drückt ihm die Hand auf den Mund, und er schluckt seine Schluchzer mit hektischen Würgegeräuschen herunter. Es ist nicht ratsam, auf dieser Insel Aufmerksamkeit auf sich zu ziehen. Jeden Tag fragt der Junge wieder und wieder nach Judick. Die Prädikantenkinder dürfen nicht allein über die Insel laufen, nur mit ihrer Mutter oder ihrem Vater, selbst der große Junge. Der bleibt meist im Zelt, weil sich die widerwärtigen jungen Kadetten über ihn lustig machen und Frau Prädikant fürchtet, dass ihre Spiele mit ihm tödlich enden. Abends spricht der Vater mit der Familie flüsternd Gebete. Der Unterkaufmann hat Messen verboten. Die letzte öffentliche Predigt haben Cornelisz' Kadetten johlend unterbrochen und mit blutigen Robbenflossen geklatscht. Jetzt ist es die Aufgabe des Priesters, die Flöße zu bewachen und gerannt zu kommen und zu helfen, wenn die Männer nahen und hinauswollen. Wann immer Cornelisz den Prädikanten sieht, drückt er sein Erstaunen darüber aus, dass der Priester noch lebt.

Wenn die Familie betet, wird Wybrecht, ihre Bedienstete, vors Zelt geschickt, um aufzupassen. Mayken hat angeboten, mitzukommen, aber ihr wird gesagt, sie solle bleiben und sich am Gebet beteiligen. Agnete kneift sie, bis auch sie ihre Lippen bewegt, aber Mayken tut nur, als würde sie beten. Verglichen mit Imkes stürmischer Leidenschaft beim Beten ist das Geleier des Prädikanten trocken wie Schiffszwieback.

Mit jedem Tag wird die Familie stiller und hohläugiger. Sie ist nur mehr ein Schatten ihrer selbst, und Mayken fragt sie, ob auch sie zu einem Schatten wird.

Sie denkt über Bullebak nach. Sie hat den Krug in ihrem Lager im Gestrüpp gelassen. Aber wird er sich hier auf der Insel in ihn hineinlocken lassen?

Wybrecht nimmt sich vor, dafür zu sorgen, dass die Familie nicht verhungert. Sie durchstreift die Insel auf der Suche nach Dingen, die für den Topf taugen. Sie bettelt die Fischer nach Resten an und schwimmt selbst mit einem Speer hinaus. Wenn einer von Cornelisz' Raubeinen hinter ihr herruft, erklärt sie ihm, er soll sich zum Teufel scheren. Mayken folgt ihr überallhin. Sie betet sie an. Nachts kriecht sie von ihrem Platz bei Agnete zu Wybrecht, die sie mit in ihr Tuch wickelt. Mayken findet Trost im warmen Geruch von Holzrauch und schmutzigem Haar.

Wybrecht steckt Mayken ein Küchenmesser zu. Sie sitzen beisammen und hüten das Feuer unter dem Topf mit etwas Schrecklichem drin, der Hauptmahlzeit der Familie. Einer schaumigen Robbenfleischsuppe mit Blättern von einem Busch und irgendwelchen tintigen Viechern, die sie am Wasser gefunden haben.

»Nimm es«, sagt Wybrecht, »für wenn sie dich holen kommen.«

Mayken ist entsetzt.

»Wenn die Vorräte zu Ende gehen, werden sie noch mehr Leute umbringen, uns zuallererst.«

Ein Kadett kommt vorbei, und Wybrecht bedeutet Mayken mit einer schnellen Geste, das Messer zu verstecken.

Sie betrachten den Topf in der Glut. Das Feuerholz stammt von der *Batavia*. Es sind verkohlte, glühende Überreste von ihrem großen Schiff. Was die Schreiner nicht für die provisorischen Boote bekommen, wird als Feuerholz geteilt. Wybrecht bläst in die Glut und nährt die Flamme mit ihrem Atem. Sie achtet sorgfältig darauf, nichts von ihrer Zuteilung zu verschwenden.

»Hast du Angst, Wybrecht?«

»Ja.«

»Ich bin nicht sicher, ob ich sterben mag.«

Wybrecht lächelt. »Dann sei wie ein Aal und sterbe nicht. Gerade wenn sie denken, du bist tot, weg bist du und schlängelst dich von ihrem Teller.«

»Wenn es etwas gibt, was ich nicht mag, sind es Aale.«

»Niemand mag sie, weil sie uns ein Rätsel sind. Selbst für mich, und ich habe sie gefischt.« Sie legt einen Arm um Mayken und lässt ihre Hand über sie gleiten. »Bis zum Hals in einer Aalgrube mit meinem kleinen Haken, habe ich die schleimigen Viecher bei den Kiemen gepackt.«

Mayken lacht.

Und dann begreift sie es: Wenn einer Bullebak fangen kann, dann Wybrecht, die Mutige.

Wenn Frau Prädikant schläft, nehmen sie Roelant mit über die Insel, um nach Essbarem zu suchen. Er darf den Korb halten, und das tut er mit beiden Händen und ernstem Blick. Er ist so anders als der Junge, den Mayken an Bord des Schiffes kannte. Er bewegt sich langsam und schläft die ganze Zeit. Seine Arme und Beine sind so dünn und sein Kopf so groß. Manchmal, wenn sie unterwegs sind, setzt er sich und weigert sich weiterzugehen. Wenn er etwas zu essen will, geben sie ihm einen kleinen Stein, den er lutschen kann. Fällt er in den scharfkantigen Korallenkies, nehmen sie ihn, küssen schnell, schnell sein Gesicht, und seine Augen werden ganz groß angesichts der plötzlichen Liebe. Wybrecht zeigt Mayken die Stelle, wo ihm die Haare ausfallen. Sie sagt, er knirscht im Schlaf so schlimm mit den Zähnen, dass sie heruntergebissen sind wie bei einem alten Maultier.

»Wir müssen dankbar dafür sein, dass er zu jung dafür ist, sich an all das hier zu erinnern«, sagt die Dienstmagd. »Es wird nicht mehr als ein Traum für ihn sein, wenn wir gerettet werden.«

»Werden wir gerettet?«

Wybrecht überlegt. »Gebetet haben wir genug dafür.«

Als die Sonne untergeht, setzen sie sich ans Wasser, den kleinen Jungen zwischen sich, und sehen aufs Meer hinaus.

»Vierundvierzig Tage sind wir jetzt hier«, sagt Wybrecht. Sie zeigt Mayken die Reihen schwarzer Stiche in ihrem Unterrock. »So erinnere ich mich daran.«

Roelant nimmt den Stein aus dem Mund und wirft ihn ins Wasser.

## KAPITEL 54

# 1989

Ein leises Klopfen, und Joss tritt in die Tür. »Was machst du?«

»Ich sehe durch meinen Stein.«

Der alte Mann zögert. »Gut. Willst du etwas trinken?«

»Okay.«

Der alte Mann zögert. »Wir kriegen ihn, Gil.«

Mittags kommt Dutch mit einem Tablett und stellt es auf Gils Bett.

»Wie geht es dir?«

»Okay.«

»Ich sehe dieser Tage nicht viel von Enkidu.«

»Er schläft.« Gil sieht Dutch an. »Sein Winterschlaf.«

»Es ist nicht Winter.«

»Das weiß er nicht.«

»Hast du immer noch den alten Hexenstein?«

»Ja.«

Dutch sitzt eine Weile schweigend da. Als er aufsteht, knacken seine Knie. »Kommst du mit heraus auf die Veranda, ein bisschen frische Luft schnappen?«

»Vielleicht.«

Gil ignoriert das Tablett. Er legt sich zurück aufs Bett und sieht durch den Stein. Immer noch nur eine Neonröhre.

## KAPITEL 55

# 1629

An diesem Morgen ist das Krankenzelt leer, nur Aris schiebt blutiges Bettzeug mit einem Stecken zum Feuer am Eingang. Mayken läuft zu ihm. Er hält einen Finger an die Lippen und schüttelt den Kopf. Vom Rauch des Feuers laufen ihm Tränen übers Gesicht.

Mayken sucht die ganze Insel nach John Pinten ab. Da ist ein Steinhaufen, und da ist einer, nur kann sie sich nicht erinnern, welche neu und welche alt sind. Und würden sie die Ermordeten begraben oder einfach ins Meer rollen? Das machen sie jetzt auch. Sie geht den Uferpfad entlang und sucht das Wasser ab für den Fall, dass er da irgendwo im Flachen liegt. Mit einem der in ihren Rock eingenähten Edelsteine hat sie Vasthouden ein Begräbnis gekauft. Ein flaches Grab unter Steinen, ausgehoben von einem Netzflicker.

Keine Spur von dem englischen Soldaten. Kein Knopf, kein Haar.

Sie erträgt den Gedanken nicht, zurück ins Prädikantenzelt zu gehen. In der beklommenen Düsternis zu sitzen und dem nervösen Gebetsgeflüster zu lauschen. Bei jedem Geräusch zusammenzufahren. Sie bleibt draußen bei den kreisenden Seevögeln, dem Wind und den Wellen.

Als sie zu ihrem alten Unterschlupf in den Büschen mit den flatternden Bändern kommt, ist da Jan Pelgrom.

Er sitzt unter den Zweigen, geduckt und schief mit seinen langen untergeschlagenen Beinen. Er ist dünner denn je, obwohl es ihm als Diener des Kommandanten besser geht als den meisten hier. Als Cornelisz' Anhänger ihren Treueeid auf ihn geschworen haben, haben sie wunderbare Materialien bekommen, um sich Kleider zu schneidern, roten Wollstoff, Goldborten und silberne Spitze, auch Pelgrom. Er hat sich einen Kragen genäht und einen kurzen Umhang. In seinem Aufzug sieht er aus wie der Hund eines Straßenhändlers. Er winkt sie herein.

Es ist feuchtkalt in Maykens Unterschlupf mit dem Bett aus Seetang. Vor dem Eingang sind noch die aschfahlen Geister ihrer kleinen Feuer zu sehen. So wie sie dahocken, berühren sich ihre Knie und Schultern fast. Pelgrom hält eine ihrer Muscheln in der Hand, und Mayken widersteht dem Drang, sie ihm aus der Hand zu schnappen. Aber die Muschel spielt nur eine untergeordnete Rolle in ihrem Spiel vom Haarlemer Markt, sie ist ein Straßenhändler, vielleicht auch eine fette Taube.

»Du weißt, dass es keine Hengste, Rosen und Marmorhäuser für dich geben wird, liebe Mayken?«

Mayken macht sich daran, ihre wichtigen Muscheln auf ihre Seite zu holen.

»Es gibt keine Rettung«, sagt er. »Wir kommen hier niemals weg.«

Sie nimmt die sternförmige Smoert-Muschel.

»Und nach Rechnung unseres ehrenwerten Kommandanten reichen unsere Vorräte nur noch zwei Wochen angesichts der gegenwärtigen Anzahl Menschen auf der Insel.«

Sie nimmt Vasthouden, das wunderbar gesprenkelte Turbanschneckenhaus.

»Verstehst du, was er zu tun versucht?«

Sie nimmt John Pinten, die stachelige Anemone.

»Der Kommandant will diese Insel von Verrätern reinigen. Verrätern, die unsere Vorräte und unser Essen stehlen. Stell dir das vor! Wer würde, wenn es nicht genug für alle gibt, den Hungrigen etwas stehlen? Den Schwachen?«

Pelgrom greift nach einer weiteren Muschel und dreht sie in seiner Hand. Sie stellt einen unbeliebten Haarlemer Metzger dar.

Sein Gesicht verändert sich, es verliert alle Spannung, und seine Stimme klingt plötzlich matt. »Ich will etwas beichten. Hörst du mir zu?«

Mayken antwortet nicht.

»Weißt du, was auf der Robbeninsel passiert ist?«

Mayken hat Gerüchte gehört, und Lichter sind schon lange nicht mehr zu sehen.

»Sie sind hingefahren und haben alle Männer umgebracht«, sagt er. »Die Frauen haben sie am Leben gelassen. Die Schiffsjungen sind weggelaufen und haben sich versteckt.«

Mayken betrachtet die Muscheln auf ihrem Schoß. Sie benennt sie im Stillen, Vasthouden, John Pinten, Smoert …

»Ich bin mit ihnen wieder hin, um beim Säubern zu helfen. Wir haben den Frauen die Kehlen durchgeschnitten und sie ins Wasser gezogen. Die Jungen haben wir erstochen und ihnen die Köpfe eingeschlagen.«

Sie will, dass er aufhört.

»Ich habe deinen Freund umgebracht, Mayken. Ich habe den Küchenjungen getötet.«

Es geschah kurz vor Tagesanbruch. Ein Überraschungsangriff, sagt Pelgrom. Als er zuschlug, habe er, Jan Pelgrom, geschrien und geschrien, als täte es ihm selbst am meisten weh. Smoert habe einen verletzten Fuß gehabt, so sei es leicht gewesen, ihn zu fangen. Er, Pelgrom, habe an Robben gedacht, als er den Jungen ins Meer zog. Wie sie im Wasser spielen, eine gut gelaunte Schar, und an ihre lieben Hundegesichter.

Pelgrom schluchzt. Er drückt sich die Fingerknöchel in die Augen und holt tief Luft. Dann sieht er sie mit einem tränennassen Lächeln an. Er deutet auf den Eingang zu ihrem Unterschlupf. »Ich habe die Sachen für dich da hingelegt.«

Pelgrom war die gute Seele. Mayken wendet den Blick ab.

»Bleib hier. Verstecke dich. Ich bringe dir, was du brauchst.« Sein Ton ist eindringlich. »Versprich mir, dass du nicht zurück ins Zelt des Prädikanten gehst.«

Pelgroms Knie kratzen über die Korallenstücke, die einen Teil von Haarlem darstellen. Er reißt die Kirche und ein Eckhaus ein.

## KAPITEL 56

# 1989

Lass all die toten Holländer auferstehen und zusammenkommen. Lass sie klagen, weinen und nach ihm rufen. Sich mit ihren großen holländischen Hüten und breiten Hauben, ihren weißen Spitzenkragen und Geistergesichtern um sein Bett versammeln.

Gil hat keine Angst.

Lass selbst Bunyip kommen, aus welchem fauligen Loch er auch kriechen und das Ende seines Betts mit stinkendem Wasser überschwemmen mag. Blasen atmend. Soll er sich ruhig die Lippen lecken und die Klauen spreizen. Mit dem Schwanz schlagen und tun, was er will.

Gil hat keine Angst.

Seine Alpträume sind wahr. Kein altmodischer Geisterscheiß. Kein erfundener, Kindern Angst machender Monsterscheiß.

Roper mit knirschenden Zähnen, Fleisch-Schweiß-Gestank, scheißkranke Augen.

Gil weiß es: Roper Zanetti wird ihn holen.

Gil schreit, das Licht im Flur ist an und Joss an seinem Bett. Die Wölbung seines nackten Bauchs ruht auf dem Gummi seiner Unterhose. Er sieht verschlafen aus, und seine letzten Haarbüschel stehen in die Luft.

Gil schluchzt an der Brust des alten Mannes. Er riecht Motoröl, Tabak und Seeluft.

»Es ist alles gut, Junge«, sagt Joss. »Alles gut.«

Bill Nord kommt, um bei Gil zu bleiben, während sich die anderen auf die Suche machen. Gil sieht durch seinen Stein, und Bill schläft in seinem Sessel ein. Am Nachmittag machen sie einen Spaziergang.

»Was ist in der Sporttasche, Gil?«

»Die Schildkröte.«

»Ah.«

Ein Sonnenuntergang, der schier unglaublich ist. Magische Cocktailfarben. Tropical Dream. Gil wird überredet, herauszukommen.

»Da ist er«, sagt Dutch.

Joss und Bill Nord sitzen nebeneinander auf der Veranda. Sie drehen sich um und nicken, als hätte die ganze Welt auf Gil gewartet.

Die Sonne ist verschwunden, und Silvia kommt ins Camp. Sie hat Blätter für Enkidu dabei, und ihr laufen Tränen übers Gesicht, als sie Gil sieht, auch wenn sein Auge heute schon weniger schlimm ist.

Sie nennt Roper ein Arschloch.

Gil soll mit Silvia und den Männern in die Küche kommen. Es gibt ein paar Dinge, die er wissen sollte, auch wenn er nichts mehr hören will.

Die Polizei wird nicht tätig werden. Bill Nord verzieht gequält das Gesicht, als er das sagt. Silvia flucht. Dutch knüllt ein Geschirrtuch zusammen und wirft es in die Spüle. Joss starrt aus dem Fenster ins Nichts. Es ist dunkel.

Die *Waygood* liegt immer noch vor der Insel, wo Gil sie am Tag des Angriffs gesehen hat. Das ist für niemand eine Neuigkeit.

Silvia bestätigt, dass Roper Vorräte eingepackt und ein Schlauch-boot genommen hat. Er ist auf der Flucht.

Joss sieht Bill an. »Deine Jungs haben die Robbeninsel und West Wallabi abgesucht? Und?«

»Rein gar nichts.«

Joss fragt Silvia: »Was sagt dein Mann?«

»Er weiß nicht, wo er ist.«

Dutch zischt durch die Zähne. »Glaubst du das?«

»Das muss ich.«

Gil legt die Hände auf den Tisch, hebt einen Finger nach dem anderen an und spürt den gewohnten klebrigen Widerstand.

## KAPITEL 57

# 1629

Die Männer im Ratszelt spielen ihre Morde noch einmal nach, mit Wein und Gelächter. Oder sie gehen zu den Frauen, die sie einzeln in Zelten untergebracht haben und deren Männer, wenn sie welche hatten, jetzt tot sind, vertrieben wurden oder ihre Zustimmung gegeben haben.

Keine der Frauen hat ihre Zustimmung gegeben.

Agnete, die tückische Tochter des Prädikanten, faszinieren diese Frauen. Kaum dass Frau Prädikant schläft, schleicht sie sich hinaus, um sie anzusehen, wenn sie zwischen zwei Besuchen vor dem Eingang ihres Zeltes sitzen. Agnete guckt dann ganz fromm und erklärt ihnen, dass sie für ihre Seelen betet. Mayken sagt, ihre Seelen würden es wahrscheinlich vorziehen, wenn Agnete sie in Ruhe ließe. Wybrecht hat insgeheim eine Verabredung mit den Frauen getroffen. Sie geben ihr ihre Holzzuteilungen, und sie kocht dafür für sie. Wenn es ruhig ist, setzt sie sich zu ihnen. Die Frauen haben Imke ihren Respekt gezollt. Die Frau des Kanoniers trägt immer noch das Band, das Mayken ihr geschenkt hat. Sie winken, wenn Mayken vorbeigeht, und lächeln ihr zu.

Als Frau Prädikant herausfindet, was Agnete macht, verbietet sie ihr, zu den Frauen zu gehen.

»Warum, Mama?«

Frau Prädikant will es nicht sagen.

»Für den Fall, dass ihre Sünden abfärben«, entscheidet Agnete.

Wybrecht, die etwas Unseliges in den Topf schnipselt, wirft ihr einen Blick zu. »Für den Fall, dass die Männer dich als Nächstes in den Blick nehmen.«

Der Unterkaufmann kommt zweimal am Tag aus dem Großen Zelt. Morgens zu einem Spaziergang mit seinen bevorzugten Anhängern, den schrecklichen Kadetten. Abends geht er mit Creesje.

Creesje hält den Blick gesenkt. Sie wirkt erschüttert. Ein junger Schreiber wurde getötet, bloß weil er mit ihr gesprochen hatte. An den Strand haben sie ihn gejagt und niedergemetzelt. Der Unterkaufmann sieht in Pelsaerts Putz und seinen eigenen Goldbortenkreationen lächerlich aus, doch das macht ihn nicht weniger gefährlich. Wybrecht sagt, dass ihm schon jemand die Kehle aufschlitzen wird. Seine Anhänger müssen täglich neue Treueeide auf ihn schwören.

Das Erstgeborene der *Batavia* gedeiht nicht richtig. Das schrumpelige Ding schreit Tag und Nacht. Die Mutter tut ihr Bestes, doch das Baby gibt keine Ruhe. Mutter und Kind werden ins Zelt des Unterkaufmanns gebracht.

Wybrecht kommt spät von ihrer Suche nach Essbarem zurück. Sie weint in die schaumige Suppe. Mayken hat sie noch nie so gesehen. Sie berührt sie vorsichtig.

Eine düstere Geschichte geht unter den Überlebenden um. Cornelisz hat dem Baby eine Medizin gegeben, die er für sich selbst zubereitet hatte, schließlich war er doch mal Apotheker, oder?

Die junge Mutter drückte den gebotenen Dank aus und durfte gehen, aber ihr Baby wurde schwächer. Als sich sein Zustand nicht besserte, schickte der Unterkaufmann einen Mann, um es zu töten.

Das Baby der *Batavia* liegt in einer Korallenschuttkuhle begraben.

Halb im Süden der Insel, hinter einem Gebüsch, graben sie eine Grube. Mayken bleibt stehen, um zuzusehen, und die Seemänner halten inne, wischen sich über die Gesichter und blicken zu ihr herüber.

»Warum grabt ihr da?«, fragt sie, denn keiner von ihnen gehört zu den Männern des Unterkaufmanns, und so werden sie ihr wahrscheinlich antworten.

»Er hat es angeordnet.«

»Sucht ihr nach Wasser?«

Die Seemänner wenden den Blick ab und graben weiter.

Pelgrom steht rufend im flachen Wasser, mit wildem Blick, dünn und heruntergekommen.

»Kommt schon, Gott und Vater, wo seid ihr denn?«

Als er Mayken sieht, hält er einen Moment lang inne, verwirrt, und taumelt weiter.

»Wer will erstochen werden?«, hört sie ihn brüllen. »Das kann ich bestens.«

## KAPITEL 58

# 1989

Joss klopft an Gils Tür.

»Nach allem, was passiert ist, ist es das Beste, ich schicke dich zurück nach Gero.«

»Allein?«

»Ich kann hier vor Ende der Saison nicht weg, Gil.«

Gil überlegt. »Wo soll ich hin?«

»Es gibt da einen Ort für Kinder. Menschen, mit denen du reden kannst. Darüber, wie es so geht und was war.«

»Was für einen Ort?«

Joss nimmt die Kappe ab und reibt sich den Kopf.

Gil greift nach seinem Hexenstein. »Ein Kinderheim?«

Joss nickt.

»Nein.«

»Gil …«

»Nein.«

»Warum musstest du ausgerechnet Ropers Jungen in eine Kühltruhe sperren wollen?«

»Die haben angefangen. Sie haben Enkidu wehgetan.«

Joss setzt seine Kappe wieder auf. »Das haben sie.«

»Ich habe keine Angst vor Roper. Ich möchte hierbleiben. Es geht mir gut.«

»Du machst ins Bett. Du schreist im Schlaf. Ist das gut?«

Gil hat keine Antwort.

»Als deine Mutter gestorben ist, was du da getan hast, war das auch gut, Gil?«

Gil starrt seinen Großvater an. Es klebt Spucke in den Mundwinkeln des alten Mannes. Joss zieht die Stirn kraus, steht auf und geht.

## KAPITEL 59

# 1629

Lass die Toten auferstehen und zusammenkommen. Lass sie klagen, weinen und nach ihr rufen. Sich mit ihren großen Hüten und breiten Hauben, ihren weißen Spitzenkragen und vertrauten Gesichtern um sie versammeln.

Mayken hat keine Angst.

Lass selbst Bullebak kommen, aus welchem fauligen Loch er auch kriechen und alles mit stinkendem Wasser überschwemmen mag. Blasen atmend. Soll er sich ruhig die Lippen lecken und die Klauen spreizen. Mit dem Schwanz schlagen und tun, was er will.

Mayken hat keine Angst.

Ihre Albträume sind wahr. Kein Kindern Angst machender Märchenscheiß.

Steinhügel, leere Zelte, kostümierte Mörder.

Mayken weiß es: Cornelisz' Männer werden kommen und sie holen.

## KAPITEL 60

# 1989

Er hat Mum nicht angefasst, sie nur angesehen. Hauptsächlich ihre Füße, die gegen das Ende der Couch drückten. Die dunklen, pflaumenfarben lackierten Nägel. Mit der Zeit wurden ihre Füße schmaler und knotig wie Wurzeln. Blass, grünbläulich. Aber vielleicht lag das auch daran, wie das Licht durch die Vorhänge fiel.

Er lauschte für den Fall, dass Mum sich wieder zu bewegen begann und nach ihm rief. Für den Fall, dass sie versuchte, sich auf ihre verdrehten Füße zu stellen, durchs Zimmer zu gehen und die Klinke herunterzudrücken.

*Wusstest du, dass deine Mutter tot ist, Gil?*

*Warum hast du keine Hilfe geholt, Gil?*

*Gab es niemanden, dem du es sagen konntest, Gil?*

Die freundliche Polizistin versuchte, ihn zu verstehen. Sie lächelte, um Gil zu zeigen, dass sie auf seiner Seite war – als wollte sie sagen, wer bin ich, dass ich dich verurteile?

Es waren die Fliegen, die es verrieten. Wie sie sich am Fenster die Köpfe einrammten. Mums Chef zog sich den Hemdsärmel herunter, bedeckte Mund und Nase damit, schob Gil zur Seite und ging den Flur hinunter. Er würgte, als er zurückkam, wankte wie ein Betrunkener und starrte Gil einfach nur an.

Gil könnte in ein Kinderheim gehen. Mit regelmäßigen Schlafenszeiten. Und vielleicht ein paar Freunde finden. Auch ohne Mum, nimmt Gil an, muss er nicht wie alle sein. Mit Mum war es ihm egal, ob er komisch war. Sie hatte ihn so gemacht oder es aus ihm rausgeholt. Er muss nur immer daran denken, dass er einzigartig ist und sie ihn alle mal können.

Da er nicht schlafen kann, geht er hinaus. Er hat Angst, aber sollte er auf Roper treffen, wird er wegrennen. Er ist schnell und kennt alle Pfade. Er klopft Enkidu zum Abschied auf den Panzer und klettert aus dem Fenster.

Er geht zum Lumpenbaum und setzt sich, den Weg voll im Blick. Am Himmel zucken Blitze, einer erleuchtet den Horizont, aber das Meer bleibt finster, voller böser Absichten. Er kann die geisterhaften Einzelheiten der Geschenke für Little May erkennen. Den verrosteten Kreisel, die vom Wetter gezeichneten Puppen, die ausgeblichenen Bären. Er fragt sich, was sie davon hält. Er sieht die Bänder im Busch flattern. Die aufgehende Sonne wirft Bahnen aus Licht aufs Wasser. Sie sehen aus wie Makrelenstreifen. Gil wird plötzlich kalt, und er steht auf und stampft sich Leben in die Füße. Er nimmt den Hexenstein aus der Tasche, legt ihn behutsam unter den Busch und verabschiedet sich, obwohl doch niemand da ist.

Der Wind trägt den Geruch von Feuer heran. Mal stärker. Mal schwächer. Gil bleibt stehen, geht zurück, ändert die Richtung, um die Quelle zu finden.

Draußen auf dem Wasser, ein Stück vom Ufer entfernt, liegt Ropers Boot vor Anker und brennt. Die Flammen wüten vom Bug bis zum Heck. Asche treibt in die Höhe, wechselt die Richtung und fällt ins Meer. Eine schwarze Rauchwolke steigt auf. Ein Signal, das man meilenweit wird sehen können.

## KAPITEL 61

# 1629

Es ist ein milder, windstiller Abend, und im Zelt der Prädikanten-Familie herrscht ein mürber, erschöpfter Friede. Wybrecht kocht eine Suppe aus Robbenresten. Sie hat sich ihr Tuch vor Mund und Nase gebunden, denn sie hasst den Geruch und die ölig-fischige Konsistenz von Robbenfleisch.

Der Prädikant und Judick sind zum Abendessen mit dem Kommandanten befohlen worden. Die Familie fragt sich, was die beiden im Großen Zelt wohl aufgetischt bekommen. Sie würden eher Steine und Luft essen, als am Tisch des Unterkaufmanns sitzen zu müssen.

Frau Prädikant und die älteren Kinder lesen in der Bibel.

Die Suppe köchelt. Wybrecht schöpft den Schaum ab. Mayken und Roelant spielen das Spiel der Erinnerung.

»Erinnerst du dich an Bäume, Roelant?«

»Erinnerst du dich an Buttermilch, Roelant?«

Der Junge schüttelt den Kopf, oder er nickt und antwortet und ist dabei immer todernst.

Er erinnert sich an Kanäle, aber nicht an Maultiere.

Er erinnert sich an Äpfel, aber nicht an Käse.

Mayken lächelt und gibt ihm eine Muschel, was bedeutet, er hat gewonnen.

Zwischen den Lesungen flüstert die Familie miteinander. Es gibt große Neuigkeiten zu besprechen. Heute ist der Bootsmannsmaat mit einem kleinen Floß entkommen, das er sich aus Holz vom Wrack gebaut und am Ende der Insel versteckt hatte. Er ist im Morgengrauen aufgebrochen und war, als die Wache ihn entdeckte, schon zu weit weg, um noch eingeholt zu werden.

Es geht also.

Der große Sohn des Prädikanten sagt das mit leuchtenden Augen.

Ein Kadett am Zelteingang. Einer der Lieblinge des Unterkaufmanns.

»Komm, wir gehen spazieren, Wybrecht Claasen.«

Wybrecht steht auf vom Topf, auf den sie aufpasst. Sie sieht Mayken an. »Es ist dunkel«, ruft sie.

»Das macht nichts, beeil dich.«

Mayken will sie begleiten, aber Wybrecht schüttelt mit ernster Miene den Kopf. Mayken setzt sich wieder.

Wybrecht geht zum Zelteingang. »Ihr wollt mir doch nichts antun?«

Von draußen weht der Geruch von Tabak herein. Lachen. »Komm schon!«

Frau Prädikant hebt den Blick, das Gesicht aschfahl. »Wybrecht ...«

Wybrecht wischt sich die Hände ab und ist weg.

Gedämpfte Stimmen, Schritte auf Steinen, Männer füllen das Zelt.

## KAPITEL 62

# 1989

Gil riecht seinen Großvater, bevor er ihn sieht, es stinkt nach Verbranntem und Benzin. Er geht um die Veranda, und da sitzt Joss und blickt aufs Meer hinaus. Er sieht Gil an.

Gil setzt sich neben den alten Mann, auch wenn der Gestank überwältigend ist.

Joss hat das Ruderboot aufs Land heraufgezogen, bis seitlich vors Klo. Im Heck sind Benzinkanister festgezurrt.

Joss holt seine Tabakdose heraus, überlegt es sich jedoch anders und legt sie zur Seite. Der Verband an seiner verletzten Hand ist völlig verdreckt.

Sein Mundwinkel zuckt. »Um einen Dämon zu fangen, musst du ihn aufscheuchen.«

Gils Blick trifft den seines Großvaters. Das Lächeln des alten Mannes wird breiter.

»Bleib beim Camp, bis die Geschichte erledigt ist, hörst du?«

»Okay.«

Gil steht auf und geht hinein. Er findet, was er braucht, auf dem Frisiertisch.

Joss hat die Augen geschlossen, sitzt zurückgelehnt auf dem Stuhl da und genießt die frühe Sonne auf seinem Gesicht. Er öffnet die Augen, als sich Gil wieder neben ihn setzt.

»Bill Nord hat es mir gezeigt.«

»Wirklich?«

Der alte Mann protestiert nicht, als Gil den schmutzigen Verband von seiner Hand wickelt, sie sanft mit Watte säubert und frischen Mull und eine Binde auspackt. Am Ende ist der neue Verband dicker als der vorher und um den Daumen vielleicht etwas fest. Aber er ist sauber.

Der alte Mann dreht die Hand und bewegt die Finger. »Danke, Gil.«

»Bitte, Grandpa.«

Dutch redet nicht mit Joss. Der Deckie läuft mit einer tonlosen Melodie auf den Lippen durch die Küche, knallt Türen zu und scheppert mit Töpfen. Joss zuckt jedes Mal zusammen.

»Dutch ist schlimmer als eine verdammte Frau«, flüstert er Gil zu.

Dutch stellt ihnen ihr Frühstück auf den Tisch, die Teller klirren, und er sieht finster zu Joss hin.

»Sieht perfekt aus, Dutch.«

Dutch zeigt mit einer Gabel auf ihn. »Hör auf. Hör verdammt noch mal auf.« Er setzt sich und sticht in seine Eier, den Blick auf Joss gerichtet.

Joss greift nach dem Salz und streut ein wenig über sein Frühstück.

Die *Ramona* wird außer Reichweite gebracht, für den Fall eines Vergeltungsschlags.

Dutch kocht Kaffee, als Joss zurückkommt. Stark, für alle, auch für Gil.

»Werden sie die Polizei rufen und Anzeige wegen Brandstiftung erstatten?«

»Das ist nicht ihr Stil, Dutch.«

Es ist später Nachmittag, als die Besucher sich vor der Veranda versammeln, in die Steine treten und mit schmalen Augen zur Hütte hinsehen. Joss trinkt seinen Kaffee aus, schüttet sich noch einen ein und lässt sie warten. Nach einer Weile setzt er seine Kappe auf, erhebt sich vom Tisch und geht zur Tür.

Dutch und Gil sehen durchs Küchenfenster zu.

Dutch stößt Gil an. »Das Gesicht von Papa Zanetti. Wie am Jüngsten Tag.«

Joss tritt zu ihnen.

»Jetzt geht's drum«, murmelt Dutch. »Sieh dir deinen Grandpa an, wie er sich reckt und groß macht. Guter Mann, Joss!«

»Ich dachte, ihr wärt keine Freunde mehr?«

Dutch wendet den Blick nicht von den Geschehnissen draußen ab. »Er ist ein verdammter alter Mistkerl, zugegeben. Warte jetzt hier, ich gehe raus und gebe ihm Rückendeckung. Du bleibst.«

Frank Zanetti hat zwei Männer dabei. Einer davon ist Cherry, der raucht und wie ein Revolverheld zum Himmel hochsieht. Der andere ist ein mittelalter Kerl, den Gil nicht kennt. Er sieht wie ein Stunt-Double für Roper aus, mit rotem Gesicht und einem Bierbauch. Dutch tritt hinter Joss und klopft ihm auf die Schulter. Der alte Mann dreht sich um und nickt.

Der Austausch zwischen Joss und Dutch besteht aus einer Salve von Knurrlauten. Dann hebt Frank die Hand zu einer auffordernden Geste. Joss bäumt sich auf, macht einen Schritt auf ihn zu. Dutch macht ihm einen Schritt nach, um ihn zurückzuhalten.

Ein Grunzen von Joss, und Frank hebt die Fäuste. Cherry wirft seine Zigarette weg, und Ropers Stunt-Double zieht sich die Shorts über den Bauch. Sie packen Frank und ziehen ihn zurück.

Gil denkt, es ist wie ein Tanz, vor, zurück und wieder vor.

Frank, mit seinem Kopf nun einen Zentimeter von Joss' Gesicht entfernt, zischt etwas, und plötzlich lächelt Joss. Er lächelt, wirft den Kopf zurück, und dann lacht er.

Frank ist verdutzt. Joss reagiert mit einer eigenen Geste: Er tätschelt Frank sanft die Wange.

Jetzt sind drei Männer nötig, um Frank zurückzuhalten.

Gil darf nicht mal mehr alleine aufs Klo. Dutch muss von der Veranda aus zusehen.

Es ist spät, als Bill Nord kommt.

Joss schließt auf und schiebt ihn in die Küche. Die Männer sehen hinüber zu Gil, der schnell den Kopf senkt und so tut, als läse er.

Bill gibt Joss ein Päckchen. »Von mir hast du sie nicht.«

Joss nickt.

Bill zischt: »Und Himmel noch mal, benutze sie nicht, wenn du es nicht unbedingt musst.«

In der Nacht hat Gil Durst und trifft auf seinen Großvater, der ein Kreuzworträtsel löst. Auf dem Küchentisch, neben seiner guten Hand, liegt eine Pistole. Joss hebt den Blick und bedeckt die Pistole mit der Zeitung.

»Musst du raus, Junge?«

Gil schüttelt den Kopf. Er fühlt sich komisch, ihm ist mulmig, als wäre die Welt irgendwie gekentert. Alles scheint unwirklich: sein Großvater, wie er in Unterhemd und Unterhose am Tisch sitzt, die Soßenflaschen, die Teller auf dem Abtropfgestell. Das alles könnte eine gemalte Kulisse sein. Das Einzige, was wirklich scheint, ist das schwarze Metalldings. Obwohl es verdeckt ist, spürt Gil seine Anziehung. Als wäre es das schwerste, massigste Objekt. Als ankerte die ganze Welt daran.

Bei Tagesanbruch ist nur Dutch noch da, der Kaffee kocht. Er wirkt angespannt. Grandpa und die Pistole sind weg.

## KAPITEL 63

# 1629

»Ihnen wird der Diebstahl von Kompanie-Eigentum vorgeworfen.«

Frau Prädikant steht langsam auf, und ihr großer Sohn schiebt sich langsam vor sie. Beide sind umringt von Männern des Unterkaufmanns, die sich ebenfalls nur langsam bewegen. Agnete bleibt sitzen und hält die Familienbibel auf den Knien.

Mayken greift nach Roelants Hand. Die Augen der Männer des Unterkaufmanns sind ausdruckslos, aber Mayken versucht auch gar nicht, in ihnen zu lesen. Sie sieht Roelant an, dessen Blick sich auf die Zeltwand richtet. Sie folgt ihm und sieht einen Schatten über den Stoff huschen. Der Junge deutet darauf, und plötzlich stinkt es nach abgestandenem Wasser. Und dann hört sie das Blubbern und Platschen von Abwasserschlamm.

In Maykens Bauch öffnet sich eine Angstgrube.

Die Laterne spuckt, die Flamme flackert, der Schatten wächst. Eine gebückte Gestalt, die von der Erde bis zur Decke reicht. Sie reckt den gezackten Rücken, dreht sich hierhin und dorthin, mit Barthaaren wie ein Katzenfisch und pumpenden Kiemen.

Roelants Augen werden größer. Gebannt verfolgt er, wie sich der Schatten immer weiter ausbreitet und über die Erde läuft, über die Wände, die Decke.

Blicke fliegen zwischen den Männern hin und her, und dann fängt es an. Der Kochtopf wird umgetreten und die Laterne zu

Boden geworfen, und dann ist nur mehr Finsternis und Schreien und Flehen und Fluchen und das wilde Keuchen eines blutigen Gemetzels und das schmatzende Geräusch von Dechsel, Schwert und Dolch durch Fleisch und Knochen, Herzen und Eingeweide, Kehlen und Gesichter.

Mayken hält Roelants Hand. Sie sieht den Zelteingang, ein Stück Nacht und zieht den Jungen in Richtung des helleren Dunkels draußen. Die Gestalt eines Mannes tritt ins Zelt.

Sie rennen und ducken sich an Beinen vorbei, hinaus, hinaus in die Nacht. Irgendwann verliert sie Roelants Hand, bleibt stehen und sieht sich um. Die Gestalt richtet sich über dem kleinen zusammengesunkenen Schatten des Jungen auf und wendet sich ihr zu.

## KAPITEL 64

# 1989

Sie sitzen auf der Veranda. Dutch liest mit finsterer Miene in Gils Buch über die *Batavia*, das er von Birgit bekommen hat.

»Erzähl mir die guten Sachen.«

»Da gibt es nichts Gutes«, murmelt Dutch. »Du weißt doch, Gil, das war fürchterlich. All die Toten.«

»Einige sind nicht gestorben.«

»Stimmt.«

»Das Buch sollte *deren* Geschichte erzählen.«

»Dass sie untergegangen, nicht gestorben und schließlich wieder nach Hause gekommen sind?«

»Ja. Hat da nicht auch ein Kind überlebt?«

Dutch steckt sich eine Zigarette an. »Nicht, dass ich wüsste.«

»Die Menschen sind mehr als ihr verdammter Tod, weißt du.«

Dutch sieht ihn überrascht an. »Gil, Junge …«

»Nein. Ich will verdammt noch mal *nicht* darüber reden.«

Gil steht auf, geht zum Klo und knallt die Tür hinter sich zu, zweimal, dreimal.

Dann setzt er sich.

Selbst hier lässt ihn das Geräusch des Windes, der Vögel und der Wellen nicht in Ruhe. Wütend knibbelt er an der Kruste auf seinem Knie. Sie ist noch nicht so weit, aber er zieht sie trotzdem runter und sieht zu, wie das Blut Tropfen bildet. Blute nicht auf diese Insel, hat Silvia gesagt. Nun, das hat er schon.

Dutch liest noch, als Gil zurückkommt.

»Alles okay?«

»Ja.«

»Ist es wegen deiner Mum?«

»Nein.«

Sie schweigen, dann fragt Dutch vorsichtig: »Hält Enkidu immer noch Winterschlaf?«

»Ja.«

Dutch macht den Kerosinherd aus. Das Besteck ist verteilt, die Soßenflaschen stehen bereit. Gil hat Brot mit Butter bestrichen, in Dreiecke geschnitten und hübsch angeordnet.

Sie setzen sich an den Tisch, um auf den alten Mann zu warten.

Dutch steht auf, sucht eine Taschenlampe und probiert sie aus. »Ich gehe und sehe nach ihm, sonst verdirbt sein Essen. Schließ hinter mir ab, und setz keinen Fuß nach draußen.«

Gil tut, was Dutch gesagt hat, schließt ab und sieht in den Topf. Es ist der Eintopf, denn sie schon die letzten drei Tage hatten. Da verdirbt nichts mehr.

Gil sitzt am Tisch. Er konzentriert sich auf das *Batavia*-Buch. Er fängt mit den Bildern an und betrachtet eine alte Zeichnung von kämpfenden Holländern mit großen Hüten. Die Insel hat eine flache, ovale Form, und es gibt ein paar riesige Zelte. Hier und da sind kleine Wellen eingezeichnet, damit man sieht, dass die Insel von Wasser umgeben ist. Dann kommen Fotos von Tauchern, die über Holzstücken auf dem Meeresboden schweben. Das Bild einer Wissenschaftlerin, die in ein Mikroskop sieht. Ein zerbrochener Krug, auf dem ein Gesicht zu erkennen ist. Der Griff fehlt. Das Gesicht hat Glubschaugen und einen Bart. Auf dem letzten Bild sind die aus dem Meer geholten Holzstücke so arrangiert, dass sie wie ein Schiff aussehen. Gil blättert zurück zur Einleitung und liest Erläuterungen zum Fotografieren unter

Wasser und wie man Holz katalogisiert. Es ist kompliziert, und er muss sich konzentrieren. Er will eigentlich nur an Wissenschaftler denken, die ihre Tage damit zubringen, im Kies herumzugraben und Korallenreste von alter Spitze zu kratzen. An Menschen, die wissen, was Worte wie Prädikant und Dechsel bedeuten. Menschen, die das alles geduldig anderen Menschen erklären, die Gefühle aus den alten gewalttätigen Geschichten herauslösen und alles in eine Welt aus Fakten kleiden.

Gil schiebt das Buch von sich weg. Er verschränkt die Arme und legt den Kopf darauf, ganz egal, wie klebrig der Tisch ist. Er denkt an die Elfenbein-Bobine, die bequem und sicher in einem Museum liegt. In einer gläsernen Vitrine mit Beschriftung und allem. Er denkt an die gelangweilten Schulkinder, die daran vorbeigehen. Er denkt an nichts.

## KAPITEL 65

# 1629

Mayken ist sich mehr oder weniger sicher, dass es mit dem Morden in dieser Nacht noch nicht vorbei ist. Die Männer folgen ihr im Schlenderschritt, einer hat ein Schwert gezückt, der andere eine Dechsel über der Schulter. Wohin kann sie fliehen?

Sie umkreist das Lager und läuft in die Mitte der Insel. Dort holt sie ihre Flöte hervor und steht einen Moment ruhig da. Es ist still, man hört nur einzelne Zeltbahnen im Wind flattern, Wellen, die aufs Ufer schlagen, und das leise Gemurmel der näher kommenden Männer.

Sie holt tief Luft und weiß, das wird jetzt nicht ihre gewohnte traurig fremde Melodie. Mayken steht in der Mitte der Insel und spielt einen schrillen, dringenden Alarm. Für die letzten Seemänner der *Batavia*, erstarrt unter Zeltbahnen und voller Grauen auf Schritte lauschend. Für ihren Freund Aris in seinem provisorischen Unterschlupf mit seinen vom Salzwasser steifen Händen. Für Creesje, die nur Zentimeter von ihrem Peiniger wach liegt. Für die Frauen, die nicht länger träumen und von allen getrennt den Meuterern zur Verfügung stehen.

Ein Ton der Wut, der Aufmerksamkeit verlangt und Zeugenschaft. Er schallt über Batavias Friedhof hinaus in die lauschende Nacht, hinaus aufs schwarze Meer.

## KAPITEL 66

# 1989

Gil schreckt auf. Er erwacht am Küchentisch. Es herrscht Stille, doch er weiß sicher, dass ihn ein Geräusch geweckt hat. Er hört genau hin. Von außerhalb des Camps sind die gewohnten Nachtgeräusche zu hören, und ein weiteres Mal steigt ein Ton daraus empor. Schrill und dringend. Wahrscheinlich der Schrei eines Vogels oder das Wetter.

An Schlaf ist nicht mehr zu denken. Gil steht vom Tisch auf und öffnet die Tür. Er macht sich nicht die Mühe, eine Taschenlampe mitzunehmen. Hinter den Wolken scheint der Mond, und es ist hell genug, die Wege auszumachen, jeden einzelnen von ihnen. Er rennt hinunter zum Anleger, aber da ist alles still, bis auf das Knarzen der Taue, mit denen die Fischerboote festgemacht sind.

Wo sonst könnte etwas geschehen sein?

Jedes einzelne Licht in der Hütte brennt.

Gil schleicht sich an und versteckt sich unter dem Außenborder.

Dutch steht vor der Eingangsstufe, im Schein des Verandalichts. Frank und Silvia stehen in der Tür. Silvia raucht, Frank hält die Arme verschränkt. Die Stimmen sind erhoben. Frank schlägt abrupt die Tür zu.

Als Dutch davongeht, kommt Cherry aus der Hütte. Die beiden Männer reden miteinander, dann klopft Dutch Cherry auf den Rücken, und sie laufen in Richtung Uferweg.

Gil nimmt einen anderen Weg. Zwar wird er auf dem am Wrack von Ropers verbranntem Boot vorbeikommen, aber es geht nicht anders. Mit etwas Glück ist er durch die Tür, sitzt wieder am Tisch und liest in seinem Buch, wenn Dutch hereinkommt.

Das Meer glänzt im Mondlicht, darin der ausgebrannte Rumpf. Die Kabine ist eingebrochen, das Boot treibt schief im Wasser.

Der Mond schiebt sich hinter die Wolken. Weiter vorne auf dem Pfad kann Gil eine dunkle, zusammengesackte Gestalt erkennen. Sie bewegt sich mit einem mühsamen Atemgeräusch, einem leisen Blubbern. Gil erstarrt. Denkt an Bunyip. Wartet auf seinen Angriff.

Die Gestalt rührt sich nicht. Gil tritt näher heran, geht in die Knie. Er riecht Tabak und Seeluft.

Leise ächzend tastet sich sein Großvater über die Erde. Gil sieht eine Taschenlampe, hebt sie auf, drückt den Schalter, schüttelt sie, die Lampe flackert auf und wirft einen schwachen Lichtschein vor ihn hin. Das Licht wird heller. Er richtet es auf Joss. Der Anblick versetzt ihm einen Stich.

Die Nase des alten Mannes ist gebrochen, so viel kann Gil sehen. Das Gesicht ist blutig. Joss streckt die Hand aus und gibt Gil den Riemen einer Tasche, gestikuliert. In der Tasche ist eine orangefarbene Leuchtpistole, ein Stück Schnur und eine Flasche Whisky. Joss stößt mit dem Finger auf die Leuchtpistole. Gil will sie ihm geben, aber der alte Mann hat nicht die Kraft, sie zu nehmen.

Gil richtet die Taschenlampe auf die Pistole. Der alte Mann berührt den Sicherungshebel und zeigt zum Himmel.

Der Hebel ist nur schwer umzulegen, aber Gil schafft es. Er stellt sich aufrecht hin, richtet die Leuchtpistole in die Höhe und drückt den Abzug. Ein roter Stern explodiert hoch über ihnen und brennt hell, selbst noch, als er herabfällt.

## KAPITEL 67

# 1629

Mayken spielt weiter. Ihre Verfolger rennen mit erhobenen Waffen auf sie zu.

Sie sieht weg, hinauf in den Himmel. Die Sterne sind jetzt deutlicher zu erkennen und versprühen ihr kaltes Licht. Sie kann sie nicht benennen und würde es auch nicht wollen. Ihre Flöte klingt klar und laut mit ihrem letzten Atem.

Sie hält den Blick auf den Stern gerichtet, der hoch über ihr explodiert und hell brennt, selbst noch, als er herabfällt.

## KAPITEL 68

# 1989

Gil ruft und ruft und könnte vor Erleichterung heulen, als die Männer zu antworten beginnen. Dann sind sie da und laufen aus der Nacht auf ihn zu: Dutch, Bill Nord und seine großen Söhne. Laternen werden aufgestellt, ein Erste-Hilfe-Kasten, eine Bahre. Jetzt, wo sie Joss gefunden haben, arbeiten die Männer schnell und reden mit leisen, ruhigen Stimmen. Der alte Mann stöhnt, bis die Spritze, die ihm Bill Nord gibt, zu wirken beginnt, was immer sie enthalten haben mag.

Gil läuft neben der Bahre her zum Anleger. Die Männer tragen seinen Großvater so sanft, wie sie können, aber sie beeilen sich. Joss' Kopf wird von einer Halsmanschette gehalten, und sie haben eine Decke über ihn gelegt. Er blickt zum Himmel hinauf. Es wird bald dämmern.

Ein Boot am Anleger ist abfahrbereit. Die Navigationslichter leuchten, der Motor brummt. Die Männer heben die Bahre vorsichtig über die Reling. Bill Nord geht mit an Bord.

Gil will auch, aber Dutch hält ihn zurück.

Frank Zanetti ist bereit zum Ablegen.

»Warum fährt er ihn?«

»Er schafft es am ehesten mit der *Sherri Blue*. Ist das schnellste Boot, das wir haben.«

Gil schluchzt. »Aber *Frank*.«

»Bill ist dabei. Er passt auf deinen Grandpa auf.«

Silvia kommt mittags mit einem Funkspruch. Die *Sherri Blue* war schnell, trotzdem, es war eine lange Fahrt. Noch eine Stunde, und sie hätten ihn verloren.

Sie lächelt Gil zu und reibt seinen Arm. »Er wird wieder gesund.«

Dutch fragt leise: »Und Roper?«

»Sie haben ihn auf West Wallabi festgenommen. Frank hat ihnen gesagt, wo sie nach ihm suchen sollen.«

Bill Nord wird einen Whisky gegen seine Angina trinken, Dutch einen für seine Nerven. Gil nimmt einen Saft und setzt sich zu ihnen.

Bill nimmt die Kappe ab und reibt sich die Augen. Es war eine lange Nacht und ein langer Tag. »Fünf Fischer haben sich gemeldet und gesagt, dass sie Roper dabei gesehen haben, wie er versucht hat, Joss Hurley auf dem Uferweg auf Beacon Island zu ermorden.«

Dutch stößt Gil an. »Dein Grandpa ist doch ganz beliebt.«

Bill nimmt einen Schluck aus seinem Glas und entspannt sich sichtlich. »Die Polizei wird das nicht unbedingt für bare Münze nehmen, Dutch.«

Dutch schenkt ihm nach. »Aber sie werden doch genug in der Hand haben?«

»Die haben den Schraubenschlüssel, mit dem Roper ihn angegriffen hat, und Cherry hat seine Klamotten gefunden.« Er sieht Gil an. »Das wird reichen.«

»Dutch?«

»Alles okay, Gil?«

»Ich glaube, Enkidus Winterschlaf ist vorbei.«

## KAPITEL 69

# 1989

Das Kind fährt im Fischerboot von Beacon Island hinaus aufs Meer. Es gibt so viel zu sehen: die Vögel, die Wellen und die wechselnden Farben von Himmel und Meer. Wind kommt auf, und die *Ramona* tanzt auf dem Wasser. Gil hält sich mit einer Hand am Boot fest, die Sporttasche hat er in der anderen.

Dutch ist der Skipper, Cherry der Deckie, aber sie sind nicht hier, um Reusen zu leeren.

Sie kennen eine gute Stelle, fern vom Wrack und seinen Geistern. Wo das Wasser so ruhig ist, wie es sein kann, der Meeresboden glitzert und die ganze Welt ein einziges glühendes, wunderschönes Blau ist.

Dutch macht den Motor aus, und die *Ramona* schaukelt und bockt.

Cherry nimmt die Kappe ab, senkt den Blick und den Kopf.

Gil sieht zum Himmel hinauf, wo in weiter Ferne ein weißer Vogel fliegt. Für den sind sie sicher kaum mehr als ein Fleck.

Enkidu liegt eingebettet in einen Korb. Er könnte schlafen. Unten im Korb liegen Steine, denn so geht eine Seebestattung. Gil streicht über den Panzer seines Freundes, die Kupferlinien, so herrlich und zerbrochen. Als er fertig ist, hilft Dutch ihm, den Deckel festzuschnallen. Gemeinsam halten sie den Korb übers Wasser.

»Bist du bereit, mein Sohn?«

Gil nickt, und sie lassen beide los.

Dutch liest eine Passage aus dem *Gilgamesch-Epos* vor, etwas über Freundschaft und Ehre, Verlust und Tapferkeit im Angesicht des Todes. Gil wirft Blätter ins Wasser.

Es ist das Ende eines Champions.

Es ist das, was Enkidu sich gewünscht hätte.

# Epilog

»Wir wissen durch ihre Geständnisse und die Zeugenaussagen aller Überlebenden, dass sie die Menschen ertränkt, ermordet und mit jedweder Art von Grausamkeit zu Tode gebracht haben, mehr als einhundertzwanzig Männer, Frauen und auch Kinder …«

Francisco Pelsaerts Tagebuch, im September 1629

Von den mehr als zweihundert Geretteten lebten nur noch weniger als achtzig, als die Rettungsmannschaft drei Monate nach dem Schiffbruch der *Batavia* zurückkam.

Francisco Pelsaert dokumentierte den in den nachfolgenden Wochen stattfindenden Prozess, während die Mannschaft der *Sardam*, mit der sie zurückgekommen waren, von den verbliebenen Gütern der Kompanie rettete, was noch zu retten war. Der Skipper der *Sardam* verlor sein Leben bei der Bergung eines Essigfasses. Von den etwa dreißig Kindern an Bord der *Batavia* überlebte nur ein Baby, das in den Armen seiner ungenannten Mutter mit Pelsaert und Jacobsz nach Batavia gelangte.

Jeronimus Cornelisz und seine Hauptunterstützer wurden auf der Robbeninsel hingerichtet, der einzigen Insel mit einem Boden, der fest genug war, um einen Galgen darauf zu errichten.

Die jüngsten Meuterer wurden ausgepeitscht, Steinmetz Pietersz nach Batavia gebracht, wo er gerädert wurde, was eine fürchterliche Hinrichtungsart war. Jan Pelgrom und ein weiterer Meuterer wurden auf dem Festland ausgesetzt. Es ist unklar, wie lange sie an der unwirtlichen Küste zu überleben vermochten.

Lucretia Jansdochter musste bei ihrer Ankunft in Batavia feststellen, dass ihr Mann gestorben war. Sie heiratete ein zweites Mal und wurde fast achtzig Jahre alt. Skipper Jacobsz wurde festgenommen und schmachtete in der Burg von Batavia dahin, wo er wahrscheinlich auch starb. Zwaantie wurde ebenfalls in Haft genommen – ob sie wieder freikam oder im Gefängnis starb, ist nicht überliefert.

Wiebbe Hayes, der junge Soldat, der Cornelisz' Angriff widerstand und eine Gegenoffensive startete, wurde befördert.

Der Prädikant, Gijsbert Bastiaensz, hinterließ in einem Brief einen Bericht der Geschehnisse. Das eine überlebende Mitglied seiner Familie, Judick, heiratete und verlor zwei Ehemänner durch Krankheit. Die Niederländische Ostindien-Kompanie erkannte ihr Unglück an, und sie wurde für ihre doppelte Witwenschaft und für das, was sie nach dem Schiffbruch der *Batavia* hatte ertragen müssen, entschädigt.

Pauwels Barentsz, Seemann aus Harderwijk, wurde auf Batavias Friedhof am 9. Juli 1629 ermordet.

Smoert war einer der Schiffsjungen an Bord der *Batavia*. Er wurde am 18. Juli 1629 von Jan Pelgrom auf der Robbeninsel ermordet.

Jan Pinten, ein englischer Soldat, kam auf Batavias Friedhof zu

Tode. Die Quellen geben zwei Daten für seine Ermordung an, den 10. und den 19. Juli 1629.

Aris Jansz, der zweite Barbier, floh am 21. Juli 1629 in die Sicherheit der Hohen Insel. Es war die Nacht der Ermordung von Maria Schepens, der Frau des Prädikanten, sowie sechs ihrer Kinder auf Batavias Friedhof.

Francisco Pelsaerts Glück endete mit der Fahrt der *Batavia*. Er erlag dem Fieber, das ihn bereits an Bord geplagt hatte, weniger als ein Jahr nach der Hinrichtung von Jeronimus Cornelisz auf der Robbeninsel, im September 1630 in Batavia.

Langusten-Fischer nutzen Batavias Friedhof seit den 1950er-Jahren als Basis. Zu der Zeit griffen auch erste Mutmaßungen darüber um sich, wo sich das Wrack des Schiffs befinden könnte, ausgelöst von der Schriftstellerin Henrietta Drake-Brockman. Sie war entscheidend für die Wiederbelebung des Interesses an der *Batavia*, deren Geschichte sie 1963 mit ihrem Buch *Voyage to Disaster* einer größeren Öffentlichkeit bekannt machte. Das Buch fußt auf Pelsaerts Tagebüchern, dem Schlüsselbericht über das Schicksal der *Batavia*, der auch den Prozess gegen die Meuterei und die Rettung der Überlebenden dokumentiert. Drake-Brockman sagte auch den Ort voraus, an dem das Wrack schließlich gefunden wurde.

1960 fand der Fischer »Pop« Marten menschliche Überreste und andere Relikte auf Batavias Friedhof. Ein anderer Fischer, Dave Johnson, stieß schließlich beim Ausbringen seiner Reusen auf das Wrack und informierte den Journalisten Hugh Edwards und den in Geraldton lebenden Max Cramer über seinen Fund, die nach der letzten Ruhestätte der *Batavia* suchten. Am 4. Juni 1963, genau 334 Jahre nach ihrem Auflaufen auf das Riff, tauchten Cramer und seine Kollegen an der angegebenen Stelle und bestätigten, dass es sich tatsächlich um die *Batavia* handelte.

Beacon Island, Batavias Friedhof, ist heute eine archäologische Stätte, auf der keine Fischer mehr leben. Die Camps wurden abgebaut und die Insel in ihren Urzustand zurückversetzt.

# Dank ...

... an meine wunderbare Agentin Sue Armstrong, die mir das Selbstvertrauen gibt, in unbekannte Gewässer zu segeln: Kein Dank kann groß genug sein für das, was du für mich tust. Großer Dank auch an meine wundervollen Lektoren Francis Bickmore und Megan Reid bei Canongate für ihre Leidenschaft und ihren Einsatz für dieses Buch. Dank an Nikki Christer und Rachel Scully bei Penguin Random House Australia für ihre tollen Einblicke.

An die C&W- und die Canongate-Familien für ihre fortwährende Unterstützung. An Luke Speed und Anna Weguelin bei Curtis Brown: großer Dank wie immer.

Das Highlight beim Schreiben dieses Buches war, was ich alles über die *Batavia* und ihre letzte Ruhestätte bei den Abrolhos-Inseln vor der Küste Westaustraliens gelernt habe. Ich hatte das Vergnügen, einige bemerkenswerte Menschen kennenzulernen, die ihr Wissen, ihre Gedanken und ihre Erfahrung großzügig mit mir teilten und mir den Mut gaben, die Geschichte in Angriff zu nehmen. Ich muss nicht extra sagen, dass alle historischen Fehler und Ungenauigkeiten nicht auf sie zurückgehen, sondern allein meine Auslassungen und Irrtümer sind. Großen Dank schulde ich meinem Freund, dem Multitalent Howard Gray, dessen Wissen über die Fauna, Flora und Geschichte der Abrolhos-Inseln und den Ruheplatz der *Batavia* ohnegleichen ist. Mit großer Freude erinnere ich mich noch an unsere Reise zu den Inseln sowie an die Zeit, die ich mit ihm und Sapia in Geraldton verbracht habe. Als Forscher und Autor von Sachbüchern und Romanen hat Howard die Geschichte der *Batavia* für mich zum Leben erweckt, nicht zuletzt durch *Lucretia's Batavia Diary*. Ich war begeistert davon, wie Howard die verschiedenen Durchläufe dieses Buches begleitet hat. Seine Leidenschaft und seine Unterstützung haben nie nachgelassen, und er hat mich sowohl Maykens wie auch Gils Welt formen und entwirren lassen. Mein wärmster Dank auch an Henk Looijesteijn, besonders dafür, dass er mir Maykens Haarlemer Vergangenheit nahegebracht hat. Dabei hat er nicht nur sein historisches Wissen in dieses Projekt einfließen lassen, sondern mich auch zu den folkloristischen Elementen inspiriert. Bullebak ist komplett dein Werk, Henk. Großer Dank an Mike Dash und seine wundervolle Darstellung der Geschichte der *Batavia* in *Batavia's Graveyard*. Mike hat mich früh ermutigt und die entstehenden Fassungen kommentiert, was ich sehr zu schätzen wusste und weiß. Meine Anerkennung gilt auch den Mitarbeitern und Helfern der WA Museen in Geraldton und Fremantle, besonders Zhen Ang und Catherine Belcher. Dank auch an Corioli Souter, die Kuratorin der Abteilung Maritime Archäologie des Western Australian Museum, die mich hinter die Kulissen des Museums hat blicken lassen. Dank an Professor Philip Mead und seine Familie für ihre Gastfreundschaft, die Ausführungen zur Geschichte der *Batavia* und einen wundervollen Abend voller Geschichte und Literatur, mit gutem Essen und ebenso guten Gesprächen. An den Meeresfotografen Patrick Baker und Brenda, die mich ebenfalls großzügig in ihrem Zuhause willkommen geheißen haben. Die Zeit, die ich mit Patrick, der die Bergung der *Batavia* vom Meeresboden mit seiner Unterwasserkamera dokumentiert hat, im Shipwreck Museum in Freemantle verbracht habe, war fabelhaft. Dank an die Freiwilligen und die Mitarbeiter an Bord der *Duyfken*, besonders an Mirjam, danke, dass du dein Wissen mit mir geteilt hast. Deine Erzählungen über die Fahrten mit deiner wunderbaren Segelyacht waren so spannend wie wertvoll. Dank an die Freiwilligen und die Mitarbeiter des Batavialand in Lelystad, eure Geduld und eure Begeisterung und die Möglichkeit, durch Willem Vos' bemerkenswerten Nachbau der Batavia zu wandern, haben mir geholfen, mir das Leben an Bord des Schiffes vor Augen zu führen. Dank auch an die Geraldton Air Charter, die die Reise hinaus zu den Abrolhos-Inseln unvergesslich gemacht hat.

Und last, but not least an Gavin Clarke: Danke, dass du mir von der *Batavia* erzählt und so geduldig dabei geholfen hast, Material zu ihrer Geschichte zu finden. Ohne dich gäbe es dieses Buch nicht. Dank an meine Mutter, meine Schwestern und meine Tochter Eva, danke, dass ihr mich in meiner Zurückgezogenheit ertragen habt. Was für alle meine Freundinnen und Freunde gilt. Danke, Howard Sykes, danke gleichermaßen für Liebe und Tee.

Von Jess Kidd sind bei DuMont außerdem erschienen:
Der Freund der Toten
Heilige und andere Tote
Die Ewigkeit in einem Glas

Das bei der Produktion dieses Buches entstandene $CO_2$ wurde
durch die Finanzierung von Klimaschutzprojekten kompensiert:
climate-id.com/17531-2110-1001/de


April 2024
DuMont Buchverlag, Köln
Alle Rechte vorbehalten
© 2022 by Jess Kidd
Die englische Originalausgabe erschien 2022 unter dem Titel
›The Nightship‹ bei Canongate, Edinburgh.
© 2023 für die deutsche Ausgabe: DuMont Buchverlag, Köln
Übersetzung: Werner Löcher-Lawrence
Umschlaggestaltung: Lübbeke Naumann Thoben, Köln
Umschlagabbildung: rosapompelmo / Depositphotos
Satz: Fagott, Ffm
Gesetzt aus der Carlson und der Didot
Druck und Verarbeitung: CPI books GmbH, Leck
Gedruckt auf säurefreiem und chlorfrei gebleichtem Papier
Printed in Germany
ISBN 978-3-8321-6731-8


www.dumont-buchverlag.de

384 Seiten / Auch als E-Book

Der charmante Gelegenheitsdieb und Hippie Mahony reist in seinen Geburtsort, um das Verschwinden seiner Mutter vor 26 Jahren aufzuklären. Die alte Mrs Cauley ist davon überzeugt, dass Mahonys Mutter ermordet wurde. Einige wenige Personen des kleinen Ortes helfen Mahony – dass es sich dabei manchmal auch um einen Toten handelt, scheint ihn nicht weiter zu stören ...

»Jess Kidd hat eine Fantasie, für die man sterben möchte.«
THE GUARDIAN

384 Seiten / Auch als E-Book

Bei der Arbeit für den alten Cathal Flood stößt die Sozialbetreuerin Maud auf ein Foto mit dem ausgebrannten Gesicht eines Mädchens. Aus ihrem Mitleid mit Flood wird Angst. Als sich die Hinweise auf ein unheimliches Verbrechen mehren, kann sie nur auf eine Gruppe umherstreifender Heiliger zählen ...

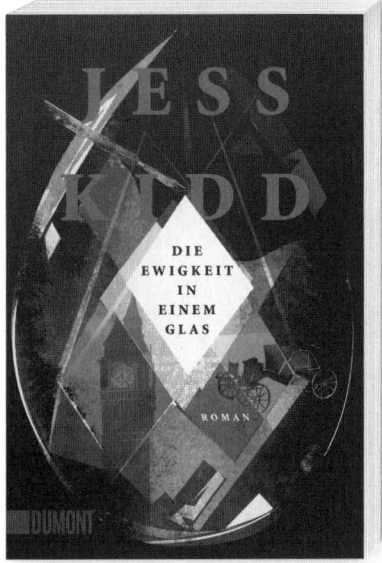

400 Seiten / Auch als E-Book

London 1863. Bridie Devine, Privatdetektivin und Expertin für kleinere
chirurgische Eingriffe, erhält den Auftrag, die entführte Tochter des
Adligen Sir Edmund zurückzubringen. Alles an dem Fall ist beängsti-
gend seltsam, doch die energische Bridie ist ganz in ihrem Element,
denn sie liebt vertrackte Rätsel. Zudem fühlt sie sich beschützt von
ihrem Begleiter, Ruby – der ist zwar tot, aber wen stört das schon?

www.dumont-buchverlag.de